Aldous Huxley

La vita

Aldous Huxley nasce il 26 luglio 1894 a Godalming, nella contea del Surrey, da una famiglia illustre. Suo nonno era il noto biologo Thomas Henry Huxley, uno dei più accesi sostenitori delle teorie darwiniane in Inghilterra, mentre suo padre, Leonard, aveva per lungo tempo diretto il «Cornhill Magazine», fondato da William Thackeray nel 1860. La madre, Julia Arnold, era invece nipote del poeta Matthew Arnold.

Huxley si iscrive a Eton con l'intenzione di diventare medico, ma appena iniziati gli studi contrae una grave forma di cheratite e, nel giro di pochi mesi, perde quasi completamente la vista. A causa della malattia lo scrittore impara a leggere libri e spartiti musicali in Braille e a scrivere a macchina, ma è costretto a continuare gli studi con precettori privati. Tuttavia il sogno di una brillante carriera scientifica è svanito per sempre e Huxley decide di dedicarsi allo studio della letteratura inglese e della filologia. A vent'anni, grazie a una lente di ingrandimento, riesce a recuperare l'uso di un occhio e può iscriversi al Balliol College di Oxford, dove si laurea nel 1915.

Lo scrittore trascorre il restante periodo bellico lavorando per il governo ma dedicandosi anche all'insegnamento e a lavori diversi, tra cui il giardinaggio. Nel 1919 sposa Maria Nys, una donna belga rifugiatasi in Inghilterra durante il conflitto mondiale, da cui avrà un figlio, Matthew. In quegli anni inizia a pubblicare recensioni di teatro, arte, musica e libri sulla prestigiosa rivista «Athenaeum» e sulla «Westminster Gazette», dove fa la conoscenza di John Middleton Murry, Katherine Mansfield e D.H. Lawrence. Con quest'ultimo condivide una schietta passione per l'Italia, dove dimora dal 1923 al 1930 – con l'esclusione del '25 e '26, trascorsi in India – dedicandosi soprattutto alla scrittura di racconti e romanzi, tra cui *Punto contro punto*, del

1928. A differenza di molti altri connazionali, Huxley impara a conoscere a fondo l'Italia, come dimostrano i racconti ambientati a Firenze, *Il giovane Archimede*, e a Roma, *Dopo i fuochi di artificio*. Poco prima di morire, nel 1929, Lawrence è ospite a Forte dei Marmi degli Huxley, che poco dopo lo assisteranno negli ultimi istanti di vita, a Vence. Sarà lo stesso Huxley a curare, nel 1932, la prima raccolta delle lettere di Lawrence.

Nel 1930 Huxley acquista una casa nel Sud della Francia, dove si ritira quando non è a Londra. Influenzato dal clima intellettuale britannico di quegli anni, lo scrittore si interessa soprattutto di politica e raggiunge vasta notorietà internazionale pubblicando, nel 1932, *Il mondo nuovo*. Nel '34 e nel '35 Huxley inizia una serie di viaggi in Centroamerica e negli Stati Uniti. Qui, nel 1937, entra in contatto con l'équipe medica del dottor Bates di New York, che finalmente cura in modo efficace la sua malattia alla cornea. Per poter continuare la terapia nel modo migliore, si trasferisce nel Sud della California dove recupera quasi completamente la vista.

Nel marzo del 1942 gli Huxley si trasferiscono a Llano, in California, dove Aldous lavora al volume *L'arte di vedere*, un vero e proprio gesto di gratitudine nei confronti dell'oculista che l'ha curato. I coniugi prendono in affitto anche un appartamento a Beverly Hills, ed è qui che lo scrittore ultima il romanzo *Il tempo si deve fermare*, pubblicato nell'agosto del '44. Si dedica quindi alla stesura di *Filosofia perenne*, una raccolta di saggi filosofici – dove Huxley manifesta un interesse sempre più marcato per il misticismo – che viene pubblicata poco dopo il termine del secondo conflitto mondiale.

In una lettera indirizzata alla scrittrice argentina Silvina Ocampo, Huxley esprime la propria soddisfazione per l'avvenimento, ma anche le sue preoccupazioni. «Gli Stati nazionali» scrive infatti Huxley «a cui la scienza fornisce un potere militare enorme mi fanno sempre pensare alla descrizione data da Swift di Gulliver trasportato da una gigantesca scimmia sul tetto del palazzo del re di Brobdingnag: la ragione, il rispetto per gli altri, i valori dello spirito, si trovano nelle grinfie della volontà collettiva che ha il vigore fisico di una divinità, ma anche la mentalità di un delinquente di quattordici anni.»

Nel '55 muore la prima moglie e Huxley si risposa l'anno successivo con la torinese Laura Archera che, nel 1968, pubblicherà negli Stati Uniti un libro di memorie: *A Personal View of A. H.*

A partire dai primi anni Cinquanta lo scrittore abbandona progressivamente la narrativa per dedicarsi sempre più intensamente alla speculazione filosofica. Questa ricerca lo porta ad approfondire gli studi esoterici – intrapresi più di vent'anni prima in occasione dei viaggi in India – e a sperimentare estesamente su se stesso gli effetti della mescalina e dell'acido lisergico – che per primo chiama psichedelico – intesi come strumenti per conoscere le capacità della psiche umana. In particolare, lo scrittore tenta di far convergere in un'unica forma di esperienza la conoscenza scientifica e quella mistica, «ma» come scrive in uno dei suoi saggi di quegli anni «più la scienza amplia i suoi confini e maggior comprensione ci dà dei meccanismi dell'esistenza, più chiaramente spicca il mistero stesso dell'esistenza».

Nel 1960 gli viene diagnosticato un cancro alla lingua e la vista riprende a peggiorare. Il 12 maggio del 1961 un incendio divampa nella sua casa e distrugge tutti i suoi libri e le sue carte. La perdita è una prova durissima: «Vedi un uomo senza passato» confida in tale occasione a un amico. Huxley si spegne a Hollywood il 22 novembre 1963, lo stesso giorno dell'assassinio del presidente Kennedy.

Le opere

Non è facile individuare nella vasta produzione di Huxley un unico filo conduttore, perché lo scrittore, intellettuale irrequieto e curiosissimo, ha sempre partecipato con calore al dibattito politico e culturale del suo tempo e seguito con entusiasmo lo sviluppo delle scoperte scientifiche, facilitato in questo dal fratello Julian, di sette anni più vecchio, biologo di fama mondiale, e dal fratellastro Andrew, premio Nobel per la medicina nel 1963.

La sua opera prima, un romanzo scritto a diciotto anni e mai pubblicato, andò perduta e neppure l'autore poté leggerla per intero perché quando, due anni dopo, ebbe recuperato parzialmente la vista, il dattiloscritto nel frattempo era andato smarrito.

Nelle sue prime composizioni Huxley contempla con occhio disincantato la società inglese dopo il primo conflitto mondiale, mettendo a nudo la fragilità e le contraddizioni dei luoghi comuni su cui è costruita. Un esempio tipico di questo atteggiamento è il poemetto in prosa *La giostra*, contenuto nella raccolta

Leda, del 1920. Anche il primo romanzo, *Giallo cromo* (1921), è una garbata satira dell'alta borghesia frequentata dallo scrittore.

Gli stessi temi satirici, col passare del tempo sempre più scoperti, sono ripresi nei romanzi successivi, come *Passo di danza*, del 1923, e *Foglie secche*, del 1925. Il momento più significativo di questo primo periodo è rappresentato da *Punto contro punto* (1928), scritto durante il soggiorno italiano e considerato unanimemente la miglior prova di Huxley nel campo del romanzo delle idee. Qui lo scrittore mette a confronto tutti gli ideali dell'uomo contemporaneo – religione e falso misticismo, scienza, arte, sesso e politica – con la soddisfazione e la disillusione causate dalla loro inadeguatezza.

Con una tecnica che si ispira a quella usata da Joyce nel celebre *Ulisse*, lo scrittore inglese si serve della sua conoscenza della musica per creare un romanzo che si dispiega come un brano sinfonico: attraverso la costante contrapposizione dei tempi, degli umori, dei personaggi e delle scene, ritrae il flusso della vita in una rappresentazione frammentata che spetta al lettore unificare. Grazie a questa struttura narrativa il messaggio di Huxley risulta enfatizzato: chi vive per le idee e gli assoluti sarà un essere umano frammentato e insoddisfatto.

Dopo questo romanzo Huxley opera un radicale cambiamento nelle proprie convinzioni filosofiche e comincia ad avvertirsi in lui l'influenza dei viaggi in India negli anni '25 e '26. Queste nuove convinzioni risultano evidenti se si confronta il protagonista di *Punto contro punto*, Philip Quarles, con Anthony Beavis, protagonista de *La catena del passato*, del 1930, un romanzo abilmente costruito manipolando le sequenze temporali come aveva fatto Faulkner in *L'urlo e il furore*. Beavis, dopo un'esistenza contraddittoria, approda alla fede nel pacifismo di stampo gandhiano-tolstoiano.

Il punto cruciale di questa evoluzione può essere individuato ne *Il mondo nuovo*, del 1932. Il romanzo è ambientato in un immaginario stato totalitario del futuro, pianificato nel nome del razionalismo produttivistico, qui simboleggiato dal culto di Ford. I cittadini di questa società non sono oppressi dalla guerra né dalle malattie e possono accedere liberamente a ogni piacere materiale. Affinché si mantenga questo equilibrio, però, gli abitanti vengono concepiti e prodotti industrialmente in provetta sotto il costante controllo di ingegneri genetici. Durante l'infanzia vengono condizionati con la tecnologia e con le droghe e da adulti occupano ruoli sociali prestabiliti secondo il livello di nascita. L'equilibrio si spezza quando John, un giovane cresciuto in una società più primitiva, entra in contatto con questa società "perfetta". La sua ribellione contro la massificazione però non ha fortuna: un tema, questo – la sconfitta del singolo a vantaggio del numero – che diventerà ricorrente in tutta la narrativa successiva di Huxley.

Il successo de *Il mondo nuovo*, così come il dibattito che si sviluppa intorno alle tesi discusse nel libro, spinge Huxley a pubblicare, nel 1958, *Ritorno al mondo nuovo*, opera in cui evidenzia che molte delle sue più catastrofiche previsioni del 1932 si sono avverate anzitempo. *Ritorno al mondo nuovo* non è infatti un romanzo, ma una raccolta di saggi, in cui l'autore espone le proprie convinzioni politico-sociali. I pilastri ideologici che fanno da sfondo al fortunato romanzo vengono qui ripresi e analizzati singolarmente per dimostrare che in più di un caso fanno già parte del presente.

A partire dagli anni Quaranta Huxley è sempre più spesso affascinato dagli studi storici e scientifici e si dedica alla narrativa sempre più raramente. L'opera in cui lo scrittore esprime più compiutamente il proprio pessimismo è *I diavoli di Loudun* (1952), ambientato nella Francia del Seicento. Rigorosa ricostruzione storica di un processo per stregoneria, il libro è giustamente considerato l'opera più riuscita dello scrittore inglese proprio grazie alla ricchezza e alla diversità dei temi trattati. L'autore, abbandonate le catene dell'ideologia che lo hanno legato per tanti anni, attinge liberamente alla propria eccezionale erudizione, realizzando una puntigliosa e dettagliata ricostruzione in cui nulla viene trascurato. In quest'opera infatti lo scrittore non modella la trama in base alle proprie premesse teoriche, ma si serve di un fatto storico, ampiamente documentato, per rappresentare l'esperienza umana sulla Terra in tutta la sua orrenda e grottesca tragicità.

Huxley deve la sua fama anche all'attività di critico, di poeta, di drammaturgo e, soprattutto, di saggista. Le sue opere più significative in questo campo sono, oltre alla già citata *Filosofia perenne*, *Le porte della percezione*, del 1954 e *Paradiso e inferno* del 1956. Questi due volumi parlano degli esperimenti di Huxley con le droghe. Lo scrittore parte dalla considerazione, dimostrata dalla scienza contemporanea, che felicità e infelicità sono in gran parte una questione di composizioni chimiche: la linea di demarcazione tra pazzia e sanità mentale, tra malattia e benessere, può essere tracciata dalla presenza o dall'assenza di un elemento o di una vitamina nel nostro cibo I due saggi raccontano anche in modo molto dettagliato come raggiungere quelle visioni che ci consentono di diventare consapevoli dell'esistenza di un altro mondo.

Un anno prima di morire Huxley pubblica ancora un romanzo, *L'isola*, in cui ripropone il tema sviluppato in tanti saggi: il libro è ambientato a Pala, un'immaginaria isola del Pacifico, i cui abitanti hanno creato una società armoniosa, fondendo le scoperte tecnologiche dell'Occidente con i valori spirituali dell'Oriente. Purtroppo, però, Pala viene sopraffatta dalle interferenze politiche e dal cinismo degli Occidentali che vogliono sfruttarne le risorse naturali.

La fortuna

Negli anni tra le due guerre la critica italiana si occupa di Huxley in modo miope e superficiale. Carlo Linati, nel 1932, si limita a evidenziare i contenuti comici delle sue prime opere, mentre Maria Astaldi, in un breve saggio del 1940, si preoccupa soprattutto di dimostrare che lo scrittore inglese è profondamente influenzato dalla cultura italiana e che solo a questa deve la propria grandezza.

Anche dopo il venir meno delle faziosità dovute al totalitarismo del Ventennio, si deve tuttavia attendere sino agli anni Sessanta perché su Huxley vengano pubblicati studi approfonditi che cerchino di analizzare in modo esauriente i molti aspetti della sua vasta opera. Nel '45 infatti Napoleone Orsini stigmatizza lo psicologismo di *Punto conto punto* e lo stesso, attentissimo, Mario Praz solo in un secondo tempo rileva il carattere erratico dell'esperienza umana e artistica di Huxley e il sottile filo tragico che lega la superficiale comicità dei suoi racconti.

Emilio Cecchi, all'inizio degli anni Cinquanta, si entusiasma in modo forse eccessivo per *Punto contro punto*, che arriva a giudicare «una pietra miliare della letteratura novecentesca», un romanzo che al contrario non ha resistito a lungo al trascorrere del tempo. Negli stessi anni però Elémire Zolla sottolinea negativamente la freddezza e il cinismo che traspaiono dallo stile dello scrittore.

Dopo le argomentazioni di Manlio Miserocchi che, nel 1964, tenta, con risultati non del tutto convincenti, di dimostrare la coincidenza degli ideali di Huxley con quelli dell'umanesimo cristiano, nel 1968 e successivamente nel 1977 Romo Runcini si dedica finalmente al compito di studiare in modo approfondito tutta l'opera di Huxley e di collocarla nell'ambito della cultura inglese ed europea. A proposito de *Il mondo nuovo* scrive: «Il romanzo è lontano tanto dalla tenace sicurezza e operosità vittoriane, quanto dall'annunciata catarsi sociale che Shaw e i suoi amici fabiani davano per certa. Qui si proietta il presente in una favola del futuro per esaltare quel processo di massificazione dell'uomo accettato dai più quale prezzo da pagare per una società prospera e sicura». Sulla stessa linea si muovono altri studiosi che negli anni successivi si occupano del problema dell'utopia negativa, come Ruggero Bianchi, Elena Bonicelli e Vita Fortunati.

Daniela Guardamagna nel 1980 si sofferma sull'importanza che assume in Huxley l'ironia rivolta non solo al di fuori del testo, ma anche ai personaggi dei suoi romanzi e allo scrittore stesso.

Un'attenta analisi, ancora dei temi utopici di Huxley, e quindi riferita a *Il mondo nuovo*, *La scimmia e l'essenza* e *L'isola*, si trova nel bel libro di Stefano Manferlotti *Anti-utopia, Huxley Orwell Burgess*, dove si analizza, nei tre autori, il tema dell'utopia negativa, o distopia, così ricorrente nella cultura britannica: «Da un lato» scrive Manferlotti «l'affermarsi delle strutture-individuali dei grandi apparati produttivi e dei monopoli, con i relativi corollari della reificazione e mercificazione dell'esistenza, concorre a distruggere il mito di un progresso lineare illimitato e, con ciò stesso, le premesse per descrizioni utopiche che chiameremo per comodità di sintesi, "conservatrici". Dall'altro lato il fallimento pragmatico dell'ipotesi marxista in tutti i Paesi del cosiddetto "socialismo reale", sembra dimostrare l'impossibilità di dar vita a narrazioni assiologicamente organizzate intorno all'ideologia marxista e che chiameremo, per comodità di sintesi, "di sinistra" o "progressiste"».

Caduti quindi anche i pregiudizi della cultura di sinistra, la valutazione complessiva di Huxley nel nostro Paese è finalmente destinata ad avviarsi verso un definitivo equilibrio, in cui abbiano il giusto rilievo le opere meno ideologizzate e, proprio per questo, più avvincenti e istruttive, come *I diavoli di Loudun* e *L'eminenza grigia* (1941), una biografia di padre Giuseppe da Parigi, al secolo François Leclerc du Tremblay, segretario del cardinale Richelieu, una delle più compiute condanne dell'attività politica e della ragion di Stato di questo secolo. «Più e più volte» vi scrive tra l'altro Huxley «uomini di Chiesa e laici devoti sono divenuti uomini di Stato con la speranza di elevare la politica al loro livello morale, e sempre la politica è riuscita a trascinarli giù al suo livello morale su cui gli uomini di Stato, in quanto fanno della politica, sono costretti a vivere.»

L'attenzione della critica anglosassone nei confronti di Huxley è stata naturalmente molto più ampia e più dettagliata, anche se spesso prevalgono gli studi parziali su quelli complessivi. Tra i giudizi dei grandi nomi della letteratura contemporanea si può ricordare quello non certo benevolo di T.S. Eliot che, nel 1927, definì Huxley «uno di quegli scrittori che debbono scrivere trenta romanzi prima di scriverne uno buono» e aggiunse che era malato di sentimentalismo e di «religiosità chic».

Anche George Orwell e Virginia Woolf hanno spesso manifestato le loro perplessità nei confronti di Huxley, e il filosofo tedesco T.W. Adorno ha espresso giudizi pesantemente negativi su *Il mondo nuovo*: «Huxley si schiera con coloro che all'era industriale rimproverano non tanto la disumanità quanto la decadenza dei costumi. L'umanità viene posta dinanzi alla scelta tra la ricaduta in una mitologia che a Huxley stesso pare discutibile e un progresso verso una compatta illibertà della coscienza. Non resta nessuno spazio per un concetto dell'uomo che non si esaurisca né nella coercizione del sistema collettivistico né nella contingenza del singolo. La costruzione di pensiero che denuncia lo Stato universale totalitario mentre esalta retrospettivamente l'individualismo che vi portò è totalitaria essa stessa».

Tuttavia, a parte gli esempi sopracitati, la quasi totalità della critica anglosassone ha sempre manifestato il proprio apprezzamento nei confronti di Huxley. Vi si insiste sulla definizione di "romanzi di idee" e ricorrono spesso gli studi comparati con Orwell, Burgess, Zamjatin e non sono rari quelli con Lawrence. Vengono evidenziate, in particolare, la sua capacità di guardare con occhio disincantato ai fasti del mondo contemporaneo e le sue peculiarità all'interno della civiltà letteraria britannica, troppo spesso aliena alla speculazione filosofica

Bibliografia

Prime edizioni

Brave New World, Chatto & Windus, London 1932.
Brave New World Revisited, Chatto & Windus, London 1959.

Opere di carattere generale su Aldous Huxley

E. Wilson, *Il Castello di Axel*, Charles Scribner's Sons, New York 1931; trad. it., Studio Editoriale, Milano 1988.
G. Cambon, *La lotta con Proteo*, Bompiani, Milano 1963.
M. Praz, *La letteratura inglese dai Romantici al Novecento*, Sansoni-Accademia, Firenze 1968.
G. Melchiori, *I funamboli*, Einaudi, Torino 1974.
M. Praz, *Fiori freschi*, Garzanti, Milano 1982.
R. Jacobbi, *L'avventura del Novecento*, Garzanti, Milano 1984.
F.B. Crucitti Ullrich (a cura di), *Carteggio Cecchi-Praz*, Adelphi, Milano 1985.
M. Praz, *La carne, la morte e il diavolo nella letteratura romantica*, Sansoni, Firenze 1988.
L. Malusa, *Il romanzo contro-utopico nella cultura contemporanea: riflessioni filosofiche con particolare riguardo ai romanzi di Zamajatin, Orwell e Huxley*, Edizioni dell'arcipelago, Genova 1991.
J. Servier, *Storia dell'utopia: il sogno dell'Occidente da Platone ad Aldous Huxley*, trad. it. C. de Nardi, Edizioni mediterranee Roma 2002.

Saggi e articoli su Aldous Huxley

C. Linati, *Aldous Huxley*, in *Scrittori anglo-americani d'oggi*, Corticelli, Milano 1932.
M. Astaldi, *Latinità di Aldo Huxley*, in *Clienti e parassiti anglosassoni*, Garzanti, Milano 1940.
B. Croce, *Osservazioni a una pagina di Aldous Huxley. "L'infelice condizione della storia"*, in «Quaderni della critica», 6, 1946.
N. Orsini, *Aldous Huxley*, in «Belfagor», 1, 1946.
M. Praz, *Aldous Huxley, Huxley a Bengodi e Huxley tra le rovine dei Maya*, in *Cronache letterarie anglosassoni*, Edizioni di Storia e Letteratura, Roma 1951, vol. I.
L. Bortolon, *I diavoli di Loudun*, in «Vita e Pensiero», 37, 1954.
E. Zolla, *Aldous Huxley and the Doom of Reason*, in «Letterature moderne», 5, 1954.
E. Cecchi, *Limbo* e *I diavoli di Loudun*, in *Scrittori inglesi e americani*, Il Saggiatore, Milano 1964, vol. II.
M. Miserocchi, *Ricordo di Aldous Huxley*, in «Nuova Antologia», 492, 1964.
G. Preti, *Retorica e logica. Le due culture*, Einaudi, Torino 1968.
A. Scurani, *Profilo: Aldous Huxley*, in «Letture», 3, 1969.
A. Scurani, *Il sincretismo di Aldous Huxley*, in «Letture», 25, 1970.

M. Astaldi, *La lezione postuma di Aldous H...le*, in *Amici libri*, Neri Pozza, Venezia 1976.
R. Rucini, *Aldous Huxley*, in V. Amoruso-F. Binni (a cura di), *I contemporanei. Letteratura inglese*, Lucarini, Roma 1977, vol. I.
S. Manferlotti, *Invito alla lettura di Huxley*, Mursia, Milano 1987.
F. Garnero, Introduzione a *I diavoli di Loudun*, Oscar Mondadori, Milano 1988.
I. Meloni Pisa, *Aldous Huxley: stagioni d'utopia*, ETS, Pisa 1989.
D. Guardamagna, *La narrativa di Aldous Huxley*, Adriatica, Bari 1990.
D. Bianco, Huxley. *I racconti oscurati di un geniale dilettante vittoriano*, «Il Manifesto», 19 dicembre 1998.
R. Pieraccini, *Aldous Huxley e l'Italia*, Liguori, Napoli 1998.
M. Sotgiu, *Volgarità e letteratura: Aldous Huxley saggista*, «Il Manifesto», 5 giugno 1999.
L. Villari, *Aldous Huxley. Critica del progress... oltre le ideologie*, «La Repubblica», 25 marzo 2002.

Su Il mondo nuovo *e* Ritorno al mondo nuov...

T.W. Adorno, *Aldous Huxley e l'utopia*, in *Prismi, Saggi sulla critica della cultura*, Suhrkamp Verlag, Francoforte 1955; trad. it., Einaudi, Torino 1972.
R. Runcini, *Il "mondo nuovo" di A. Huxley*, in *Illusione e paura nel mondo borghese da Dickens a Orwell*, Laterza, Bari 1968.
E. Bonicelli, *Libertà dell'utopia, Utopia della libertà*, in «Rivista di letterature moderne e comparate», 26, 1973.
R. Bianchi, *I parametri della controutopia*, in AA.VV., *Utopia e fantascienza*, Giappichelli, Torino 1975.
V. Fortunati, *La letteratura utopica inglese*, Longo, Ravenna 1978.
D. Guardamagna, *Analisi dell'incubo, L'utopia negativa da Swift alla fantascienza*, Bulzoni, Roma 1980.
R. Bertinetti, *Il suicidio della cultura, Divagazioni su "Brave New World"*, in R. Bertinetti, A. Deidda, M. Domenichelli, *L'infondazione di Babele: l'antiutopia*, Angeli, Milano 1983.
S. Manferlotti, *Anti-utopia, Huxley Orwell Burgess*, Sellerio, Palermo 1984.
S. Manferlotti, *Prometeo dimenticato: l'uno e i molti nelle antiutopie di Zamjatin, Huxley ed Orwell*, in A. Colombo (a cura di), *1984: Utopia e Distopia*, Angeli, Milano 1987.
S. Ronchey, *Aldous Huxley, il più eccentrico fra gli utopisti*, in «La Stampa», 23 giugno 2001.

Il monaco nuovo

Traduzione di Lorenzo Gigli

Le utopie appaiono oggi assai più realizzabili
di quanto non si credesse un tempo.
E noi ci troviamo attualmente davanti a una questione ben più
angosciosa: come evitare la loro realizzazione definitiva?
... Le utopie sono realizzabili. La vita marcia verso le utopie.
E forse un secolo nuovo comincia; un secolo nel quale
gli intellettuali e la classe colta penseranno
ai mezzi d'evitare le utopie e di ritornare a una società
non utopistica, meno "perfetta" e più libera.

Nicola Berdiaeff

CIVILTÀ COME MANIPOLAZIONE

CULTURA COME REDENZIONE

I

Un edificio grigio e pesante di soli trentaquattro piani. Sopra l'entrata principale le parole: "Centro di incubazione e di condizionamento di Londra Centrale" e in uno stemma il motto dello Stato Mondiale: "Comunità, Identità, Stabilità".

L'enorme stanza al pianterreno era volta verso il nord. Fredda, nonostante l'estate che sfolgorava al di là dei vetri, nonostante il caldo tropicale della stanza stessa; una luce fredda e sottile entrava dalle finestre, cercando avidamente qualche manichino drappeggiato, qualche pallida forma di mummia accademica, ma trovando solamente il vetro, le nichelature e lo squallido splendore di porcellana di un laboratorio. Gelo rispondeva a gelo. I camici dei lavoratori erano bianchi, le loro mani erano protette da guanti di gomma di un pallore cadaverico. La luce era gelida, morta, fantomatica. Solo dai gialli cilindri dei microscopi essa prendeva a prestito un po' di sostanza calda e vivente, spalmandola come del burro sui lucidi tubi, striando con una lunga successione di strisce luminose i tavoli di lavoro.

« E questa » disse il Direttore aprendo la porta « è la Sala di fecondazione. »

Nel momento in cui il Direttore del Centro di Incubazione e di Condizionatura entrò nella stanza, trecento fecondatori stavano chini sui loro strumenti, silenziosi e quasi trattenendo il respiro, qualcuno canterellando e fischiettando, modo incosciente di manifestare talvolta la più profonda concentrazione. Un gruppo di studenti arrivati da poco, molto giovani, rosei e imberbi, seguivano i passi del Direttore con una certa apprensione, quasi con umiltà. Ciascuno di essi teneva un taccuino in cui scarabocchiava disperatamente ogniqualvolta il grand'uomo apriva bocca: attingevano direttamente alla fonte, privilegio raro. Il Direttore di Londra Centrale aveva sempre cura di condurre in giro personalmente per i vari reparti gli studenti nuovi.

« Semplicemente per darvi un'idea generale » egli era solito dir loro. Perché un'idea generale dovevano pure averla, per compiere il loro lavoro intelligentemente; e tuttavia era meglio che ne avessero il meno possibile, se dovevano riuscire più tardi buoni e felici membri della società. Perché, come tutti sanno, i particolari portano alla virtù e alla felicità; mentre le generalità sono, dal punto di vista intellettuale, dei mali inevitabili. Non i filosofi, ma i taglialegna e i collezionisti di francobolli compongono l'ossatura della società.

« Domani » egli aggiungeva con una bonomia sorridente ma lievemente minacciosa « vi metterete a lavorare sul serio. Non avrete da gingillarvi con le generalità. Nel frattempo... »

Nel frattempo, altro detto memorabile. Via, dalla bocca al libretto di note. I ragazzi scarabocchiavano come pazzi.

Alto e piuttosto magro, ma dritto, il Direttore s'avanzò nella stanza. Egli aveva il mento lungo, i denti forti e alquanto sporgenti, coperti a malapena, quando non parlava dalle labbra piene e floridamente curve. Vecchio, giovane? Trent'anni? Cinquanta? Cinquantacinque? Era difficile dire. In ogni modo era una domanda che non si poneva; in quest'anno di stabilità, A. F. 632, non veniva in mente a nessuno di formularla.

« Comincerò dal principio » disse il Direttore: e gli studenti più zelanti annotarono la sua intenzione nei taccuini: "Cominciare dal principio". « Questi » e agitò la mano « sono gli incubatori. » E aprendo una porta isolante mostrò loro file su file di provette numerate « La provvista settimanale d'ovuli. Mantenuti » spiegò « alla temperatura del sangue; mentre i gameti maschi » e qui aprì un'altra porta « devono essere mantenuti a trentacinque gradi invece di trentasette. La piena temperatura del sangue li sterilizza. Gli arieti avvolti nel thermogène non generano agnelli. »

Ancora appoggiato agli incubatori egli fornì agli studenti una breve descrizione del processo moderno della fecondazione, mentre le matite volavano vertiginosamente sulle pagine; parlò in primo luogo, naturalmente, della sua base chirurgica: « ... l'operazione volontariamente subita per il bene della società, senza contare che essa porta con sé un premio ammontante a sei mesi di stipendio... »; continuò con un sommario esposto della tecnica della conservazione dell'ovaia estirpata allo stato vivente e in pieno sviluppo; passò a fare delle considerazioni sulla temperatura ideale, la salinità e la viscosità; accennò al liquido nel quale si conservano gli ovuli separati e giunti a maturazione; e, condotti i discepoli ai tavoli di lavoro, mostrò loro praticamente come questo liquido veniva levato dalle provette; come lo si faceva cadere goccia a goccia sui vetrini appositamente intiepiditi delle preparazioni microscopiche; come gli ovuli in esso contenuti venivano esaminati dal punto di vista dei caratteri anormali, contati e trasferiti in un recipiente poroso; come (e li condusse a vedere l'operazione) questo recipiente veniva immerso in un liquido caldo contenente degli spermatozoi liberamente nuotanti, « alla concentrazione minima di centomila per centimetro cubo » egli insistette; e come, dopo dieci minuti, il recipiente era levato dal liquido e il suo contenuto riesaminato; come, se qualche ovulo non fosse stato fecondato, esso veniva immerso di nuovo e, se necessario, un'altra volta ancora; come le uova fecondate tornavano agli incubatori: dove gli Alfa e i Beta rimanevano fino al momento d'esser definitivamente messi nei flaconi; mentre i Gamma, i Delta e gli Epsilon ne venivan tolti, dopo solo trentasei ore, per subire il Processo Bokanovsky.

« Il Processo Bokanovsky » ripeté il Direttore: e gli stu denti sottolinearono queste parole nei loro taccuini.

Un uovo, un embrione, un adulto: normalità. Ma un uovo bokanovskificato germoglia, prolifica, si scinde. Da otto a novantasei germogli, e ogni germoglio diventerà un embrione perfetto, e ogni embrione un adulto completo. Far crescere novantasei esseri umani dove prima ne cresceva uno solo. Ecco il progresso.

« Nella sua essenza » concluse il Direttore « il processo di bokanovskificazione consiste in una serie di arresti dello sviluppo. Noi arrestiamo lo sviluppo normale e, benché possa sembrare un paradosso, l'uovo reagisce germogliando. »

"Reagisce germogliando." Le matite si diedero da fare.

Alzò la mano. Su di un nastro in lento movimento una specie di rastrelliera carica di provette stava entrando in una grande cassa metallica, mentre un'altra ne usciva. Si sentiva un leggero ronzio di macchine. Le provette impiegavano otto minuti per attraversare la cassa, egli spiegò. Otto minuti di Raggi X non attenuati costituiscono infatti quasi il limite estremo di resistenza per un uovo. Un piccolo numero ne moriva; altre uova, le meno sensibili, si scindevano in due; la maggior parte emetteva quattro germogli; qualcuno otto; tutte poi tornavano agli incubatori, dove i germogli cominciavano a svilupparsi; indi, dopo due giorni, venivano sottoposte al freddo; al freddo e all'arresto dello sviluppo. A loro volta i germogli producevano due, quattro, otto germogli; e dopo aver così germogliato venivano trattati con una dose di alcool quasi sufficiente ad ucciderli: in conseguenza essi germogliavano ancora, e avendo prodotto questi ultimi germogli – i germogli dei germogli dei germogli – essendo ogni ulteriore arresto generalmente fatale, li si lasciava sviluppare in pace. In quel momento l'uovo primitivo era sulla buona strada per trasformarsi in numero variabile di embrioni compresi tra otto e novantasei: « un prodigioso miglioramento rispetto alla natura, ammetterete. Dei gemelli identici, ma non in miseri gruppi di due o tre per volta come negli antichi tempi vivipari, quando talvolta un uovo poteva accidentalmente scindersi; ma proprio a dozzine, a ventine per volta..

« A ventine » ripeté il Direttore: e allargò le braccia come se stesse distribuendone con abbondanza. « A ventine. »

Ma uno degli studenti fu abbastanza sciocco da chiedergli in che cosa consisteva il vantaggio.

« Ma caro il mio ragazzo! » Il Direttore si voltò rapidamente verso di lui. « Non vedete? Non vedete? » Alzò la mano: la sua espressione era solenne. « Il Processo Bokanovsky è uno dei maggiori strumenti della stabilità sociale! »

"Maggiori strumenti della stabilità sociale."

Uomini e donne tipificati; a infornate uniformi. Tutto il personale di un piccolo stabilimento costituito dal prodotto di un unico uovo bokanovskificato.

« Novantasei gemelli identici che lavorano a novantasei macchine identiche! » La voce era quasi vibrante d'entusiasmo. « Adesso si sa veramente dove si va. Per la prima volta nella storia. » Citò il motto planetario: « Comunità, Identità, Stabilità ». Grandi parole. « Se potessimo bokanovskificare all'infinito, l'intero problema sarebbe risolto. »

Risolto per mezzo di individui Gamma tipificati, di Delta invariabili, di Epsilon uniformi. Milioni di gemelli identici. Il principio della produzione in massa applicato finalmente alla biologia.

« Ma, ahimè, » il Direttore scosse il capo « noi non possiamo bokanovskificare all'infinito. »

Novantasei sembrava essere il limite; settantacinque una buona media. Fabbricare il maggior numero possibile di gemelli identici con la medesima ovaia e coi gameti dello stesso maschio, questo era quanto di meglio (e purtroppo un meglio di gran lunga inferiore all'ottimo) si potesse fare.

Del resto era già difficile riuscire a questo.

« Infatti in natura ci vogliono trent'anni perché duecento ovuli giungano a maturazione. Ma il nostro scopo è di stabilizzare la popolazione adesso, in questo preciso momento. Produrre dei gemelli col contagocce durante un quarto di secolo, a che servirebbe? »

Evidentemente, a nulla. Ma la Tecnica di Podsnap aveva enormemente accelerato il processo di maturazione. Si poteva contare su almeno centocinquanta uova mature in due anni. Fecondate e bokanovskificate – cioè, in altre parole moltiplicate per settantadue – e otterrete una media di quasi undicimila fratelli e sorelle in centocinquanta gruppi di gemelli identici, tutti nello spazio di due anni.

« E in casi eccezionali possiamo ottenere oltre quindicimila individui adulti da una ovaia sola. »

Facendo cenno a un giovane biondo e rubicondo che passava in quel momento, gridò: « Signor Foster! ». Il giovane rubicondo si avvicinò. « Potreste indicarci la cifra massima di una singola ovaia, signor Foster? »

« Sedicimila e dodici in questo Centro » rispose Foste senza esitazione. Parlava rapidamente; aveva due occhi azzurri vivaci, e provava un evidente piacere nel citare numeri e dati. « Sedicimila e dodici: in centottantanove gruppi di individui identici. Naturalmente però » continuò tutto d'un fiato « si sono ottenuti dei risultati molto migliori in qualcuno dei Centri tropicali. Singapore ne ha spesso prodotto più di sedicimilacinquecento: e Mombasa è riuscita perfino a raggiungere i diciassettemila. Ma laggiù hanno delle condizioni ingiustamente vantaggiose. Dovreste vedere come risponde alla pituitaria un'ovaia di negra! È sorprendente quando si è abituati a lavorare su materiale europeo. Tuttavia, » egli aggiunse ridendo (ma aveva una luce energica negli occhi e il mento gli si era levato come per sfida) « tuttavia abbiamo l'intenzione di batterli, se possiamo. Sto lavorando in questo momento su di un'ovaia di Delta-Minus meravigliosa. Ha soltanto diciotto mesi ed ho già ottenuto oltre dodicimilasettecento bambini, fra quelli già travasati e quelli ancora in embrione. Ed è ancora in piena forza! Riusciremo a batterli! »

« Questo è lo spirito che piace a me! » esclamò il Direttore: e batté sulla spalla di Foster. « Venite con noi e concedete a questi ragazzi il beneficio della vostra esperienza specializzata. »

Foster sorrise modestamente. « Volentieri. » Si avviarono.

Nella Sala di Imbottigliamento, tutto era agitazione

armoniosa e attività ordinata. Strisce di peritoneo di scrofa fresco, già tagliate nelle dimensioni volute, salivano in piccoli montacarichi, dal Deposito degli Organi situato nel sottosuolo. Un brusio e poi, clik! si spalancavano gli sportelli del montacarichi; l'addetto non aveva che da allungare la mano, prendere la striscia, introdurla nel flacone, distenderla, e prima che il flacone foderato di peritoneo avesse il tempo di allontanarsi di molto sul nastro in movimento, altro brusio, clik!, una nuova striscia di peritoneo era salita dalle profondità dell'edificio, per essere introdotta in un altro flacone seguente nella interminabile processione sul nastro.

Vicino ai Foderatori, stavano i Matricolatori. La processione avanzava; una per una le uova erano trasferite dalle provette ai recipienti più grandi; la fodera peritoneale era abilmente aperta, la morula collocata al suo posto, la soluzione salina versata dentro... e già il flacone era passato, e veniva il turno delle etichette. Discendenza, data di fecondazione, appartenenza a un gruppo Bokanovsky; tutte le indicazioni venivano trasferite dalla provetta al flacone. Non più anonima, ma fornita di nome e di dati di identificazione, la processione avanzava lentamente; e attraverso un'apertura nella parete entrava lentamente nella Sala di Predestinazione Sociale.

« Ottantotto metri cubi di etichette » disse Foster soddisfatto, mentre entravano.

« Contenenti tutte le informazioni utili » aggiunse il Direttore. « Aggiornate ogni mattina. »

« E coordinate ogni pomeriggio. »

« Sulla cui base vengono fatti i calcoli necessari. »

« Individui, tanti; della qualità tale » disse Foster.

« Distribuiti in quantità, tanto e tanto. »

« La percentuale ottima di travasamento in qualsiasi momento stabilito. »

« Le perdite impreviste sono compensate immediatamente. »

« Immediatamente » ripeté Foster. « Se sapeste quante ore straordinarie ho dovuto fare dopo l'ultimo terremoto giapponese! » Rise bonariamente e scosse la testa.

« I Predestinatori inviano le loro cifre ai Fecondatori. »
« I quali forniscono gli embrioni richiesti. »
« E i flaconi vengono qui per essere predestinati nei minimi particolari. »
« Dopo di che sono inviati giù al Deposito degli Embrioni. »
« Dove noi ora ci avviamo. »
E aprendo una porta l'ottimo Foster li condusse per una scala giù nel sottosuolo.
La temperatura era sempre tropicale. Man mano che scendevano, entravano in una penombra sempre più densa. Due porte e un corridoio a doppia curva proteggevano la cantina da qualsiasi possibile infiltrazione di luce.
« Gli embrioni sono come le pellicole fotografiche » disse Foster scherzosamente, mentre apriva la seconda porta. « Sopportano soltanto la luce rossa. »
E infatti la torrida oscurità entro cui lo seguirono gli studenti era visibile e rossa, come l'oscurità degli occhi chiusi in un pomeriggio d'estate. I fianchi colmi di flaconi che s'allineavano all'infinito, fila su fila, piano su piano, splendevano di innumerevoli rubini, e fra i rubini si muovevano indistinti spettri rossi di uomini e donne dagli occhi infuocati e aventi tutti i sintomi del *lupus*. L'aria era lievemente mossa dal brusio e dallo strepitio di macchinari.
« Fornite loro un po' di cifre, signor Foster » disse il Direttore che era stanco di parlare.
Foster non desiderava di meglio.
Duecentoventi metri di lunghezza, duecento di larghezza e dieci di altezza. Alzò la mano. Come pollastrelli nell'atto di bere, gli studenti levarono gli occhi verso il soffitto lontano.
Tre piani di rastrelliere: al livello del suolo, prima galleria, seconda galleria. L'armatura, vera ragnatela d'acciaio, galleria su galleria, si perdeva in tutte le direzioni nell'oscurità. Lì vicino tre fantasmi rossi erano affaccendati a scaricare delle damigiane di una scala mobile. Era il montacarichi della Sala di Predestinazione Sociale.
Ogni flacone poteva essere collocato su una delle quin-

dici rastrelliere, ciascuna delle quali (benche nessuno potesse accorgersene) era un veicolo viaggiante alla velocità oraria di trentatré centimetri e un terzo. Duecentosessantasette giorni in ragione di otto metri al giorno. Duemilacentotrentasei metri in tutto. Un giro dalla cantina al livello del suolo, un altro giro nella prima galleria, mezzo nella seconda, e alla duecentosessantasettesima mattina la luce del giorno nella Sala di Travasamento. E dopo, la cosiddetta esistenza indipendente.

« Ma in questo frattempo » concluse Foster « si riesce a far loro molte cose. Oh! molte davvero. » Il suo era un riso scaltro e trionfatore.

« Questo è lo spirito che mi piace » disse ancora una volta il Direttore. « Facciamo il giro. Date loro tutte le spiegazioni, caro Foster. »

Foster le forniva a mano a mano.

Parlò dell'embrione che si sviluppa sul suo letto di peritoneo. Fece loro assaggiare il ricco surrogato di sangue col quale è nutrito. Spiegò perché occorreva stimolarlo con placentina e *thyroxina*. Parlò dell'estratto di *corpus luteum*. Mostrò loro i beccucci dai quali viene automaticamente iniettato ogni dodici metri a partire dallo zero fino al 2040. Disse delle dosi sempre crescenti di liquido pituitario somministrate durante gli ultimi novantasei metri del percorso. Descrisse la circolazione materna artificiale installata su ogni flacone al 112° metro; mostrò loro il serbatoio del surrogato sanguigno, la pompa centrifuga che mantiene il liquido in movimento sopra la placenta e lo spinge attraverso il polmone sintetico e il filtro per le sostanze di scarto. Accennò alla preoccupante tendenza dell'embrione all'anemia, alle enormi dosi di estratto di stomaco di maiale e di fegato di feto di cavallo di cui bisogna, di conseguenza, rifornirlo.

Mostrò loro il semplice meccanismo per cui, durante gli ultimi due degli otto metri, tutti gli embrioni vengono simultaneamente scossi per familiarizzarli col movimento. Accennò alla gravità del cosiddetto "trauma del travasamento" ed enumerò le precauzioni prese per ridurre al minimo questa pericolosa scossa, con uno specifico allenamento dell'embrione imbottigliato. Disse loro delle prove del sesso effettuate in vicinanza del 200° metro. Spiegò il sistema di indicazione sulle etichette: una T per i maschi, un cerchio per le femmine e un punto interrogativo nero su fondo bianco per quelli che erano destinati a divenire neutri.

« Perché, come è facile capire, » disse Foster « nella grande maggioranza dei casi, la fecondità è semplicemente una noia, un impaccio. Un'ovaia feconda ogni dodicimila sarebbe ampiamente sufficiente per i nostri bisogni. Ma noi desideriamo avere una buona possibilità di scelta. Bisogna, naturalmente, lasciare sempre un enorme margine di sicurezza. Ragione per cui permettiamo che perfino il trenta per cento degli embrioni femminili si sviluppi normalmente. Gli altri ricevono una dose di ormone sessuale maschile ogni ventiquattro metri durante il resto del percorso. Risultato: quando escono dalle bottiglie sono neutri, assolutamente normali per struttura (eccetto che – dovette ammettere – hanno veramente una leggera tendenza alla crescita della barba) ma sterili. Garantiti sterili. Il che ci porta finalmente » continuò Foster « fuori del campo della più servile imitazione della natura per entrare in quello molto più interessante dell'invenzione umana. »

Si stropicciò le mani. Perché, si capisce, non si accontentavano di covare semplicemente degli embrioni: qualsiasi vacca è in grado di farlo.

« Noi, inoltre, li predestiniamo e li condizioniamo. Travasiamo i nostri bambini sotto forma d'esseri viventi socializzati, come tipi Alfa o Epsilon, come futuri vuotatori di fogne o futuri... » Stava per dire: futuri Governatori Mondiali, ma correggendosi disse invece: « futuri Direttori di Incubatori ».

Il Direttore mostrò di apprezzare il complimento e rispose con un sorriso.

Erano al 320° metro della Rastrelliera 11. Un giovane meccanico Beta-Minus lavorava con un cacciavite e una chiave inglese alla pompa del surrogato sanguigno d'un flacone che stava passando. Il ronzio del motore elettrico abbassava gradualmente di tono a mano a mano che egli girava i bulloni. Giù, giù... Un ultimo giro di chiave, uno sguardo al contagiri, ed ebbe finito. Avanzò di due passi lungo la fila e incominciò la stessa operazione sulla pompa seguente.

« Sta riducendo il numero di giri al minuto » spiegò Foster. « Il surrogato circola più lentamente; passa perciò attraverso i polmoni a intervalli più lunghi; porta di conseguenza meno ossigeno all'embrione. Non c'è come la penuria di ossigeno per mantenere un embrione al di sotto della normalità. » Si fregò ancora le mani.

« Ma perché si mantiene l'embrione al disotto della normalità? » chiese uno studente ingenuo.

« Asino! » disse il Direttore, rompendo il suo lungo mutismo. « Non vi siete ancora reso conto che un embrione Epsilon deve avere un ambiente Epsilon, oltre che un'origine Epsilon? »

Evidentemente quegli non se n'era reso conto. Rimase lì pieno di confusione.

« Più bassa è la casta e meno ossigeno si dà » disse Foster. « Il primo organo a risentirne è il cervello. Poi lo scheletro. Col settanta per cento dell'ossigeno normale si hanno dei nani. A meno del settanta, si ottengono dei mostri privi di occhi. »

« Che sono completamente inutili » concluse Foster.

« Mentre invece, » la sua voce divenne ardente e confidenziale « se si arrivasse a scoprire una tecnica per ridurre il periodo della maturazione, che trionfo, che beneficio per la Società!

« Considerate il cavallo, per esempio. »

Essi lo considerarono.

Maturo a sei anni; l'elefante a dieci. Mentre a tredici anni un uomo non è ancora sessualmente maturo; ed è adulto solo a vent'anni. Da ciò deriva, naturalmente, il frutto dello sviluppo ritardato: l'umana intelligenza.

« Ma nel tipo Epsilon » disse molto giustamente Foster « non c'è nessun bisogno di umana intelligenza.

« Non ve n'è bisogno e non se n'ottiene. Ma benché la mente Epsilon sia matura a dieci anni, il corpo Epsilon non è atto al lavoro fino ai diciotto. Lunghi anni di superflua e sprecata immaturità. Se si potesse affrettare lo sviluppo fisico fino a renderlo rapido come quello di una vacca, per esempio, che enorme risparmio per la Comunità! »

« Enorme! » mormorarono gli studenti. L'entusiasmo di Foster era contagioso.

Egli si ingolfò in spiegazioni tecniche; parlò dell'anormale coordinazione degli endocrini che fa sì che gli uomini crescano tanto lentamente; ammise, per spiegarla, una mutazione germinale. Si possono distruggere gli effetti di questa mutazione germinale? Si può, per mezzo di una tecnica adatta, far tornare ogni embrione Epsilon alla normalità, rappresentata dai cani e dalle vacche? Questo era il problema. E mancava poco a risolverlo.

Pilkington, a Mombasa, aveva prodotto degli individui che erano sessualmente maturi a quattro anni e adulti a sei anni e mezzo. Un vero trionfo scientifico. Ma inutile dal punto di vista sociale. Degli uomini e delle donne di sei anni e mezzo erano troppo stupidi per compiere anche un lavoro da Epsilon. Inoltre il processo era del tipo "tutto per tutto": o non si riusciva a modificare nulla, oppure si modificava completamente. Si stava ancora cercando il compromesso ideale tra gli adulti di vent'anni e quelli di sei. Finora senza successo. Foster sospirò e scosse il capo.

Quel vagabondaggio nel crepuscolo violaceo li aveva portati nelle vicinanze del 170° metro della Rastrelliera 9. Da questo punto in avanti la Rastrelliera 9 era coperta e le bottiglie compivano il resto del loro tragitto in una specie di galleria interrotta qua e là da aperture di due o tre metri di larghezza.

« La preparazione al calore » disse Foster.

Gallerie calde si alternavano con gallerie fresche. La frescura era indissolubilmente unita al disagio, sotto forma di Raggi X non attenuati. Quando giungeva il momento del travasamento, gli embrioni avevano un vero orrore per il freddo. Erano predestinati ad emigrare ai tropici, ad essere minatori e filatori di seta all'acetato e operai metallurgici. Più tardi si farebbe in modo che la loro mente confermasse il giudizio del loro corpo. «Noi li mettiamo nella condizione di star bene al caldo; » concluse Foster « i nostri colleghi di sopra insegneranno loro ad amarlo. »

« E questo, » aggiunse il Direttore sentenziosamente « questo è il segreto della felicità e della virtù: amare ciò che *si deve* amare. Ogni condizionamento mira a ciò: fare in modo che la gente ami la sua inevitabile destinazione sociale. »

In una delle aperture fra due gallerie, un'infermiera stava sondando delicatamente con una lunga e sottile siringa il contenuto gelatinoso di una bottiglia che passava. Gli studenti e le loro guide si fermarono a guardarla qualche momento in silenzio.

« Ebbene, Lenina? » disse Foster, quando ella ebbe ritirato la siringa e si rialzò.

La fanciulla si voltò di scatto. Si vedeva, nonostante il colore di *lupus* e gli occhi purpurei dovuti ai riflessi dell'ambiente, che era straordinariamente bella.

« Enrico! » Il suo sorriso le scoperse in un lampo rosso una fila di denti di corallo.

« Carina, carina » mormorò il Direttore: e, facendole una carezza, ne ricevette in cambio un sorriso molto deferente.

« Che cosa iniettate? » chiese Foster, assumendo di nuovo un tono molto professionale.

« Oh! la solita dose di tifo e di malattia del sonno. »

« I lavoratori tropicali cominciano a subire le inoculazioni al 150° metro » spiegò Foster agli studenti. « Gli embrioni hanno ancora le branchie. Noi immunizziamo il pesce contro le malattie dell'uomo futuro. » Poi rivolgendosi ancora a Lenina disse: « Alle cinque meno dieci sul tetto, stasera, come al solito ».

« Molto carina » fece ancora una volta il Direttore: e, con un'ultima carezza, si allontanò dietro gli altri.

Sulla Rastrelliera 10, file intere della futura generazione di lavoratori chimici venivano allenate a tollerare il piombo, la soda caustica, il catrame, il cloro. Il primo embrione di un gruppo di duecentocinquanta meccanici di aeroplani-razzo stava passando al 1100° metro della Rastrelliera 3. Uno speciale meccanismo manteneva i loro recipienti in continua rotazione.

« Per migliorare il loro senso d'equilibrio » spiegò Foster. « È un lavoro delicato effettuare delle riparazioni a mezz'aria all'esterno di un razzo. Noi rallentiamo la circolazione quando sono ritti, di modo che siano mezzo affamati, e raddoppiamo l'afflusso di surrogato sanguigno quando stanno con la testa in giù. Così imparano ad associare il rovesciamento col benessere; anzi non si sentono veramente felici che quando stanno con la testa in giù. »

« E ora, » proseguì Foster « vorrei mostrarvi una cosa molto interessante: il condizionatore per ottenere Intellettuali Alfa-Plus. Ne abbiamo un bel numero sulla Rastrelliera 5. Prima Galleria » gridò a due ragazzi che stavano discendendo verso il pianterreno.

« Sono intorno al 900° metro » spiegò. « Non si può veramente effettuare nessun condizionamento intellettuale utile, prima che i feti abbiano perduto la coda. Seguitemi. »

Ma il Direttore aveva consultato l'orologio.

« Le tre meno dieci » disse. « Non abbiamo tempo, temo, per gli embrioni intellettuali. Bisogna salire alle Stanze dei Bambini prima che essi abbiano finito il loro sonno pomeridiano. »

Foster rimase male: « Almeno uno sguardo alla Sala di Travasamento » implorò.

« Va bene. » Il Direttore sorrise con indulgenza. « Soltanto uno sguardo, però! »

II

Lasciarono Foster nella Sala di Travasamento. Il Direttore e i suoi studenti entrarono nell'ascensore più vicino e furono trasportati al quinto piano. "Reparto Infantile. Sale di condizionamento neo-pavloviano" annunciava un cartello.

Il Direttore aprì la porta. Si trovarono in una camera nuda e spaziosa, molto chiara e soleggiata: poiché l'intera parete esposta a sud formava un'unica finestra. Una mezza dozzina di bambinaie, vestite coi calzoni e la giacca della bianca uniforme regolamentare di tela artificiale, coi capelli nascosti asetticamente sotto berretti bianchi, erano occupate a disporre dei vasi di rose in lunga fila sul pavimento. Grandi vasi, tutti pieni di fiori. Migliaia di petali, completamente aperti e sericamente morbidi, come le guance di innumerevoli cherubini, ma di cherubini che, in quella splendente luce, non erano esclusivamente rosei ed Ariani, ma anche luminosamente Cinesi; anche Messicani, anche apoplettici per il troppo soffiare nelle trombe celesti, anche pallidi come la morte, pallidi del candore postumo del marmo. Le bambinaie si irrigidirono sull'attenti all'apparire del Direttore.

« Disponete i libri » diss'egli brevemente.

In silenzio le bambinaie obbedirono. Fra i vasi di rose furono distribuiti in bell'ordine i libri – una fila di in-quarto per l'infanzia aperti in modo invitante – ciascuno su un'immagine gaiamente colorata di quadrupede, di pesce o di uccello.

« Ora portate i bambini. »

Uscirono in fretta dalla stanza e rientrarono dopo pochi minuti spingendo ciascuna una specie di scaffale su ruote i cui quattro ripiani di rete metallica erano carichi di bambini di otto mesi, tutti esattamente precisi (un Gruppo Bokanosvksy, era chiaro) e tutti (poiché appartenevano alla casta Delta) vestiti di kaki.

« Metteteli in terra. »

I bambini furono scaricati.

« Adesso voltateli in modo che possano vedere i fiori e i libri. »

Appena voltati, i bambini tacquero immediatamente: poi cominciarono a strisciare verso quelle masse di colori brillanti, quelle forme così allegre e vivaci sulle pagine bianche. Mentre si avvicinavano, il sole uscì da un momentaneo eclissi dietro una nube. Le rose si infiammarono come per effetto d'una improvvisa passione interna; un'energia nuova e profonda parve diffondersi sulle brillanti pagine dei libri. Dalle file dei bambini striscianti uscivano piccoli gridi di eccitazione, gorgoglii e cinguettii di piacere.

Il Direttore si fregò le mani. « Benissimo! » disse. « Sembra quasi che sia stato fatto apposta. »

I più veloci erano già giunti alla meta. Le manine si allungarono incerte, toccarono, afferrarono, sfogliando le rose transfigurate, sgualcendo le pagine illustrate dei libri. Il Direttore attese che tutti fossero allegramente occupati. Poi disse: « State bene attenti ». E alzando la mano, diede il segnale.

La Bambinaia in Capo, che stava in piedi vicino a un quadro di comando, abbassò una leva.

Vi fu una violenta esplosione. Acuta, sempre più acuta, fischiò una sirena. I campanelli d'allarme squillarono disperatamente.

I bambini sussultarono, urlarono; i loro visi erano alterati dal terrore.

« E ora, » gridò il Direttore (poiché il rumore era assordante), « ora procediamo a rafforzare l'effetto della lezione mediante una leggera scossa elettrica. »

Agitò di nuovo la mano e la Bambinaia in Capo abbassò una seconda leva. Di colpo i gridi dei bambini mutarono di tono. C'era qualcosa di disperato, di folle quasi, negli urli acuti e spasmodici che essi ora emettevano. I loro piccoli corpi si contraevano e si irrigidivano; le loro membra si agitavano a scatti come sotto l'azione di fili invisibili.

« Noi possiamo far passare la corrente elettrica su tutta questa zona del pavimento » gridò il Direttore a guisa di spiegazione. « Ma basta ora »; e fece un cenno alla Bambinaia.

Le esplosioni cessarono, le suonerie si quietarono, l'urlo delle sirene scese di tono in tono sino a smorzarsi. I corpi, che si agitavano, e si irrigidivano, si distesero, e ciò che era stato singhiozzo e urlo di bambini impazziti si allargò di nuovo in urla normali di terrore ordinario.

« Offrite loro ancora i fiori e i libri. »

Le bambinaie obbedirono; ma, all'avvicinarsi delle rose, alla semplice vista di quelle immagini gaiamente colorate del micio, del chicchirichì, della pecora che fa bee bee, i bambini si tirarono indietro terrorizzati; l'intensità delle loro urla aumentò improvvisamente.

« Osservate » disse il Direttore trionfante « osservate. »

I libri e il fracasso, i fiori e le scosse elettriche: già nella mente infantile queste coppie erano unite in modo compromettente; e dopo duecento ripetizioni della stessa o d'altre simili lezioni, sarebbero indissolubilmente fuse. Ciò che l'uomo ha unito, la natura è impotente a separare.

« Essi cresceranno con ciò che gli psicologi usavano chiamare un odio "istintivo" dei libri e dei fiori. I loro riflessi sono inalterabilmente condizionati. Staranno lontano dai libri e dalla botanica per tutta la vita. » Il Direttore si rivolse alle bambinaie: « Portateli via ».

I bambini vestiti di kaki, sempre urlanti, furono caricati sui loro scaffali a ruote e spinti fuori, lasciandosi dietro un odore di latte acido e un silenzio molto gradito.

Uno degli studenti alzò la mano; e benché capisse molto bene perché non si poteva permettere alle caste inferiori di sprecare il tempo della Comunità coi libri, e che c'era sempre il rischio che essi leggessero qualcosa capace di alterare in modo non desiderabile uno dei loro riflessi, tuttavia.. ebbene, non riusciva a comprendere la faccenda dei fiori Perché darsi tanta pena per rendere psicologicamente impossibile ai Delta l'amore dei fiori?

Con pazienza il Direttore fornì le spiegazioni. Se si faceva in modo che i bambini si mettessero a urlare alla semplice vista di una rosa, era per delle ragioni di alta politica economica. Non molto tempo prima (un secolo o giù di lì) i Gamma, i Delta e persino gli Epsilon venivano condizionati ad amare i fiori, i fiori in particolare e l'aperta natura in generale. L'intenzione era di far loro desiderare di andare in campagna a ogni occasione che si presentasse, e perciò di costringerli a far uso di mezzi di trasporto.

« E non facevano uso di questi mezzi? » chiese lo studente.

« Sì, e molto, » rispose il Direttore « ma non consumavano altro. »

Le primule e i paesaggi, egli fece notare, hanno un grave difetto: sono gratuiti. L'amore per la natura non fa lavorare le fabbriche. Si decise di abolire l'amore della natura, almeno nelle classi inferiori; di abolire l'amore della natura, ma non la tendenza ad adoperare i mezzi di trasporto. Era infatti essenziale che si continuasse ad andare in campagna, anche se la si odiava. Il problema consisteva nel trovare una ragione economicamente migliore della semplice passione per le primule e i paesaggi. Ed è stata trovata.

« Noi condizioniamo le masse a odiare la campagna » concluse il Direttore. « Ma contemporaneamente le condizioniamo ad amare ogni genere di sport all'aria aperta. Nello stesso tempo facciamo sì che tutti gli sport all'aria aperta rendano necessario l'uso di apparati complicati. In questo modo si consumano articoli manufatti e si adoperano i mezzi di trasporto. Ecco la ragione delle scosse elettriche. »

« Vedo » disse lo studente: e si tacque, perso in ammirazione.

Vi fu un silenzio; poi, schiarendosi la voce, il Direttore

riprese: « Una volta, quando il Nostro Ford era ancora sulla terra, c'era un ragazzetto di nome Reuben Rabinovitch. Reuben era figlio di genitori di lingua polacca ». Il Direttore s'interruppe: « Sapete cos'è il polacco, credo? ».

« Una lingua morta. »

« Come il francese e il tedesco » aggiunse un altro studente, facendo sfoggio della propria cultura.

« E i "genitori"? » chiese il Direttore.

Seguì un silenzio imbarazzato. Molti degli studenti arrossirono. Non avevano ancora imparato a riconoscere la importante ma sottile distinzione che esisteva fra il turpiloquio e la scienza pura. Uno, finalmente, ebbe il coraggio di alzare la mano.

« Gli esseri umani una volta erano... » disse esitando, gli vennero le fiamme al viso. « Insomma, una volta erano vivipari.

« E quando i bambini venivano travasati... »

« "Partoriti" » lo corresse.

« Ebbene, allora erano i genitori... voglio dire, non i bambini, naturalmente, ma gli altri... » Il povero ragazzo era pieno di confusione.

« Insomma » concluse il Direttore « i genitori erano il padre e la madre. » La parola cruda, che era della vera scienza, cadde come un'esplosione nel silenzio imbarazzato dei ragazzi. « La madre » egli ripeté ad alta voce, insistendo sulla scienza, ed appoggiandosi indietro sulla sedia. « Sono » disse gravemente « fatti sgradevoli, lo so. Ma d'altro canto la maggior parte dei fatti storici sono sgradevoli. »

Ritornò al piccolo Reuben, al piccolo Reuben nella cui camera una sera il padre e la madre (ehm! ehm!) per distrazione lasciarono in funzione la radio.

Si deve tener presente che in quei tempi di grossolana riproduzione vivipara i bambini erano sempre educati dai genitori, e non nei Centri Statali di Condizionamento.

Mentre il fanciullo dormiva, l'apparecchio captò improvvisamente il programma trasmesso dalla stazione di Londra; e la mattina seguente, con grande sorpresa dei suoi...

(ehm! ehm! i ragazzi più arditi arrischiarono un sorrisetto d'intesa fra di loro), il piccolo Reuben si svegliò ripetendo parola per parola una lunga conferenza di quel curioso antico scrittore (... uno dei pochissimi di cui si è permesso che le opere arrivassero fino a noi...), George Bernard Shaw, il quale aveva parlato, secondo una tradizione ben fondata, intorno al proprio genio. Ai... (strizzamento d'occhio e sogghigno) del piccolo Reuben questa conferenza rimase, si capisce, perfettamente incomprensibile e, immaginando che il loro figlio fosse improvvisamente impazzito, chiamarono il dottore. Questi, per fortuna, sapeva l'inglese; riconobbe il discorso per quello che Shaw aveva radiodiffuso la sera precedente, si rese conto dell'importanza di ciò che era accaduto, e su questo argomento inviò una lettera alla stampa medica.

« Il principio dell'insegnamento durante il sonno, o ipnopedia, era stato scoperto. » Il Direttore fece una pausa drammatica.

« Il principio era stato scoperto; ma molti, molti anni dovevano passare prima che questo principio potesse avere delle utili applicazioni.

« Il caso del piccolo Reuben avvenne soltanto ventitré anni dopo che il Nostro Ford ebbe lanciato sul mercato il suo primo modello "T". » (Qui il Direttore tracciò un segno di T all'altezza del proprio stomaco e tutti gli studenti lo imitarono con la massima riverenza.) « Tuttavia... »

Gli studenti scarabocchiavano furiosamente: "L'ipnopedia: usata per la prima volta ufficialmente nell'A. F. 214. Perché non prima? Due ragioni...".

« Quei primi sperimentatori » disse il Direttore « seguivano una via sbagliata. Credevano che si potesse fare dell'ipnopedia uno strumento di educazione intellettuale...

« Un fanciullo addormentato sul fianco destro, col braccio destro fuori delle coperte, la mano destra penzolante mollemente dall'orlo del letto. Attraverso un'apertura circolare nel fianco di una scatola, una voce parla dolcemente.

« "Il Nilo è il più lungo fiume dell'Africa, e per lunghezza il secondo di tutti i fiumi della terra. Benché meno lungo del Mississippi-Missouri, il Nilo è alla testa di tutti i fiumi per la vastità del suo bacino, che si stende attraverso 35 gradi di latitudine..."

« A colazione, la mattina dopo, "Tommy" dice qualcuno "sai qual è il fiume più lungo dell'Africa?" Un cenno negativo del capo. "Ma non ti ricordi di qualcosa che comincia così: Il Nilo è il...?"

« "Il-Nilo-è-il-più-lungo-fiume-dell'Africa-e-per-lunghezza-il-secondo-di-tutti-i-fiumi-della-terra..." Le parole sgorgarono fuori. "Benché-meno-lungo-del..."

« "E dunque, qual è il fiume più lungo dell'Africa?"

« Gli occhioni si sbarrarono stupiti. "Non lo so."

« "Ma il Nilo, Tommy."

« "Il-Nilo-è-il-più-lungo-fiume-dell'Africa-e-per-lunghezza..."

« "Dunque qual è il più lungo fiume, Tommy?"

« Tommaso scoppia in lacrime. "Non lo so" piagnucola. »

Furono queste lacrime, il Direttore lo fece loro chiaramente comprendere, che scoraggiarono i primi sperimentatori. Le esperienze furono abbandonate. Non si fecero altri tentativi per insegnare ai bambini durante il sonno la lunghezza del Nilo. E giustamente: non si può imparare una scienza finché non si sa di che cosa si tratta.

« Se invece avessero soltanto incominciato dall'educazione *morale*... » disse il Direttore, dirigendosi verso la porta; gli studenti lo seguirono, scarabocchiando disperatamente mentre camminavano e durante la salita in ascensore; « ... l'educazione morale, che non dovrebbe mai, in nessuna circostanza, essere razionale... »

"Silenzio, silenzio!" ammonì un altoparlante mentre uscivano dall'ascensore al quattordicesimo piano, e "Silenzio, silenzio!" ripeterono infaticabilmente, a intervalli regolari, gli altoparlanti disposti nei corridoi. Gli studenti e il Direttore stesso camminavano automaticamente in punta di piedi. Essi erano degli Alfa, naturalmente; ma anche gli Alfa sono stati ben condizionati. "Silenzio, silenzio!" Tutta l'atmosfera del quattordicesimo piano vibrava di questo imperativo categorico.

Cinquanta metri percorsi in punta di piedi li condussero ad una porta che il Direttore aprì con cautela. Passarono la soglia e penetrarono nella penombra di un dormitorio dalle imposte chiuse. Ottanta lettini erano disposti in fila lungo una parete. C'era un rumore di respirazione leggera e regolare ed un mormorio continuo, come di voci sussurranti in lontananza.

Una bambinaia si alzò al loro entrare e si mise sull'attenti davanti al Direttore.

« Qual è la lezione d'oggi? » egli chiese.

« Abbiamo avuto la Lezione Sessuale Elementare per i primi quaranta minuti » essa rispose. « Ma ora siamo passati al Corso Elementare di Coscienza di Classe. »

Il Direttore si avviò lentamente lungo la fila dei lettini. Rosei ed abbandonati nel sonno, ottanta bambini e bambine vi erano adagiati e respiravano lievemente. Da ogni guanciale proveniva un sussurrio. Il Direttore si arrestò e, piegandosi sopra uno dei lettini, ascoltò attentamente.

« Corso Elementare di Coscienza di Classe, avete detto? Facciamola ripetere un po' più forte dall'altoparlante. »

All'estremità della stanza un altoparlante sporgeva dal muro. Il Direttore si avvicinò e girò un interruttore:

"... son vestiti tutti di verde" disse una voce dolce ma chiara, cominciando a metà di una frase "e i bambini Delta sono vestiti di kaki. Oh no, non voglio giocare coi bambini Delta. E gli Epsilon sono ancora peggio. Sono troppo stupidi per imparare a leggere e scrivere. Inoltre son vestiti di nero, che è un colore molto brutto. Son *così* contento di essere un Beta!"

Vi fu una pausa; poi la voce riprese:

"I bambini Alfa sono vestiti di grigio. Lavorano molto più di noi, perché sono tanto tanto intelligenti. Sono veramente contento di essere un Beta perché non sono costretto a lavorare così duro. E poi, noi siamo superiori ai Gamma e ai Delta. I Gamma sono stupidi. Essi sono vestiti tutti di verde, e i bambini Delta sono vestiti di kaki. Oh no, non voglio giocare coi bambini Delta. E gli Epsilon sono ancora peggio. Sono troppo stupidi per..."

Il Direttore girò di nuovo l'interruttore. La voce tacque. Soltanto il suo sottile fantasma continuò a mormorare sotto gli ottanta guanciali.

« Se lo sentiranno ripetere ancora quaranta o cinquanta volta prima di svegliarsi: poi di nuovo giovedì e ancora sabato. Centoventi volte, tre volte alla settimana, per trenta mesi. Dopo di che passeranno a una lezione più avanzata.

« Rose e scosse elettriche, il color kaki dei Delta e una ondata di assafetida, legati indissolubilmente prima che il bambino sia capace di parlare. Ma il condizionamento senza parole è rude e grossolano; non può mettere in rilievo le distinzioni più sottili; ma può inculcare i modi di comportamento più complessi. Per questo sono necessarie le parole, ma parole senza ragionamento. Vale a dire, l'ipnopedia: la massima forza moralizzatrice e socializzatrice che sia mai esistita. »

Gli studenti lo scrissero nei loro taccuini. Direttamente dalla fonte.

Ancora una volta il Direttore toccò l'interruttore.

"... tanto tanto intelligenti" stava dicendo la dolce, insinuante, infaticabile voce. "Sono veramente molto contento di essere un Beta, perché..."

Non proprio come gocce d'acqua, benché l'acqua, in verità, sia capace di forare il granito più duro; ma piuttosto come gocce di ceralacca liquida, gocce che aderiscono, s'incrostano, s'immedesimano col corpo su cui cadono, finché in ultimo la roccia è tutta una massa scarlatta.

« Fino a che, da ultimo, la mente del fanciullo sia queste cose suggerite, e la somma di queste cose suggerite sia la mente del fanciullo. E non solo la mente del fanciullo. Anche quella dell'adulto, per tutta la vita. La mente che giudica e desidera e decide, costituita da queste cose suggerite. Ma tutte queste cose suggerite sono suggerimenti *nostri.* » Il Direttore quasi gridava, nel suo trionfo. « Suggerimenti dello Stato. » Diede un pugno sul tavolo più vicino. « Ne consegue perciò... » Un rumore lo fece voltare.

« Oh Ford! » disse in un altro tono « ho fatto svegliare i bambini! »

III

Fuori, in giardino, era l'ora di ricreazione. Nudi nel caldo sole di giugno, sei o settecento fra bambini e bambine correvano con stridule grida sull'erba, o giocavano alla palla o sedevano silenziosamente a due e a tre fra i cespugli fioriti. Le rose erano sbocciate, due usignoli eseguivano i loro soliloqui tra le fronde, e un cuculo cantava un po' stonato fra i tigli. L'aria era sonnolenta del brusio delle api e degli elicotteri.

Il Direttore e gli studenti rimasero per qualche istante ad osservare il giuoco della "Pala Centrifuga". Venti bambini erano raccolti intorno ad una torre di acciaio cromato. Una palla, lanciata in modo da ricadere sulla piattaforma alla sommità della torre, rotolava nell'interno, cadeva su di un disco in rapido movimento, veniva schizzata fuori attraverso una delle numerose aperture esistenti nel perimetro cilindrico, e bisognava prenderla al volo.

« Strano » commentò il Direttore, mentre si allontanavano « è strano pensare che perfino ai tempi del Nostro Ford la maggior parte dei giochi si giocava senza altri accessori all'infuori di qualche palla, di alcuni bastoni e, alle volte, di un po' di rete. Vi rendete conto della pazzia che rappresenta il permettere alla gente di fare dei giochi complicati che non aiutano in alcuno modo il consumo? È una pazzia. Al giorno d'oggi invece, i Controllori non concedono la loro approvazione a nessun gioco nuovo se non si riesce a dimostrare che esso esige una quantità di accessori almeno uguale a quella del più complicato dei giochi esistenti. » Si interruppe.

« Guardate che gruppetto grazioso! » disse, indicando colla mano.

In un piccolo spiazzo erboso fra due alti cespugli di erica mediterranea, due bambini, un ragazzetto di sette anni circa e una bambina che poteva forse avere un anno di più, stavano giocando, con molta gravità e con tutta l'attenzione concentrata di scienziati intenti ad un lavoro di scoperta, a un rudimentale gioco sessuale.

« Graziosissimo, graziosissimo! » ripeté il Direttore in tono sentimentale.

« Graziosissimo » annuirono gentilmente gli studenti; ma il loro sorriso era piuttosto di compatimento. Essi avevano messo da parte simili divertimenti infantili da troppo poco tempo per poterli guardare ora senza una punta di disprezzo. Graziosissimo? Era semplicemente una coppia di mocciosi che se la spassavano; ecco tutto. Dei mocciosi.

« Penso sempre... » continuava il Direttore, con lo stesso tono sentimentale, quando fu interrotto da un alto scoppio di pianto.

Da una macchina vicina emerse una bambinaia che conduceva per mano un ragazzetto il quale urlava a voce spiegata. Una bambina dall'aria inquieta le trotterellava dietro.

« Cos'è successo? » chiese il Direttore.

La bambinaia alzò le spalle. « Nulla di straordinario » rispose. « Solo che questo ragazzo si mostra un po' riluttante a partecipare ai soliti giochi erotici: l'avevo già notato altre volte. Oggi la cosa s'è ancora ripetuta. Ha cominciato a piangere... »

« In verità » s'intromise la bambina inquieta « non volevo fargli male in nessun modo. Davvero... »

« Naturalmente, cara » disse la bambinaia in tono rassicurante. « Perciò » continuò, volgendosi di nuovo al Direttore « lo porto dal Sopraintendente Aggiunto di Psicologia. Solo per vedere se ha qualche cosa di anormale. »

« Giustissimo » disse il Direttore « portatelo da lui. E tu stai qui, bambina » aggiunse quando la bambinaia si allontanò col ragazzo che non aveva cessato di urlare. « Come ti chiami? »

« Polly Trotsky. »

« Un bel nome davvero » disse il Direttore. « E adesso scappa via e vedi se riesci a trovare qualche altro bambino con cui giocare. »

La bimba si allontanò sgambettando fra i cespugli e fu persa di vista.

« Deliziosa piccola creatura! » disse il Direttore, seguendola con gli occhi. Poi volgendosi agli studenti: « Ciò che sto per dirvi ora » avvertì « potrà sembrarvi incredibile. Ma quando non si ha l'abitudine alla storia, la maggior parte dei fatti del passato sembrano incredibili. »

Rivelò la stupefacente verità. Per un lungo periodo prima dell'epoca del Nostro Ford, e anche per qualche generazione posteriore, i giochi erotici tra fanciulli erano stati considerati anormali (ci fu uno scoppio di risa); non soltanto anormali, ma perfino immorali ("no!"); ed erano stati di conseguenza rigorosamente repressi.

Un'espressione di incredulità stupita apparve sui volti degli ascoltatori. Come! Non era permesso ai poveri bambini di divertirsi? Non potevano capacitarsene.

« Perfino gli adolescenti » stava dicendo il Direttore « perfino gli adolescenti come voi... »

« Non è possibile! »

« Eccetto un po' di auto-erotismo e di omosessualità, praticati nascostamente, assolutamente niente. »

« Niente? »

« Nella maggior parte dei casi, finché non avessero passati i vent'anni. »

« Vent'anni? » fecero eco gli studenti in un coro di rumorosa incredulità.

« Venti » ripeté il Direttore. « Ve l'ho detto che non l'avreste creduto. »

« Ma che cosa succedeva? » chiesero gli studenti. « Quali erano i risultati? »

« I risultati erano terribili. » Una voce profonda e risonante si intromise improvvisamente nel dialogo. Si voltarono indietro. Al limitare del piccolo gruppo stava uno sconosciuto, un uomo di mezza altezza, dai capelli neri, dal naso ricurvo, dalle labbra rosse e tumide, dagli occhi scuri e penetranti. « Terribili » ripeté costui.

Il Direttore si era in quel momento seduto su una delle panchine di acciaio e gomma distribuite in modo confortevole nei giardini; ma alla vista del nuovo venuto balzò in piedi e si precipitò in avanti, con le mani tese, mettendo in mostra tutti i denti in un largo sorriso d'effusione.

« Signor Governatore! Che piacere inaspettato! Ragazzi, a che state pensando? Ecco il Governatore; ecco sua Forderia Mustafà Mond. »

Nelle quattromila stanze del Centro, i quattromila orologi elettrici suonarono contemporaneamente le quattro. Delle voci incorporee annunziarono dagli altoparlanti:

"Termina il turno principale diurno. Comincia il secondo turno diurno. Termina il turno..."

Nell'ascensore che li portava agli spogliatoi, Enrico Foster e l'Assistente Direttore del Reparto di Predestinazione voltarono le spalle piuttosto ostentatamente a Bernardo Marx dell'Ufficio di Psicologia: mettevano della distanza tra loro e la sua cattiva reputazione.

Il leggero brusio e strepito dei macchinari muovevano ancora lievemente l'aria infuocata del Deposito degli Embrioni. Potevano cambiarsi i turni di lavoratori, una faccia color *lupus* dar luogo ad un'altra; maestosamente ed eternamente i nastri continuavano ad avanzare lenti col loro carico di futuri uomini e donne.

Lenina Crowne si avviò a passo veloce verso la porta.

Sua Forderia Mustafà Mond! Gli occhi degli studenti che lo salutavano uscivano quasi dalle orbite. Mustafà Mond! Il Governatore Residente per l'Europa Occidentale! Uno dei Dieci Governatori Mondiali. Uno dei Dieci... e si era seduto sulla panchina vicino al Direttore, e stava per fermarsi, per fermarsi a parlare proprio a loro... Direttame - te dalla fonte. Direttamente aa Ford stesso.

Due bambini color zafferano emersero dai cespugli vicini, li guardarono per un istante con occhioni sorpresi, poi tornarono ai loro giochi tra le fronde.

« Voi tutti ricordate » disse il Governatore, con voce forte e profonda « voi tutti ricordate, suppongo, quel bellissimo e ispirato detto del Nostro Ford: "La storia è tutta una sciocchezza". La storia » ripeté lentamente « è tutta una sciocchezza. »

Agitò la mano; ed era come se, con un invisibile piumino, egli avesse spazzato via un po' di polvere, e la polvere era Harappa, era Ur dei Caldei; delle ragnatele, ed esse erano Tebe e Babilonia e Cnosso e Micene. Una spolveratina, un'altra, e dov'era più Odisseo, dov'era Giobbe, dov'erano Giove e Gotamo e Gesù? Una spolveratina... e quelle macchie di antica sporcizia chiamate Atene e Roma, Gerusalemme e l'Impero di Mezzo, erano tutte scomparse. Una spolveratina... il posto dov'era stata l'Italia eccolo vuoto. Una spolveratina, via le cattedrali; una spolveratina, un'altra, via *Re Lear* e i *Pensieri* di Pascal. Una spolveratina, via la *Passione*; una spolveratina, via il *Requiem*; e ancora, via la *Sinfonia*; via...

« Vai al cinema odoroso, stasera, Enrico? » chiese l'Assistente Predestinatore. « Mi hanno detto che c'è una novità all'Alhambra; una cosa di prim'ordine. C'è una scena d'amore su una pelle d'orso; dicono che è meravigliosa. Hanno riprodotto ogni singolo pelo dell'orso. Gli effetti tattili più sorprendenti... »

« Ecco perché non vi si insegna la Storia » stava dicendo il Governatore. « Ma è venuto il momento... »

Il Direttore lo guardò nervosamente. Correvano delle strane voci su vecchi libri proibiti nascosti in una cassaforte nello studio del Governatore. Bibbie, poeti... Ford solo sapeva che cosa.

Mustafà Mond intercettò il suo sguardo inquieto, e gli angoli delle sue labbra rosse si piegarono ironicamente.

« Non temete, Direttore » disse con tono di leggera ironia « non li corromperò. »
Il Direttore era pieno di confusione.

Coloro che si sentono disprezzati fanno bene ad assumere un'aria sprezzante. Il sorriso sulla faccia di Bernardo Marx era di spregio. Ogni pelo dell'orso, davvero!
« Mi farò un dovere d'andarvi » disse Enrico Foster.

Mustafà Mond si piegò in avanti, e agitò un dito sotto i loro occhi. « Cercate di rendervi conto » disse, e la sua voce procurò uno strano brivido ai loro diaframmi « cercate di rendervi conto cosa voleva dire avere una madre vivipara. »
Ancora questa parola oscena. Ma a nessuno, stavolta, passò per la mente di sorridere.
« Cercate di immaginare che cosa significasse "vivere con la propria famiglia". »
Cercarono; ma naturalmente senza il più piccolo risultato.
« E sapete che cosa era il "focolare domestico"? »
Scossero il capo.

Dall'ombra livida del sottosuolo, Lenina Crowne fu sbalzata su di diciassette piani, girò a destra uscendo dall'ascensore, percorse un lungo corridoio e, aperta una porta su cui stava scritto "Sala di Toletta Femminile", piombò in un caos abbacinante di braccia, di seni e di biancheria intima. Torrenti di acqua calda entravano scrosciando in cento vasche da bagno e ne uscivano gorgogliando. Ronfando e sibilando, ottanta apparecchi di vibro-massaggio aspirante stavano simultaneamente lavorando e succhiando le sode abbronzate carni di ottanta superbi tipi di donne. E ognuna di esse parlava a voce alta. Una macchina di Musica Sintetica stava eseguendo un a solo di super-cornetta.
« Ciao, Fanny » disse Lenina alla giovane che aveva l'attaccapanni e la casella vicini ai suoi.
Fanny lavorava nella Sala di Imbottigliamento, e il suo

cognome era pure Crowne. Ma dal momento che i due miliardi di abitanti del pianeta avevano a loro disposizione solo due migliaia di nomi, la coincidenza non era molto sorprendente.

Lenina tirò le sue chiusure lampo, in giù quelle della giacca, in giù con le due mani quelle che sostenevano i calzoni, in giù ancora una volta per togliersi la sottoveste. Rimasta con le scarpe e le calze, si diresse verso i gabinetti.

« Casa, casa, poche stanze, troppo abitate, soffocanti, da un uomo, da una donna periodicamente incinta, da un'orda di ragazzi e ragazze di tutte le età. Niente aria, niente spazio; una prigione insufficientemente sterilizzata; oscurità malattie e cattivi odori. »

(La rievocazione del Governatore fu così vivida che uno dei giovani, più sensibile degli altri, impallidì alla semplice descrizione e fu sul punto di sentirsi male.)

Lenina uscì dal bagno, si asciugò con l'asciugamano, afferrò un lungo tubo flessibile che usciva dal muro, ne presentò l'estremità al petto, come se volesse uccidersi, e premette il grilletto. Un soffio di aria calda la asperse di finissimo impalpabile talco. Otto profumi differenti e acqua di Colonia erano pronti a fluire a mezzo di piccoli rubinetti situati al di sopra del lavabo. Lenina aprì il terzo a partire da sinistra, si bagnò di profumo e, portando scarpe e calze in mano, uscì a vedere se fosse libera una delle macchine vibro-aspiratrici.

« E la casa, oltre che squallida psichicamente, lo era anche fisicamente. Psichicamente, era una tana di conigli selvatici, un letamaio riscaldato per gli attriti della vita che vi si ammucchiava, esalante di emozioni. Quali soffocanti intimità, quali pericolose, insane, oscene relazioni fra i membri del gruppo familiare! come una pazza la madre allevava i suoi bambini (i *suoi* bambini)... li allevava come una gatta i gattini; ma una gatta che parlava, una gatta che sa dire e ridire: "Bambino mio, bambino mio!"; e ancora

ancora: "Bambino mio!" e: "Oh, sul mio seno, le piccole mani, e la fame, e quell'indicibile doloroso piacere! Finché, alla fine, il mio bambino s'addormenta, il mio bambino dorme con una bolla di latte bianco all'angolo della bocca. Il mio bambino dorme...".

« Sì » disse Mustafà Mond approvando col capo « avete ragione di rabbrividire. »

« Con chi esci stasera? » domandò Lenina, ritornando dal vibro-massaggio come una perla illuminata dall'interno: uno splendore roseo.

« Con nessuno. »

Lenina inarcò le sopracciglia per lo stupore.

« Non mi sento tanto bene in questi ultimi tempi » spiegò Fanny. « Il dottor Wells mi ha consigliato un Succedaneo di Gravidanza. »

« Ma, cara mia, hai soltanto diciannove anni. Il primo Succedaneo di Gravidanza non è obbligatorio che a ventun anni. »

« Lo so, cara. Ma per certune è meglio cominciare prima. Il dottor Wells mi ha detto che le brune dal bacino largo, come sono io, dovrebbero prendere il primo Succedaneo di Gravidanza a diciassette anni. Perciò, in realtà, sono in ritardo di due anni, non in anticipo. »

Aprì la porta della sua casella e indicò la fila di scatole e di fiale munite di etichetta sulla scansia superiore.

« Sciroppo di *corpus luteum*. » Lenina lesse i nomi ad alta voce: « Ovarina garantita fresca: non deve essere usata oltre il 1° Agosto, A.F. 632. – Estratto di glandola mammaria: da prendersi tre volte al giorno, prima dei pasti, con un po' d'acqua. – Placentina, 5 cc. per iniezioni intravenose ogni tre giorni...

« Ah! » Lenina rabbrividì. « Come odio le iniezioni intravenose! Anche tu? »

« Sì. Ma quando fanno bene... » Fanny era una fanciulla dotata di molto buon senso.

« Il Nostro Ford – o il Nostro Freud, come, per qualche imperscrutabile ragione, amava chiamarsi quando parlava di questioni psicologiche – il Nostro Freud era stato il primo a rivelare gli spaventosi pericoli della vita familiare. Il mondo era pieno di padri ed era perciò pieno di miseria; pieno di madri e perciò di ogni specie di pervertimenti, dal sadismo alla castità; pieno di fratelli e di sorelle, di zii e di zie; pieno di pazzie e di suicidi.

« Tuttavia, fra i selvaggi di Samoa, in certe isole lungo la costa della Nuova Guinea...

« Il sole tropicale si distendeva come del miele caldo sui corpi nudi dei bambini che ruzzavano promiscui tra i fiori d'ibisco. La loro casa era una qualsiasi delle venti capanne dai tetti di palme. Nelle isole Trobriand il concepimento era opera degli spiriti ancestrali; nessuno aveva mai sentito parlare di un padre.

« Gli estremi » disse il Governatore « si toccano. Per la buona ragione che sono stati fatti per toccarsi. »

« Il dottor Wells afferma che tre mesi di Succedaneo di Gravidanza vorranno dire una differenza enorme per la mia salute nei prossimi tre o quattro anni. »

« Spero che abbia ragione lui » disse Lenina. « Ma, Fanny, intendi veramente dire che per tre mesi non dovresti?... »

« Oh no, cara. Solo per una settimana o due, non di più! Passerò la serata al Club, a giocare al Bridge Musicale. Tu esci, suppongo? »

Lenina annuì.

« Con chi? »

« Enrico Foster. »

« Ancora? » Il viso di Fanny, gentile e piuttosto rotondo, assunse un'espressione incongrua di sorpresa addolorata e di disapprovazione. « Hai il coraggio di dirmi che esci *ancora* con Enrico Foster? »

« Madri e padri, fratelli e sorelle. Ma c'erano anche dei mariti, delle mogli, degli amanti. C'erano anche la monogamia e il romanticismo.

« Benché probabilmente voi non sappiate che cosa ciò voglia dire » esclamò Mustafà Mond.

Scossero tutti il capo.

« Famiglia, monogamia, romanticismo. Dappertutto l'esclusivismo, dappertutto la convergenza dell'interesse, uno stretto incanalamento di impulsi e di energie.

« Ma ognuno appartiene a tutti gli altri » egli concluse, ricordando il proverbio ipnopedico.

Gli studenti annuirono, approvando energicamente una dichiarazione che oltre sessantaduemila ripetizioni nell'oscurità avevano fatto loro accettare, non solamente per vera ma per assiomatica, intuitiva, assolutamente inconfutabile.

« Ma dopo tutto » protestava Lenina « sono soltanto quattro mesi che ho Enrico. »

« *Soltanto* quattro mesi! Ma guarda! E, ciò che è peggio ancora » continuò Fanny agitando un dito accusatore « non c'è stato nessun altro all'infuori di Enrico in tutto questo tempo. Non è vero? »

Lenina arrossì; ma i suoi occhi e il tono della sua voce rimasero pieni di sfida: « No, non c'è stato nessun altro » rispose quasi con ira. « E non vedo neppure perché avrebbe dovuto esserci. »

« Ah! non vede neppure perché avrebbe dovuto esserci! » ripeté Fanny come se parlasse a un invisibile ascoltatore situato dietro la spalla sinistra di Lenina. Poi, con un improvviso cambiamento di tono. « Sul serio » disse « penso che dovresti stare attenta. Non va niente bene continuare così con un solo uomo. A quarant'anni, o anche a trentacinque, potrebbe passare. Ma alla *tua* età, Lenina! No, non va. E tu sai come il Direttore sia contrario a tutto ciò che è intenso e prolungato. Quattro mesi con Enrico Foster, senza avere nessun altro; ebbene, andrebbe sulle furie se venisse a saperlo... »

« Pensate all'acqua sotto pressione in un tubo. » La pensarono. « Lo buco una volta » disse il Governatore. « Che getto! »

Lo bucò venti volte. Ci furono venti piccole fontanelle
« "Bambino mio, bambino mio!..."
« "Mamma!..." La pazzia è contagiosa.
« "Amor mio, primo ed unico, caro, tesoro..."
« Madre, monogamia, romanticismo. Alta schizza la fontana; furioso e spumeggiante è il getto violento, la pressione ha un'unica via d'uscita. Amor mio, bambino mio. Non c'era da stupirsi che quei poveri premoderni fossero pazzi e malvagi e miserabili. Il loro mondo non permetteva loro di prendere le cose per la via più semplice, non permetteva loro di essere sani di spirito, virtuosi, felici. E con le madri e gli amanti, con le proibizioni alle quali non erano condizionati ad obbedire, con le tentazioni e i rimorsi solitari, con tutte le malattie e il dolore che li isolava senza fine, con le incertezze e la povertà, essi erano costretti a sentire fortemente. E sentendo fortemente (fortemente, oltre tutto, in solitudine, in un disperato isolamento individuale) come potevano essere stabili? »

« Naturalmente non c'è bisogno di rinunciare a lui. Prenditene un altro di tanto in tanto, ecco tutto. Ha bene delle altre ragazze, lui, no? »
Lenina lo ammise.
« Si capisce. Puoi fidarti di Enrico Foster che sa comportarsi da perfetto gentiluomo, sempre corretto. Poi bisogna pensare al Direttore. Sai come ci tiene... »
« Mi ha pizzicato il posteriore questo pomeriggio » Lenina disse facendo un cenno di assentimento.
« Ecco, vedi! » Fanny era trionfante. « Vedi bene che *lui* ha le sue idee, che rispetta le convenzioni. »

« La stabilità » disse il Governatore « la stabilità. Non c'è civiltà senza stabilità sociale. Non c'è stabilità sociale senza stabilità individuale. » La sua voce era una tromba. Ascoltandolo si sentivano più grandi, più caldi.
« La macchina gira, gira, e deve continuare a girare, sempre. È la morte se si arresterà. Un miliardo di persone formicolavano sulla terra. Le ruote cominciarono a girare. In

centocinquant'anni ce ne furono due miliardi. Fermate tutte le ruote. In centocinquanta settimane non ne rimane, ancora, che un miliardo; mille migliaia di migliaia di uomini e donne sono morti di fame.

« Le ruote devono girare regolarmente, ma non possono girare se non sono curate. Ci devono essere uomini per curarle, uomini costanti come le ruote sul loro asse, uomini sani di mente, uomini obbedienti, stabili nella loro soddisfazione.

« Gridando: "Bambino mio, madre mia, mio unico, unico amore"; gemendo: "Mio peccato, mio Dio terribile"; urlando per il dolore, rabbrividendo per la febbre, piangendo la vecchiaia e la povertà, come possono curare le ruote? E se non possono curare le ruote... Sarebbe arduo seppellire o bruciare i cadaveri di mille migliaia di migliaia di uomini e di donne. »

« E dopo tutto » la voce di Fanny era carezzevole « non è che ci sia qualche cosa di spiacevole o di penoso nell'avere uno o due uomini oltre Enrico. Ciò considerato dovresti essere un po' più accessibile alla promiscuità. »

« La stabilità » insisteva il Governatore « la stabilità. Il bisogno primo e ultimo. La stabilità. Donde tutto ciò. » Con un gesto della mano indicò i giardini, l'enorme edificio del Centro di Condizionamento, i bambini nudi nascosti tra i cespugli o che si rincorrevano sull'erba.

Lenina scosse la testa: « Non so per quale ragione » rifletté ad alta voce « ma non mi sento attratta dalla promiscuità in questi ultimi tempi. Certe volte si è così. Non trovi anche tu, Fanny? ».

Fanny espresse con un cenno la sua simpatia e la sua comprensione. « Ma bisogna fare uno sforzo » disse sentenziosamente « bisogna comportarsi bene. Dopo tutto, ognuno appartiene a tutti gli altri. »

« Sì, ognuno appartiene a tutti gli altri » ripeté Lenina lentamente: e, sospirando, rimase in silenzio per un istante;

indi prendendo la mano di Fanny le diede una piccola stretta. « Hai ragione, Fanny. Come al solito. Farò uno sforzo. »

« L'impulso, arrestato, trabocca, e l'inondazione è il sentimento, l'inondazione è la passione, l'inondazione è perfino la pazzia: tutto dipende dalla forza della corrente, dall'altezza e dalla resistenza dell'ostacolo. La corrente senza ostacoli scorre placidamente lungo i canali stabiliti verso una calma felicità. (L'embrione ha fame; giorno per giorno, la pompa del surrogato sanguigno compie incessantemente i suoi ottocento giri al minuto. Il bambino travasato urla; accorre immediatamente una bambinaia, con una bottiglia di secrezione esterna. Il sentimento sta in agguato in questo intervallo di tempo tra il desiderio e il suo soddisfacimento. Abbreviare l'intervallo, abbattere tutti gli antichi, inutili ostacoli.)

« Giovani fortunati! » disse il Governatore. « Non è stata risparmiata nessuna fatica per rendere le vostre vite facili dal punto di vista emotivo; per preservarvi, nei limiti del possibile, dal provare qualsiasi emozione. »

« Ford è nella sua vecchia caffettiera » mormorò il Direttore. « E tutto va bene nel mondo. »

« Lenina Crowne? » disse Enrico Foster, ripetendo la domanda dell'Assistente Predestinatore mentre tirava la chiusura lampo dei suoi calzoni. « Oh, è una ragazza magnifica. Stupendamente pneumatica. Sono sopreso che non l'abbiate mai avuta. »

« Già. Non riesco a spiegarmi come non l'ho mai avuta » disse l'Assistente Predestinatore. « Ma la voglio provare. Alla prima occasione. »

Dal suo posto, dall'altra parte dello spogliatoio, Bernardo Marx udì le loro parole e impallidì.

« E per dirti la verità » disse Lenina « comincio ad essere un pochino stanca d'avere sempre e soltanto Enrico tutti i giorni. » Si infilò la calza sinistra. « Conosci Bernardo

Marx? » chiese in un tono di voce la cui eccessiva indifferenza era evidentemente forzata.

Fanny trasecolò: « Non intenderai?... ».

« Perché no? Bernardo è un Alfa-Plus. E poi mi ha invitata ad andare con lui in una delle Riserve di Selvaggi. Ho sempre desiderato di vedere una Riserva di Selvaggi. »

« Ma la sua reputazione? »

« Che m'importa della sua reputazione? »

« Dicono che non gli piaccia il golf a ostacoli. »

« Dicono, dicono... » schernì Lenina.

« E poi passa la maggior parte del tempo da solo... *da solo.* » C'era dell'orrore nella voce di Fanny.

« Ebbene, non sarà più solo quando sarà con me. E in ogni caso, perché la gente lo tratta così male? Io lo trovo carino. » Sorrise fra sé e sé; come era stato assurdamente timido! Spaurito quasi, come se lei fosse stata un Governatore Mondiale e lui un macchinista Gamma-Minus.

« Considerate le vostre esistenze » disse Mustafà Mond. « Nessuno di voi ha mai incontrato un ostacolo insormontabile? »

La domanda ricevette in risposta un silenzio negativo.

« Nessuno di voi è mai stato costretto a subire un lungo intervallo di tempo tra la coscienza di un desiderio e il suo compimento? »

« Veramente... » cominciò uno dei giovani, ed esitò.

« Parlate » disse il Direttore « non fate aspettare Sua Forderia. »

« Una volta dovetti attendere quasi quattro settimane prima che una ragazza ch'io desideravo mi si concedesse. »

« E avete provato, di conseguenza, una forte emozione? »

« Orribile! »

« Orribile; precisamente » disse il Governatore. « I nostri antichi erano talmente stupidi e corti di vista che, quando vennero i primi riformatori e si offersero di salvarli da quelle orribili emozioni, non vollero aver niente a che fare con essi. »

"Parlano di lei come se fosse un pezzo di carne." Bernardo digrignò i denti. "Averla qui, averla là. Come un montone. La degradano come se fosse un montone. Essa ha detto che ci avrebbe pensato e che mi avrebbe dato una risposta questa settimana. Oh Ford, Ford, Ford!" Avrebbe voluto andar loro addosso e colpirli in viso duramente e ripetutamente.

« Sì, vi consiglio veramente di provarla » diceva Enrico Foster.

« Prendete per esempio l'Ectogenesi. Pfitzner e Kawaguki ne avevano elaborato la teoria completa. Ma credete che i Governi ne volessero sapere? No. C'era una cosa chiamata Cristianesimo. Le donne furono costrette a continuare ad essere vivipare. »

« È così brutto! » disse Fanny.

« A me invece è simpatico. »

« E poi è così *piccolo*! » Fanny fece una smorfia; l'esser piccoli era un segno orribile e tipico proprio delle caste inferiori.

« Io la trovo una cosa carina » disse Lenina. « Si prova la voglia di coccolarlo. Sai bene. Come un gatto. »

Fanny fu scandalizzata. « Dicono che qualcuno si sia sbagliato quando era ancora nel flacone; credettero che fosse un Gamma e gli misero dell'alcool nel surrogato sanguigno. Ecco perché è cresciuto così miseramente. »

« Che storie! » si indignò Lenina.

« L'insegnamento durante il sonno fu severamente proibito in Inghilterra. C'era qualche cosa che si chiamava liberalismo. Il Parlamento, se sapete che cos'era, approvò una legge contro di esso. Abbiamo ancora gli atti dei discorsi intorno alla libertà del soggetto. La libertà di non essere buoni a nulla e di essere miserabili. La libertà di essere uno zipolo rotondo in un buco quadrato. »

« Ma, caro mio, è a vostra disposizione, ve l'assicuro, è tutta a vostra disposizione. » Enrico Foster batté sulla spalla dell'Assistente Predestinatore. « Ognuno appartiene a tutti gli altri, dopo tutto. »

"Cento ripetizioni, tre notti la settimana, per quattro anni" pensò Bernardo Marx, che era specialista in ipnopedia. "Sessantaduemilaquattrocento ripetizioni fanno una verità. Idioti!"

« Oppure il sistema delle caste. Continuamente proposto, continuamente respinto. C'era una cosa che si chiamava la democrazia. Come se gli uomini non fossero uguali soltanto fisico-chimicamente. »

« Ebbene, tutto ciò che ti posso dire è che voglio accettare il suo invito. »

Bernardo li odiava, li odiava Ma essi erano in due, erano alti, erano forti.

« La guerra dei Nove Anni cominciò nel 141 di Ford. »

« Se anche fosse vera la storia dell'alcool nel suo surrogato sanguigno, »

« Il fosgene, la cloripicrina, l'iodio-acetato d'etile, la difenilcianarsina, il cloroformiato di triclorometile, il solfuro di dicloretile. Per non parlare dell'acido cianidrico. »

« cosa alla quale non credo assolutamente » concluse Lenina,

« Il fragore di quattordicimila aeroplani avanzanti in ordine sparso. Ma nel Kurfürstendamm e nell'ottavo Dipartimento, le esplosioni delle bombe di antrace sono appena più rumorose dello scoppio di un sacchetto di carta. »

« perché ci tengo proprio a vedere una Riserva di Selvaggi. »

« $CH_3\ C_6\ H_2\ (NO_2)_3 + Hg\ (CNO_2)$ = a che cosa infine? Un'enorme fossa nel terreno, un ammasso di macerie, dei frammenti di carne e di muco, un piede coperto ancora dalla scarpa, che vola per l'aria e ricade, flac! in mezzo ai gerani, gerani rossi; ce n'era una così bella fioritura quell'estate! »

« Sei incorreggibile, Lenina, ci rinuncio. »

« La tecnica russa per contaminare le riserve d'acqua era particolarmente ingegnosa. »

Volgendosi le spalle, Fanny e Lenina continuarono a vestirsi in silenzio.

« La Guerra dei Nove Anni, il Grande Disastro Economico. C'era da scegliere fra il Controllo Mondiale e la distruzione. Fra la stabilità e... »

« Anche Fanny Crowne è una bella ragazza » disse l'Assistente Predestinatore.

Nelle Sale dei Bambini era finita la lezione elementare di Coscienza di Classe, e le voci stavano adattando la futura domanda alla futura produzione industriale. "Mi piace volare" sussurravano "mi piace volare, mi piace avere dei vestiti nuovi, mi piace..."

« Il liberalismo, naturalmente, era morto di antrace, ciononostante non si potevano fare le cose per forza. »

« Neanche lontanamente pneumatica come Lenina. Oh! neanche lontanamente. »

"Ma gli abiti vecchi sono brutti" continuava il mormorio infaticabile. "Si buttano via i vestiti vecchi. È meglio buttar via che aggiustare, è meglio buttar via che aggiustare, è meglio buttar via..."

« Il Governo è una serie di sedute, non di colpi di forza Si governa col cervello e con le natiche, mai coi pugni. Per esempio: ci fu il regime del consumo obbligatorio... »

« Ecco, son pronta » disse Lenina. Ma Fanny rimaneva silenziosa e continuava a voltarle le spalle. « Facciamo la pace, mia cara Fanny? »

« Ognuno, uomo, donna e fanciullo, fu costretto a consumare tanto per anno. Nell'interesse dell'industria. L'unico risultato... »

"È meglio buttare che aggiustare. Più sono i rammendi e minore è il benessere; più sono i rammendi..."

« Uno di questi giorni » disse Fanny con enfasi triste « ti troverai nei pasticci. »

« Il ritorno alla cultura. Sì, veramente, il ritorno alla cultura. Non si può consumare molto se si resta seduti a legger libri. »

« Sto bene così? » chiese Lenina. La sua giacca era fatta di stoffa all'acetato color verde bottiglia con pelliccia verde di viscosa alle maniche e al collo.

« Ottocento seguaci della Vita Semplice furono falciati dalle mitragliatrici a Golders Green. »

"È meglio buttar via che aggiustare, è meglio buttare che aggiustare."

Calzoni corti di velluto verde e calze bianche di lana viscosa rivoltate sotto il ginocchio.

« Poi venne il famoso massacro del British Museum. Duemila fanatici della cultura furono asfissiati con solfuro di dicloretile. »

Un berretto da fantino verde e bianco proteggeva gli occhi di Lenina; le sue scarpe erano di un verde vivo e molto lucide.

« In fin dei conti » disse Mustafà Mond « i Governatori capirono che la violenza non serviva a nulla. I metodi più lenti, ma di gran lunga più sicuri, dell'ectogenesi, del condizionamento neopavloviano, dell'ipnopedia... »

E intorno alla vita portava una cartuccera verde di surrogato di marocchino con finiture d'argento, rigonfia (poiché Lenina non era un'ermafrodita) della provvista regolamentare di anti-fecondativi.

« Le scoperte di Pfitzner e Kawaguki furono finalmente applicate. Un'intensa propaganda contro la riproduzione vivipara... »

« Perfetta! » esclamò Fanny entusiasta. Non poteva mai resistere a lungo al fascino di Lenina. « E che magnifica cintura malthusiana! »

« ... accompagnata da una battaglia contro il Passato; dalla chiusura dei musei; dalla distruzione dei monumenti storici (fortunatamente la maggior parte di essi era stata rovinata durante la Guerra dei Nove Anni); dalla soppressione di tutti i libri pubblicati prima del 150 di Ford. »

« Bisogna assolutamente che me ne procuri una eguale » disse Fanny.

« C'erano delle cose chiamate Piramidi, per esempio. »

« La mia cartuccera di coppale... »

« E un uomo chiamato Shakespeare. Voi non ne avete mai sentito parlare, naturalmente. »

« È in condizioni vergognose, quella mia vecchia cartuccera. »

« Questi sono i vantaggi di una educazione veramente scientifica. »

"... Più sono i rammendi e minore è il benessere; più sono i rammendi e minore è il benessere..."

« L'introduzione del primo Modello T del Nostro Ford... »

« L'ho da quasi tre mesi. »

« ... fu scelta come la data d'inizio della nuova era. »

"... È meglio buttare via che aggiustare, è meglio buttar via..."

« C'era una cosa, come ho detto prima, chiamata il Cristianesimo. »

"... È meglio buttare via che aggiustare..."

« L'etica e la filosofia di un insufficiente consumo. »

"Mi piacciono i vestiti nuovi, mi piacciono i vestiti nuovi, mi piacciono..."

« Assolutamente essenziali quando c'era una insufficiente produzione; ma nell'età delle macchine e della fissazione dell'azoto, un vero delitto contro la società. »

« Me l'ha regalata Enrico Foster. »

« Si tagliò la cima a tutte le croci, e divennero dei T C'era anche una cosa chiamata Dio. »

« È vero surrogato di marrocchino. »

« Ora abbiamo lo Stato Mondiale. E le Celebrazioni del Giorno di Ford, e i Canti in comune, e gli Offici di Solidarietà. »

"Ford, come li odio!" pensava Bernardo Marx.

« C'era una cosa chiamata Cielo; ma ciò nondimeno bevevano enormi quantità di alcool. »

"Come carne. Nient'altro che come carne."

« C'era una cosa chiamata anima e una cosa chiamata immortalità. »

« Ricordati di chiedere a Enrico dove l'ha acquistata. »

« Ma facevano uso di morfina e di cocaina. »

"E ciò che rende la cosa ancora più penosa è che lei pure si considera nient'altro che carne."

« Duemila farmacologi e bio-chimici furono sovvenzionati nel 178 di Ford. »

« Che aria cupa! » disse l'Assistente Predestinatore, indicando Bernardo Marx.

« Sei anni dopo veniva prodotta su scala commerciale. La droga perfetta. »

« Stuzzichiamolo un poco. »

« Euforica, narcotica, gradevolmente allucinante. »

« Che grinta, Marx, che grinta! » Il colpo sulla spalla lo fece trasalire, guardare in su. Era quel bruto di Enrico Foster. « Avete bisogno di un grammo di *soma.* »

« Tutti i vantaggi del Cristianesimo e dell'alcool; nessuno dei difetti. »

"Ford, come vorrei ammazzarlo!" Ma tutto ciò che fece, fu di dire: « No, grazie » e di allontanare con la mano il tubetto di compresse offertogli.

« Potete offrivi un'evasione fuori della realtà quando volete e ritornate senza neanche un mal di capo a una mitologia. »

« Prendetelo! » insisteva Enrico Foster « prendetelo. »

« La stabilità era praticamente assicurata. »

« Un centimetro cubo cura dieci cattivi umori » disse l'Assistente Predestinatore, citando una formula di saggezza ipnopedica elementare.

« Restava solo da vincere la vecchiaia. »

« Andate al diavolo, al diavolo! » gridò Bernardo Marx.

« Ah! Ah! »

« Gli ormoni gonadali, la trasfusione del sangue giovane, i sali di magnesio... »

« E ricordatevi che un grammo val sempre meglio di un'imprecazione. » Uscirono ridendo.

« Tutte le tare fisiologiche della vecchiaia sono state abolite. Ed insieme ad esse, naturalmente... »

« Non dimenticarti di domandargli di questa cintura malthusiana » disse Fanny.

« ... ed insieme ad esse tutte le peculiarità mentali del vecchio. Il carattere rimane costante durante tutta la vita. »

« ... due partite di golf con ostacoli da fare prima di sera. Devo volare. »

« Lavoro, gioco: a sessant'anni le nostre forze e i nostri gusti sono com'erano a diciassette. I vecchi, nei brutti tempi antichi, usavano rinunciare, ritirarsi, darsi alla religione, passare il loro tempo a leggere, a meditare... *meditare*! »

"Idioti, porci!" diceva fra sé Bernardo Marx, mentre si avviava lungo il corridoio verso l'ascensore.

« Ora – questo è il progresso – i vecchi lavorano, i vecchi hanno rapporti sessuali, i vecchi non hanno un momento, un attimo da sottrarre al piacere, non un momento per sedere e pensare; o se per qualche disgraziata evenienza un crepaccio s'apre nella solida sostanza delle loro distrazioni, c'è sempre il *soma*, il delizioso *soma*, mezzo grammo per un riposo di mezza giornata, un grammo per una giornata di vacanza, due grammi per un'escursione nel fantasmagorico Oriente, tre per una oscura eternità nella luna; donde si ritorna per trovarsi dall'altra parte del crepaccio, sicuri sul terreno solido giornaliero e della distrazione correndo da cinema odoroso a cinema odoroso, da ragazza a ragazza pneumatica, dal campo di golf elettromagnetico a... »

« Via, bambina! » gridò il Direttore adirato. « Via, bam bina! Non vedete che Sua Forderia è occupato? Andate a fare i vostri giochetti erotici in un altro posto. »

« Poveri piccoli! » disse il Governatore.

Lentamente, maestosamente, con un leggero ronzio di macchine, i nastri si avanzavano, trentatré centimetri all'ora.

Nella rossa oscurità, scintillavano innumerevoli rubini.

IV

1

L'ascensore era affollato di uomini provenienti dagli spogliatoi Alfa, e l'entrata di Lenina fu accolta con molti cenni di saluto e sorrisi amichevoli. Era una ragazza popolare e, una volta o l'altra, aveva trascorsa una notte quasi con tutti.

"Simpatici ragazzi" pensava mentre contraccambiava i loro saluti. Simpatici ragazzi! Tuttavia avrebbe preferito che le orecchie di Giorgio Edzel non fossero così a sventola (forse gli avevano dato una goccia di troppo di paratiroide al metro 328?). E guardando Benito Hoover, non poté fare a meno di ricordarsi che egli appariva veramente troppo peloso quando si levava gli abiti.

Voltandosi, con gli occhi un po' rattristati dal ricordo del pelo nero e riccioluto di Benito, vide in un angolo il piccolo corpo magro e il volto melanconico di Bernardo Marx.

« Bernardo! » Gli andò vicino. « Ti stavo cercando. » La sua voce chiara dominò il ronzio dell'ascensore che saliva. Gli altri si voltarono curiosi. « Volevo parlarti del nostro progetto per il Nuovo Messico. » Con la coda dell'occhio riusciva a vedere Benito Hoover ch'era a bocca aperta per lo stupore. La sua meraviglia la seccò. "È stupito che io non sia lì a scongiurarlo di permettermi d'andare ancora con lui!" disse fra sé. Poi, forte, e con maggior calore: « Mi piacerebbe proprio di venire con te per una settimana in luglio » riprese. (Stava provando pubblicamente in ogni modo la sua infedeltà a Enrico. Fanny ne sarebbe stata contenta, anche se si fosse trattato solo di Bernardo.) « Almeno, » Lenina gli rivolse il più deliziosamente significativo dei suoi sorrisi « se mi vuoi ancora! »

Il pallido viso di Bernardo arrossì. "Perché mai?" si chiese stupita, ma lusingata da questo strano omaggio al suo potere.

« Non sarebbe meglio parlarne in qualche altro luogo? » egli balbettò, con aria enormemente imbarazzata.

"Come se gli avessi detto qualcosa che non va" pensò Lenina. "Non potrebbe aver l'aria più turbata se gli avessi fatto qualche scherzo osceno, se gli avessi domandato chi era sua madre o qualcosa di simile."

« Voglio dire, con tutta questa gente... » La confusione lo soffocava.

Il riso di Lenina fu franco e privo di malizia. « Quanto sei buffo! » esclamò; e in realtà lo trovava veramente comico. « Mi darai almeno una settimana di preavviso, non è vero? » continuò su un altro tono. « Suppongo che prenderemo il Razzo Azzurro del Pacifico, no? Parte, mi pare, dalla Torre di Charing-T? oppure da Hampstead? »

Prima che Bernardo potesse rispondere, l'ascensore si fermò.

« Tetto! » gracidò una voce.

Il manovratore dell'ascensore era un piccolo individuo scimmiesco, vestito con la tunica nera degli Epsilon-Minus semiaborti.

« Tetto! »

Spalancò i cancelli. La calda gloria del sole pomeridiano lo fece trasalire e sbattere le palpebre.

« Oh, tetto! » ripeté in tono di estasi. Era come se si fosse improvvisamente e gioiosamente svegliato da un oscuro stupore di annichilimento. « Tetto! »

Alzò gli occhi sorridendo, con una specie di adorazione e di muta aspettativa, verso i volti dei suoi passeggeri. Parlando e ridendo insieme, essi uscirono nella luce. Il manovratore li seguì con lo sguardo.

« Tetto? » disse ancora una volta con tono interrogativo. Poi un campanello squillò e dal soffitto dell'ascensore un altoparlante cominciò ad emanare i suoi comandi, molto dolcemente ma imperiosamente.

« Scendi » diceva « scendi. Diciottesimo piano. Scendi, scendi. Diciottesimo piano. Scendi, scendi... »

Il manovratore richiuse i cancelli, toccò un bottone e precipitò immediatamente nell'ombra ronzante del pozzo, l'ombra del suo stupore abituale.

Faceva caldo e c'era molta luce sul tetto. Il pomeriggio estivo era assopito sotto il brusio degli elicotteri che passavano; e il rombo più profondo degli aeroplani-razzo, invisibili, attraverso il cielo luminoso a una decina di chilometri di altezza, era come una carezza sull'aria dolce. Bernardo Marx trasse un lungo sospiro. Alzò gli occhi al cielo, intorno all'orizzonte azzurro, e finalmente li fermò sul viso di Lenina.

« Com'è bello! » La voce gli tremò un poco.

Lei gli sorrise con un'espressione di piena comprensione e di simpatia.

« È proprio quel che ci vuole per giocare al golf con ostacoli » rispose felice. « E ora devo scappare, Bernardo. Enrico si arrabbia se lo faccio aspettare. Fammi sapere in tempo la data. » E, agitando la mano, corse via lungo l'ampia distesa del tetto verso le rimesse. Bernardo restò a guardare lo scintillio sempre più lontano delle calze bianche, le ginocchia abbronzate che si piegavano e si distendevano vivamente, ancora, ancora, e l'ondeggiare più morbido dei calzoncini di velluto ben attillati sotto la giacca verde bottiglia. Sul viso egli aveva un'espressione di pena.

« Direi che è bella » fece una voce forte e allegra alle sue spalle.

Bernardo trasalì e si voltò. Il viso rosso e paffuto di Benito Hoover, chino verso il suo, sorrideva con manifesta cordialità. Benito era notoriamente una buona pasta. La gente soleva dire di lui che avrebbe potuto passare la vita intera senza mai ricorrere al *soma*. Gli accessi di nervosismo e di cattivo umore, ai quali gli altri non potevano sottrarsi che prendendosi delle vacanze, non lo affliggevano mai. La realtà per Benito era sempre piena di sole.

« Anche pneumatica. E come! » Poi con un altro tono: « Ma sentite un po' » continuò « che aspetto cupo avete! Avete bisogno di un grammo di *soma.* » Ficcando la mano destra nella tasca dei calzoni, Benito ne trasse una fialetta. « Un centimetro cubo cura dieci... Ma dico! »

Bernardo si era voltato improvvisamente ed era fuggito.

Benito lo seguì con lo sguardo. "Cosa mai può avere?" si domandò; e, scuotendo il capo, decise che la storiella dell'alcool che avrebbero messo nel surrogato sanguigno di quel povero diavolo doveva essere vera. "Gli ha toccato il cervello, suppongo."

Ripose la fialetta di *soma*, e tirando fuori un pacchetto di *gomma* agli ormoni sessuali, se ne introdusse un pezzo in bocca e si avviò lentamente verso le rimesse ruminando.

Enrico Foster aveva fatto spinger fuori il suo apparecchio dal recinto e, quando arrivò Lenina, era già seduto al suo posto aspettando.

« Quattro minuti di ritardo » fu il suo solo commento, mentre lei gli si arrampicava vicino. Egli mise in marcia i motori e innestò gli ingranaggi delle eliche dell'elicottero. L'apparecchio balzò verticalmente nell'aria. Enrico accelerò; il ronzio dell'elica divenne sempre più acuto, passando dal calabrone alla vespa, dalla vespa alla zanzara; l'indicatore mostrava che essi salivano quasi due chilometri al minuto. Londra s'impiccioliva ai loro piedi. Gli enormi edifici dai tetti a terrazzo non furono più, in pochi secondi, che un vivaio di funghi geometrici germoglianti fra il verde dei parchi e dei giardini. In mezzo, un fungo dallo stelo sottile, più alto, più lungo, la torre di Charing-T, alzava verso il cielo un disco di cemento lucente.

Come ambigui torsi di favolosi atleti, enormi nubi carnose pendevano nell'aria azzurra al disopra delle loro teste. Da una di esse piombò improvvisamente un piccolo insetto scarlatto, ronzando nella caduta.

« Ecco il Razzo Rosso » disse Enrico « che arriva adesso da New York. » Consultando l'orologio: « Sette minuti di ritardo; » aggiunse, e scosse il capo « questi servizi atlantici mancano scandalosamente di puntualità ».

Levò il piede dall'acceleratore. Il brusio delle eliche sopra le loro teste calò di un'ottava e mezzo, ritornando dalla zanzara e dalla vespa all'ape, al calabrone e al cervo volante. Il moto ascensionale dell'apparecchio rallentò; un momento dopo erano immoti sospesi nell'aria. Enrico spinse una leva; ci fu un rumore metallico. Dapprima lentamente e poi sempre più veloce, finché divenne una foschia circolare davanti ai loro occhi, l'elica anteriore cominciò a girare. Il vento di una velocità orizzontale cominciò a fischiare sempre più acuto nei longheroni. Enrico teneva d'occhio il contagiri; quando l'ago raggiunse il segno dei milleduecento, disinnestò le eliche dell'elicottero. L'apparecchio aveva raggiunto una velocità sufficiente per volare con le sue ali.

Lenina guardò attraverso il vetro nel pavimento ai suoi piedi. Volavano sopra la zona di sei chilometri di parco che separava Londra Centrale dalla sua prima cintura di sobborghi satelliti. Il verde pullulava di umanità vista di scorcio. Foreste di torri per il gioco della Palla Centrifuga splendevano tra gli alberi. Presso la Shepherd's Bush duemila coppie di Beta-Minus giocavano a tennis, in doppi misti, su delle superfici di Riemann. Una doppia fila di campi per assalti di palla a muro accompagnava la grande strada da Notting Hill a Willesden. Nello Stadio di Ealing stava svolgendosi una festa ginnica e un programma di Canti Corali per Delta.

« Che orribile colore è il kaki! » osservò Lenina, esprimendo i pregiudizi ipnopedici della sua casta.

Gli edifici dello Studio del Film odoroso di Hounslow ricoprivano sette ettari e mezzo. Vicino ad essi un esercito di lavoratori in nero e kaki erano occupati a rivetrificare la superficie della Grande Strada Occidentale. Stavano aprendo uno degli enormi crogiuoli mobili proprio al loro passaggio. La pietra fusa si riversò in un fiume di abbagliante incandescenza sulla strada; i rulli in amianto andavano e venivano; dietro una innaffiatrice isolata, il vapore saliva in nuvole bianche.

A Brentford l'officina della Compagnia di Televisione era simile a un piccolo paese.

« Staranno cambiando i turni di lavoro » disse Lenina.

Come afidi e formiche, le ragazze Gamma color verdefoglia, gli Epsilon-Minus semiaborti si accalcavano intorno alle entrate e si fermavano in lunghe code per prender posto nelle carrozze del tram a una rotaia. Dei Beta-Minus color delle more andavano e venivano fra la folla. Il tetto dell'edificio principale formicolava per gli arrivi e le partenze degli elicotteri.

« In fede mia » disse Lenina « sono contenta di non essere una Gamma. »

Dieci minuti più tardi essi erano a Stoke Poges e avevano cominciato la loro prima partita di golf con ostacoli.

2

Con gli occhi per la maggior parte del tempo bassi e, se si posavano su un suo simile, immediatamente e furtivamente distolti, Bernardo si affrettò ad attraversare il tetto. Egli era come un uomo inseguito, ma inseguito da nemici che egli non vuole vedere, per paura che possano sembrargli ancora più ostili di quanto egli supponga, e tali da dargli l'impressione d'essere ancora più colpevole e ancora più desolatamente solo.

"Quell'antipatico Benito Hoover!" Eppure costui aveva avuto una buona intenzione. Ma essa, in certo qual modo, non faceva che rendere la cosa molto peggiore. I benintenzionati si comportavano allo stesso modo dei malintenzionati. Anche Lenina lo faceva soffrire. Si ricordò di quelle settimane di timida indecisione, durante le quali l'aveva guardata, desiderata, disperando di aver mai il coraggio di domandarla. Oserebbe egli arrischiare di essere umiliato da un rifiuto sprezzante? Ma se essa gli rispondeva di sì, che felicità! Ebbene, ora lo aveva fatto ed egli era ancora triste: triste che lei avesse trovato ideale quel pomeriggio per giocare al golf con ostacoli, che fosse corsa via per raggiungere

Enrico Foster, che l'avesse trovato ridicolo perché non aveva voluto parlare in pubblico dei loro affari più intimi. Triste, in una parola, perché lei si comportava come una qualsiasi ragazza inglese sana e virtuosa deve comportarsi, e non in qualche altro modo anormale e straordinario.

Aprì la porta del suo recinto e chiamò un paio di inservienti Delta-Minus, che non avevano nulla da fare, perché venissero a spingere il suo apparecchio sul tetto. Il personale delle rimesse era composto di un unico Gruppo Bokanovsky, e questi uomini erano gemelli, identicamente piccoli, neri e brutti a vedersi. Bernardo diede i suoi ordini col tono vivace, arrogante e anche offensivo di chi non si sente troppo sicuro della propria superiorità. L'aver a che fare con membri delle caste inferiori rappresentava sempre, per Bernardo, un'esperienza penosa. Infatti, qualunque ne fosse la causa (e le dicerie correnti dell'alcool nel suo surrogato sanguigno potevano benissimo – incidenti ne capitano sempre – essere vere), il fisico di Bernardo era di poco superiore a quello di un Gamma medio. Egli misurava otto centimetri meno dell'altezza normale degli Alfa ed era snello in proporzione. Il contatto coi membri delle caste inferiori gli ricordava sempre penosamente la sua insufficienza fisica. "Io sono io, e vorrei non esserlo." La coscienza di sé era in lui acuta e dolorosa. Ogni volta che si trovava a guardare in faccia un Delta, a livello dei propri occhi, e non da più in alto, egli si sentiva umiliato. Quella creatura lo tratterebbe col rispetto dovuto alla sua casta? La domanda lo ossessionava. E non senza ragione. Perché i Gamma, i Delta e gli Epsilon erano stati in certa misura condizionati ad associare la massa corporale con la superiorità sociale. Esisteva in tutti, certo, un leggero pregiudizio ipnopedico a favore della statura. Di qui il riso delle donne alle quali egli faceva delle proposte, le celie degli uomini suoi pari. A causa dello scherno egli si sentiva un paria; e sentendosi un paria, si comportava come tale, ciò che aumentava la diffidenza verso di lui e intensificava il disprezzo e l'ostilità suscitati dai suoi difetti fisici. E questo, a sua volta, accresceva il suo sentimento d'essere estraneo e solo. Un timore

FACIAL JUSTICE

cronico di sentirsi mancare di rispetto lo costringeva a evitare i suoi simili, a rifugiarsi, nei confronti degli inferiori, nel sentimento cosciente della sua dignità. Con quale amarezza egli invidiava gli uomini del tipo di Enrico Foster e di Benito Hoover! Degli uomini che non erano mai costretti a gridare per far obbedire un loro ordine da un Epsilon; degli uomini che consideravano la loro posizione un diritto; degli uomini che si muovevano nel sistema delle caste come un pesce nell'acqua, così completamente a loro agio da non avere coscienza né di loro stessi né del benefico e confortevole elemento in cui avevano il loro essere.

Fiaccamente, gli sembrò, e controvoglia, gli inservienti gemelli spinsero il suo aeroplano sul tetto.

« Muovetevi! » disse Bernardo con tono irritato. Uno di essi diede un'occhiata. Era una specie di bestiale decisione che egli scopriva in quegli occhi grigi e smorti?

« Muovetevi! » ripeté più forte, e la sua voce era rauca e cattiva.

Si arrampicò nell'apparecchio e un minuto dopo volava verso il sud, verso il fiume.

I vari Uffici di Propaganda e il Collegio di Ingegneria Emotiva erano situati in un unico edificio di sessanta piani in Fleet Street. Nel sottosuolo e nei piani inferiori si trovavano le rotative e gli uffici di tre grandi giornali di Londra: "The Hourly Radio", il foglio delle caste superiori, "The Gamma Gazette" color verde-pallido, e "The Delta Mirror" su carta color kaki ed esclusivamente in parole di una sola sillaba. Poi c'erano gli Uffici di Propaganda per Televisione, per Film odoroso e per Voce e Musica Sintetica: ventidue piani in tutto. Sopra stavano i laboratori di indagine e le stanze imbottite in cui i Registratori di rulli sonori e i Compositori sintetici attendevano al loro compito delicato. Gli ultimi diciotto piani erano occupati dal Collegio di Ingegneria Emotiva.

Bernardo atterrò sul tetto della Casa di Propaganda e scese dall'apparecchio.

« Mettiti in comunicazione col signor Helmholtz Watson » ordinò al portiere Gamma-Plus « e digli che il signor Bernardo Marx lo aspetta sul tetto. »

Si sedette ed accese una sigaretta.

Helmholtz Watson stava scrivendo quando arrivò il messaggio.

« Ditegli che vengo subito » rispose e attaccò il ricevitore. Poi, volgendosi alla sua segretaria: « Vi lascio il compito di metter via le mie cose » continuò con lo stesso tono ufficiale ed impersonale; e senza notare il sorriso luminoso di lei, si alzò e si diresse rapidamente alla porta.

Era un uomo poderosamente costruito, dal petto ampio, dalle spalle larghe, massiccio e ciononondimeno vivace nei movimenti, elastico ed agile. La colonna rotonda e forte del collo sosteneva una testa magnifica. I capelli erano scuri e ricciuti, i lineamenti marcati. Nel suo genere forte e accentuato, egli era un bell'uomo e dimostrava, come la sua segretaria non si stancava mai di ripetergli, di essere un Alfa-Plus in ogni centimetro di sé. Di professione era docente al Collegio di Ingegneria Emotiva (Reparto Scrittura) e, negli intervalli della sua attività di educatore, un attivo Ingegnere Emotivo. Scriveva regolarmente in "The Hourly Radio", componeva scenari per i film odorosi, e aveva un dono speciale per i motti di propaganda e i versi ipnopedici.

"Un uomo abile" tale era il giudizio dei suoi superiori. "Forse" e scuotendo la testa, abbassavano significativamente la voce "un po' troppo abile."

Sì, forse un po' troppo abile; essi avevano ragione. Un eccesso mentale aveva prodotto in Helmholtz Watson effetti molto simili a quelli che, in Bernardo Marx, erano il risultato di un difetto fisico. Un'insufficienza ossea e muscolare aveva isolato Bernardo dai suoi simili, e il senso di questo isolamento, essendo, secondo tutti i criteri correnti, un eccesso mentale, divenne a sua volta una causa di separazione maggiore. Ciò che aveva dato a Helmholtz così sconfortante coscienza della sua personalità e del suo isolamento era un eccesso di talento. Ciò che i due uomini avevano in comune era la coscienza di essere degli individui. Ma mentre Bernardo, fisicamente deficiente, aveva sofferto tutta la vita per la coscienza della sua solitudine, solo recentemente Helmholtz Watson, resosi conto del suo eccesso mentale, si era pure accorto della differenza tra sé e le persone che lo circondavano. Questo campione sportivo, questo infaticabile amatore (si diceva di lui che avesse avuto seicentoquaranta ragazze diverse in meno di quattro anni), questo ammirevole membro di comitati e buon compagno, si era reso conto improvvisamente che lo sport, le donne, le attività di comando erano solamente, per ciò che lo riguardava, delle cose di second'ordine. In realtà, e nel suo intimo, egli si interessava a qualcosa d'altro. Ma a che cosa? A che cosa? Questo era il problema che Bernardo era venuto a discutere con lui; o meglio, poiché era sempre Helmholtz che parlava, a sentir discutere dal suo amico, ancora una volta.

Tre leggiadre fanciulle dell'Ufficio di Propaganda per mezzo della Voce Sintetica lo fermarono mentre usciva dall'ascensore.

« Oh, Helmholtz caro, vieni a far merenda all'aperto con noi a Exmoor. » Si afferrarono a lui imploranti.

Egli scosse il capo, e si aprì una via in mezzo ad esse scostandole con le mani. « No, no. »

« Non abbiamo invitato nessun altro uomo. »

Ma Helmholtz non si lasciò sedurre neppure da questa deliziosa promessa. « No » ripeté « ho da fare. » E continuò risolutamente il suo cammino. Le ragazze gli corsero dietro. Non fu che quand'egli ebbe preso posto nell'aeroplano di Bernardo e richiuso lo sportello, che abbandonarono l'inseguimento. Non senza rimproveri.

« Queste donne! » diss'egli mentre l'apparecchio si alzava nell'aria. « Queste donne! » Scosse il capo, accigliato. « Terribile! » Bernardo gli diede ipocritamente ragione, desiderando, in cuor suo, mentre parlava, di poter avere tante ragazze quante Helmholtz, e con così poca fatica. Fu colto da un improvviso e urgente desiderio di vantarsi. « Porto Lenina Crowne con me al Nuovo Messico » disse in tono che cercò di rendere il più indifferente possibile.

« Sì? » rispose Helmholtz, con una completa mancanza di interesse. Indi, dopo una piccola pausa: « In questi ultimi quindici giorni ho lasciato da parte tutti i miei Comitati e tutte le mie ragazze. Non puoi immaginarti che finimondo ne hanno fatto al Collegio. Eppure, ne valeva la pena, credo. Gli effetti... ». Esitò. « Ebbene, sono strani, molto strani. »

Una deficienza fisica poteva produrre una specie di eccesso mentale. Il processo era apparentemente invertibile. Un eccesso mentale poteva produrre, ai suoi fini, la cecità e la sordità volontarie di una solitudine deliberata, l'impotenza artificiale dell'ascetismo.

Il resto del breve volo fu compiuto in silenzio. Quando furono arrivati e si furono comodamente allungati sui sofà pneumatici nella camera di Bernardo, Helmholtz ritornò alla carica. Parlava molto lentamente: « Non hai mai provato la sensazione » chiese « d'avere qualcosa dentro di te che attende per uscire soltanto l'occasione che tu stesso potresti fornirle? Una specie di eccesso di potenza di cui non si fa uso, sai, come tutta l'acqua che si precipita dalle cascate invece di passare attraverso le turbine? ». E guardò Bernardo con aria interrogativa.

« Intendi dire tutte le emozioni che si potrebbero sentire se le cose fossero diverse? »

Helmholtz scosse il capo. « Niente affatto. Penso a una strana sensazione che provo in certi momenti, la sensazione di avere qualcosa di importante da dire e il potere di dirlo, ma senza sapere che cosa sia, e non posso far uso di questo potere. Se ci fosse un modo diverso di scrivere... oppure qualche altro soggetto intorno a cui scrivere... » Tacque, poi riprese: « Vedi, sono abbastanza abile nell'inventare delle formule: sai bene, quella specie di parole che ti fanno saltar su di colpo, quasi come se ti fossi seduto su uno spillo, tanto sembrano nuove ed eccitanti anche se si riferiscono a qualche soggetto ipnopedicamente evidente. Ma questo non mi sembra sufficiente. Non basta che le formule siano buone; dovrebbe pure essere buono ciò che se ne ricava. »

« Ma le cose che scrivi tu sono buone, Helmholtz. »

« Oh, fin dove arrivano. » Helmholtz alzò le spalle. « Ma

arrivano assai poco lontano. Non sono, per così dire, abbastanza importanti. Sento che potrei far qualche cosa di molto più importante. Sì, di più intenso, di più violento. Ma cosa? Cosa c'è di più importante da dire? E come si può essere più violenti intorno alle cose di cui si deve scrivere? Le parole possono essere paragonate ai Raggi X; se si usano a dovere, attraversano ogni cosa. Leggi, e ti trapassano. Questa è una delle cose che io tento di insegnare ai miei studenti, a scrivere in maniera da colpire a fondo. Ma a che serve essere colpiti da un articolo sui Canti Corali o sull'ultimo perfezionamento degli organi a profumo? E poi, si riesce forse a scrivere delle parole veramente attraversanti – capisci, come i Raggi X più duri – quando si tratta di argomenti di questo genere? Si riesce a dire qualcosa intorno a nulla? Ecco a che si riduce ciò, in fondo. Tento e tento... »

« Zitto » disse Bernardo improvvisamente; e alzò un dito ammonitore; si misero in ascolto. « Credo che ci sia qualcuno dietro la porta » sussurrò.

Helmholtz si alzò, attraversò la stanza in punta di piedi, e con un movimento improvviso e rapido spalancò la porta. Naturalmente non c'era nessuno.

« Scusa » disse Bernardo, che si sentiva sgradevolmente ridicolo. « Devo avere i nervi scoperti. Quando la gente si mostra sospettosa con te, cominci ad essere sospettoso nei suoi riguardi. »

Si passò la mano sugli occhi, sospirò e la sua voce divenne lamentosa. Si giustificava: « Se tu sapessi cosa ho dovuto sopportare ultimamente! » disse quasi con le lacrime in gola; e la corrente della sua pietà verso se stesso era come una fontana improvvisamente liberata. « Se tu sapessi! »

Helmholtz Watson ascoltò con un certo senso di disagio. "Povero piccolo Bernardo!" disse tra sé. Nello stesso tempo, tuttavia, si vergognava un poco per il suo amico. Avrebbe voluto che Bernardo mostrasse un po' più d'amor proprio.

V

1

Alle otto la luce cominciò a mancare. Gli altoparlanti nella Torre della sede del Club di Stoke Poges cominciarono ad annunciare, con voce tenorile, che aveva qualche cosa di più che umano, la chiusura dei campi di gioco. Lenina ed Enrico interruppero la loro partita e si avviarono a piedi verso il Club. Dai prati del Trust delle Secrezioni Interne ed Esterne arrivava il muggito delle migliaia di bovini che fornivano, coi loro ormoni e il loro latte, le materie prime alla grande officina di Farnham Royal.

Un incessante ronzio di elicotteri riempiva il crepuscolo. Ogni due minuti e mezzo una campana e dei fischi acutissimi annunciavano la partenza di uno dei treni leggeri a monorotaia che riconducevano i giocatori di golf delle caste inferiori dal loro campo separato alla metropoli.

Lenina ed Enrico presero posto nel loro apparecchio e decollarono. A trecentocinquanta metri d'altezza Enrico rallentò le eliche dell'elicottero, ed essi rimasero per qualche minuto sospesi sopra il paesaggio che svaniva. La foresta di Burnham Beeches si stendeva come un grande stagno di oscurità verso il limite ancora brillante del cielo occidentale. Violacea all'orizzonte, l'ultima luce del tramonto si scolorì passando dall'arancione al giallo e a un pallido verde d'acque. A settentrione, al di là e al di sopra degli alberi, l'officina delle Secrezioni Interne ed Esterne dardeggiava da ogni finestra dei venti piani le sue crude ed abbaglianti luci elettriche. Al di sotto di essa stavano le costruzioni del

Golf Club, le enormi caserme delle caste inferiori e, dall'altra parte del muro divisorio, le case più piccole riservate ai soci Alfa e Beta. Le strade che conducevano alla stazione del treno a monorotaia erano nere di gente delle classi inferiori, che si muoveva come formiche. Da sotto la volta di vetro, un treno illuminato si slanciò fuori all'aperto. Seguendone il cammino, verso Sud-Est, nella pianura ormai invasa dall'oscurità, i loro occhi furono attirati dai maestosi edifici del Crematorio di Slough. Per la sicurezza dei voli notturni, le sue quattro alte ciminiere erano illuminate a giorno e coronate sulla sommità da rossi segnali di pericolo. Era un punto di riferimento.

« Perché le ciminiere hanno intorno quegli affari che sembrano balconate? » chiese Lenina.

« Ricupero di fosforo » spiegò Enrico in stile telegrafico. « Mentre salgono nel camino, i gas vengono sottoposti a quattro processi separati. Una volta il $P_2 O_5$ usciva completamente dalla circolazione ogni volta che si cremava qualcuno. Adesso se ne ricupera più del novantotto per cento. Più di un chilo e mezzo per ogni cadavere di adulto. Il che rappresenta circa quattrocento tonnellate di fosforo ogni anno, nella sola Inghilterra. » Enrico diceva queste cose con tono soddisfatto, orgoglioso di questi risultati, come se fossero opera sua. « È magnifico pensare che possiamo continuare ad essere socialmente utili anche dopo morti. Facendo crescere le piante. »

Lenina, nel frattempo, aveva distolto gli occhi dal Crematorio e stava osservando in basso la stazione dei treni a monorotaia.

« Magnifico » assentì. « Ma è strano che gli Alfa e i Beta non facciano crescere un maggior numero di piante di quegli orribili Gamma, Delta ed Epsilon che sono laggiù. »

« Tutti gli uomini sono fisico-chimicamente uguali » disse Enrico con tono sentenzioso. « E poi, perfino gli Epsilon compiono funzioni indispensabili. »

« Perfino un Epsilon... » Lenina si ricordò improvvisamente di una volta che, bambina a scuola, si era svegliata a metà della notte e si era resa conto, per la prima volta, del ronzio che popolava tutti i suoi sonni. Rivide il raggio di luce lunare, la fila dei lettini bianchi; riudì la dolce, dolce voce che diceva (le parole erano lì, indimenticate, indimenticabili, dopo tante ripetizioni notturne): "Ciascuno lavora per tutti. Non si può fare a meno di nessuno. Perfino gli Epsilon sono utili. Non si potrebbe fare a meno degli Epsilon. Ciascuno lavora per tutti. Non si può fare a meno di nessuno...". Lenina si ricordò il suo primo moto di timore e di sorpresa, le sue speculazioni durante mezz'ora di veglia; e poi, sotto l'influenza di quelle ripetizioni senza fine, la tranquillità progressiva della sua mente, il calmante, piano, lieve avanzarsi del sonno...

« Suppongo che, in fondo, agli Epsilon non importi nulla di essere degli Epsilon » disse ad alta voce.

« Naturalmente, non gliene importa nulla. E come potrebbe importargliene? Non immaginano neppure che cosa sia essere qualcosa di diverso. Noi ce ne accorgeremmo, naturalmente. Ma, vedi, noi siamo stati condizionati diversamente, e poi cominciamo con un'eredità diversa. »

« Sono contenta di non essere una Epsilon » disse Lenina con convinzione.

« E se tu fossi una Epsilon » rispose Enrico « il tuo condizionamento ti avrebbe resa ugualmente contenta di non essere una Beta o un'Alfa. »

Innestò l'elica anteriore e diresse l'apparecchio verso Londra. Dietro loro, a occidente, il viola e l'arancione erano quasi svaniti; un oscuro banco di nebbia si era avanzato allo zenit. Mentre volavano sopra il Crematorio, l'aeroplano fu sbalzato in su dalla colonna d'aria calda che usciva dalle ciminiere, per ricadere poi in modo ineguálmente brusco quando giunse nella corrente fredda e discendente che seguiva.

« Che magnifica montagna russa! » rise Lenina beata.

Ma il tono di Enrico fu, per un istante, quasi melanconico.

« Sai che cos'era quella montagna russa? » chiese. « Era la sparizione finale e definitiva di qualche essere umano. S'innalzava in un getto di gas caldo. Sarei curioso di sapere chi era: un uomo o una donna, un Alfa o un Epsilon... » Egli sospirò. Poi, con una voce risolutamente allegra, concluse: « Tuttavia, di una cosa possiamo esser certi: chiunque sia stato, fu felice mentr'era in vita. Tutti sono felici adesso ».

« Sì, tutti sono felici adesso » gli fece eco Lenina.

Avevano sentito ripetere queste parole centocinquanta volte ogni notte per dodici anni.

Atterrando sul tetto della casa di quaranta piani in Westminster dove era l'appartamento di Enrico, essi discesero direttamente nella sala da pranzo. Lì, in rumorosa e vivace compagnia, fecero un eccellente pranzo. Insieme al caffè fu servito del *soma*. Lenina ne prese due compresse da mezzo grammo ed Enrico tre. Alle nove e venti attraversarono la strada per recarsi al Varietà di recente apertura all'Abbazia di Westminster. Era una notte quasi senza nubi, senza luna e stellata; ma di questo fatto, deprimente nel suo complesso, Lenina ed Enrico non ebbero fortunatamente coscienza. Le insegne elettriche luminose dissipavano vittoriosamente l'oscurità esteriore: "Calvino Stopes e i suoi sedici sessofonisti". Dalla facciata della nuova Abbazia le lettere gigantesche dardeggiavano il loro richiamo: "Il miglior organo a profumo e a colori di Londra – Tutta la moderna musica sintetica".

Entrarono. L'aria sembrava calda e quasi irrespirabile tant'era carica di profumo d'ambra grigia e di sandalo. Sul soffitto a volta della sala, l'organo a colori aveva momentaneamente dipinto un tramonto tropicale. I sedici sessofonisti stavano suonando una musica che aveva avuto un grande successo: "Non esiste bottiglia nel creato, o bottiglietta mia, simile a te". Quattrocento coppie danzavano un *five-step* sul pavimento tirato a cera. Lenina ed Enrico formarono ben presto la coppia quattrocento e uno. I sessofonisti si lamentavano come gatti melodiosi sotto la luna, gemevano nel registro altro e tenero come se fossero in procinto di subire il brivido nervoso. Dotato d'un'abbondanza straordinaria di armonici, il loro tremulo coro saliva verso una sommità sempre più sonora, finché da ultimo, con un gesto della mano, il direttore d'orchestra scatenò la fragorosa nota finale di musica eterea e soffiò fuori d'ogni esistenza i sedici soffiatori semplicemente umani. Tuono in *la* bemolle maggiore. Quindi, in un silenzio quasi completo, in un'oscurità quasi completa, seguì una graduale deturgescenza, un *diminuendo* discendente per quarti di tono, giù giù fino a un accordo dominante fievolmente sussurrato che permaneva ancora (mentre il ritmo quinario pulsava nei bassi) caricando gli oscuri secondi di un'intensa attesa. E finalmente l'attesa fu soddisfatta; s'ebbe improvvisamente un sorgere di sole esplosivo e, simultaneamente, i sedici si misero a cantare:

« Bottiglia mia, sei tu che ho sempre amato!
Bottiglia mia, perché fui travasato?
Azzurri son i cieli nel tuo seno,
è il tempo dentro te sempre sereno.
Poiché
non esiste bottiglia nel creato,
o bottiglietta mia, simile a te. »

Danzando il *five-step* con le altre quattrocento coppie attorno all'Abbazia di Westminster, Lenina ed Enrico danzavano tuttavia in un altro mondo: il mondo pieno di calore, intensamente colorato, il mondo infinitamente dolce d'un giorno di vacanza col *soma*. Come tutti erano buoni, e belli, e deliziosamente divertenti!

"Bottiglia mia, sei tu che ho sempre amato..." Ma Lenina ed Enrico possedevano ciò che desideravano... Essi erano dentro, in questo luogo, ora, e al sicuro; dentro col bel tempo e il cielo eternamente azzurro. E quando, esausti, i sedici ebbero deposto i loro sessofoni, e l'apparecchio per la musica sintetica si mise a produrre l'ultima novità in fatto di Blues Malthusiani lenti, essi erano ridiventati degli Embrioni gemelli, cullantisi lievemente insieme sulle onde di un oceano di surrogato sanguigno in bottiglia.

"Buona notte, amici cari. Buona notte, amici cari." Gli altoparlanti velavano i loro ordini con una gentilezza simpatica e musicale. "Buona notte, amici cari..."

Obbedienti, con tutti gli altri, Lenina ed Enrico lasciarono il locale. Le opprimenti stelle avevano già percorso un bel tratto di strada nei cieli. Ma benché lo schermo delle insegne luminose che le separavano da loro fosse ora notevolmente attenuato, i due giovani restavano ancora nella loro felice ignoranza della notte.

La seconda dose di *soma*, ingoiata mezz'ora prima della chiusura, aveva innalzato un muro del tutto impenetrabile fra l'universo reale e il loro spirito. Erano come imbottigliati, e così attraversarono la via; e così presero l'ascensore fino alla camera di Enrico al ventottesimo piano. Eppure, per quanto imbottigliata, e nonostante quel secondo grammo di *soma*, Lenina non si scordò di prendere tutte le precauzioni antifecondative prescritte dai regolamenti. Gli anni di ipnopedia intensiva e, dai dodici ai diciotto, gli esercizi malthusiani, tre volte la settimana, avevano reso la pratica di queste precauzioni quasi tanto automatica e inevitabile quanto lo sbattere delle palpebre.

« Oh! a proposito, » essa disse uscendo dal gabinetto da bagno « Fanny Crowne vorrebbe sapere dove hai trovato quella magnifica cartuccera di surrogato di marocchino verde che mi hai regalato. »

2

Il giovedì, una settimana sì e una no, Bernardo aveva il Servizio di Solidarietà. Dopo un pranzo anticipato all'Afroditaeum (di cui Helmholtz era stato recentemente eletto membro in virtù dell'articolo 2 del regolamento), Bernardo si congedò dal suo amico e, chiamato un velivolo pubblico sul tetto, ordinò al pilota di condurlo alla Cantoria sociale di Fordson. L'apparecchio si innalzò di qualche centinaio di metri, quindi si diresse verso est, e mentre virava apparve davanti agli occhi di Bernardo, gigantescamente bella, la Cantoria. Illuminata a giorno, coi suoi trecento e venti metri di pseudo marmo bianco di Carrara, splendeva con nivea incandescenza sopra Ludgate Hill; a ciascuno dei quattro angoli della sua piattaforma per elicotteri brillava un'immensa T, rossa sullo sfondo della notte, e dalle bocche di ventiquattro enormi trombe d'oro rombava una solenne musica sintetica.

"Accidenti, sono in ritardo" disse Bernardo tra sé, appena data un'occhiata a Big Henry, l'orologio della Cantoria. Infatti, mentre pagava la corsa, Big Henry suonò l'ora. "Ford" tuonò una formidabile voce di basso uscendo da ognuna delle trombe d'oro. "Ford, Ford, Ford..."... Per nove volte. Bernardo si diresse di corsa verso l'ascensore.

La grande sala per le celebrazioni del Giorno di Ford e gli altri Canti in massa era al pianterreno dell'edificio. Sopra di essa, in ragione di cento per ogni piano, si trovavano le settemila stanze usate dai Gruppi di Solidarietà per i loro servizi quindicinali. Bernardo discese al trentatreesimo piano, infilò precipitosamente il corridoio, si fermò esitando un secondo dinanzi alla stanza 3210, quindi, preso il coraggio a due mani, aperse la porta ed entrò.

Ford sia lodato! non era l'ultimo. Delle dodici sedie disposte intorno alla tavola circolare, tre erano ancora vuote. Scivolò nella più vicina con la massima circospezione per non dar nell'occhio, e si preparò a far la faccia scura agli altri ritardatari quando arrivassero.

Voltandosi verso di lui « A che cosa avete giocato questo pomeriggio? » gli chiese la ragazza alla sua sinistra. « Agli Ostacoli o all'Elettromagnetico? »

Bernardo la guardò (Ford! era Morgana Rothschild) e dovette ammettere arrossendo di non aver giocato a nessuno dei due giochi. Morgana lo fissò sorpresa. Ci fu un silenzio penoso.

Poi essa si voltò, con intenzione, da un'altra parte e si mise a discorrere con l'uomo più sportivo che stava alla sua sinistra.

"Bel principio per un Servizio di Solidarietà" pensò Bernardo tristemente, ed ebbe il presentimento di un ulteriore insuccesso nello sforzo di realizzare la comunione di pensiero. S'egli avesse almeno pensato a guardarsi attorno invece di precipitarsi nella sedia più vicina! Avrebbe potuto sedere tra Fifi Bradlaugh e Giovanna Diesel. Invece era andato a piantarsi alla cieca vicino a Morgana. *Morgana!* Ford! Quelle sue sopracciglia nere, o meglio sopracciglio, perché si incontravano al di sopra del naso, Ford! E alla destra aveva Clara Deterding. Era vero che le sopracciglia di Clara non si incontravano. Ma essa era veramente *troppo* pneumatica. Invece Fifi e Giovanna erano proprio normali. Grassottelle, bionde, non troppo alte... Ed era quel materialone di Tom Kawaguki che ora prendeva posto fra loro.

L'ultimo ad arrivare fu Sarojini Engels.

« Siete in ritardo » disse il Presidente del Gruppo severamente. « Che non succeda più. »

Sarojini si scusò e scivolò al suo posto fra Jim Bokanovsky ed Erberto Bakunin. Il gruppo adesso era al completo, il circolo di solidarietà perfetto e senza difetti. Un uomo, una donna, un uomo, in un anello di alternanza continua attorno alla tavola. Dodici in tutto, pronti a essere uno, a unirsi l'un l'altro, a fondersi, a perdere le loro dodici identità in un essere maggiore.

Il Presidente si alzò, fece il segno del T e, girando l'interruttore della musica sintetica, mise in marcia il rullio dolce e infaticabile dei tamburi e un coro di strumenti – simil-vento e super-corde – che ripetevano e ripetevano affannosamente la breve e ossessionante melodia del Primo Inno di Solidarietà. Ancora, ancora... e non era l'orecchio che percepiva il ritmo pulsante, era il diaframma; il lamento e il clangore di quelle armonie rincorrentisi ossessionavano non la mente, ma le viscere palpitanti di compassione.

Il Presidente fece un'altra volta il segno del T e si sedette. Il servizio era cominciato. Le compresse di *soma* consacrate furono poste al centro della tavola da pranzo. La coppa dell'amicizia, piena di gelato di *soma* alla fragola, fu passata di mano in mano, e, con la formula "Bevo al mio annichilimento" ciascuno dei dodici vi bevette. Quindi, con l'accompagnamento dell'orchestra sintetica, i convenuti cantarono il Primo Inno di Solidarietà.

« Ford, noi siam dodici; deh! raccoglici in uno,
Come gocce dentro il Fiume Sociale;
E fa' che corra rapido ognuno
Come la tua macchina trionfale. »

Dodici strofe deliranti. Quindi la coppa dell'amicizia fu fatta circolare una seconda volta. "Bevo all'Essere Supremo" fu la nuova formula. tutti bevettero. La musica suonava indefessamente. I tamburi rullavano. I suoni singultanti e scroscianti delle armonie continuavano a essere un'ossessione nelle viscere commosse. Si cantò il Secondo Inno di Solidarietà:

« Supremo Essere, Amico Sociale, vieni,
Annichilimento di Dodici-in-Uno!
Vogliamo la morte perché in essa ciascuno
Inizia una vita di giorni sereni. »

Ancora dodici strofe. Quand'ebbero finito, il *soma* aveva cominciato a far sentire i suoi effetti. Gli occhi brillavano, le guance erano accese, la luce interiore di un'universale tenerezza splendeva su ogni viso con sorrisi felici ed amichevoli. Perfino Bernardo si sentiva un poco intenerito. Quando Morgana Rothschild si voltò e gli sorrise apertamente, egli fece del suo meglio per corrisponderle con ugual calore. Ma quel sopracciglio, quel nero due-in-uno, ahimè, c'era ancora. Egli non poteva non notarlo, non poteva, per quanti sforzi facesse. L'intenerimento non era penetrato abbastanza in lui. Forse, se fosse stato seduto tra Fifì e Giovanna... Per la terza volta circolò la coppa dell'amicizia. « Bevo all'imminente Sua Venuta » disse Morgana Rothschild, alla quale toccava appunto di iniziare il rito circolare. Il tono della sua voce era forte, esultante. Bevette e passò la coppa a Bernardo. « Bevo all'imminente Sua Venuta » ripeté egli, con un sincero tentativo di convincersi che la Venuta era imminente; ma il sopracciglio continuava a ossessionarlo e la Venuta, per ciò che si riferiva a lui, era orribilmente remota. Comunque anch'egli bevette e passò la coppa a Clara Deterding. "È un insuccesso anche questa volta" disse fra sé. "Sento che è così." Ma continuò a fare del suo meglio per sorridere beato. La coppa dell'amicizia aveva fatto il giro. Alzando la mano il Presidente fece un segno; il coro intonò il Terzo Inno di Solidarietà.

« Senti che viene l'Essere Supremo!
Orsù, gioisci, e muori alfin beato!
Sciogliti al suono del tamburo estremo!
Perch'io in te e tu in me sei trasformato. »

A misura che una strofa succedeva all'altra, le voci vibravano di un'eccitazione sempre crescente. Il sentimento dell'imminenza della Venuta era come una tensione elettrica nell'aria. Il Presidente interruppe la musica, e all'ultima nota dell'ultima strofa succedette il silenzio più assoluto: il silenzio dell'attesa intensa, fremente e formicolante di una vita galvanica. Il Presidente allungò la mano; e improvvisamente una Voce, una Voce profonda e forte, più musicale di una voce semplicemente umana, più ricca, più calda, più vibrante d'amore, di desiderio e di compassione, una Voce meravigliosa, misteriosa, soprannaturale parlò al di sopra delle loro teste. Molto lentamente, "Oh Ford, Ford, Ford!" essa disse diminuendo la forza e in scala discendente. Una sensazione di calore s'irradiò con una serie di fremiti dal plesso solare a ogni estremità dei corpi degli ascoltatori; le lacrime salivano loro agli occhi; i loro cuori, le loro viscere sembravano muoversi nel loro interno come per una vita indipendente. "Ford!" essi si scioglievano. "Ford!" erano disciolti, fusi. Poi, con un alto tono, improvviso, che li fece sussultare, "Ascoltate!" tuonò la voce "Ascoltate!". Essi ascoltarono. Dopo una pausa, decrescendo al bisbiglio, ma un bisbiglio stranamente più penetrante del grido più acuto, "I passi dell'Essere Supremo" continuò la voce, e ripeté le parole: "I passi dell'Essere Supremo". Il bisbiglio era quasi spento. "I passi dell'Essere Supremo sono su per le scale." E di nuovo ci fu silenzio; e l'aspettativa momentaneamente rilassata si fece più tesa, ancora più tesa, quasi fino a strapparsi. I passi dell'Essere Supremo... oh essi li sentivano, li sentivano scendere lievemente le scale, avvicinarsi sempre più per le invisibili scale. I passi dell'Essere

Supremo. E improvvisamente il limite di resistenza alla tensione fu raggiunto. Gli occhi sbarrati, le labbra semiaperte, Morgana Rothschild balzò in piedi.

« Lo sento » esclamò. « Lo sento. »

« Esso viene » gridò Sarojini Engels.

« Sì, viene, Lo sento! » Fifì Bradlaugh e Tom Kawaguki si alzarono in piedi simultaneamente.

« Oh, oh, oh! » testimoniò con grida inarticolate Giovanna.

« Viene! » urlò Jim Bokanovsky.

Il Presidente si chinò in avanti e con un gesto scatenò un delirio di cimbali e di ottoni, una febbre di tam-tam.

« Oh, viene! » strillò Clara Deterding. « Ahi! » E parve che la sgozzassero.

Sentendo che era tempo anche per lui di fare qualcosa, Bernardo saltò in piedi e gridò: « Lo sento! È qui che arriva! ». Ma non era vero. Egli non sentiva nulla, e, per conto suo, non arrivava nessuno, nessuno, nonostante la musica, nonostante la crescente eccitazione. Ma egli agitava le braccia con gli altri; e quando gli altri cominciarono ad agitarsi, a battere i piedi e a strascicarli, egli pure sobbalzò e si agitò.

Si misero a girare in tondo, processione circolare di danzatori, ciascuno con le mani sui fianchi del danzatore precedente, girando e rigirando, urlando all'unisono, pestando i piedi al ritmo della musica, battendo vigorosamente il tempo, con le mani, sulle natiche di chi li precedeva: dodici paia di mani che battevano, come una sola, come una sola, su dodici paia di natiche risuonanti elasticamente. Dodici in uno, dodici in uno. « Lo sento. Lo sento venire. » La musica accelerò; più veloci batterono i piedi; più veloci, ancora più veloci s'abbatterono le ritmiche mani. E a un tratto una potente voce sintetica di basso tuonò le parole che annunciavano la fusione consumata e la realizzazione finale della solidarietà, la venuta del Dodici-in-uno, l'incarnazione dell'Essere Supremo. "Orgy-porgy" cantava la voce, mentre i tam-tam continuavano a battere i loro colpi febbrili:

« Orgy-porgy, Ford e allegria, olà!
Bacia le ragazze e sia una con te.
Giovanotti e ragazze,
Orgy-porgy vi dà la libertà. »

"Orgy-porgy" i ballerini ripeterono il ritornello liturgico "Orgy-porgy, Ford e allegria, olà! Bacia le ragazze..." E, mentre cantavano, le luci cominciarono ad attenuarsi lentamente, ad attenuarsi e nello stesso tempo ad assumere un tono più caldo, più ardente, più rosso, sì che infine essi si trovarono a danzare nella penombra violacea del Magazzino degli Embrioni. "Orgy-porgy..." Nella loro oscurità rossa e fetale i ballerini continuarono per un certo tempo a circolare e a battere, a battere il ritmo infaticabile. "Orgy-porgy..." Poi il circolo oscillò, si sciolse, si distribuì in parziale disintegrazione sull'anello di divani che circondavano – cerchio attorno ad un altro cerchio – la tavola e le sedie rotanti. "Orgy-porgy..." Teneramente la voce profonda mugolava e tubava; nel crepuscolo rosso sembrava che una enorme colomba negra sorvolasse benevola sui danzatori ormai proni o supini.

Erano fuori sul tetto; Big Henry aveva giusto sonato le undici.

La notte era calma e tiepida.

« Non è stata una cosa meravigliosa? » disse Fifì Bradlaugh.

« Non trovate che è stata veramente una cosa meravigliosa? » Guardò Bernardo con un'espressione di estasi, ma d'un'estasi nella quale non v'era traccia di eccitazione o di sovreccitazione, poiché essere sovreccitato è ancora essere insoddisfatto. La sua era la calma estasi della consumata perfezione, la pace, non della semplice sazietà e del nulla, ma della vita equilibrata, delle energie in riposo e in equilibrio. Una pace ricca e vivente. Perché il Servizio di Solidarietà aveva dato quanto aveva preso, aveva in parte vuotato soltanto per riempire. Essa era completa, era resa perfetta, era qualche cosa di più di se stessa. « Non trovate che è stata una cosa meravigliosa? » insistette piantando in faccia a Bernardo i suoi occhi brillanti d'una luce soprannaturale.

« Sì, l'ho trovata veramente meravigliosa » mentì lui e voltò via la testa; la vista di quel volto trasfigurato era insieme un'accusa e un ironico ricordo del suo proprio isolamento. Egli si sentiva, adesso, così miserabilmente isolato come lo era stato all'inizio della cerimonia; più isolato anzi, in ragione del vuoto in lui non colmato, della sua morta sazietà. Separato e isolato, mentre gli altri si fondevano nell'Essere Supremo; solo anche nelle braccia di Morgana, molto più solo, in verità, più disperatamente se stesso di quanto fosse mai stato prima nella sua vita. Era uscito da quel crepuscolo rosso per entrare nella luce cruda dell'elettricità con un senso del proprio io che si avvicinava all'angoscia. Egli era profondamente infelice e forse (gli occhi splendenti di lei lo condannavano) forse era proprio per colpa sua. « Veramente meravigliosa » ripeté, ma la sola cosa alla quale poté pensare era il sopracciglio di Morgana.

VI

1

Strano, strano, strano, era il giudizio di Lenina su Bernardo Marx. Tanto strano, infatti, che durante le settimane che seguirono s'era chiesta più d'una volta se non avrebbe fatto meglio a cambiare idea circa la vacanza nel Nuovo Messico e ad andarsene invece al Polo Nord con Benito Hoover. Il male era che conosceva già il Polo Nord per esserci stata appena l'estate avanti con Giorgio Edzel, e, quel ch'è peggio, l'aveva trovato piuttosto melanconico. Nulla per passare il tempo, e l'albergo senza nessuna comodità moderna: nessuna televisione installata nelle camere, nessun organo a profumo, ma soltanto della musica sintetica di pessimo gusto, e non più di venticinque campi di gioco per oltre duecento ospiti.

No, decisamente non se la sentiva d'affrontare ancora il Polo Nord. Aggiungi che prima d'allora era stata in America soltanto una volta. E anche quella volta in maniera del tutto insufficiente. Una gita festiva all'economica a New York... a proposito, con Gian Giacomo Habibullah o con Bokanovsky Jones? E chi se ne ricorda! d'altra parte ciò non aveva nessuna importanza. L'idea di volare di nuovo verso l'Ovest, e per un'intera settimana, le sorrideva molto. Inoltre avrebbero passato almeno tre giorni di quella settimana nella Riserva dei Selvaggi. Non erano più di mezza dozzina in tutto il Centro le persone ch'erano penetrate in una Riserva di Selvaggi. Nella sua qualità di psicologo Alfa-Plus, Bernardo era uno dei pochi di sua conoscenza che avessero diritto a un permesso d'entrata. Per Lenina l'occasione dunque era unica. E tuttavia anche la stranezza di Bernardo era così unica, ch'ella aveva esitato ad approfittarne, ed aveva anzi pensato di tornare di nuovo al Polo con quel vecchio burlone di Benito. Benito almeno era normale. Mentre Bernardo...

"Alcool nel suo surrogato sanguigno" era la spiegazione di Fanny alle eccentricità di lui. Ma Enrico col quale, una sera che si trovavano a letto insieme, Lenina aveva portato con un po' d'inquietudine il discorso sul suo nuovo amante, Enrico aveva paragonato il povero Bernardo a un rinoceronte.

« Non si può insegnare dei giochetti a un rinoceronte » egli aveva spiegato nel suo stile conciso e vigoroso. « Ci sono degli individui che sono quasi dei rinoceronti; essi non reagiscono come si deve al condizionamento. Poveri diavoli! Bernardo è uno di questi. Fortunatamente per lui, conosce bene la sua partita. Senza di che il direttore non se lo sarebbe certo tenuto. Tuttavia » aggiunse per consolarla « lo credo abbastanza innocuo. »

Abbastanza innocuo, può darsi, ma ad onta di ciò abbastanza inquietante. La mania, per esempio, di fare le cose in segreto. Che equivale, in pratica, a non far nulla. Che cos'è infatti, che si può fare in segreto? (A parte, si capisce, l'andare a letto: e del resto non è una cosa che si può fare sempre.) Già, cosa dunque? Assai poco. Il primo pomeriggio ch'erano usciti insieme faceva assai bello. Lenina aveva proposto una nuotata al Torquay Country Club, seguita da un pranzo all'Oxford Union. Ma Bernardo temeva che ci fosse troppa gente. Ebbene, allora se si facesse una partita di golf elettromagnetico a St. Andrews? No, di nuovo. Bernardo considerava il golf elettrico una perdita di tempo.

« Allora a che cosa serve il tempo? » chiese Lenina alquanto stupita.

Apparentemente per fare una gita nella Regione dei Laghi; perché era appunto questo che egli ora proponeva. Atterrare sulla vetta dello Skiddaw e camminare per due ore attraverso la brughiera. « Solo con voi, Lenina. »

« Ma, Bernardo, noi saremo soli tutta la notte. »

Bernardo arrossì e distolse lo sguardo. « Volevo dire... soli per parlare » mormorò.

« Parlare? Ma di che cosa? » Camminare e parlare: le sembrava un modo assai bizzarro di trascorrere il pomeriggio.

Finalmente lo persuase, assai a malincuore, a volare fino ad Amsterdam per vedere i quarti di finale dei campionati femminili di lotta pesi massimi.

« Nella calca » egli borbottò. « Come al solito. » E rimase ostinatamente imbronciato tutto il pomeriggio. Non volle parlare con gli amici di Lenina (ne incontrarono a dozzine nel bar dei gelati al *soma* tra una partita di lotta e l'altra) e, a dispetto della sua tristezza, rifiutò caparbiamente d'accettare il mezzo grammo di *sundae* al lampone che essa voleva fargli prendere ad ogni costo. « Preferisco essere me stesso » egli rispose. « Me stesso e antipatico. Non qualcun altro, per quanto allegro. »

« Un grammo a tempo ne risparmia nove » disse Lenina ripetendo un detto memorabile appreso nelle lezioni durante il sonno. Bernardo respinse con impazienza il bicchiere che essa gli offriva.

« Via, non perdete la calma » diss'ella. « Ricordatevi che un centimetro cubo guarisce dieci cattivi umori. »

« Oh, per amor di Ford, lasciatemi in pace! » rispose lui.

Lenina alzò le spalle. « Un grammo val sempre meglio d'una imprecazione » e trangugiò per conto suo il *sundae*.

Durante il volo di ritorno attraverso la Manica, Bernardo insisteva per fermare il propulsore e restare sospeso sulle eliche d'elicottero a meno di trenta metri dalle onde. Il tempo s'era messo al brutto; s'era levato un vento di Sud-Ovest, il cielo era nuvoloso.

« Guardate » intimò lui.

« Ma è terribile! » disse Lenina ritirandosi con orrore dal finestrino. Era terrorizzata dal vuoto turbinoso della notte, dai neri flutti schiumosi che si sollevavano sotto di loro, dalla pallida faccia della luna così triste e tormentata tra le nubi che s'accavallavano. « Mettiamo in moto la radio, presto! » Tese la mano per toccare il bottone sul quadrante di bordo e lo girò a caso.

"... i cieli sono azzurri dentro di voi" cantarono sedici tremolanti voci di falsetto "il tempo è sempre..."

Poi un singulto e silenzio. Bernardo aveva tolto la corrente.

« Desidero vedere il mare in santa pace » disse. « Non si può neanche guardare con quest'orribile frastuono intorno. »

« Ma a me piace. E poi io non ho voglia di guardare. »

« Ma io sì » insistette lui. « Mi dà l'impressione... ecco... come se... » esitò, cercando le parole per esprimersi « come se io fossi maggiormente me stesso, se comprendete ciò che voglio dire. Maggiormente me stesso, e non così completamente una parte di qualcun altro. Non semplicemente una cellula del corpo sociale. Non dà anche a voi questa impressione, Lenina? »

Ma Lenina piangeva. « È orribile, è orribile! » badava a ripetere. « E come potete parlare così di non voler essere una parte del corpo sociale? Dopo tutto, ciascuno lavora per un altro. Noi non possiamo far nulla senza gli altri. Perché gli Epsilon... »

« Sì, lo so » disse Bernardo ironico. « Persino gli Epsilon sono utili. Lo sono anch'io. E, dannazione, vorrei non esserlo! »

Lenina era offesa dalle sue imprecazioni. « Bernardo! » protestò con voce di rattristato stupore. « Come potete? »

Con tono differente: « Come posso? » egli ripeté meditabondo. « No, il vero problema è: come va che io non posso, o piuttosto – perché, dopo tutto, io so benissimo perché non posso – cosa sarebbe se io potessi, se fossi libero, non tenuto in schiavitù dal mio condizionamento? »

« Ma, Bernardo, voi dite le cose più terribili. »

« E voi non desiderate d'essere libera, Lenina? »

« Non so cosa volete dire. Io sono libera. Libera di vivere una vita meravigliosa. Tutti ora sono felici. »

Egli rise. « Sì, "tutti ora sono felici". Cominciamo con

l'insegnarlo ai bambini di cinque anni. Ma non vorreste essere felice in un'altra maniera, Lenina? Nella vostra maniera, per esempio; non nella maniera di tutti gli altri. »

« Non so che cosa volete dire » ripeté lei. Poi, voltandosi verso di lui, supplicò: « Oh, torniamo, Bernardo. Non mi piace affatto restare qui ».

« Non vi piace essere con me? »

« Ma certo, Bernardo! È quest'orribile posto... »

« Pensavo che noi saremmo più... più *insieme* qui, senz'altri testimoni che il mare e la luna. Più insieme che in mezzo alla folla, o anche a casa mia. Non capite questo? »

« Io non capisco nulla » rispose lei decisa, determinata a conservare intatta la sua incomprensione. « Nulla. E meno di tutto » continuò con un altro tono « perché non prendete il *soma* quando vi vengono queste vostre terribili idee. Le dimentichereste tutte. E invece di sentirvi infelice, sareste allegro. Tanto allegro! » ripeté, e sorrise, nonostante l'inquietudine e perplessità dei suoi sguardi, con un'aria che voleva essere un'invitante e voluttuosa lusinga.

Egli la guardò in silenzio, col viso grave e freddo, la fissò intensamente. Dopo alcuni secondi, gli occhi di Lenina si volsero altrove; essa ebbe un breve riso nervoso, si sforzò di trovare qualche cosa da dire ma non vi riuscì. Il silenzio si prolungò.

Quando finalmente Bernardo parlò, lo fece con un filo di voce stanca. « Bene, » disse « adesso ritorniamo. » E premendo vigorosamente l'acceleratore fece salire d'un balzo l'apparecchio nel cielo. A mille e tanti metri mise in moto l'elica. Volarono in silenzio per un minuto o due. Poi, ad un tratto, Bernardo cominciò a ridere. Un po' stranamente, pensava Lenina; ma, insomma, rideva.

« Vi sentite meglio? » si arrischiò a domandare lei.

Per tutta risposta egli levò una mano dai controlli e, circondandola con un braccio, cominciò a carezzarle i seni.

"Ford sia lodato" disse Lenina tra sé. "Ora sta bene."

Mezz'ora più tardi erano a casa. Bernardo ingoiò in furia quattro compresse di *soma*, aprì la radio e la televisione e cominciò a svestirsi.

« Ebbene » chiese Lenina maliziosamente quando s'incontrarono il giorno dopo sul tetto « vi siete divertito ieri? »

Bernardo fece segno di sì. Presero posto nell'aeroplano. Una piccola scossa, e via.

« Tutti dicono che sono straordinariamente pneumatica » rifletté Lenina battendosi sulle gambe.

« Straordinariamente. » Ma c'era un'espressione di pena negli occhi di Bernardo. "Come della carne" pensava.

Lenina alzò gli occhi con una certa inquietudine.

« Ma voi non trovate che sono troppo, troppo florida? »

Egli scosse la testa negativamente. "Proprio come della carne, molta carne."

« Trovate che vado bene così? » Altro cenno del capo. « Sotto ogni punto di vista? »

« Perfetta » disse lui ad alta voce. E tra sé: "Si considera così da se stessa. Non le dispiace essere della carne".

Lenina sorrise trionfante. Ma la sua soddisfazione era prematura.

« Nonostante tutto » riprese lui dopo una breve pausa « avrei voluto che la cosa fosse finita in un altro modo. »

« In un altro modo? C'erano dunque degli altri modi di finire? »

« Avrei voluto che non finisse con l'andare a letto » spiegò lui deciso.

Lenina era stupefatta.

« Almeno non subito, non il primo giorno. »

« Ma allora che cosa?... »

Egli cominciò a dire una sequela di sciocchezze incomprensibili e pericolose. Lenina fece del suo meglio per chiudere le orecchie della mente; ma di tanto in tanto una frase, insistendo, riusciva a diventar percettibile: "... per provare l'effetto della repressione dei miei impulsi" lo udì esclamare. Queste parole sembrarono far scattare una molla nel suo spirito.

« Non rimettete mai a domani il piacere che potete godere oggi » ammonì lei con gravità.

« Duecento ripetizioni due volte per settimana dai quattordici ai sedici anni e mezzo » fu la sola risposta di lui. Le parole insensate e pericolose continuavano. « Voglio sapere cos'è la passione » lo udì dire. « Voglio provare qualche scossa violenta. »

« Quando l'individuo sente, la comunità è in pericolo » avvertì Lenina.

« Ebbene, perché non dovrebbe essere un po' in pericolo? »

« Bernardo! »

Ma Bernardo non rimase per nulla sconcertato.

« Degli adulti intellettualmente e durante le ore di lavoro » continuò. « Dei bambini quando si tratta di sentire e di desiderare. »

« Il Nostro Freud amava i bambini. »

Senza tener conto dell'interruzione Bernardo continuò:

« L'altro giorno m'è venuta improvvisamente l'idea che sarebbe possibile essere sempre un adulto. »

« Non capisco. » Il tono di Lenina era deciso.

« Lo so. Ed ecco perché ieri siamo andati a letto insieme, come dei bambini, invece d'essere adulti e d'aspettare. »

« Ma era piacevole » insistette Lenina. « Non è vero? »

« Oh! Sì, molto piacevole » rispose lui, ma con una voce così triste, con un'espressione così profondamente infelice, che Lenina sentì svaporare subitamente tutto il suo trionfo. Forse l'aveva trovata troppo in carne, nonostante tutto.

« Te l'avevo detto » si contentò di rispondere Fanny quando Lenina venne a farle le sue confidenze. « È l'alcool che hanno messo nel suo surrogato sanguigno. »

« Non importa » replicò Lenina. « Mi piace. Ha delle maniere così belle! E il modo che ha di muovere le spalle costituisce per me una vera attrattiva. » Sospirò. « Ma vorrei che non fosse così strano. »

2

Bernardo, arrestandosi un momento davanti alla porta dell'Ufficio del Direttore, respirò profondamente, inarcò le spalle e riunì tutte le forze per affrontare l'animosità e la disapprovazione che certamente avrebbe trovato dentro. Bussò ed entrò.

« Un permesso che vi prego di firmare, signor Direttore » disse con la maggior disinvoltura possibile; e depose il foglio sulla scrivania.

Il Direttore lo guardò male. Ma il foglio recava in alto l'intestazione dell'Ufficio del Governatore Mondiale, e in calce la firma di Mustafà Mond, decisa e nera. Tutto era perfettamente in regola. Il Direttore non aveva da scegliere. Tracciò a matita le sue iniziali – due piccole pallide lettere, umili ai piedi di Mustafà Mond – e stava per restituire il foglio senza una parola di commento o un gentile commiato alla Ford, quando il suo sguardo fu attirato da qualche cosa ch'era scritto attraverso il permesso.

« Per la riserva del Nuovo Messico? » chiese; e il suo tono, il viso che alzò verso Bernardo, espressero una specie di agitato stupore.

Sorpreso della sua sorpresa, Bernardo fece un segno affermativo. Seguì una pausa. Il Direttore si addossò alla poltrona aggrottando la fronte. « Quanto tempo è passato da allora? » chiese, parlando più a se stesso che a Bernardo « Vent'anni, credo. Forse venticinque. Dovevo avere la vostra età... » Sospirò e scosse la testa.

Bernardo si sentì straordinariamente a disagio. Un uomo così convenzionale, così scrupolosamente corretto come il Direttore, commettere una simile infrazione alle regole! Provò il desiderio di nascondere la faccia e di correre fuori dalla stanza. Non che egli personalmente trovasse qualche intrinseca obiezione da opporre al fatto che taluno parlasse del passato lontano; era uno di quei pregiudizi ipnopedici dei quali (così credeva) egli s'era completamente liberato. Ciò che lo intimidiva era il sapere che il Direttore lo disapprovava: lo disapprovava, e pure era stato costretto a fare la cosa vietata. Per quale coercizione interiore? Pur nel suo disagio, Bernardo ascoltò con curiosità.

« Ho avuto la vostra stessa idea » diceva il Direttore. « Volevo vedere i selvaggi. Ottenni un permesso per il Nuovo Messico e ci andai per le mie vacanze estive. Con la ragazza che avevo in quel momento. Era una Beta-Minus, e se ben ricordo (chiuse gli occhi), se ben ricordo aveva i capelli gialli. In ogni caso, era pneumatica, particolarmente pneumatica; questo lo ricordo. Ci recammo dunque laggiù, osservammo i selvaggi, andammo a cavallo, e tutto il resto. E poi – era quasi l'ultimo giorno del mio permesso – e poi... ebbene, essa si smarrì. Eravamo saliti a cavallo su una di quelle orrende montagne, c'era un caldo terribile e opprimente, e dopo colazione ci addormentammo. O, almeno, io mi addormentai. Forse avrà voluto fare due passi da sola. Fatto sta che, quando mi svegliai, non c'era più. E il più spaventevole uragano ch'io abbia mai visto si rovesciò su di noi. Pioveva a torrenti, tuonava, lampeggiava; i cavalli spezzarono le briglie e fuggirono; io caddi tentando di riprenderli e mi ferii al ginocchio tanto che stentavo a camminare. Tuttavia cercai dappertutto, gridai, cercai ancora. Ma di lei nessuna traccia. Allora pensai che fosse ritornata da sola all'albergo. Così mi trascinai fino nel fondovalle per la strada che avevamo già percorso. Il ginocchio mi faceva orribilmente male, ed avevo perduto il mio *soma*. Ci vollero parecchie ore. Arrivai all'albergo soltanto dopo la mezzanotte. E lei non c'era; non c'era » ripeté il Direttore. Seguì un pausa. « Bene » egli riprese finalmente « l'indomani si fecero altre ricerche. Ma non riuscimmo a trovarla. Forse era precipitata in un burrone; o era stata divorata da una belva delle montagne. Ford lo sa. Certo, fu una cosa atroce. Allora ne soffrii molto. Più di quanto era logico, senza dubbio. Poiché, dopo tutto si trattava d'un genere d'accidente che avrebbe potuto capitare a chiunque; e, si sa, il corpo sociale continua ad esistere, mentre le cellule componenti possono cambiare. » Ma questa consolazione insegnata durante il sonno non parve avere una grande efficacia. Scuotendo la testa, il Direttore riprese con voce più debole: « Anche adesso talvolta ne sogno. Sogno d'essere svegliato dallo scrosciare dei tuoni e di accorgermi che non c'è più ». Ricadde nel mutismo del ricordo.

« Le deve aver causato una scossa terribile » disse Bernardo quasi con invidia.

Al suono della sua voce il Direttore ebbe un soprassalto e riprese coscienza del luogo dove si trovava; lanciò un'occhiata a Bernardo e, distogliendo lo sguardo, arrossì con palese contrarietà; lo fissò di nuovo con subitaneo sospetto e, quasi offeso nella sua dignità, disse: « Non penserete ch'io avessi con quella ragazza dei rapporti inconfessabili. Niente d'emotivo, nessuna continuità. Tutto era perfettamente sano e normale ». Tese a Bernardo il permesso. « Non so proprio perché vi ho annoiato con questa storia banale. » Furibondo contro se stesso per avere svelato un segreto vergognoso, sfogò la sua ira su Bernardo. L'espressione dei suoi occhi era adesso apertamente ostile. « Vorrei approfittare di questa occasione, signor Marx » continuò egli « per dirvi che non sono per niente contento dei rapporti che ricevo sulla vostra condotta fuori delle ore di lavoro. Direte che questo non è affar mio. Ma lo è. Io devo preoccuparmi del buon nome del Centro. È necessario che i miei collaboratori siano al di sopra d'ogni sospetto, particolarmente quelli delle caste elevate. Gli Alfa sono condizionati in modo tale da non essere infantili per obbligo nel loro comportamento emotivo. Ma è una ragione di più perché facciano degli sforzi speciali per conformarsi alle regole. È loro dovere essere infantili, fosse pure contro la loro inclinazione. Pertanto, signor Marx, io vi avverto lealmente. » La voce del Direttore vibrava d'una indignazione che adesso era diventata al massimo virtuosa e impersonale; era l'espressione della disapprovazione della Società medesima. « Se vengo a sapere di nuovo che avete mancato alle regole normali del decoro infantile, chiederò il vostro trasferimento a un Sottocentro, preferibilmente in Islanda. Buongiorno. » E girando sulla poltrona, riprese la penna e si mise a scrivere.

"Così imparerà" disse fra sé. Ma s'ingannava. Perché

Bernardo uscì dall'ufficio con baldanza, esaltato, mentre sbatteva l'uscio dietro di sé, al pensiero che da solo stava per impegnar battaglia contro l'ordine delle cose; esaltato dall'inebriante coscienza del suo significato e della sua importanza individuale. Anche il pensiero della persecuzione non lo spaventava, anzi, invece di deprimerlo, lo eccitava. Si sentiva abbastanza forte per affrontare e vincere le calamità; abbastanza forte per affrontare anche l'Islanda. E questa fiducia era tanto più grande in quanto neppure per un momento egli credette, in realtà, che sarebbe stato chiamato ad affrontare chicchessia. Non si trasferiva la gente per cause simili. L'Islanda era puramente una minaccia. Una minaccia fortemente stimolante e vivificante. Camminando lungo il corridoio si mise a fischiettare.

Eroico fu il resoconto che, la sera stessa, egli fece del suo colloquio col Direttore. « Dopo di che » egli concludeva « gli dissi chiaro e tondo di andare a quel paese e uscii dalla stanza. Questo è tutto. » Guardò Helmholtz Watson con un'espressione d'attesa, aspettando la meritata ricompensa di simpatia, d'incoraggiamento, d'ammirazione. Ma non venne una parola. Helmholtz rimase zitto, fissando il pavimento.

Egli voleva bene a Bernardo; gli era grato d'essere il solo uomo di sua conoscenza col quale potesse parlare di argomenti di cui sentiva l'importanza. Tuttavia c'erano in Bernardo delle cose ch'egli detestava. Questa millanteria, per esempio. E le esplosioni d'un'indecorosa pietà di se stesso con cui essa si alternava. E la deplorevole abitudine d'essere ardito a cose fatte e pieno, a distanza, della più straordinaria presenza di spirito. Detestava queste cose, appunto perché voleva bene a Bernardo. Il tempo passava. Helmholtz continuava a fissare il pavimento. E improvvisamente Bernardo si fece rosso e guardò altrove.

3

Il viaggio fu tranquillo. Il Razzo Azzurro del Pacifico arrivò con due minuti e mezzo d'anticipo a New Orleans, perdette quattro minuti in un turbine al di sopra del Texas, ma volò in una corrente d'aria favorevole a 95° di longitudine ovest e poté atterrare con meno di quaranta secondi di ritardo sull'orario.

« Quaranta secondi su un volo di sei ore e mezzo. Non c'è male » ammise Lenina.

Dormirono quella notte a Santa Fè. L'albergo era eccellente: assai migliore, per esempio, di quell'orribile Aurora Boreale Palace dove Lenina aveva tanto sofferto l'estate precedente. Aria liquida, televisione, vibro-massaggio nel vuoto, radio, soluzione bollente di caffeina, preservativi caldi, e otto profumi differenti erano collocati in tutte le camere. L'apparecchio di musica sintetica era in funzione mentre essi entravano nell'atrio, e non si poteva desiderare di meglio. Un avviso nell'ascensore annunciava che c'erano nell'albergo sessanta campi di pallacorda e che si poteva giocare nel parco al golf con ostacoli e a quello elettromagnetico.

« Come mi sembra tutto bello qui! » gridò Lenina. « Quasi vorrei che ci fermassimo. Sessanta campi di pallacorda... »

« Non ve ne saranno nella Riserva » l'ammonì Bernardo. « E neppure profumi, né televisione, né acqua calda. Se credi di non poterlo sopportare, resta qui fino al mio ritorno. »

Lenina se ne risentì vivamente. « Certo che posso sopportarlo. Ho detto soltanto che qui era bello perché... già, perché il progresso è bello, no? »

« Cinquecento ripetizioni una volta alla settimana da tredici a diciassette anni » disse Bernardo lentamente, come se parlasse a se stesso.

« Cosa dici? »

« Dico che il progresso è veramente una bella cosa. Ecco

perché non dovresti venire nella Riserva, a meno che tu non lo desideri davvero. »

« Sicuro che lo desidero. »

« Allora sta bene » disse Bernardo; ed era quasi una minaccia.

Al loro permesso mancava la firma del Custode della Riserva, al cui ufficio si presentarono la mattina seguente. Un portiere negro Epsilon-Plus prese il biglietto da visita di Bernardo ed essi furono fatti entrare quasi subito.

Il Custode era un Alfa-Minus biondo e brachicefalo, piccolo, roseo, dalla faccia di luna piena, largo di spalle, con una voce stentorea, molto bene adatta all'emissione del sapere ipnopedico. Era una miniera di informazioni superflue e di buoni consigli non richiesti. Una volta in moto, continuava, continuava a sparare...: « cinquecentosessantamila chilometri quadrati, divisi in quattro distinte Sotto-Riserve, ciascuna delle quali è circondata da un reticolato di filo di ferro ad alta tensione... ».

In questo momento, e senza una ragione apparente, Bernardo si ricordò d'improvviso che aveva lasciato completamente aperto il rubinetto dell'acqua di Colonia nel gabinetto da bagno.

« ... rifornito dalla corrente della stazione idroelettrica del Gran Canyon... »

"Mi costerà un patrimonio prima ch'io sia tornato." Con l'occhio dello spirito, Bernardo vedeva l'ago del contatore del profumo avanzare, giro su giro, come una formica, infaticabile. "Telefonare d'urgenza a Helmholtz Watson."

« ... più di cinquemila chilometri di reticolato a sessantamila volt. »

« Davvero? » fece Lenina gentilmente, senza sapere affatto ciò che il Custode aveva detto ma intonando la propria replica alla pausa drammatica di lui. Quando il Custode aveva cominciato a tuonare, essa aveva inghiottito di nascosto mezzo grammo di *soma*, col risultato che ora poteva starsene seduta, serenamente, senza ascoltare, senza pensare a nulla, ma fissando i grandi occhi azzurri sul viso del Custode, con un'espressione d'estatica attenzione.

« Toccare il reticolato è la morte istantanea » esclamò solennemente il Custode. « Non si può fuggire da una Riserva di Selvaggi. »

La parola "fuggire" era evocatrice. « Forse » disse Bernardo alzandosi a mezzo « sarebbe bene che pensassimo ad andarcene. » Il piccolo ago nero trotterellava, come un insetto, rosicchiando il tempo, divorando il suo denaro. « Non si può fuggire » ripeteva intanto il Custode rimettendolo a sedere con un gesto; e siccome il permesso non era ancora firmato, Bernardo non ebbe altra scelta che obbedire. « Coloro che sono nati nella Riserva, e ricordatevi, cara signorina » aggiunse rivolgendo a Lenina un'occhiata oscena e parlandole sottovoce con sconveniente familiarità « ricordatevi che nella Riserva ci sono ancora dei bambini *nati*, sì, proprio nati, per quanto questo possa sembrare ripugnante... » Egli sperava che questa allusione a un argomento scabroso avrebbe fatto arrossire Lenina; ma costei sorrise soltanto con simulata intelligenza e disse: « Davvero! ». Deluso, il Custode riprese: « Coloro che sono nati nella Riserva son destinati a morirvi ».

Destinati a morirvi... Un decilitro di acqua di Colonia al minuto. Sei litri all'ora. « Forse » azzardò di nuovo Bernardo « sarebbe bene... »

Sporgendosi in avanti, il Custode diede un colpo sulla tavola con l'indice. « Voi mi domandate quante persone vivono nella Riserva. Ed io rispondo, trionfalmente, io rispondo che non ne sappiamo nulla. Possiamo soltanto indovinare. »

« Dite davvero? »

« Lo dico davvero, cara signorina. »

Sei per ventiquattro... no, sarebbe più esatto sei per trentasei. Bernardo era pallido e tremante d'impazienza. Ma la voce tonante continuava inesorabile:

« ... circa sessantamila indiani e meticci... assolutamente selvaggi... i nostri ispettori fanno delle visite di tanto in tanto... a parte ciò, nessuna comunicazione di nessun genere col mondo civilizzato... Conservano le loro abitudini e i loro costumi ripugnanti... il matrimonio, se sapete cos'è, cara signorina; e le famiglie... nessun condizionamento... Superstizioni mostruose... Cristianesimo e totemismo e culto ancestrale... lingue morte, come lo Zuñi e lo spagnolo e l'Athapascan... puma, cinghiali ed altri animali feroci... malattie contagiose... preti... lucertole velenose... »

« Davvero? »

Finalmente se ne andarono. Bernardo si precipitò al telefono. Presto, presto; ma passarono quasi tre minuti prima d'ottenere la comunicazione con Helmholtz Watson. « Ci si crederebbe già tra i selvaggi » brontolò. « Dannata incompetenza! »

« Prendine un grammo » suggerì Lenina.

Egli rifiutò, preferendo la propria collera. Finalmente, lode a Ford, poté parlare, e, sì, era Helmholtz; Helmholtz al quale egli spiegò ciò che era accaduto e che gli promise di andare subito subito a chiudere il rubinetto, sì, subito, ma che approfittò dell'occasione per riferirgli ciò che il Direttore aveva detto in pubblico la sera avanti...

« Cosa? Cerca qualcuno da mettere al mio posto? » La voce di Bernardo era angosciata. « Allora è veramente deciso? Ha parlato dell'Islanda? Sì, dici? Ford! L'Islanda... » Riappese il ricevitore e si voltò verso Lenina. Il suo volto era pallido, l'espressione profondamente depressa.

« Cosa c'è? » chiese lei.

« Cosa c'è? » Si lasciò cadere di piombo su una sedia. « C'è che vogliono mandarmi in Islanda. »

Sovente, nel passato, s'era chiesto come sarebbe stata la vita se fosse stato sottoposto (senza *soma* e con null'altro che le proprie forze su cui contare) a qualche grande prova, a qualche pena, a qualche persecuzione; aveva anzi desiderato ardentemente la prova dolorosa. Soltanto una settimana prima, nell'ufficio del Direttore, si era immaginato di resistere coraggiosamente, di accettare stoicamente la sofferenza, senza una parola. Le minacce del Direttore lo avevano veramente esaltato, gli avevano dato la sensazione d'essere più grande della vita. Ma questo, adesso se ne rendeva conto, perché non aveva preso le minacce sul serio; non aveva creduto che, quando fosse arrivato il momento, il

Direttore avrebbe fatto qualche cosa. Ora che pareva che le minacce dovessero essere messe in atto, Bernardo era atterrito. Di quello stoicismo immaginato, di quel coraggio teorico, non era rimasta traccia.

Era adirato contro se stesso – che razza d'imbecille! – contro il Direttore; che ingiustizia non concedergli quest'altra possibilità, quest'altra possibilità che, egli non aveva dubbio su ciò, aveva sempre avuto l'intenzione di mettere a profitto. E l'Islanda, l'Islanda...

Lenina crollò la testa. « *Ero* e *sarò*, parole che mi fanno star male » disse. « Prendo un grammo e allora *sono*. »

Alla fine lo convinse a mandare giù quattro compresse di *soma*. Cinque minuti più tardi radici e frutti erano aboliti; il fiore del presente sbocciava rosato. Un messaggio trasmesso dal portiere annunciò che, secondo gli ordini del Custode, un Guardiano della Riserva era giunto con un aeroplano e li attendeva sul tetto dell'albergo. Salirono subito. Il figlio d'un meticcio e d'una bianca, in uniforme verdegamma, li salutò ed espose diligentemente il programma della mattinata.

Una visita a volo d'uccello a dieci o dodici dei principali *pueblos*, poi l'atterraggio per la colazione nella vallata di Malpais. C'era laggiù una locanda confortevole, e probabilmente su nel *pueblo* i selvaggi erano in procinto di celebrare la festa dell'estate. Nessun luogo migliore per passare la notte.

Presero posto nell'aeroplano e partirono. Dieci minuti dopo varcavano la frontiera che separa la civiltà dallo stato selvaggio. Salendo e discendendo, attraverso i deserti di sale o di sabbia, attraverso le foreste, giù nelle profondità violacee dei canyons, superando picchi rocciosi, vette e altipiani coltivati a mesa, il reticolato procedeva innanzi irresistibilmente in linea retta, simbolo geometrico della trionfante tenacia umana. E ai suoi piedi, qua e là, un mosaico d'ossa calcinate, una carcassa non ancora imputridita, scura sul terreno gialliccio, indicavano il punto dove cervo o bove, puma o cinghiale o lupo delle praterie o gli enormi nibbi golosi, attirati dall'odore della carogna e fulminati da una giustizia poetica, s'erano avvicinati troppo ai reticolati distruttori.

« Non imparano mai » disse il pilota in uniforme verde, indicando gli scheletri sul terreno sotto di loro. « E non impareranno mai » aggiunse ridendo come se avesse ottenuto in certo modo un trionfo personale sugli animali fulminati.

Anche Bernardo rise; dopo due grammi di *soma* lo scherzo, senza che se ne desse ragione, gli sembrava buono. Rise, e poi, quasi immediatamente, s'addormentò, e durante il sonno fu trasportato sopra Taos e Tesuque; sopra Nambe e Picuris e Pojoacque, sopra Gia e Cochiti, sopra Laguna e Acona e la Mesa Incantata, sopra Zuñi e Cibola e Ojo e Caliente, e si svegliò finalmente quando la macchina già si era posata a terra e Lenina, carica di valigie, si dirigeva verso un piccolo edificio quadrato, e l'incrocio in verde-gamma parlava in una lingua incomprensibile con un giovane indiano.

« Malpais » spiegò il pilota mentre Bernardo scendeva. « Questa è la locanda. Nel pomeriggio al *pueblo* si danza. Costui vi ci condurrà. » E indicò il giovane selvaggio dal viso torvo. « Dev'essere una cosa bizzarra » sogghignò. « Tutto ciò che fanno è bizzarro. » E così dicendo s'arrampicò sull'apparecchio e mise in marcia i motori. « Ritornerò domani. E ricordatevi » aggiunse per rassicurare Lenina « che sono completamente mansueti; i selvaggi non vi faranno alcun male. Hanno abbastanza esperienza delle bombe a gas per sapere che non conviene far cattivi scherzi. » Sempre ridendo, innestò le eliche d'elicottero, e se ne andò.

VII

La mesa sembrava una nave trattenuta dalla bonaccia in uno stretto di polvere di color fulvo. Il canale serpeggiava tra rive scoscese e, discendendo da un muro all'altro attraverso la valle, correva una striscia verde: il fiume e i campi. Sulla prua di questa nave di pietra, al centro dello stretto e come se ne facesse parte, affioramento definito e geometrico della roccia nuda, stava il *pueblo* di Malpais. Blocco su blocco, ogni piano più piccolo di quello sottostante, le alte case salivano come tronche piramidi, a scale, nel cielo azzurro. Ai loro piedi giaceva un ammasso di edifici bassi, un groviglio di muri; e su tre lati i precipizi strapiombavano sulla pianura. Alcune colonne di fumo salivano dritte nell'aria calma e vi si perdevano.

« Strano » disse Lenina « molto strano. » Questa era la sua formula abituale di condanna. « Non mi piace. E non mi piace neppure quest'uomo. » Accennò alla guida indiana che era stata scelta per accompagnarli al *pueblo*. Il suo sentimento era evidentemente ricambiato; la schiena stessa dell'uomo, mentre camminava davanti a loro, era ostile, cupamente sprezzante. « E poi » abbassò la voce « puzza maledettamente ».

Bernardo non si provò a negarlo. Continuarono la marcia.

Improvvisamente fu come se tutta l'aria fosse diventata viva e palpitasse, palpitasse con l'infaticabile pulsazione del sangue. Lassù, a Malpais, i tamburi rullavano. I loro piedi seguirono il ritmo di quel cuore misterioso; accelerarono il passo. Il sentiero che seguivano li condusse ai piedi del precipizio. I fianchi della grande nave-mesa torreggiavano sopra di loro, cento metri di strapiombo.

« Vorrei che avessimo portato qui l'aeroplano » disse Lenina alzando con ira gli occhi al fianco nudo della roccia a picco. « Non mi piace camminare. E poi ci si sente così piccoli quando ci si trova a terra ai piedi d'una montagna. »

Procedettero per un tratto di strada all'ombra della mesa, contornarono una sporgenza e là, in un burrone scavato dalle acque, era il capo d'una scala come quella che dalla cabina conduce al ponte di poppa. Vi si arrampicarono. Il sentiero era ripidissimo e procedeva a zig-zag da una parete all'altra della gola. In certi momenti il rullar dei tamburi era appena percettibile, in altri sembrava ch'essi rullassero dietro la prima svolta.

Quando furono a metà cammino, un'aquila passò, volando così vicino che il vento delle sue ali soffiò freddo sulle loro facce. In un crepaccio della roccia giaceva un mucchio d'ossa. Tutto era angosciosamente strano, e l'indiano puzzava sempre più. Sbucarono finalmente dal burrone in pieno sole. La sommità della mesa era una piattaforma di pietra.

« Sembra la Torre di Charing-T » commentò Lenina. Ma non poté godere a lungo della scoperta di questa rassicurante rassomiglianza. Un fruscio di passi felpati li fece voltare. Nudi dalla gola fino all'ombelico, i corpi bruno-scuri dipinti di righe bianche ("come i campi di asfalto del tennis" doveva spiegare Lenina più tardi), i volti resi inumani da pennellate di rosso, nero e giallo, due indiani giungevano correndo lungo il sentiero. I loro capelli neri erano intrecciati con pelle di volpe e flanella rossa. Mantelli di piume di tacchino svolazzavano dalle loro spalle; enormi diademi di penne accendevano attorno alle loro teste i più sgargianti colori. Ad ogni passo che muovevano risonavano con clangore metallico i loro braccialetti d'argento, le loro pesanti collane di osso e di perle di turchese. S'avvicinavano senza dir parola, correndo silenziosamente sui loro mocassini di pelle di daino. Uno teneva un piumino, e l'altro portava in ogni mano delle cose che viste a distanza sembravano tre o quattro pezzi di grossa fune. Uno di questi pezzi di fune si contorceva spasmodicamente, e d'improvviso Lenina s'accorse che erano serpenti. Gli uomini s'avvicinavano sempre più; i loro occhi scuri si fissarono su di lei ma senza dare nessun segno di riconoscimento, il minimo indizio che l'avessero veduta o avessero coscienza della sua esistenza. Il serpente che prima si contorceva, adesso pendeva inerte con gli altri. Gli uomini passarono.

« Non mi piace » disse Lenina « non mi piace. »

Le piacque ancor meno ciò che l'attendeva all'entrata del *pueblo* dove la guida li lasciò mentre entrava per istruzioni. La sporcizia, tanto per cominciare, i cumuli d'immondizie, la polvere, i cani, le mosche. La sua faccia si deformò in una smorfia di disgusto. Essa portò il fazzoletto al naso.

« Ma come possono vivere così? » proruppe con una voce d'incredulità sdegnata. (Non era possibile.)

Bernardo alzò filosoficamente le spalle.

« In ogni modo » rispose « vivono da cinque o seimila anni. Motivo per cui suppongo che ci siano ormai abituati. »

« Ma la pulizia viene col tempo di Ford » insistette lei.

« Già, e la civiltà è sterilizzazione » continuò Bernardo, concludendo su un tono d'ironia la seconda lezione ipnopedica d'igiene elementare. « Ma questa gente non ha mai sentito parlare del Nostro Ford e non è civilizzata. Dunque non c'è ragione di... »

« Oh! » gli si aggrappò al braccio. « Guarda! »

Un indiano quasi nudo scendeva lentamente la scala dal terrazzo del primo piano d'una casa vicina, gradino per gradino, con la cautela tremebonda dell'estrema vecchiezza. La sua faccia era segnata da rughe profonde, e nera come una maschera silicea. La bocca sdentata era infossata. Agli angoli delle labbra e a ciascun lato del mento pochi lunghi peli quasi bianchi luccicavano sulla pelle scura. I lunghi capelli non intrecciati gli ricadevano in ciocche grigie attorno al viso. Il suo corpo era curvo e tutt'ossa, quasi scarnito. Scendeva lentamente, soffermandosi ad ogni passo prima di avventurarsi a farne un altro.

« Che cos'ha? » chiese Lenina. I suoi occhi erano spalancati per l'orrore e lo stupore.

« È vecchio, quest'è quanto » rispose Bernardo con tutta l'indifferenza di cui era capace. Anche lui era turbato; ma fece uno sforzo per non apparire colpito.

« Vecchio? » ripeté lei. « Ma anche il Direttore è vecchio, tante altre persone son vecchie; ma non sono così. »

« Perché non permettiamo loro di diventare così. Li preserviamo dalle malattie. Manteniamo bilanciate artificialmente le loro secrezioni interne, nell'equilibrio della giovinezza. Non permettiamo che la loro dose di magnesio e di calcio discenda al di sotto di ciò che era a trent'anni. Li sottoponiamo a trasfusioni di sangue giovane. Manteniamo il loro metabolismo frequentemente stimolato. Così, naturalmente, non hanno quest'aspetto. In parte » aggiunse « perché la maggioranza d'essi muoiono molto tempo prima d'aver raggiunta l'età di questo vecchio. La gioventù quasi intatta fino a sessant'anni, e poi, crack! la fine. »

Ma Lenina non ascoltava. Osservava il vecchio. Lentamente, lentamente, egli scendeva. I suoi piedi toccarono il suolo. Egli si voltò. Nelle orbite profondamente incavate, i suoi occhi erano ancora straordinariamente vivi. Si fissarono su di lei per un certo tempo, senza espressione, senza sorpresa, come se non ci fosse affatto. Poi lentamente, con la schiena curva, il vecchio passò loro davanti zoppicando e scomparve.

« Ma è terribile » sussurrò Lenina. « È spaventoso. Non avremmo dovuto venir qui. » Si tastò in tasca per trovare il *soma*, ma solo per accorgersi che, causa una dimenticanza senza precedenti, aveva lasciato la bottiglietta alla locanda. Anche le tasche di Bernardo erano vuote.

Pertanto Lenina dovette affrontare senza soccorsi gli orrori di Malpais. I quali si abbatterono su di lei in massa e rapidi. Lo spettacolo di due giovani madri che allattavano i loro bambini la fece arrossire e la costrinse a voltar via la faccia. Non aveva mai visto in vita sua una cosa tanto indecente. E ciò che la rendeva peggiore era che, invece di ignorarla con tatto, Bernardo si mise a fare dei commenti aperti su questa rivoltante scena vivipara. Vergognoso, ora che gli effetti del *soma* erano passati, della debolezza che aveva mostrato quella mattina alla locanda, egli esagerava apposta per apparire forte ed eterodosso.

« Che relazione meravigliosamente intima! » disse con animo deliberatamente oltraggioso. « E quale intensità di sentimento deve generare! Sovente penso che forse abbiamo perduto qualche cosa a non aver avuto una madre. E forse anche voi avete perduto qualche cosa a non *essere* madre, Lenina. Immaginatevi seduta là, con una creaturina vostra... »

« Bernardo! Come potete...? » Il passaggio d'una vecchia con l'oftalmia e un malanno della pelle la distrasse dalla sua indignazione.

« Andiamo via » supplicò. « Sono disgustata. »

Ma proprio in questo momento la guida ricomparve, e facendo loro segno di seguirlo li condusse lungo la stretta via tra le case. Girarono un angolo. Un cane morto giaceva sopra un mucchio di immondizie; una donna gozzuta cercava i pidocchi nei capelli d'una ragazzetta. La guida si fermò ai piedi d'una scala, alzò la mano perpendicolarmente, poi la mosse orizzontalmente in avanti. Essi eseguirono ciò ch'egli comandava mutamente, si arrampicarono su per la scala e passarono la porta alla quale essa dava accesso, entrando in una stanza lunga e stretta, piuttosto scura e piena di un tanfo di fumo, di grasso fritto e d'abiti vecchi non lavati da molto tempo. All'altra estremità della stanza c'era un'altra porta attraverso la quale penetrava un raggio di luce, e insieme il rullare, assai forte e vicino, dei tamburi.

Varcarono la soglia e si trovarono sopra una vasta terrazza. Sotto di loro, chiusa tra le alte case, c'era la piazza del villaggio, affollata d'indiani. Coperte di lana dai colori vivaci, piume tra i neri capelli, e lo scintillio delle turchesi, e le pelli scure madide di sudore. Lenina si turò di nuovo il naso col fazzoletto. In uno spazio libero nel centro della piazza si alzavano due piattaforme circolari di mattoni e d'argilla battuta; i tetti, evidentemente, di camere sotterranee; infatti nel mezzo d'ogni piattaforma s'apriva una specie di boccaporto con una scala emergente dalle tenebre sottostanti. Ne saliva anche un suono di flauti sotterranei che si perdeva quasi completamente nel rumore persistente e implacabile dei tamburi.

A Lenina piacevano i tamburi. Chiudendo gli occhi, si abbandonò al loro sordo tuono incessante, lasciò ch'esso s'impadronisse sempre più completamente della sua coscienza, così che in fine non esistette più nulla al mondo all'infuori di quell'unica profonda pulsazione sonora. Le rammentava, rassicurandola, i rumori sintetici del Servizio di Solidarietà e delle cerimonie della Giornata di Ford. "Orgy-porgy" mormorò tra sé. I tamburi scandivano esattamente lo stesso ritmo.

Scoppiò d'improvviso un'esplosione di canti spaventosi: centinaia di voci maschie che gridavano impetuosamente in un unisono duro e metallico. Alcune note lunghe e silenzio, il tonante silenzio dei tamburi; poi acuta, in uno squillante nitrito, la risposta delle donne. Poi di nuovo i tamburi; poi ancora una volta da parte degli uomini la profonda e selvaggia affermazione della loro virilità.

Strano, certo. Strani il posto e la musica e gli abbigliamenti, come erano strani i gozzi e le malattie della pelle e i vecchi. Ma quanto allo spettacolo, non sembrava che in esso vi fosse nulla di strano.

« Mi ricorda il Canto in comune delle caste inferiori » disse Lenina a Bernardo.

Ma un po' più tardi le ricordò molto meno quell'innocente cerimonia. Poiché improvvisamente uscì come uno sciame, dalle camere circolari del sottosuolo, una spaventevole banda di mostri. Orribilmente mascherati o dipinti sì da perdere ogni umana sembianza, avevano cominciato a ballare una strana danza zoppicante attorno alla piazza; attorno, sempre attorno, cantando e girando, attorno, sempre attorno, ogni volta più in fretta; e i tamburi avevano modificato e accelerato il loro ritmo, sì ch'esso era diventato simile al pulsare della febbre nelle orecchie; e la folla s'era messa a cantare coi danzatori, sempre più forte; e prima una donna aveva urlato, e poi un'altra e un'altra ancora, come se le scannassero, e poi improvvisamente il capo dei danzatori uscì dal circolo, si lanciò su una grande cassa di legno che si trovava ad un'estremità della piazza, sollevò il coperchio e ne trasse una coppia di serpenti neri. Un urlo sorse dalla folla e tutti gli altri ballerini corsero verso di lui con le mani tese. Egli gettò i serpenti ai primi arrivati, poi affondò le mani nella cassa per prenderne degli altri. Ancora e ancora, serpenti neri e bruni e maculati, tutti li trasse fuori. Quindi la danza ricominciò su un ritmo differente. Ripresero a girare e rigirare in tondo, coi loro serpenti, serpentinamente, con un lieve movimento ondulatorio delle ginocchia e delle anche. In tondo, in tondo. Poi il capo fece un segnale, e l'uno dopo l'altro tutti i serpenti furono lanciati in mezzo alla piazza; un vecchio uscì dal sottosuolo e li asperse di farina di grano, e dall'altro boccaporto uscì una donna che li spruzzò d'acqua da una brocca nera. Allora il vecchio alzò una mano e con impressionante terribile simultaneità si fece un assoluto silenzio. I tamburi cessarono di rullare, pareva che la vita fosse giunta alla sua fine. Il vecchio indicò i due boccaporti che davano accesso al mondo inferiore. E lentamente, innalzate di sotto da mani invisibili, emersero da uno l'immagine dipinta d'un'aquila e dall'altro quella d'un uomo nudo, inchiodato sopra una croce. Restarono là, apparentemente sostenute da sé stesse, come se osservassero. Il vecchio batté le mani. Nudo, con solo un panno bianco di cotone intorno ai lombi, un ragazzo di diciott'anni all'incirca uscì dalla folla e stette davanti a lui, con le mani incrociate sul petto e il capo chino. Il vecchio fece su di lui il segno della croce e si ritirò. Lentamente il ragazzo cominciò a girare attorno al mucchio di serpenti che si contorcevano. Aveva terminato il primo giro ed era a metà del secondo quando, di tra i ballerini, un uomo alto che portava la maschera di lupo delle praterie e teneva in mano una frusta di cuoio intrecciato mosse verso di lui. Il ragazzo continuava a marciare come se fosse inconsapevole dell'esistenza dell'altro. L'uomo-lupo alzò la frusta; ci fu una lunga pausa d'attesa, poi un movimento rapido, il sibilo della frusta e il colpo sordo e secco sulla carne. Il corpo del ragazzo sussultò; ma egli non emise nessun suono, continuò anzi a marciare col medesimo passo lento e regolare. Il lupo colpì ancora, ancora; e ad ogni colpo prima un sospiro poi un gemito profondo s'alzò dalla folla. Il ragazzo continuava a camminare. Due, tre, quattro volte compì il giro. Il sangue colava. Cinque volte il giro, sei volte il giro. Ad un tratto Lenina si coprì il viso con le mani e si mise a singhiozzare. « Oh! Fermateli, fermateli! » implorava. Ma la frusta scendeva, scendeva inesorabilmente. Sette volte il giro. A questo punto, improvvisamente il ragazzo barcollò e, sempre senza un grido, precipitò con la testa in avanti. Chinandosi su di lui, il vecchio gli toccò la schiena con una lunga penna bianca, la levò in alto per un momento, scarlatta, perché tutti la vedessero, poi la scosse tre volte sopra i serpenti. I danzatori si buttarono avanti, raccolsero i serpenti e lasciarono di corsa la piazza. Uomini, donne, bambini, tutta la folla si squagliò dietro loro. Un minuto dopo la piazza era deserta, rimaneva soltanto il ragazzo, con la faccia contro terra com'era caduto, assolutamente immobile. Tre vecchie uscirono, lo sollevarono con difficoltà e lo portarono dentro. L'aquila e l'uomo in croce restarono ancora un poco a montare la guardia sul *pueblo* deserto; poi, come se avessero visto abbastanza, si inabissarono lentamente, attraverso i loro boccaporti, fuori dalla vista, nel mondo sotterraneo.

Lenina continuava a singhiozzare. « Troppo orribile! » ripeteva; e tutte le consolazioni di Bernardo furono vane. « Troppo orribile! Quel sangue! » Fremeva. « Oh, se avessi il mio *soma*! »

Si udì un rumore di passi nella camera interna.

Lenina non si mosse, ma restò col viso tra le mani, senza veder nulla, in disparte. Soltanto Bernardo si voltò.

L'abbigliamento del giovane che in quel momento apparve sulla terrazza era indiano; ma i suoi capelli intrecciati erano color della paglia, i suoi occhi d'un azzurro pallido, e la sua pelle una pelle bianca, abbronzata.

« Oh! Buongiorno » disse lo sconosciuto in un inglese corretto, ma speciale. « Voi siete civilizzati, non è vero? Venite da quell'altro mondo, fuori della Riserva? »

« Che diamine... » cominciò Bernardo, stupito.

Il giovane sospirò e scosse la testa: « Un uomo infelicissimo ». E indicando le macchie di sangue in mezzo alla piazza: « Vedete quella macchia maledetta? » chiese con voce tremante d'emozione.

« Un grammo val meglio d'una maledizione » disse Lenina meccanicamente, dietro il riparo delle sue mani. « Se avessi il mio *soma*! »

« Io avrei dovuto essere là » riprese il giovane. « Perché non mi hanno voluto per il sacrificio? Avrei fatto il giro dieci volte, dodici, quindici. Palowhtiwa è arrivato soltanto fino a sette. Con me avrebbero potuto avere il doppio di sangue. I mari immensi color del sangue... » Stese le braccia in un largo gesto; poi, con disperazione, le lasciò ricadere. « Ma non hanno voluto permettermelo. Mi vedono di malocchio a causa del colore della mia pelle. È sempre stato così. Sempre. » Gli occhi del giovane si riempirono di lacrime; egli si vergognò e si voltò per andarsene.

Lo stupore fece sì che Lenina scordasse la mancanza del *soma*. Si scoprì il viso e per la prima volta guardò lo sconosciuto. « Volete forse dire che *desiderate* d'esser colpito con quella frusta? »

Sempre stornando lo sguardo da lei, il giovane fece un segno affermativo. « Per il bene del *pueblo*... per far cadere la pioggia e crescere il grano. E per esser gradito a Poukong e a Gesù. E poi per dimostrare che sono capace di sopportare il dolore senza gridare. Sì » e la sua voce assunse improvvisamente un altro tono, egli si voltò con un movimento orgoglioso delle spalle, con un orgoglioso moto del mento, come di sfida « per mostrare che sono un uomo... Oh! » Diede un sospiro e tacque rimanendo a bocca aperta. Aveva visto, per la prima volta in vita sua, il viso d'una ragazza le cui guance non erano color della cioccolata o della pelle di cane, i cui capelli erano castani e con l'ondulazione permanente, e la cui espressione (novità sorprendente!) era di benevolo interesse. Lenina gli sorrideva; un simpatico ragazzo, pensava, e di bellissimo aspetto. Il sangue affluì al viso del giovane; egli abbassò gli occhi, li alzò di nuovo un attimo soltanto per accorgersi che lei gli sorrideva sempre, e ne rimase tanto emozionato che dovette voltarsi altrove e far mostra di guardare attentamente qualche cosa che si trovava dall'altra parte della piazza.

Le domande di Bernardo crearono una diversione. Chi? Come? Quando? Da dove? Tenendo gli occhi fissi sul viso di Bernardo (poiché desiderava così ardentemente di vedere Lenina sorridere che non osava assolutamente guardarla), il giovane cercò di spiegarsi. Linda e lui – Linda era sua madre (questa parola mise Lenina a disagio) – erano stranieri nella Riserva. Linda era venuta da quell'altra parte del mondo tanto tempo fa, prima ch'egli nascesse, con un uomo, il padre del giovane (Bernardo tese le orecchie). Era partita a piedi per una gita nelle montagne, lassù, a nord, era caduta in un burrone e s'era ferita alla testa ("Avanti, avanti" disse Bernardo eccitato). Dei cacciatori di Malpais l'avevano trovata e l'avevano trasportata al *pueblo*. Quanto all'uomo ch'era padre del giovane, Linda non l'aveva più riveduto. Si chiamava Tomakin. (Sicuro, Tommaso era il nome del Direttore.) Certo se n'era andato, era tornato al suo paese, senza di lei... un uomo malvagio, crudele, snaturato.

« Così io sono nato a Malpais » concluse. « A Malpais. » E scosse la testa.

Squallore della piccola casa ai limiti del *pueblo*! Una distesa di polvere e di sudiciume la separava dal villaggio. Due cani affamati frugavano oscenamente nelle immondizie davanti alla porta. All'interno, come vi penetrarono, la penombra era greve di cattivi odori e ronzante di mosche.

« Linda! » chiamò il giovane.

Dal fondo dell'altra stanza una voce femminile molto rauca rispose: « Vengo ».

Attesero. In certe scodelle sul pavimento c'erano i residui d'un pasto, forse di parecchi pasti. Una donna indiana, di forte complessione e bionda, varcò la soglia e ristette contemplando i forestieri, sbalordita e incredula, a bocca aperta. Lenina notò con disgusto che le mancavano due denti davanti. E il colore di quelli che le restavano... Rabbrividì. Era peggio del vecchio. E come era grassa! E tutte quelle rughe sul volto, quelle carni flaccide, quelle pieghe. E quelle guance cascanti, con quei bitorzoli porporini. E le vene rosse sul naso, gli occhi iniettati di sangue. E quel collo, quel collo; e lo straccio che s'era messa in testa, a brandelli e lurido. E sotto la tunica bruna a forma di sacco, i seni enormi, la sporgenza del ventre, le anche. Oh, molto peggio del vecchio, molto peggio! E improvvisamente la creatura esplose in un torrente di parole, si precipitò verso di lei con le braccia aperte e – Ford! Ford! era troppo rivoltante, un altro momento e avrebbe avuto la nausea – la strinse contro le sue prominenze, contro il suo seno, e si mise a baciarla. Ford! a *baciarla*, sbavando; e puzzava orribilmente, di bagni non ne prendeva certo mai uno, e sentiva di quello schifoso prodotto che si mette nelle fiale dei Delta e degli Epsilon (no, non era vero ciò che si diceva di Bernardo), sentiva letteralmente di alcool. Se ne discostò con la maggior sollecitudine possibile.

Un viso gonfio di lacrime e sconvolto le fu di contro; la creatura piangeva.

« Oh, mia cara, mia cara! » Il torrente di parole fluiva tra i singhiozzi. « Se sapeste come sono contenta, dopo tanti anni! Una faccia civile. Sì, e degli abiti civili. Perché credevo veramente di non rivedere mai più un pezzo di vera seta all'acetato. » Toccò la manica della camicetta di Lenina. Le sue unghie erano nere. « E questi adorabili calzoncini di velluto di viscosa! Sapete, cara, io ho tuttora i miei vecchi abiti, coi quali son venuta qui, messi in un baule. Ve li farò vedere più tardi. Benché, si capisce, l'acetato sia diventato tutto un buco. Ma la bandoliera bianca è così bella, quantunque debba riconoscere che la vostra di marocchino verde è anche più bella. Non che mi sia servita a gran cosa questa bandoliera... » Le sue lacrime ripresero a scorrere. « Credo che John vi abbia raccontato. Quanto ho sofferto, e non un grammo di *soma* sottomano. Appena una sorsata di *mescal* di tanto in tanto, quando Popé me ne portava. Popé era un ragazzo che io conoscevo. Ma si sta così male, dopo, per effetto del *mescal*, e si perdono i sensi col *peyotl*; e poi ciò rendeva ancora più penosa l'indomani l'impressione che provavo di paura e di angoscia. Io me ne vergognavo realmente. Pensate: io, una Beta... avere un bambino. Mettetevi al mio posto (la sola idea fece fremere Lenina). Quantunque non fosse colpa mia, lo giuro; perché io non riesco ancora a capire come ciò sia avvenuto, dato che avevo eseguito tutti gli esercizi malthusiani, sapete bene, contando uno, due, tre, quattro, sempre, lo giuro; ma, ad onta di tutto, la cosa avvenne; e naturalmente qui non esisteva nulla che rassomigliasse a un Centro di aborti. A proposito, c'è sempre laggiù a Chelsea? » domandò. Lenina fece un segno affermativo. « E sempre rischiarato dai proiettori il martedì e il venerdì? » Lenina confermò di nuovo. « Quella bellissima torre di vetro rosa! » La povera Linda alzò il viso e con gli occhi chiusi estaticamente contemplò l'immagine splendente del ricordo. « E il fiume di notte! » mormorò. Grosse lacrime filtrarono lentamente tra le sue palpebre chiuse. « E il ritorno in aeroplano la sera da Stoke Poges! E poi un bagno caldo e un vibro-massaggio elettrico... Ma qui... » Aspirò profondamente il fiato, scosse la testa, riaprì gli occhi, soffiò una o due volte, poi si pulì il naso con le dita che asciugò nel lembo della tunica. « Oh, scusate tanto » disse in risposta all'involontaria smorfia di disgusto di Lenina. « Non avrei dovuto farlo. Mi dispiace. Ma come si fa quando non ci sono fazzoletti? Mi ricordo che un tempo m'ha fatto molto soffrire tutta questa sporcizia e l'assoluta mancanza di asepsi. Avevo un taglio profondo alla testa quando mi condussero qui la prima volta. Non potete immaginare che cosa ci mettevano. Del grasso, sicuro, del grasso. "La civiltà è sterilizzazione" badavo a ripetere loro. "Sul mio streptococco volate a Banbury-T a vedere il mio raffinato gabinetto da bagno e il W.C.";...

come se fossero dei bambini. Ma naturalmente essi non comprendevano. Come l'avrebbero potuto? Alla fine, credo, ci feci l'abitudine. E poi come ci si può tenere puliti quando non ci sono impianti d'acqua calda? Guardate questi vestiti. Questa lurida lana non è come l'acetato. Dura e stradura. E siete costretti a rattopparla quando si strappa. Ma io sono una Beta; lavoravo nel Reparto di Fecondazione; nessuno mi ha mai insegnato a fare alcunché di simile. Non era affar mio. D'altra parte non è mai raccomandabile aggiustare dei vecchi vestiti. Buttateli via quando hanno degli strappi e acquistatene dei nuovi. "Chi più cuce meno ha": è così, vero? Il rammendo è antisociale. Ma qui tutto è diverso. È come se si vivesse con dei pazzi. Tutto ciò che essi fanno è roba da pazzi. » Si guardò attorno; vide che John e Bernardo le avevano lasciate ed erano andati a far quattro passi tra la polvere e le immondizie fuori della casa; ma, non restando dall'abbassare la voce in tono confidenziale e chinandosi (mentre Lenina s'irrigidiva e indietreggiava) così vicino che il suo fiato puzzolente di veleno per gli embrioni muoveva i capelli sulla guancia della fanciulla, sussurrò rauca: « Per esempio, il modo con cui ci si prende l'un l'altro, qui. Roba da pazzi, vi dico, assolutamente roba da pazzi. Ciascuno appartiene a tutti gli altri, non è vero? non è vero? » insisteva tirando Lenina per la manica. Lenina voltò via di nuovo la testa, fece un segno affermativo, mandò fuori l'aria che aveva trattenuta e riuscì a inspirarne dell'altra relativamente pura. « Ebbene, qui » riprese quella « nessuno crede di dover appartenere a più d'una persona. E se prendete qualcuno secondo la maniera ordinaria, gli altri vi trovano vizioso e antisociale. Vi odiano e vi disprezzano. Una volta un gruppo di donne sono venute da me a farmi una scenata perché i loro mariti venivano a vedermi. Benissimo, perché no? Allora si sono precipitate su di me... No, fu troppo orribile. Non ve lo posso raccontare. » Linda si coperse il volto con le mani ed ebbe un fremito. « Come sono odiose le donne qui! Pazze, pazze e crudeli. E, bene inteso, non capiscono nulla degli esercizi malthusiani, dei flaconi, del travasamento, e di altre cose del genere. Passano il loro tempo a fare dei figli, come le cagne. È troppo ributtante... Quando penso che io... Oh, Ford, Ford, Ford! E tuttavia John mi è stato di grande conforto. Non so che cosa avrei fatto senza di lui. Benché egli uscisse dalla grazia ogni volta che un uomo... Anche quando era ancora piccolo. Un giorno (ma era più grandicello allora) cercò di fare la pelle al povero Waihusiwa – o era Popé – semplicemente perché io talvolta lo ricevevo. Poiché non sono mai riuscita a fargli entrare in testa che è questo che deve fare la gente civile. La follia dev'essere contagiosa, scommetto: in ogni caso sembra che John l'abbia presa dagli indiani. Infatti, naturalmente, li ha frequentati molto, per quanto poi essi si siano sempre comportati male nei suoi riguardi e non gli abbiano mai permesso di fare tutto ciò che facevano gli altri ragazzi. Ciò da una parte era un bene, poiché mi facilitava il compito di condizionarlo un poco. Ma voi non avete l'idea della difficoltà che questo presenta. Vi sono tante cose che uno non sa; e non era affar mio il sapere. Voglio dire, quando un ragazzo vi domanda come funziona un elicottero o chi ha fatto il mondo, bene, cosa volete rispondere se siete un Beta e avete sempre lavorato nel Reparto di Fecondazione, che cosa volete rispondere? »

VIII

Fuori, tra la polvere e le immondizie (c'erano anche quattro cani adesso), Bernardo e John camminavano avanti e indietro.

« È così difficile per me rendermi conto » diceva Bernardo « ricostruire. Come se noi vivessimo su pianeti differenti, in differenti secoli. Una madre, e tutto questo sudiciume, e poi degli dèi, l'età avanzata, la cattiva salute... » Scosse la testa. « È quasi inconcepibile. Non arriverò mai a comprendere, a meno che voi non mi spieghiate... »

« Spiegare che cosa? »

« Questo. » Indicò il *pueblo*. « Quest'altro. » Indicò la piccola casa fuori del villaggio. « Tutto. Tutta la vostra vita. »

« Ma cosa c'è da dire? »

« Rifatevi dall'inizio. Dall'epoca più lontana di cui potete ricordarvi. »

Ci fu un lungo silenzio.

Faceva molto caldo. Avevano mangiato molte tortine di frumento e molto grano candito. Linda gli disse: "Vieni a letto, piccolo". Si coricarono insieme nel grande letto. "Canta." E Linda cantò. "Sullo streptococco andate a Banbury-T" e "Buon viaggio, piccolo bambino, presto tu sarai travasato." La sua voce si fece sempre più fioca.

Ci fu un grande rumore, ed egli si svegliò di soprassalto. Un uomo stava in piedi presso il letto, enorme, spaventoso. Diceva qualche cosa a Linda, e Linda rideva. Essa s'era tirata la coperta fin contro il mento, ma l'uomo la strappò via. I suoi capelli sembravano due corde nere, e attorno al braccio portava un braccialetto d'argento con delle pietre azzurre. A lui, John, piaceva il braccialetto; ma ciononostante aveva paura; nascose la faccia contro il corpo di Linda. Linda passò la mano su di lui, e così egli si sentì più sicuro. Con altre parole che egli non comprendeva tanto bene, essa disse all'uomo. "Non in presenza di John". L'uomo lo guardò, poi si volse di nuovo a Linda e mormorò qualche parola con voce dolce. Linda rispose di no. Ma l'uomo si chinò sul letto verso di lei, e la sua faccia era enorme, terribile; le corde nere dei suoi capelli toccavano la coperta. "No" disse ancora Linda, ed egli sentì la mano di lei premerlo sempre più forte. "No, no!" Ma l'uomo lo prese per un braccio, e ciò gli fece male. Gridò. L'uomo allungò l'altra mano e lo sollevò. Linda lo teneva sempre e continuava a ripetere: "No, no". L'uomo disse qualche cosa, rapido e corrucciato, e improvvisamente le mani di lei lo lasciarono. "Linda, Linda!" Egli scalciò, si divincolò; ma l'uomo lo portò attraverso la camera sino all'uscio, che aperse, lo depose sul pavimento chiudendosi l'uscio alle spalle. Egli si alzò e corse all'uscio. Sollevandosi sulla punta dei piedi egli poteva giusto raggiungere il grosso paletto di legno. Lo alzò e spinse; ma l'uscio non voleva aprirsi. "Linda!" gridò. Essa non rispose.

Si ricordava d'un vasto stanzone, piuttosto oscuro; dentro c'erano delle grandi macchine di legno con dei fili attaccati, e schiere di donne in piedi attorno ad esse, a tessere delle coperte, diceva Linda. Linda gli ordinò di sedere in un angolo insieme con gli altri ragazzi, mentre essa andava ad aiutare le donne. Egli giocò a lungo coi piccoli compagni. Improvvisamente la gente si mise a parlare forte, ed ecco che le donne respingevano Linda, e Linda piangeva. Essa giunse alla porta, e lui le corse appresso. Le domandò perché coloro erano montate in collera. "So assai io del loro lurido tessuto!" diceva. "Bestiali selvaggi." Le domandò cosa voleva dire selvaggi. Intanto erano giunti a casa, dove trovarono Popé che aspettava sulla porta ed entrò con loro. Portava una capace zucca piena d'un liquido che somigliava all'acqua; però non era acqua, ma qualche cosa di puzzolente che vi bruciava la bocca e vi costringeva a tossire. Linda ne bevette e Popé ne bevette e allora Linda rise parecchio e parlò ad alta voce; e poi lei e Popé se ne andarono nell'altra stanza. Linda era a letto e così profondamente addormentata che non poté svegliarla.

Popé veniva spesso. Diceva che il liquido che si trovava nella zucca si chiamava *mescal*; ma Linda ribatteva che avrebbe dovuto chiamarsi *soma*; soltanto che, dopo, vi faceva star male. Egli odiava Popé. Li odiava tutti, tutti gli uomini che venivano a vedere Linda. Un pomeriggio che aveva giocato con gli altri ragazzi – faceva freddo, rammentava, e c'era la neve sulle montagne – rientrò in casa e sentì delle voci alterate nella camera da letto. Erano voci di donne, e dicevano delle parole ch'egli non comprendeva; ma sapeva che erano parole brutte. Poi, improvvisamente, ciach! qualche cosa si rovesciò; sentì della gente che si muoveva rapidamente, poi ci fu un altro ciach! e poi un rumore come quando si frusta un mulo, però non così secco; poi Linda che urlava: "Oh, no, no, no!". Egli entrò. C'erano tre donne avvolte in coperte scure. Linda stava sul letto. Una delle donne le stringeva i polsi. Un'altra era distesa attraverso le sue gambe in modo che non potesse tirar calci. La terza la colpiva con uno staffile. Una, due, tre volte; ogni volta Linda urlava. Piangendo, egli tirò con forza la frangia della coperta della donna. "Ve ne prego, ve ne prego." Con la mano libera quella lo tenne a distanza. Lo staffile scese di nuovo, e di nuovo Linda urlò. Egli afferrò e strinse nelle sue l'enorme mano bruna della donna e la morsicò con tutta la sua forza. La donna urlò a sua volta, liberò la mano con uno strattone e gli diede una tale spinta ch'egli cadde. Mentre giaceva disteso per terra, la donna lo colpì tre volte con lo staffile. Questo gli fece più male d'ogni altra cosa provata precedentemente, come se fosse fuoco. Lo staffile sibilò di nuovo, discese. Ma questa volta fu Linda a gridare.

"Ma perché volevano farti male, Linda?" domandò lui quella sera. Piangeva perché i segni rossi dello staffile sulla schiena lo facevano ancora soffrire terribilmente. Ma piangeva anche perché tutti eran così cattivi e ingiusti e perché egli era soltanto un ragazzo e non poteva nulla contro di loro. Anche Linda piangeva. Era adulta, lei, ma non abbastanza grande per lottare contro quelle tre. Anche per lei non era giusto. "Perché volevano farti male, Linda?"

"Non lo so. Come potrei saperlo?" Era difficile sentire ciò che diceva perché stava coricata bocconi con la faccia contro il cuscino. "Dicono che quegli uomini sono i *loro* uomini" riprese; e non sembrava affatto che parlasse a lui; sembrava parlare a qualcuno che fosse dentro di lei. Un lungo discorso del quale egli non capì nulla; e alla fine essa si mise a piangere più forte di prima.

"Oh! non piangere, Linda. Non piangere."

Si avviticchiò a lei. Le passò il braccio attorno al collo. Linda gettò un grido: "Oh! attento. La mia spalla! Oh!" e lo respinse brutalmente. La sua testa batté contro il muro. "Piccolo idiota!" esclamò; e poi, improvvisamente, cominciò a percuoterlo. Pinf, panf...

"Linda!" gridava lui. "Oh! mamma, no!"

"Io non sono tua madre. Non voglio essere tua madre."

"Ma Linda... Oh!" Lo colpì alla guancia.

"Trasformata in una selvaggia" diceva ella. "Avere dei piccoli, come un animale... Se non fosse stato per te, sarei potuta andare dall'Ispettore, sarei potuta partire. Ma non con un bambino. Sarebbe stata una cosa troppo vergognosa."

Capì che stava per batterlo di nuovo e alzò il braccio per proteggersi la faccia. "Oh! no, Linda, no, te ne prego."

"Piccola bestia!" Gli abbassò il braccio, la sua faccia rimase scoperta.

"No, Linda." Egli chiuse gli occhi aspettando lo schiaffo. Ma ella non lo colpì. Dopo un istante, riaprì gli occhi e vide che lei lo guardava. Tentò di sorridere. Improvvisamente,

Linda lo circondò con le sue braccia e si mise a baciarlo furiosamente.

Qualche volta, per parecchi giorni, Linda non si alzava neppure. Rimaneva a letto ed era triste. Oppure beveva il liquido che Popé portava, faceva delle matte risate e si buttava a dormire. Talvolta anche si sentiva male. Spesso si scordava di alzarsi, e non c'era nulla da mangiare all'infuori delle tortine fredde. Egli si rammentava della prima volta che Linda aveva trovato quei piccoli animaletti nei suoi capelli, come gridava, come gridava!

I momenti più felici erano quando lei gli parlava di quell'altro mondo: "E si può davvero girare volando, quando se ne ha voglia?"

"Quando se ne ha voglia." E lei gli parlava della musica soave che esce da una cassetta e di tutti i giochi piacevoli ai quali si può giocare, e delle cose deliziose da mangiare e da bere, e della luce che si fa quando si preme un piccolo bottone nel muro, e delle immagini che è possibile capire, sentire e toccare così come si vedono, e d'un'altra cassetta che produce i buoni odori, e delle case rosa, verdi, azzurre, argentee, alte come montagne; e tutti erano felici, e nessuno era mai triste o adirato, e ciascuno apparteneva a tutti gli altri, e delle cassette in cui si poteva vedere e sentire ciò che succede dall'altra parte del mondo, e dei bambini chiusi in graziosi nitidi flaconi – tutto era nitido, niente cattivi odori, niente sporcizia – e la gente non si sentiva mai sola, ma tutti vivevano insieme allegri e felici come durante le danze estive lì a Malpais, ma molto più felici, e la felicità c'era ogni giorno, ogni giorno... Egli ascoltava per delle ore. E talvolta, quando lui e gli altri ragazzi erano stanchi d'aver giocato troppo, uno dei vecchi del *pueblo* parlava loro, con altre parole, del grande Trasformatore del Mondo, e della lunga lotta tra la Mano Destra e la Mano Sinistra, tra l'Umido e il Secco; di Awonawilona, il quale una notte, pensando, produsse uno spesso nebbione, e da questa nebbia creò poi il mondo; della Madre Terra e del Padre Cielo; di

Ahaiyuta e Marsailema, i gemelli della Guerra e del Caso; di Gesù e di Poukong; di Maria e di Etsanatlehi, la donna che ritorna giovane; della Pietra Nera di Laguna e della Grande Aquila e di Nostra Signora di Acoma. Strane storie, e più meravigliose per lui in quanto erano raccontate con queste altre parole e pertanto non completamente comprese. Disteso nel suo letto, egli pensava al cielo e a Londra e a Nostra Signora di Acoma e alle file e file di bambini in nitidi flaconi e a Gesù trasvolante e a Linda pure trasvolante e al grande Direttore delle Incubatrici Mondiali e ad Awonawilona.

Molti uomini venivano a vedere Linda. I monelli cominciavano a segnarla a dito. Con altre parole strane, essi dicevano che Linda era cattiva; le davano dei nomi che egli non comprendeva, ma che sapeva essere brutti nomi. Un giorno essi cantarono e ricantarono più volte una canzone su di lei. Egli scagliò loro delle pietre. Quelli non rimasero con le mani in mano. Una pietra appuntita gli tagliò una guancia. Il sangue non voleva fermarsi; egli in breve ne fu tutto coperto.

Linda gli insegnò a leggere. Con un pezzo di carbone disegnava delle immagini sul muro, un animale seduto, un bambino in un flacone; poi scriveva le lettere. "Il gatto è sullo stuoino. Bebé è nel vaso." Egli imparava presto e facilmente. Quando seppe leggere tutte le parole che lei scriveva sul muro, Linda aperse il suo baule di legno e, di sotto quei bizzarri calzoncini rossi che non portava mai, trasse uno smilzo libretto. Egli l'aveva già visto altre volte. "Quando sarai più grande" Linda aveva detto "potrai leggerlo." Adesso egli era abbastanza grande. Ne fu fiero. "Ho paura che tu non lo trovi molto eccitante" disse Linda. "Ma è tutto ciò che ho." Sospirò. "Oh! se tu potessi vedere le belle macchine da leggere che abbiamo a Londra!" Egli continuò a leggere. *Il condizionamento chimico e batteriologico dell'embrione. Istruzioni pratiche per i lavoratori Beta dei Depositi d'embrioni.* Gli fu necessario un quarto d'ora soltanto per leggere il titolo. Gettò il libro sul pavimento. "Stupido libro" disse, e si mise a piangere.

I monelli cantavano sempre la loro orribile canzone su Linda. Talvolta, inoltre, si burlavano di lui perché era così stracciato. Quando strappava i vestiti, Linda non sapeva rammendarli. In quell'altro mondo, gli diceva, la gente buttava via gli abiti logori e se ne comperava degli altri. "Straccione, straccione!" gli gridavano i monelli. "Ma io so leggere" diceva a se stesso "ed essi no. Essi non sanno nemmeno che cosa significhi leggere." Era abbastanza facile, per poco ch'egli concentrasse il suo pensiero sul leggere, fingere che la cosa non lo riguardasse quando quelli si prendevano gioco di lui. Pregò Linda di dargli di nuovo il libro.

Più i ragazzi lo segnavano a dito e cantavano, più egli leggeva. Presto fu in grado di leggere benissimo tutte le parole. Anche le più lunghe. Ma cosa significavano? Ne chiese a Linda, ma quand'anche lei fosse stata capace di rispondere, ciò non avrebbe reso le cose più chiare. E generalmente lei non era affatto capace.

"Che cosa sono i prodotti chimici?" domandava lui.

"Oh! delle cose come sali di magnesio, e l'alcool per mantenere i Delta e gli Epsilon piccoli e ritardati, e il carbonato di calcio per le ossa, e tutta questa sorta di cose."

"Ma come li fabbricano i prodotti chimici, Linda? Donde provengono?"

"Mah! Io non lo so. Si prendono nelle bottiglie. E quando le bottiglie sono vuote, si manda a cercarne delle altre su nel Deposito chimico. Sono quelli del Deposito chimico che li fabbricano, credo. Oppure li mandano a prendere allo Stabilimento. Non lo so. Non mi sono mai occupata di chimica. Il mio lavoro è stato sempre attorno agli embrioni."

Lo stesso era di tutte le altre cose sulle quali egli l'interrogava: Linda sembrava non saperne mai nulla. Il vecchio del *pueblo* aveva delle risposte assai più precise.

"La semenza dell'uomo e di tutte le creature, la semenza del sole e la semenza della terra e la semenza del cielo,

Awonawilona le ha create tutte, a partire dalla Nebbia dell'Accrescimento. Ora il mondo ha quattro matrici; ed egli depose le semenze nella più bassa delle quattro matrici. E gradualmente le semenze cominciarono a svilupparsi..."

Un giorno (John calcolò più tardi che doveva essere poco tempo dopo il suo dodicesimo compleanno) egli rientrò in casa e trovò giacente sul pavimento in camera da letto un libro che non aveva mai visto prima. Era un grosso libro che sembrava molto antico. La rilegatura era stata divorata dai sorci, talune pagine staccate e malridotte. Egli lo raccolse, guardò il frontespizio; il libro era intitolato *Opere complete di William Shakespeare*.

Linda s'era buttata sul letto e sorseggiava da una ciotola quell'orribile e puzzolente *mescal*.

"Popé l'ha portato" disse. La sua voce era spessa e rauca come la voce di qualcun altro. "Era in uno stipo della camera sotterranea di riunione della Kiva degli Indii Antilopi. Si crede che ci sia da alcune centinaia d'anni. Dev'essere vero, perché io l'ho guardato e mi sembra pieno di stupidaggini. Privo di civiltà. Ad ogni modo, sarà sempre abbastanza buono per esercitarsi a leggere." Ingollò un'altra sorsata, pose la ciotola sul pavimento accanto al letto, si voltò dall'altra parte, fece un paio di rutti e s'addormentò.

Egli aperse il libro a caso.

"No, ma vivere
nei piaceri impudichi d'un letto insozzato,
crogiolandosi nella corruzione, prodigando dolci amorosi baci
sopra una bocca impura..."

Le strane parole gli rimbalzarono attraverso lo spirito, vi rombarono come un tuono parlante; come i tamburi delle danze estive, se i tamburi avessero potuto parlare; come gli uomini che cantano la Canzone del Grano, bella, bella da farvi piangere; come il vecchio Mitsima quando pronuncia le formule magiche sulle sue piume e i suoi bastoni intagliati e i suoi frammenti d'osso e di pietra – *Kiathla tsilu silokwe silokwe silokwe. Kiai silu silu, tsithl* – ma meglio delle formule magiche di Mitsima, perché erano più significative, perché parlavano a lui; parlavano meravigliosamente e solo a metà comprensibili, in formule terribilmente belle, di Linda; di Linda coricata e ronfante, con la ciotola vuota sul pavimento accanto al letto; di Linda e di Popé, di Linda e di Popé.

Egli odiava Popé sempre più. Un uomo può sorridere e risorridere ed essere uno scellerato. Senza rimorsi, traditore, svergognato, scellerato, detestabile. Cosa significavano esattamente queste parole? Lo sapeva soltanto a metà. Ma la loro suggestione era potente e continuava a rumoreggiare nella sua testa, e fu, senza che sapesse in qual modo, come se realmente non avesse già prima odiato, perché non aveva mai potuto dire sino a qual punto lo odiava. Ma ora aveva queste parole, queste parole ch'erano simili a tamburi, a canti e a formule magiche. Queste parole, e la strana, strana storia dalla quale erano state tratte (essa non aveva per lui né coda né testa, ma era tuttavia meravigliosa, meravigliosa), gli offrivano una ragione per odiare Popé; esse rendevano il suo odio più reale; rendevano Popé medesimo più reale.

Un giorno, mentre rientrava dopo aver giocato, la porta della camera di fondo era aperta, ed egli li vide tutti e due coricati sul letto, addormentati: Linda bianca e Popé quasi nero accanto a lei, con un braccio passato sotto le sue spalle e l'altra mano bruna posata sul suo seno, e una treccia dei lunghi capelli dell'uomo, distesa attraverso il petto di lei come un serpente nero che tentasse di strangolarla. La zucca di Popé giaceva come una tazza sul pavimento vicino al letto. Linda russava.

Fu come se il suo cuore fosse sparito e avesse lasciato una voragine. Egli era vuoto. Vuoto e freddo e quasi malato e stordito. S'appoggiò al muro per non cadere. Senza rimorsi, traditore, svergognato... Come i tamburi, come gli uomini che cantavano alla Festa del Grano, come le formule magiche, le parole si ripetevano nella sua testa. Dopo la sensazione di freddo, ebbe improvvisamente caldo. Le sue guance bruciavano sotto l'afflusso del sangue, la camera girava e si oscurava davanti ai suoi occhi. Strinse i denti. "Lo ucciderò, lo ucciderò, lo ucciderò" egli ripeteva. E di colpo altre parole ancora vennero.

"Quando egli dormirà ubriaco, o nella sua rabbia,
o nel piacere incestuoso del suo letto..."

Le formule magiche erano dalla sua parte, le formule magiche spiegavano e davano degli ordini. Uscì e tornò nella prima stanza. "Quando egli dormirà ubriaco..." Il coltello della carne era lì sul pavimento accanto al focolare. Lo raccolse e sulla punta dei piedi si avvicinò all'uscio. "Quando egli dormirà ubriaco..." Di corsa attraversò la stanza e colpì – oh! il sangue – colpì di nuovo mentre Popé si scuoteva di dosso il sonno, alzò la mano per colpire ancora, ma si sentì afferrare e – oh, oh! – torcere il pugno.

Non poteva più muoversi, era preso in trappola, e c'erano i piccoli occhi neri di Popé, vicinissimi, fissi nei suoi. Distolse lo sguardo. Due tagli si vedevano nella spalla sinistra di Popé. "Oh! guarda il sangue!" gridava Linda. "Guarda il sangue!" Essa non aveva mai potuto sopportare la vista del sangue. Popé alzò l'altra mano: per colpirlo, pensava John. Si irrigidì per ricevere il colpo. Ma la mano lo prese soltanto sotto il mento e gli voltò la faccia, così che egli fu di nuovo costretto a fissare negli occhi Popé. Per lungo tempo per ore e ore. E improvvisamente – egli non poté impedirselo – si mise a piangere. Popé invece scoppiò in una risata. "Va'" disse con quell'altre parole indiane. "Va' mio bravo Ahaiyuta." Egli corse via nell'altra stanza per nascondere le lacrime.

"Tu hai quindici anni" disse il vecchio Mitsima in indiano. "Ormai posso insegnarti a lavorare l'argilla."

Accosciati presso il fiume, lavorarono insieme.

"Per prima cosa" disse Mitsima prendendo con le mani un blocco d'argilla umettata "facciamo una piccola luna."

Il vecchio schiacciò il blocco e ne fece un disco, poi ne curvò i bordi; la luna divenne un vaso concavo.

Lento e maldestro egli imitava i gesti delicati del vecchio.

"Una luna, un vaso e adesso un serpente." Mitsima arrotolò un altro frammento d'argilla facendone un lungo cilindro flessibile, lo curvò in un cerchio e l'appoggiò sul bordo della ciotola. Poi ancora un serpente. Ancora uno. Ancora uno. Cerchio su cerchio Mitsima lavorò ai fianchi del vaso; questo era stretto, poi si gonfiò, e si restrinse di nuovo verso il collo. Mitsima schiacciò e batté, lisciò e raschiò e finalmente la cosa si definì in forma d'un recipiente d'acqua familiare di Malpais, ma d'un bianco cremoso invece che nero e ancora molle a toccarlo. Parodia deforme di quello di Mitsima, il suo si ergeva lì presso. Guardando i due recipienti, egli fu costretto a ridere.

"Ma il prossimo sarà migliore" disse: e si mise a umettare un altro blocco d'argilla.

Modellare, dare la forma, sentire le proprie dita acquisire agilità e potere: ciò gli dava un piacere straordinario. "A, B, C, Vitamina D" egli cantarellava tra sé lavorando. "Lo iodio è nel fegato, il merluzzo è nel mare." E anche Mitsima cantava: una canzone sull'uccisione di un orso.

Lavorarono tutto il giorno, e per tutto il giorno egli fu pieno d'una intensa, assorbente felicità.

"Quest'inverno" disse il vecchio Mitsima "ti insegnerò a maneggiare l'arco."

Rimase a lungo ritto davanti alla casa; e finalmente le cerimonie all'interno finirono. La porta si aperse; essi uscirono. Kothlu veniva per primo, con la mano destra rivoltata e ben chiusa come se dentro vi fosse qualche prezioso gioiello. Con la mano tesa e ugualmente serrata, Kiakimé lo seguiva. Camminavano in silenzio, e in silenzio, dietro di loro, venivano i fratelli, le sorelle, i cugini e tutta la turba dei vecchi.

Uscirono dal *pueblo*, attraverso la mesa. Al bordo dello strapiombo si fermarono, di fronte al giovane sole levante.

Kothlu aperse la mano. Una manciata di farina di frumento si stendeva bianca sulla sua palma; egli vi soffiò sopra, mormorò poche parole poi la lanciò, pugno di polvere bianca, verso il sole. Kiakimé fece lo stesso. Allora il padre di Kiakimé s'avanzò e, brandendo un bastone rituale ornato di piume, pronunciò una lunga preghiera, e poi lanciò il bastone dietro la farina di frumento.

"È fatto" disse il vecchio Mitsima ad alta voce. "Sono maritati."

"Bene" disse Linda mentre ritornavano "tutto ciò che posso dire è che sembra facciano un gran can-can per assai poca cosa. Nei paesi civili, quando un giovanotto vuol avere una ragazza, egli appunto... Ma dove vai, John?"

Egli non prestò attenzione al suo richiamo, ma corse via, via, via, non importa dove, pur di esser solo.

Era fatto. Le parole del vecchio Mitsima si ripetevano nel suo spirito. Fatto, fatto.

In silenzio, e da molto lontano, ma violentemente, disperatamente, senza speranza, egli aveva amato Kiakimé. Ed ora era finito. Egli aveva sedici anni.

Quando fu la luna piena, nella Kiva degli Indii Antilopi, dei segreti stavano per esser detti, dei segreti stavano per essere compiuti e sostenuti. Sarebbero discesi nella Kiva ancora ragazzi e ne sarebbero usciti uomini. I ragazzi erano pieni di timore e nello stesso tempo impazienti... Finalmente il gran giorno giunse. Il sole si coricò, la luna sorse. Egli si recò con gli altri. Degli uomini si tenevano ritti, con aria misteriosa, presso l'ingresso della Kiva; la scala s'ingolfava nelle profondità dai rossi riflessi. Già i ragazzi capofila avevano cominciato a discendere. Improvvisamente uno degli uomini si fece avanti, l'afferrò per un braccio e lo trasse fuori della fila. Egli gli sfuggì e scivolò al suo posto, tra gli altri. Stavolta l'uomo lo batté, gli tirò i capelli: "Non per te, pelo bianco!". "Non per il figlio della cagna" disse un altro uomo. I ragazzi risero. "Vattene!" gridarono di nuovo gli uomini. Uno di essi si chinò, raccattò una pietra e la scagliò. "Vattene, vattene, vattene!" Ci fu una grandine di pietre. Sanguinando egli fuggì nelle tenebre. Dalla Kiva illuminata di rosso veniva un clamore di canti. L'ultimo ragazzo era arrivato in fondo alla scala. John era completamente solo.

Completamente solo, fuori dal *pueblo*, sul nudo pianoro della mesa. La roccia era simile a ossame calcinato sotto la luce lunare. Giù nella valle i lupi delle praterie latravano alla luna. Le contusioni gli dolevano, le ferite sanguinavano ancora; non era tuttavia per il dolore ch'egli singhiozzava, ma perché era completamente solo, perché era stato cacciato, tutto solo, in questo mondo sepolcrale di rocce e di luce lunare. All'orlo dell'abisso sedette. La luna stava dietro a lui; egli guardò nell'ombra nera della mesa, nell'ombra nera della morte. Aveva soltanto da fare un passo, un piccolo salto... Stese la mano destra verso il chiaro di luna. Dalla ferita al polso il sangue stillava ancora. A intervalli di qualche secondo una goccia cadeva, scura, quasi senza colore nella morta luce. Una goccia, una goccia, una goccia. Domani e domani e domani...

Egli aveva scoperto il Tempo, la Morte e Dio.

« Solo, sempre solo » diceva il giovane. Queste parole risvegliarono un'eco dolorosa nello spirito di Bernardo. Solo, solo...

« Anch'io » disse in uno slancio di confidenza. « Terribilmente solo. »

« Anche voi? » John lo guardava sorpreso. « Io credevo che nel vostro mondo... Voglio dire, Linda afferma sempre che laggiù nessuno era mai solo. »

Bernardo arrossì imbarazzato:

« Vedete » disse imbrogliandosi e voltando via gli occhi « io sono un po' diverso dalla maggioranza, se non erro. Se uno si trova ad esser stato travasato differentemente... »

« Già, ecco » il giovane fece un cenno di approvazione. « Se uno è diverso, è fatale che sia solo. Si è trattati in modo bestiale. Sapete che mi hanno sempre assolutamente escluso da ogni cosa? Quando gli altri ragazzi andavano a passare la notte sulle montagne – sapete, quando si deve sognare qual è il vostro animale sacro – non hanno mai voluto concedermi d'andare con loro; non hanno mai voluto dirmi nessun segreto. Tuttavia io l'ho fatto da solo » soggiunse. « Sono rimasto senza mangiare per cinque giorni, e poi una notte me ne sono andato da solo sulle montagne, lassù. » Indicò con un dito.

Bernardo sorrise con indulgenza. « E avete sognato qualche cosa? » domandò.

L'altro fece cenno di sì. « Ma non posso dirvelo. » Rimase silenzioso un poco; poi riprese a bassa voce: « Una volta ho fatto una cosa che gli altri non avevano mai fatta, sono rimasto in piedi ritto contro una roccia, nel bel mezzo del giorno d'estate, con le braccia distese, come Gesù sulla croce ».

« Perché, diamine? »

« Volevo sapere ciò che vuol dire essere crocefisso. Sospeso là sotto il sole... »

« Ma perché? »

« Perché? Eh... » Esitava. « Perché sentivo di doverlo fare. Se Gesù ha potuto sopportarlo... E poi, se uno ha fatto qualche cosa di male... E poi, ero infelice; questa era un'altra ragione. »

« Mi sembra una strana maniera di guarire la vostra infelicità » disse Bernardo. Ma una successiva riflessione lo persuase che, dopo tutto, ciò poteva avere anche un senso. Più che prendere del *soma*...

« Sono svenuto dopo un certo tempo » continuò il giovane. « Sono caduto bocconi. Vedete il segno dove mi sono ferito? » Sollevò lo spesso ciuffo giallo sulla fronte. La cicatrice era visibile, pallida e increspata, sulla tempia destra.

Bernardo guardò, poi bruscamente, con un piccolo brivido, distolse gli occhi. Il suo condizionamento lo aveva reso non tanto disposto alla pietà quanto esageratamente delicato. La semplice allusione alle malattie o alle ferite era per lui non soltanto orripilante, ma anche ripugnante e piuttosto disgustosa. Come la sporcizia o la deformità o la vecchiaia. Si affrettò a cambiar discorso.

« Vorrei sapere se vi piacerebbe ritornare a Londra con

noi » domandò effettuando la prima mossa di una campagna della quale aveva cominciato a elaborare in segreto il piano strategico dal momento in cui, nella piccola casa, aveva intuito chi doveva essere il "padre" del giovane selvaggio. « Vi piacerebbe? »

Il volto del giovane s'illuminò: « Parlate sul serio? ».

« Certo; se posso ottenere il permesso, naturalmente. »

« Anche Linda? »

« Già... » Esitò incerto. Quella creatura ripugnante! No, era impossibile. A meno che, a meno che... Venne in mente d'improvviso a Bernardo che il fatto stesso che colei fosse sì ripugnante, costituiva una carta formidabile. « Ma certo! » gridò, compensando le esitazioni di prima con un eccesso di cordialità rumorosa.

Il giovane sospirò profondamente. « Pensare che ciò si realizza... ciò di cui ho sognato tutta la mia vita. Vi ricordate ciò che disse Miranda? »

« Chi è Miranda? »

Ma il giovane non aveva evidentemente intesa la domanda: « O meraviglia! » diceva; e i suoi occhi brillavano, il suo viso era tutto illuminato. « Quante soavi creature ci sono qui! Come l'umanità è bella! » Il suo rossore s'accentuò improvvisamente, pensando a Lenina, a quell'angelo in viscosa verde-bottiglia, splendente di giovinezza e di vitalità, grassottella, sorridente con gentilezza. Gli tremò la voce. « O nuovo mondo ammirevole! » cominciò; poi improvvisamente s'interruppe; il sangue aveva abbandonato le sue gote, era pallido come un foglio di carta. « Siete sposato con lei? » domandò.

« Sono cosa? »

« Sposato. Sapete, per sempre. Si dice "per sempre", nel linguaggio degli Indii, una cosa che non si può rompere. »

« Ford, no! » Bernardo non poté trattenere una risata.

Anche John rise, ma per un'altra ragione: rise di pura gioia.

« O nuovo mondo ammirevole! » ripeté. « O nuovo mondo ammirevole che contieni simile gente! Partiamo subito. »

« Avete un modo ben curioso di parlare, talvolta » disse Bernardo squadrando il giovane con stupore perplesso. « E intanto, non fareste meglio ad aspettare d'averlo veduto, il nuovo mondo? »

IX

Lenina opinava d'aver diritto, dopo questa giornata di stranezze e d'orrore, a una vacanza completa e assoluta. Appena furono tornati alla locanda, ella ingoiò sei compresse di mezzo grammo di *soma*, si buttò sul letto, e dopo dieci minuti era imbarcata per una eternità lunare. Le sarebbero occorse almeno diciotto ore prima d'essere di nuovo nel tempo.

Bernardo invece rimase a pensare a occhi aperti nell'oscurità. Fu soltanto dopo mezzanotte ch'egli si addormentò. Molto dopo mezzanotte; ma la sua insonnia non era stata sterile; egli aveva un piano.

Puntualmente, l'indomani mattina alle dieci, il sanguemisto in uniforme verde discese dal suo elicottero. Bernardo lo aspettava tra le agavi.

« Miss Crowne è andata in vacanza col *soma* » spiegò. « Non potrà ritornare prima delle cinque. Ciò ci concede sette ore. »

Poteva volare sino a Santa Fe, sbrigarvi tutti gli affari che vi doveva sbrigare ed essere a Malpais assai prima che essa si svegliasse.

« Sarà sicura qui da sola? »

« Sicura come in elicottero » gli rispose il meticcio.

Salirono nell'apparecchio e presero quota immediatamente.

Alle dieci e trantaquattro scendevano sul tetto dell'ufficio postale di Santa Fe; alle dieci e trentasette Bernardo era in comunicazione coll'ufficio del Governatore Mondiale a Whitehall; alle dieci e trentanove parlava col quarto segretario particolare del magnate; alle dieci e quarantaquattro ripeteva la sua storia al primo segretario, e alle dieci e quarantasette e mezzo fu la voce profonda e rimbombante di Mustafà Mond in persona che gli risuonò all'orecchio.

« Mi sono permesso di pensare » balbettò Bernardo « che Vostra Forderia potrebbe trovare la cosa d'un interesse scientifico sufficiente... »

« Sì, la trovo d'un interesse scientifico sufficiente » disse la voce profonda. « Riconducete questi due individui a Londra con voi. »

« Vostra Forderia sa certo che mi occorrerà un permesso speciale... »

« Gli ordini necessari » disse Mustafà Mond « sono inviati in questo stesso momento al Custode della Riserva. Presentatevi subito all'Ufficio del Custode. Buone cose, signor Marx. »

Vi fu un silenzio. Bernardo riappese il ricevitore e si affrettò a salire sul tetto.

« Ufficio del Custode » disse al sangue-misto in uniforme verde.

Alle dieci e cinquantaquattro Bernardo stringeva la mano al Custode.

« Sono felice, signor Marx, felice. » La sua voce tonante era piena di deferenza. « Abbiamo appunto ricevuto degli ordini speciali... »

« So » disse Bernardo interrompendo. « Ho parlato al telefono con Sua Forderia proprio un momento fa. » Il tono di superiorità da lui usato sottintendeva che egli aveva l'abitudine di conversare con Sua Forderia tutti i giorni della settimana. Si lasciò cadere su una sedia. « Se volete provvedere al necessario il più presto possibile... Il più presto possibile » ripeté accentuando. Egli si divertiva un mondo.

Alle undici e tre egli aveva in tasca tutti i documenti necessari. « A presto » disse con tono protettore al Custode che lo aveva accompagnato sino alla porta dell'ascensore. « A presto. »

Si recò a piedi all'albergo, fece un bagno, fece un vibromassaggio, si rase con l'elettrolitico, ascoltò le notizie della mattina, guardò per una mezz'ora nel televisore, gustò con tutta calma la colazione e alle due e mezzo s'alzò a volo col sangue-misto per ritornare a Malpais.

Il giovane era davanti alla locanda.

« Bernardo! » chiamò « Bernardo! » Non ebbe risposta.

Senza far rumore coi suoi mocassini di pelle di daino, salì di corsa le scale e provò ad aprire la porta.

Erano partiti! Partiti! Era la cosa più terribile che gli fosse mai capitata. Lei gli aveva detto di venirli a trovare, ed ecco, erano partiti. Si sedette sugli scalini e pianse.

Una mezz'ora più tardi gli venne in mente di guardare attraverso la finestra. La prima cosa che vide fu una valigia verde con le iniziali L.C. dipinte sul coperchio. La gioia si accese in lui come una fiamma. Raccolse un pietra. Il vetro spezzato tintinnò sul pavimento. Un momento dopo egli era nella stanza. Aprì la valigia verde e ad un tratto si trovò a respirare il profumo di Lenina, riempiendosi i polmoni del suo essere essenziale. Il cuore gli batteva perdutamente; per un momento restò quasi senza sensi. Poi, chino sulla preziosa valigia, toccò, sollevò alla luce, esaminò. La chiusura automatica nei calzoncini di ricambio di Lenina, in velluto di viscosa, gli riuscì a tutta prima un enigma, poi, avendolo risolto, una delizia. Zip, e poi zip; zip, e ancora zip; egli era ai sette cieli. Le pantofole verdi di lei erano la cosa più bella ch'egli avesse mai visto. Spiegò un paio di calzoncini-combinazione a chiusura automatica, arrossì e li rimise rapidamente a posto; ma baciò un fazzoletto profumato all'acetato e si passò una sciarpa attorno al collo. Aprendo una scatola, sparse una nube di polvere odorosa. Le sue mani rimasero infarinate di quella roba. Se le pulì sul petto, sulle spalle, sulle braccia nude. Delizioso profumo! Chiuse gli occhi, soffregò le guance contro il braccio infarinato. Contatto d'una pelle liscia contro il suo viso, odore di polvere muschiata nelle sue narici, la presenza reale di lei! "Lenina!" sussurrò "Lenina!"

Un rumore lo fece sussultare, lo fece voltare come un colpevole. Cacciò nella valigia il suo bottino e abbassò il coperchio, poi ascoltò di nuovo, guardò. Nessun segno di vita, nessun rumore. E tuttavia egli aveva senza dubbio sentito qualche cosa, qualche cosa come un sospiro, qualche cosa come il crepitio di una tavola. In punta di piedi si avvicinò alla porta, e, apertala con precauzione, si trovò in presenza di un pianerottolo di legno. Nella parete opposta del pianerottolo c'era un'altra porta, socchiusa. Uscì, spinse, spiò.

Lì dentro, su di un letto basso, col lenzuolo gettato indietro, vestita d'un pigiama d'un sol pezzo, a chiusura automatica, stava Lenina profondamente addormentata, e così bella in mezzo ai suoi riccioli, così commoventemente infantile con le rosee dita dei piedi e il viso grave nel sonno, così fiduciosa nell'abbandono delle mani molli e delle membra distese, che le lacrime gli riempirono gli occhi.

Con un'infinità di precauzioni assolutamente superflue – perché soltanto il fragore d'un colpo di pistola avrebbe potuto richiamare Lenina dalla vacanza del *soma* prima del momento fissato – egli entrò nella stanza, si inginocchiò sul pavimento accanto al letto. Contemplò, congiunse le mani, mosse le labbra. « I suoi occhi » mormorò:

« I suoi occhi, i suoi capelli, la sua guancia, il suo portamento, [la sua voce:
li maneggi nel tuo discorso. Oh! questa sua mano,
a paragone della quale tutti i bianchi sono inchiostri
che scrivono il loro proprio rimprovero, al contatto della quale
la piuma del giovane cigno è ruvida...[1] »

Una mosca ronzò attorno a lei. Egli la mise in fuga. « Le mosche » rammentò:

[1] *Troilo e Cressida* I, 1.

« Sulla bianca meraviglia ch'è la mano di Giulietta, possono
e gustare la grazia immortale delle sue labbra [cogliere
che, nel casto pudore di vestale,
arrossiscono tuttavia, come se giudicassero colpevoli i loro
[baci.[1] »

Lentissimamente, col gesto esitante d'uno che si china per accarezzare un uccello timido e fors'anche un po' pericoloso, egli avanzò la mano: e la mano rimase lì, tremante, a un pelo da quelle dita mollemente pendenti, sull'orlo del contatto. Oserebbe? Oserebbe profanare, con la sua indegnissima mano, questa... No, egli non osò. L'uccello era troppo pericoloso. La sua mano ricadde. Com'era bella, Lenina! Come bella!

Egli si trovò improvvisamente a pensare che avrebbe avuto solo da afferrare il capo della chiusura automatica presso il collo, e strapparla con un colpo lungo e vigoroso...

Chiuse gli occhi, scrollò rapidamente la testa col gesto di un cane che scuote le orecchie appena esce dall'acqua. Detestabile pensiero! Provò vergogna di se stesso. Casto pudore di vestale...

C'era nell'aria un ronzio. Un'altra mosca che tentava di assaporare le grazie immortali? Una vespa? Guardò, non vide nulla. Il ronzio si fece sempre più forte, si localizzò proprio fuori dalle finestre chiuse. L'aeroplano! Preso dal panico, egli si rimise tosto in piedi e corse nell'altra stanza, scavalcò d'un balzo la finestra aperta e, affrettandosi lungo il sentiero tra le alte agavi, giunse in tempo per ricevere Bernardo Marx mentre scendeva dall'elicottero.

[1] *Romeo e Giulietta* III, 3.

X

Le lancette di tutti i quattromila orologi elettrici in tutte le quattromila stanze del Centro di Bloomsbury segnavano le due e ventisette minuti. "Questo alveare industrioso" come il Direttore si compiaceva chiamarlo, era in pieno fervore di lavoro. Sotto i microscopi, con le loro code che battevano furiosamente, gli spermatozoi penetravano con la testa avanti nelle uova; e, fecondate, le uova si dilatavano, si dividevano, o, se erano bokanovskizzate, germogliavano ed esplodevano in intere generazioni di embrioni distinti.

Dalla Sala di Predestinazione Sociale, gli ascensori discendevano rombando nel sottosuolo, dove, nella rossa oscurità, maturando al caldo sul loro materasso di peritoneo e rimpinzati di pseudo-sangue e d'ormoni, i feti crescevano, crescevano, oppure, avvelenati, intisichivano, mal cresciuti allo stato d'Epsilon. Con un sottile ronzio e un lieve rumore, i portabottiglie mobili percorrevano impercettibilmente le settimane e le età del passato in sintesi, fin là dove, nella Sala di Travasamento, i bambini levati di fresco dai flaconi emettevano il loro primo vagito di orrore e di spavento.

Le dinamo ronfavano nel sotterraneo, gli ascensori salivano e discendevano. A ciascuno degli undici piani delle Stanze dei bambini era l'ora del nutrimento. Da milleottocento poppatoi milleottocento creaturine etichettate con cura succhiavano simultaneamente il loro litro di secrezione esterna pastorizzata.

Sopra di loro, in dieci piani successivi di dormitori, i bambini e le bambine che erano ancora in età d'aver bisogno d'una siesta pomeridiana erano occupati come tutti gli altri, quantunque non ne sapessero nulla, ad ascoltare incoscientemente delle lezioni ipnopediche sull'igiene e la socialità, sul sentimento di classe e la vita amorosa del marmocchio che cammina appena. Ancora al di sopra c'erano i locali di ricreazione dove, essendosi il tempo messo alla pioggia, novecento ragazzi più alti si divertivano a modellare con mattonelle e terra plastica, e a nascondersi e a fare dei giuochi erotici.

Bzz! Bzz! L'alveare ronzava, attivamente, lietamente. Giocondo era il canto delle ragazze chine sui loro tubi di prova, i Predestinatori zufolavano lavorando, e nella Sala di Travasamento quali allegre facezie si intrecciavano sopra le bottiglie vuote! Ma il viso del Direttore, mentre egli entrava nella Sala di Fecondazione con Enrico Foster, era grave, irrigidito in un'espressione di severità.

« Un esempio pubblico in questa sala » diceva « perché essa contiene più lavoratrici di casta superiore di tutte le altre sale del Centro. Gli ho detto di raggiungermi qui alle due e mezzo. »

« Egli fa il suo lavoro molto bene » s'intromise Enrico con ipocrita generosità.

« Lo so. Ma questa è una maggior ragione di severità. La sua preminenza intellettuale porta con sé delle corrispondenti responsabilità morali. Più le qualità di un uomo sono notevoli, più grande è il suo potere di traviare gli altri. Meglio il sacrificio di uno solo che la corruzione di molti. Considerate il caso spassionatamente, Foster, e vedrete che non c'è colpa più odiosa della mancanza d'ortodossia nella condotta. L'assassino uccide soltanto l'individuo... e dopo tutto cos'è un individuo? » Con un largo gesto indicò la fila dei microscopi, i tubi di prova, le incubatrici. « Noi possiamo farne uno nuovo con la maggior facilità, tanti quanti ne vogliamo. La mancanza d'ortodossia minaccia ben altro che la vita d'un solo individuo; colpisce la Società medesima. Sì, la Società medesima » ripeté. « Ah! Eccolo che arriva. »

Bernardo era entrato nel locale e si dirigeva alla loro volta attraverso le schiere di fecondatori. Una leggera parvenza di sicurezza pretenziosa celava appena il suo nervosismo. La voce con cui disse: « Buongiorno, Direttore » era forte oltre ogni necessità; e quella con cui, rettificando il suo errore, aggiunse: « Mi avete pregato di venire a parlarvi qui » fu sottile in modo ridicolo, uno squittio.

« Sì, signor Marx » rispose il Direttore severamente « vi ho pregato di venire a raggiungermi qui. Siete rientrato dal vostro congedo ieri sera, se non erro. »

« Sì » Bernardo confermò.

« Sii... » ripeté il Direttore strisciando come un serpente sul monosillabo. Poi alzando d'un subito la voce tuonò: « Signore e signori, signore e signori ».

Il canto delle ragazze chine su tubi di prova, le fischiatine preoccupate dei microscopisti cessarono di colpo. Si fece un profondo silenzio; tutti si voltarono.

« Signore e signori » ripeté ancora il Direttore « scusatemi se interrompo così i vostri lavori. Un penoso dovere mi costringe. La sicurezza e la stabilità della Società sono in pericolo. Sì, in pericolo, signore e signori. Quest'uomo » indicò Bernardo in atto d'accusa « quest'uomo che sta qui davanti a voi, questo Alfa-Plus, al quale sono state date tante cose, e dal quale in conseguenza abbiamo il diritto di attenderne altrettante, questo vostro collega – o non sarebbe meglio che anticipassi e dicessi questo vostro ex collega? – ha grossolanamente tradito la fiducia riposta in lui. Per le sue idee eretiche sullo sport e sul *soma*, per la scandalosa eterodossia della sua vita sessuale, per il suo rifiuto di obbedire agli insegnamenti del Nostro Ford e di comportarsi fuori delle ore d'ufficio "come un bambino in un flacone" » qui il Direttore fece il segno del T. « Egli si è dimostrato un nemico della Società, un sovvertitore, signore e signori, di ogni Ordine e di ogni Stabilità, un cospiratore contro la Civiltà medesima. Per questi motivi ho l'intenzione di destituirlo con ignominia dal posto ch'egli ha occupato in questo Centro; ho l'intenzione di chiedere immediatamente il suo trasferimento a un Sottocentro della categoria più bassa, e, affinché la sua punizione possa meglio servire gli interessi della Società, il più lontano possibile da ogni Centro importante di popolazione. In Islanda egli avrà poche occasioni di fuorviare gli altri col suo esempio antifordiano. » Il Direttore fece una pausa; poi, incrociando le braccia, si voltò teatralmente verso Bernardo. « Marx » disse « potete far presente qualche vostra ragione perché io non metta subito in esecuzione la sentenza che è stata emessa contro di voi? »

« Sì, lo posso » rispose Bernardo a voce altissima.

Un po' sconcertato, ma sempre maestosamente, il Direttore disse: « Allora esponetela ».

« Certo. Ma essa è nel corridoio. Un momento. » Bernardo corse alla porta e la spalancò. « Entra » comandò; e la "ragione" entrò e si presentò.

Ci fu un ansito convulso, un mormorio di stupore e d'orrore; una ragazza gridava: montando su di una sedia per veder meglio, qualcuno rovesciò due provette piene di spermatozoi.

Gonfia, curva, e, tra quei corpi giovani e sodi, tra quei volti regolari, mostro strano e terrificante di matura età, Linda avanzò nella stanza, distribuendo sorrisi civettuoli, quei suoi sorrisi scoloriti e rotti, e facendo ondeggiare, mentre camminava, con un movimento ondulatorio che credeva voluttuoso, le sue anche enormi. Bernardo le camminava vicino.

« Eccolo » disse designando il Direttore.

« Credevate che non l'avrei riconosciuto? » domandò Linda con indignazione. Poi, volgendosi al Direttore: « Sicuro che t'ho riconosciuto, Tomakin, t'avrei riconosciuto in qualunque luogo, in mezzo a mille. Ma forse tu m'hai dimenticata. Non ti ricordi? Non ti ricordi, Tomakin? la tua Linda! ».

Rimase a guardarlo, con la testa reclinata, sempre sorridendo, ma un sorriso che, davanti all'espressione di disgusto pietrificato del Direttore, perdeva progressivamente la sua sicurezza, oscillava e finì per spegnersi.

« Non ti ricordi, Tomakin? » ripeteva con voce tremante.

I suoi occhi pieni d'ansia, angosciati. La sua faccia pustolosa e gonfia si contrasse grottescamente in una smorfia di grande sofferenza. « Tomakin! » Ella tese le braccia. Qualcuno iniziò a ridere sotto i baffi.

« Che cosa significa » cominciò il Direttore « questo mostruoso... »

« Tomakin! » Lei si slanciò innanzi trascinandosi dietro la coperta, gli gettò le braccia al collo, nascose la testa sul suo petto.

Uno scoppio di risa si diffuse irreprimibile.

« .... questo mostruoso scherzo? » balbettò il Direttore.

Rosso in faccia, egli tentò di liberarsi della stretta di Linda. Lei lo avvinse disperatamente. « Ma sono Linda, sono Linda! » Le risa coprirono la sua voce. « Tu mi hai fatto avere un bambino » urlava dominando il tumulto.

Vi fu un subitaneo, pauroso silenzio; gli occhi vagavano imbarazzati, non sapendo dove guardare. Il Direttore si fece improvvisamente pallido, cessò di dibattersi e rimase lì, con le mani sui polsi di lei, con gli occhi sbarrati sulla sua persona, inorridito. « Sì, un bambino, e sono io sua madre. »

Lanciò questa oscenità come una sfida nell'atroce silenzio, poi, staccandosi di colpo da lui, vergognosa vergognosa, si coperse gli occhi con le mani, singhiozzando: « Non è stata colpa mia, Tomakin. Perché io ho sempre fatto le mie pratiche malthusiane, non è vero? Non è vero? Sempre... Io non so come... Se tu sapessi com'è terribile, Tomakin... Ma egli mi è stato di grande conforto, dopo tutto ». Voltandosi verso la porta si mise a gridare: « John! John! ».

Egli entrò subito, si fermò un istante sulla soglia, si guardò attorno, poi, coi piedi calzati di mocassini, attraversò rapidamente e silenziosamente la stanza, cadde in ginocchio davanti al Direttore e disse con voce chiara: « Padre mio! ».

La parola "padre" (non essendo tanto oscena – in ragione della distanza che il termine implicava in rapporto ai segreti ripugnanti e immorali del parto – quanto semplicemente grossolana, una sconvenienza scatologica piuttosto che pornografica) allentò quella ch'era divenuta una tensione assolutamente intollerabile. Delle risa scoppiarono, enormi, quasi isteriche, raffica dopo raffica, come se non dovessero più fermarsi. "Padre mio!" ed era il Direttore! "Padre mio!" Oh Ford, oh Ford! Era veramente troppo straordinario. I clamori e le raffiche di risa si rinnovarono, le facce sembravano sul punto di scoppiare, le lacrime scorrevano. Sei altre provette di spermatozoi furono rovesciate. "Padre mio!".

Pallido, gli occhi iniettati, il Direttore guardava attorno con aria smarrita, in una crisi di umiliazione sbalordita.

"Padre mio!" Le risa, che sembravano volessero attenuarsi scoppiarono di nuovo più fragorose di prima. Egli si chiuse le orecchie con le mani e si precipitò fuori della stanza.

XI

Dopo la scena della Sala di Fecondazione, tutta Londra di casta superiore era smaniosa di vedere la deliziosa creatura ch'era caduta in ginocchio davanti al Direttore delle Incubatrici e del Condizionamento – o piuttosto l'ex Direttore, perché il povero diavolo aveva rassegnate immediatamente le sue dimissioni e non aveva più rimesso piede nel Centro – che si era afflosciata e lo aveva chiamato (lo scherzo era quasi troppo bello per esser vero!) "padre mio".

Linda, al contrario, non provocò entusiasmo di sorta; nessuno aveva il minimo desiderio di veder Linda. Dire che una è madre, questo non era più uno scherzo: era un'oscenità. Inoltre essa non era una vera selvaggia, era stata tirata fuori da un flacone e condizionata come tutti gli altri; di conseguenza essa non poteva avere delle idee veramente bizzarre. Infine – e questa era di gran lunga la ragione più forte perché nessuno desiderasse vedere la povera Linda – c'era il suo aspetto. Obesa, non più giovane, coi denti guasti, la carnagione pustolosa, e quella faccia (Ford!), era semplicemente impossibile guardarla senza avere la nausea. Così la gente più in auge era fermamente decisa a non vedere Linda. E Linda, da parte sua, non aveva nessun desiderio di vederla. Il ritorno alla civiltà era per lei il ritorno al *soma*, era la possibilità di restare a letto e di prendersi vacanza su vacanza, senza doverne mai ritornare con l'emicrania o con una crisi di vomito, senza mai più provare ciò che provava dopo il *peyotl*, come la sensazione di aver fatto qualcosa di così vergognosamente antisociale da non poter più portare la testa alta. Il *soma* non giocava tali tiri birboni. La vacanza ch'esso procurava era perfetta, e, se la mattina seguente si presentava sgradevole, lo era non intrinsecamente, ma soltanto in paragone delle gioie della vacanza. Il rimedio consisteva nel rendere la vacanza continua. Avidamente essa reclamava delle dosi sempre più forti, sempre più frequenti. Il dottor Shaw sulle prime esitò, poi le permise di prenderne quanto voleva. Ed essa ne prese sino a venti grammi al giorno.

« Questo la ammazzerà in un mese o due » confidò il dottore a Bernardo. « Un giorno il centro respiratorio resterà paralizzato. Niente più respirazione. Finito. E sarà tanto meglio. Se potessimo ringiovanire, allora la cosa certo sarebbe differente. Ma non lo possiamo. »

Inaspettatamente, secondo il pensiero di tutti (perché durante la vacanza del *soma* Linda si trovava molto convenientemente fuori dai piedi) John sollevò delle obiezioni: « Ma non le accorciate la vita, dandogliene in tale quantità? »

« In un certo senso sì » ammise il dottor Shaw. « Ma in un altro noi gliela allunghiamo positivamente. »

Il giovane lo guardava fisso senza comprendere.

« Certo il *soma* fa perdere qualche anno nel tempo » riprese il dottore. « Ma pensate alle durate enormi, immense, ch'esso può darvi fuori del tempo. Ogni vacanza del *soma* è un frammento di ciò che i nostri antichi usavano chiamare l'"eternità". »

John cominciava a capire. « "L'eternità era nelle nostre labbra e nei nostri occhi"[1] » mormorò.

« Eh? »

« Nulla. »

« Certo » continuò il dottor Shaw « non si può permettere alla gente di andarsene nell'eternità, se ha un lavoro serio da fare. Ma essa non ha nessun lavoro serio... »

[1] *Antonio e Cleopatra* I, 3.

« Nonostante tutto » insistette John « non mi pare giusto. »

Il dottore alzò le spalle. « Già, sicuro, se preferite averla alle costole, sempre urlante come una pazza... »

Alla fin fine John fu costretto a cedere. Linda ebbe il suo *soma*. Da allora rimase nella sua stanzetta al trentasettesimo piano della casa d'affitto di Bernardo, a letto, con la radio e la televisione sempre in moto, il rubinetto del pasciulì gocciolante in misura giusta e le compresse di *soma* a portata di mano; lì rimase, e tuttavia era assente, sempre altrove, infinitamente lontano, sempre in vacanza, in qualche altro mondo dove la musica della radio era un labirinto di colori sonori mutevole e palpitante, che conduceva (per quali curve meravigliosamente inevitabili!) a un centro brillante di certezza assoluta; dove le immagini danzanti nell'apparecchio televisivo erano i personaggi di qualche film profumato e cantato, indescrivibilmente delizioso; dove il gocciante pasciulì era più che un profumo, era il sole, era un milione di sessofoni, era Popé che faceva all'amore, ma molto più intensamente, incomparabilmente più forte, e senza fine.

« No, noi non possiamo ringiovanire. Ma io sono molto contento » aveva concluso il dottor Shaw « d'aver avuto occasione d'osservare un esempio di senilità in un essere umano. Vi ringrazio molto di avermi chiamato. » E strinse vigorosamente la mano a Bernardo.

Era a John, dunque, che tutti tenevano. E come era unicamente per mezzo di Bernardo, suo guardiano accreditato, che John poteva essere veduto, Bernardo, per la prima volta nella sua vita, si trovò trattato, non semplicemente alla maniera comune, ma come un personaggio di grande importanza.

Non si pettegolava più dell'alcool nel suo pseudo-sangue, non si celiava più sul suo aspetto personale. Enrico si scomodò per provargli d'essere amico; Benito Hoover gli regalò sei pacchetti di gomma masticabile a base di ormone sessuale; l'Assistente Predestinatore si recò a mendicare quasi con bassezza un invito alle serate di Bernardo. Quanto alle donne, Bernardo aveva solo da far allusione alla possibilità d'un invito e poteva avere quella fra loro che più gli piacesse.

« Bernardo mi ha invitata a visitare il Selvaggio mercoledì prossimo » annunciò trionfalmente Fanny.

« Sono molto contenta » disse Lenina. « E adesso puoi anche ammettere che ti eri ingannata sul conto di Bernardo. Non ti sembra ch'egli sia piuttosto gentile? »

Fanny ne convenne. « E devo confessare » disse « che sono rimasta gradevolmente sorpresa. »

Il Capo degli Imbottigliatori, il Direttore della Predestinazione, tre Assistenti del Fecondatore Generale, il professore di Cinema Odoroso al Collegio degli Ingegneri Emozionali, il Decano della Comunità dei Cantori di Westminster, il Controllore della Bokanovskificazione: la lista delle notabilità di Bernardo era interminabile.

« Ho avuto sei ragazze la settimana scorsa » confidò a Helmholtz Watson. « Una lunedì, due martedì, ancora due venerdì e una sabato. E se ne avessi avuto il tempo o il desiderio, ce n'erano ancora almeno una dozzina che non avrebbero chiesto di meglio... »

Helmholtz ascoltò le sue vanterie con un silenzio così profondamente disapprovatore che Bernardo ne rimase offeso.

« Tu sei invidioso » disse.

Helmholtz scosse la testa. « Sono un po' triste, ecco tutto » rispose.

Bernardo se ne partì in collera. "Mai più" diceva a se stesso "mai più voglio parlare a Helmholtz."

I giorni passarono. Il successo salì come vino spumante alla testa di Bernardo, e in progresso di tempo lo riconciliò completamente (come deve fare ogni buon prodotto inebriante) con un mondo che, sino allora, aveva trovato assai poco soddisfacente. In quanto riconosceva in lui un uomo importante, l'ordine delle cose era buono. Ma, pur riconciliato dal proprio successo, egli tuttavia ricusò di rinunciare al privilegio di criticare quest'ordine. Perché il fatto di criticare rialzava in lui il senso della propria importanza, gli dava l'impressione d'essere più grande. Inoltre pensava sinceramente che c'erano delle cose da criticare. (Nello stesso tempo gli piaceva sinceramente di essere un uomo "di successo" e di avere tutte le ragazze che desiderava.)

Davanti a quelli che ora a causa del Selvaggio gli facevano la corte, Bernardo faceva pompa di un'eterodossia capziosa. Lo ascoltavano cortesemente. Ma, dietro le sue spalle, la gente scuoteva la testa. "Questo giovanotto finirà male" dicevano, vaticinando tanto più sicuramente in quanto essi medesimi si sarebbero personalmente adoperati, al momento buono, a far sì che la fine fosse cattiva. "Non troverà un altro Selvaggio che lo salvi per la seconda volta" dicevano. Frattanto, è vero, c'era il primo Selvaggio; ed essi erano gentili. Bernardo aveva la sensazione d'essere sul serio gigantesco: gigantesco e nello stesso tempo leggerissimo, più leggero dell'aria.

« Più leggero dell'aria » disse Bernardo puntando in alto il dito.

Simile a una perla nel cielo, alto sopra di essi, il pallone frenato del Servizio Meteorologico brillava roseo al sole.

« ... al detto Selvaggio » tali erano le istruzioni di Bernardo « sarà mostrata la vita civilizzata in tutti i suoi aspetti... »

Gli si mostrava in quel momento una veduta a volo d'uccello dalla piattaforma della Torre di Charing-T. Il Capostazione e il Meteorologista Residente gli facevano da guida. Ma era soprattutto Bernardo che parlava. Inebriato, egli si comportava come se fosse, come minimo, un Governatore Mondiale in visita. « Più leggero dell'aria. »

Il Razzo Verde di Bombay precipitò dal cielo. I passeggeri discesero. Otto gemelli Dravidiani identici vestiti di kaki si sporsero dagli otto sportelli della cabina: i camerieri.

« Milleduecentocinquanta chilometri all'ora » disse il Capostazione solennemente. « Cosa ne pensate, signor Selvaggio? »

John trovò ch'era magnifico. « Tuttavia » disse « Ariel era capace di mettere una cintura intorno alla terra in quaranta minuti. »

"Il Selvaggio" scrisse Bernardo nel suo rapporto a Mustafà Mond "manifesta stranamente scarsa sorpresa o spavento davanti alle invenzioni della civiltà. Ciò è dovuto in parte, senza dubbio, al fatto che egli ne ha sentito parlare dalla nominata Linda, sua m..."

(Mustafà Mond corrugò la fronte. "S'immagina forse l'idiota che io sia troppo pusillanime per vedere la parola scritta per disteso?")

"In parte al fatto che il suo interesse è concentrato su ciò ch'egli chiama l'*anima*, che persiste a considerare come una entità indipendente dal complesso fisico; mentre che, come ho cercato di dimostrargli..."

Il Governatore saltò le frasi seguenti e stava proprio per voltare il foglio alla ricerca di qualche cosa di più interessante e concreto, quando il suo sguardo fu attirato da una serie di frasi assolutamente straordinarie "quantunque debba riconoscere" lesse "che sono d'accordo col Selvaggio nel trovare troppo facile ciò che la civiltà ha d'infantile, o, com'egli dice, di troppo poco costoso; e mi permetto di cogliere questa occasione per richiamare l'attenzione di Vostra Forderia su..."

La collera di Mustafà Mond lasciò quasi subito il posto all'allegria. Il pensiero di quel tipo che gli propinava – a *lui* – un corso sull'ordine sociale, era veramente troppo grottesco. Quell'uomo doveva essere diventato pazzo. "Bisognerebbe dargli una lezione" disse tra sé; poi riversò indietro la testa e scoppiò a ridere. Per il momento, almeno, la lezione non sarebbe stata data.

Era una piccola officina d'accessori per illuminazione d'elicotteri, una succursale della Compagnia d'Attrezzature Elettriche. Essi furono ricevuti sul tetto stesso (perché la lettera di raccomandazione del Governatore era magica nei suoi effetti) dal Capotecnico e dal Direttore dell'Elemento Umano. Discesero nell'officina.

« Ogni operazione » spiegò il Direttore dell'Elemento Umano « è eseguita, per quanto possibile, da un solo gruppo di Bokanovsky. »

E, in effetti, ottantatré Delta brachicefali neri quasi senza naso erano addetti alla pressa a freddo. I cinquantasei torni giranti a quattro fusi erano manovrati da cinquantasei Gamma aquilini e color zenzero. Cento e sette Senegalesi Epsilon condizionati al calore lavoravano nella fonderia. Trentatré donne Delta, dalla testa allungata, color della sabbia, strette di bacino e tutte, venti millimetri più o meno, alte un metro e sessantanove, tagliavano delle viti. Nella sala di montaggio, le dinamo erano messe insieme da due squadre di nani Gamma-Plus. I due bassi banconi di lavoro erano l'uno di fronte all'altro; in mezzo ad essi avanzava lentamente il trasportatore col suo carico di pezzi separati; quarantasette teste bionde stavano di fronte a quarantasette teste brune, quarantasette nasi camusi a quarantasette nasi uncinati, quarantasette menti sfuggenti a quarantasette menti prognati. I meccanismi montati venivano ispezionati da diciotto ragazze identiche dai capelli ricci e castani in uniforme verde-gamma; poi imballati in casse da trentaquattro uomini Delta-Minus bassi di gambe e mancini, e caricati sulle piattaforme e sugli autocarri in attesa da sessantatré Epsilon semi-aborti dai capelli color del lino e lentigginosi.

"O nuovo mondo mirabile..." Per qualche fantasia della sua memoria, il Selvaggio si provò a ripetere le parole di Miranda: « O nuovo mondo mirabile che contieni simile gente!"[1] ».

« E vi assicuro » concluse il Direttore dell'Elemento Umano, mentre lasciavano l'officina « che non abbiamo quasi mai conflitti coi nostri operai. Noi troviamo sempre... »

Ma il Selvaggio s'era improvvisamente allontanato dai suoi compagni ed era assalito da violenti conati di vomito, dietro un gruppo di lauri, come se la terra ferma fosse un elicottero preso in una sacca d'aria.

[1] *La tempesta* di Shakespeare, atto V.

"Il Selvaggio" scriveva Bernardo "rifiuta di prendere il *soma*, e sembra molto contrariato per il fatto che la nominata Linda, sua m..., resta permanentemente in vacanza. È degno di nota che, nonostante la senilità di sua m... e la grande repulsività del suo aspetto, il Selvaggio si reca spesso a vederla e sembra fortemente attaccato a lei, esempio interessante del modo con cui il condizionamento dell'età giovanile può essere diretto a modificare, e persino a contrariare gli impulsi naturali (in questo caso l'impulso a retrocedere davanti a un oggetto ripugnante)."

A Eton discesero sul tetto della Scuola Superiore. Sul lato opposto del cortile della Scuola i cinquantadue piani della Torre di Lupton brillavano candidi al sole. Il Collegio alla loro sinistra, e, a destra, la Comunità dei Cantori della Scuola, alzavano le loro venerabili moli di cemento armato e di vita-vetro. Nel centro del quadrilatero stava la vecchia e curiosa statua d'acciaio cromata del Nostro Ford.

Il Dottor Gaffney, il Cancelliere, e Miss Keate, la direttrice, li ricevettero quando scesero dall'apparecchio.

« Avete molti gemelli, qui? » chiese il Selvaggio con una certa apprensione, mentre essi si mettevano in moto per il giro d'ispezione.

« Oh! No » rispose il Cancelliere. « Eton è riservato esclusivamente ai ragazzi e alle ragazze delle caste superiori. Un uovo, un adulto. Ciò rende l'educazione più difficile, si capisce. Ma siccome essi sono chiamati ad assumere delle responsabilità e a trovarsi di fronte a casi imprevisti, questo non si può evitare. » Sospirò. Bernardo, frattanto, aveva trovato che Miss Keate non era da buttar via.

« Se siete libera un lunedì, un mercoledì o un venerdì sera... » diceva. Accennando col pollice al Selvaggio, Bernardo diceva: « È curioso, sapete, bizzarro. »

Miss Keate sorrise (e il suo sorriso era veramente delizioso, egli pensò); ringraziò: disse che sarebbe stata lieta di assistere a una delle sue serate.

Il Cancelliere aprì una porta.

Cinque minuti in questa classe d'Alfa-doppio Plus lasciarono John alquanto sbalordito.

« Che cos'è la relatività elementare? » sussurrò a Bernardo. Bernardo cercò di spiegarglielo, poi mutò pensiero e propose d'andare a visitare qualche altra classe.

Dietro un uscio nel corridoio che conduceva alla classe di geografia dei Beta-Minus, una voce acuta di soprano gridava: « Uno, due, tre, quattro » e poi, con impazienza annoiata: « Attenzione ».

« Gli esercizi malthusiani » spiegò la Direttrice. « La maggior parte delle nostre ragazze è neutra, beninteso. Io stessa sono una neutra. » Sorrise a Bernardo. « Ma ne abbiamo circa un ottocento non sterilizzate alle quali bisogna costantemente far fare gli esercizi. »

Nella classe di geografia dei Beta-Minus John apprese che "una Riserva di selvaggi è un posto che, date le condizioni climatiche e geologiche sfavorevoli, non valeva la pena di civilizzare". Uno scatto; la stanza si fece buia; e improvvisamente, sullo schermo sopra la testa del professore, apparvero i "Penitenti" di Acoma prosternati davanti a Nostra Signora e gementi come John li aveva sentiti gemere, confessando i loro peccati davanti a Gesù crocefisso, davanti all'immagine di Poukong in forma d'aquila. I giovani etoniani si sbellicavano dalle risate. Sempre gemendo, i "Penitenti" si spogliarono fino alla cintola, e, con degli staffili a nodi, cominciarono a flagellarsi, colpo dietro colpo. Le risa raddoppiarono e si allargarono sino alla riproduzione amplificata di quei gemiti.

« Ma perché ridono? » domandò il Selvaggio in uno stordimento penoso.

« Perché? » Il Cancelliere gli si rivolse con una faccia ancor contratta dal ridere. « *Perché?* Ma perché ciò è straordinariamente comico. »

Nella penombra cinematografica, Bernardo azzardò un gesto che, in passato, anche nell'oscurità totale non avrebbe avuto il coraggio di fare. Forte della sua nuova importanza, passò il braccio attorno alla vita della Direttrice. Essa cedette come un salice piangente. Egli era sul punto di cogliere un bacio o due e fors'anche di collocare un amabile pizzicotto, quando gli interruttori scattarono di nuovo.

« Forse sarà meglio continuare il giro » disse Miss Keate, e si diresse verso la porta.

« E questa » avvertì il Cancelliere un momento dopo « è la Sala del Controllo Ipnopedico. »

Centinaia di scatole di musica sintetica, una per ogni dormitorio, erano distribuite su palchetti lungo tre pareti della stanza; nella quarta, classificati in caselle, stavano i rulli a iscrizione sonora sui quali erano impresse le diverse lezioni ipnopediche.

« Si introduce il rullo qui » spiegò Bernardo interrompendo il dottor Gaffney « si preme questo bottone... »

« No, quest'altro » rettificò il Cancelliere seccato.

« Quest'altro, allora. Il rullo si divide. Le cellule al selenio trasformano gli impulsi luminosi in vibrazioni sonore, e... »

« E questo è quanto » disse il dottor Gaffney a mo' di conclusione.

« Leggono Shakespeare? » chiese il Selvaggio mentre, diretti ai Laboratori Biochimici, passavano davanti alla Biblioteca scolastica.

« Certamente no » rispose la Direttrice arrossendo.

« La nostra biblioteca » spiegò il dottor Gaffney « contiene soltanto libri di referenza. Se i nostri giovani hanno bisogno di distrazione, possono procurarsela al cinema odoroso. Noi non li abbiamo incoraggiati ad indulgere ai divertimenti solitari quali che siano. »

Cinque omnibus stracarichi di ragazzi e di ragazze che cantavano o che stavano abbracciati in silenzio passarono davanti a loro, sulla strada vetrificata.

« Ritornano ora » spiegò il dottor Gaffney, mentre Bernardo sottovoce prendeva appuntamento con la Direttrice per quella sera medesima « dal Crematorio di Slough. Il condizionamento per la morte comincia a diciotto mesi. Ogni marmocchio passa due mattine alla settimana in un ospedale per moribondi. Vi sono raccolti tutti i giocattoli più perfezionati ed essi ricevono della crema di cioccolata i giorni in cui muore qualcuno. Imparano a considerare la morte come una cosa naturale. »

« Come ogni altro processo psicologico » aggiunse la Direttrice con professionale prosopopea.

« Alle otto, al Savoia. Benissimo, intesi. »

Tornando a Londra si fermarono all'officina della Compagnia di Televisione a Brentford.

« Volete attendermi un momento mentre vado a telefonare? » chiese Bernardo.

Il Selvaggio attese e osservò. Era appunto il cambio della squadra principale di giorno. Una folla di operai delle caste inferiori faceva la coda davanti alla stazione della ferrovia ad una rotaia: sette od ottocento uomini e donne Gamma, Delta ed Epsilon con non più di una dozzina di facce e di stature fra tutti. A ciascuno d'essi o d'esse, col biglietto, l'impiegato consegnava una scatoletta di cartone piena di pillole. Il lungo nastro d'uomini e di donne s'avanzava lentamente.

« Che cosa c'è (ricordava il *Mercante di Venezia*) in queste scatole? » volle sapere il Selvaggio quando Bernardo l'ebbe raggiunto.

« La razione giornaliera di *soma* » rispose Bernardo abbastanza indistintamente perché stava masticando un pezzo della gomma di Benito Hoover. « Gliela danno quando il lavoro è terminato. Quattro compresse di mezzo grammo. Sei il sabato. »

Prese affettuosamente il braccio di John e ritornarono insieme verso l'elicottero.

Lenina entrò cantando nello spogliatoio.

« Sembri molto contenta di te stessa » disse Fanny.

« Sono proprio contenta » rispose. Zip! « Bernardo mi ha telefonato mezz'ora fa. » Zip, zip! Si tolse i calzoncini. « C'è un impedimento inatteso. » Zip! « Mi ha pregata di condurre il Selvaggio al cinema odoroso stasera. Bisogna che m'involi. »

Si precipitò verso il gabinetto da bagno.

"È una ragazza fortunata" si disse Fanny guardando Lenina che s'allontanava.

Non c'era invidia in questo commento. La naturale bontà di Fanny constatava semplicemente un fatto. Lenina era fortunata; fortunata d'aver ricevuto unitamente a Bernardo una generosa porzione dell'immensa celebrità del Selvaggio, fortunata nel riflettere con la sua persona insignificante la gloria supremamente alla moda in quel momento. La Segretaria dell'Associazione Fordiana delle giovani non l'aveva forse pregata di tenere una conferenza sulle sue avventure? Non era stata invitata al pranzo annuale del Club Afroditaeum? Non era già comparsa su una pellicola del Giornale odoroso – percettibile alla vista, all'udito e al tatto – davanti a innumerevoli milioni di spettatori sparsi sul pianeta?

Ugualmente lusinghiere erano state le attenzioni di cui l'avevan fatta segno alcune personalità in vista. Il secondo Segretario del Governatore Mondiale Residente l'aveva invitata a pranzo e a colazione. Essa aveva passato una festa con sua Forderia il Capo della Giustizia e un'altra con l'Arcimaestro della Comunità dei Cantori di Canterbury. Il Presidente della Compagnia di Secrezioni Interne ed Esterne era continuamente in comunicazione per telefono con lei, ed essa era stata a Deauville col vice Governatore della Banca d'Europa.

« È straordinario, certo. E tuttavia da un punto di vista » aveva confessato a Fanny « provo l'impressione d'ottenere qualche cosa per abuso di fiducia. Perché, naturalmente, la prima cosa che tutti vogliono sapere è ciò che si prova a far l'amore con un Selvaggio. Ed io devo dire che non ne so nulla. » Scosse la testa. « La maggior parte degli uomini non mi crede, beninteso. Ma è vero. Vorrei che non lo fosse » aggiunse tristemente, e sospirò. « È terribilmente bello, non ti pare? »

« Ma lui non ti trova di suo gusto? » chiese Fanny.

« Qualche volta mi sembra di sì e qualche volta di no. Egli fa sempre ciò che può per evitarmi: esce dalla stanza quando io entro; non vuol toccarmi; non vuol neppure guardarmi. Ma talvolta se mi volto d'improvviso, lo sorprendo che mi divora con gli occhi; e poi... eh, tu sai come guardano gli uomini quando ti desiderano. » Sì, Fanny lo sapeva.

« Io non ci capisco nulla » disse Lenina.

Non ci capiva nulla; e non era soltanto stupita, ma anche un poco addolorata.

Lui le piaceva sempre di più. Ed ecco che si presentava davvero un'occasione, pensò mentre si profumava dopo il bagno. Tap, tap, tap... una vera occasione. La sua speranza esuberante straripò in canto:

« Stringimi fino a farmi male, accarezzami,
baciami fino a che io cada in coma:
stringimi, accarezzami, avvinghiami;
l'amore è buono come il *soma*. »

L'organo odoroso eseguiva un Capriccio d'Erbe deliziosamente fresco. Arpeggi gorgoglianti di timo e lavanda, di rosmarino, basilico, mirto, artemisia; una serie di audaci modulazioni attraverso tutti i toni delle spezie sino all'ambra grigia, e una lenta marcia inversa sino al legno di sandalo, la canfora, il cedro e il fieno tagliato di fresco (con tocchi sottili qua e là di note discordanti: un'ondata di pasticcio di rognone, il più leggero accenno di concime di porco) per ritornare agli aromi semplici coi quali il pezzo aveva cominciato. Le ultime note del timo si spensero; seguì un fragore di applausi; le luci si riaccesero. Nella macchina della musica sintetica il rullo a impressioni sonore cominciò a dipanarsi. Un trio per iperviolino, superviloncello e pseudo-oboe, riempì l'aria col suo gradevole languore. Trenta o quaranta battute, e poi, su questo fondo strumentale, una voce assai più che umana cominciò a vibrare; ora di gola, ora di testa, ora sorda come un flauto, ora carica di spasimanti armonie, passava senza sforzo dal registro basso di Gaspare Foster, ai limiti stessi dei suoni musicali, sino al trillo acuto come il grido di un pipistrello, molto sopra il do sopracuto che (nel 1770, all'Opera Ducale di Parma, con meraviglia di Mozart) Lucrezia Ajugari, sola fra tutte le cantanti menzionate dalla storia, emise una volta.

Sprofondati nelle loro poltrone pneumatiche, Lenina e il Selvaggio ansimavano e ascoltavano. Allora fu la volta degli occhi e della pelle.

Le luci della sala si spensero, lettere di fuoco si staccarono in rilievo come se si sostenessero da sole nell'oscurità: "Tre settimane in elicottero. Superfilm cantato, parlato sinteticamente, a colori, stereoscopico e odoroso. Con accompagnamento sincronizzato d'organo a profumi".

« Premete i bottoni di metallo sui braccioli della vostra poltrona » sussurrò Lenina. « Altrimenti non avrete nessun effetto del cinema odoroso. »

Il Selvaggio fece ciò che gli veniva suggerito. Le lettere di fuoco frattanto erano scomparse; ci furono dei secondi d'oscurità completa; poi, improvvisamente, abbaglianti e in apparenza incomparabilmente più solidi di quanto avrebbero potuto sembrare se fossero stati veramente in carne ed ossa, molto più reali della realtà, ecco apparvero le immagini stereoscopiche, stretti nelle braccia l'uno dell'altra, d'un negro gigantesco e d'una donna Beta-Plus brachicefala dai capelli d'oro.

Il Selvaggio sussultò. Quella sensazione sulle labbra! Alzò una mano verso la bocca; il titillamento cessò; lasciò ricadere la mano sul bottone metallico e quello riprese. L'organo a profumi, intanto, esalava del muschio puro. In un soffio, una supercolomba dal rullo sonoro tubò: "Uuh!"; e, vibrando soltanto trentadue volte in un secondo, una profonda voce di basso più che africana rispose: "Aaaah". "Uh-ah! Uh-ah!", le labbra stereoscopiche si congiunsero di nuovo, e di nuovo le zone erogene facciali di seimila spettatori dell'Alhambra fremettero con un piacere galvanico quasi intollerabile. "Uh..."

Il soggetto del film era straordinariamente semplice. Qualche minuto dopo i primi Uh e Ah (un duetto era stato cantato e alcuni atti amorosi su quella famosa pelle d'orso, ogni pelo della quale, l'Aiuto Predestinatore aveva proprio ragione, si lasciava sentire separatamente e distintamente), il negro aveva un accidente di elicottero e precipitava a capofitto. Tumb! Che spasimo attraverso la fronte! Un coro di Ohi e di Ahi si alzò dagli spettatori.

Il colpo mandò a carte quarantotto tutto il condizionamento del negro. Gli si sviluppò per la Beta bionda una passione esclusiva e maniaca. Lei protestò, lui insistette. Ci furono lotte, inseguimenti, vie di fatto contro un rivale e infine un ratto sensazionale. La Beta bionda fu rapita in pieno cielo e vi fu trattenuta, volteggiando per tre settimane in un *tête-à-tête* ferocemente antisociale col negro impazzito. Finalmente, dopo tutta una serie di avventure e molte acrobazie aeree, tre Alfa giovani e leggiadri riuscirono a liberarla. Il negro fu inviato a un Centro di ricondizionamento per adulti e il film si conchiuse felicemente e convenientemente, con la Beta bionda diventata l'amante di tutti e tre i suoi salvatori. Essi s'interruppero un momento per cantare un quartetto sintetico con grande accompagnamento superorchestrale e gardenie nell'organo a profumi. Poi la pelle d'orso fece un'ultima apparizione e, in un fragore di sessofoni, l'ultimo bacio stereoscopico svanì nelle tenebre, l'ultimo titillamento elettrico si smorzò sulle labbra simile a una falena spirante che palpita, palpita, sempre più debolmente, sempre più impercettibilmente, e infine resta immobile, immobile del tutto.

Ma per Lenina la falena non morì completamente. Anche dopo che le luci furono riaccese, mentre essi si dirigevano lentamente con la folla verso gli ascensori, il fantasma palpitava ancora contro le sue labbra, tracciava ancora sulla sua pelle dei fini arabeschi fremendi d'angoscia e di piacere. Le sue guance erano rosse, i suoi occhi gocce di rugiada, il suo respiro profondo. Afferrò il braccio del Selvaggio e se lo strinse, inerte, contro il petto. Egli abbassò un istante lo sguardo su di lei, pallido, angosciato, cupido, e pur vergognoso del suo desiderio. Non era degno, non... I loro occhi s'incontrarono per un attimo. Che tesori promettevano quelli di lei! Un grandissimo temperamento. Egli si affrettò a guardare altrove, liberò il suo braccio prigioniero. Provava l'oscuro terrore che ella cessasse d'essere qualcosa di cui egli poteva sentirsi indegno.

« Penso che non si dovrebbero vedere cose simili » disse sforzandosi di passare da Lenina in persona alle circostanze relative al biasimo per una qualsiasi imperfezione trascorsa o possibile nel futuro.

« Simili a cosa, John? »

« A questo orribile film. »

« Orribile? » Lenina era sinceramente stupita. « Ma io l'ho trovato magnifico! »

« Era basso » disse lui indignato « era ignobile. »

Lenina scosse la testa.

« Non so che cosa volete dire. » Perché era così bizzarro? Perché non faceva altro che guastare le cose?

Nel tassicoptero egli osò appena guardarla. Legato da voti potenti che non erano mai stati pronunciati, obbediente a leggi che avevano cessato d'aver corso da lungo tempo, egli sedette voltandole le spalle in silenzio. Di tanto in tanto, come se un dito toccasse qualche corda tesa, pronta a spezzarsi, tutto il suo corpo era scosso da un brusco soprassalto nervoso.

Il tassicoptero si posò sul tetto della casa d'affitto di Lenina. "Finalmente!" pensò lei trionfante, come discese dall'apparecchio. Finalmente, benché egli si fosse mostrato molto bizzarro testé. In piedi sotto una lampada, lei si guardò nello specchio a mano. Finalmente. Sì, il suo naso era un tantino lucido. Scosse la cipria che si distaccò dal piumino. Mentre egli pagava il tassì, c'era giusto il tempo. Si incipriò la zona lucida, pensando: "È terribilmente bello. Non ha nessuna ragione d'essere timido come Bernardo... E tuttavia... Un altro uomo l'avrebbe fatto già da tanto tempo. Ma ora finalmente...". Il frammento di viso nel piccolo specchio rotondo le sorrise improvvisamente.

« Buonanotte » disse una voce roca dietro di lei. Lenina si voltò di colpo. Egli stava ritto presso lo sportello aperto del tassì, con gli occhi fissi, spalancati; li aveva evidentemente tenuti spalancati durante tutto il tempo ch'essa si era incipriata il naso, aspettando – ma che cosa mai? – oppure esitando, cercando di decidersi, e pensando tutto il tempo, pensando... essa era incapace d'immaginare quali straordinari pensieri.

« Buonanotte, Lenina » ripeté lui ed abbozzò una strana smorfia che voleva essere un sorriso.

« Ma John... Io credevo che voi voleste... Voglio dire, non volete.... »

Egli chiuse lo sportello e si chinò in avanti per dire qualche cosa al conducente. L'apparecchio balzò in aria.

Guardando in giù dal finestrino del pavimento, il Selvaggio poté vedere la faccia alzata di Lenina, livida sotto la luce bluastra delle lampade. La sua bocca era aperta, chiamava. La sua figura in prospettiva di scorcio s'allontanava velocemente da lui; il terrazzo del tetto, restringendosi, pareva precipitare nelle tenebre.

Cinque minuti dopo egli rientrava nella sua camera. Trasse dal nascondiglio il suo volume rosicchiato dai topi, voltò con religiosa attenzione le pagine macchiate e sgualcite, e cominciò a leggere *Otello*. Otello, si ricordò, era simile all'eroe negro di *Tre settimane in elicottero*.

Asciugandosi gli occhi, Lenina attraversò il tetto sino all'ascensore. Mentre discendeva al ventisettesimo piano, estrasse il flacone di *soma*. Un grammo, decise, non sarebbe bastato; il suo dolore valeva più d'un grammo. Se ne prendeva due grammi, tuttavia, correva il rischio di non svegliarsi in tempo l'indomani mattina. Adottò allora un compromesso e, nella palma della sinistra, a mo' di coppa, fece cadere tre compresse di mezzo grammo.

XII

Bernardo dovette gridare attraverso la porta chiusa; il Selvaggio non voleva aprire. « Ma tutti sono là che vi aspettano. »

« Che aspettino » giunse di ritorno la voce velata attraverso la porta.

« Ma voi sapete bene, John » (com'è difficile assumere un tono persuasivo quando si grida a piena voce!) « che io li ho invitati apposta per vedervi. »

« Avreste dovuto domandare prima a me se desideravo vederla *quella* gente. »

« Ma voi siete sempre venuto le altre volte, John. »

« È appunto per questo che non voglio più venire. »

« Soltanto per farmi piacere » implorò Bernardo a voce spiegata. « Non volete venire per farmi piacere? »

« No. »

« Lo dite proprio sul serio? »

« Sì. »

Disperato, Bernardo gemeva: « Ma che devo fare? ».

« Andate all'inferno » imprecò dall'interno la voce.

« Ma c'è l'Arcicantore della Comunità di Canterbury stasera. »

Bernardo era quasi in lagrime.

« *Ai yaa takwa!* » Era soltanto in linguaggio Zuñi che il Selvaggio poteva esprimere adeguatamente ciò che sentiva per l'Arcicantore. « *Hàni!* » aggiunse dopo un momento di riflessione; e poi (con quale feroce derisione!) « *Sons éso tse-na!* ». E sputò per terra, come avrebbe potuto fare Popé.

Alla fine Bernardo fu costretto a ritirarsi, umiliato, nelle sue stanze, e ad annunciare all'impaziente assemblea che il Selvaggio quella sera non si sarebbe fatto vedere. La notizia fu accolta con indignazione. Gli uomini erano furiosi d'essere stati giocati al punto di condursi cortesemente verso quell'individuo insignificante dalla reputazione dubbia e dalle opinioni eretiche. Più era alta la loro posizione nella gerarchia, più era profondo il loro sdegno.

« Farmi un tiro simile » continuava a ripetere l'Arcicantore « *a me!* »

Quanto alle donne, erano indignate di capire che erano state possedute per abuso di fiducia – possedute da un miserabile piccolo uomo nel cui flacone era stato versato per errore dell'alcool – un essere dal fisico d'un Gamma-Minus. Era un'offesa ed esse lo dissero, a voce sempre più alta. La Direttrice di Eton fu particolarmente dura.

Soltanto Lenina non disse nulla. Pallida, gli occhi azzurri velati d'una inconsueta melanconia, rimase seduta in un angolo, separata da coloro che le stavano attorno da un'emozione alla quale essi non partecipavano. Si era recata al ricevimento con una strana sensazione di trionfo inquieto. "Tra qualche minuto" s'era detta entrando nella sala "lo vedrò, gli parlerò, gli dirò" poiché era venuta con questa ferma risoluzione "che mi piace più di qualunque altro uomo che ho conosciuto. E allora forse egli dirà..."

Che direbbe? Il sangue le era affluito alle guance.

"Perché si è mostrato così bizzarro, l'altra notte, dopo il cinema odoroso? È strano. E tuttavia sono assolutamente certa di piacergli davvero un poco. Sono sicura..."

Fu in questo momento che Bernardo fece la sua comunicazione; il Selvaggio non sarebbe intervenuto alla seduta.

Lenina provò di colpo tutte le sensazioni che normalmente si esperimentano al termine d'un trattamento di Surrogato di Passione Violenta: un senso di vuoto spaventoso, una apprensione ansimante, la nausea. Il suo cuore pareva aver cessato di battere.

"Forse è perché non gli piaccio" disse fra sé. E subito questa ipotesi diventò una certezza stabilita. John aveva ricusato di venire perché lei non gli piaceva. Lei non gli piaceva...

« È davvero un po' eccessivo » diceva la Direttrice di Eton al Direttore dei Crematori e del Ricupero del Fosforo « quando penso che io, proprio... »

« Sì » fece la voce di Fanny Crowne « è assolutamente vera la storia dell'alcool. Ho conosciuto un tale che conosceva un tale che lavorava al Deposito degli Embrioni a quell'epoca. Esso ha detto alla mia amica, e la mia amica mi ha riferito... »

« È davvero desolante » disse Enrico Foster per simpatia con l'Arcicantore. « Vi interesserà forse sapere che il nostro ex Direttore è stato sul punto di trasferirlo in Islanda. »

Trafitto da ciascuna delle parole che erano pronunciate, il pallone gonfiato della festosa autoesaltazione di Bernardo si veniva sgonfiando per mille strappi. Pallido, desolato, umiliato e agitato, egli si muoveva in mezzo ai suoi invitati, balbettando delle scuse incoerenti, assicurandoli che la prossima volta il Selvaggio ci sarebbe stato certamente, supplicandoli di accomodarsi, di gradire un panino alla carota, una fetta di pasticcio alla vitamina A, una coppa di pseudo-spumante. Essi mangiavano secondo le forme, ma fingevano di non vederlo, bevevano e si mostravano grossolani nei suoi riguardi oppure parlavano di lui fra loro, a voce alta e in modo offensivo come se egli non ci fosse.

« E adesso, amici miei » disse l'Arcicantore di Canterbury con quella magnifica voce risuonante con cui guidava le fasi delle cerimonie del Giorno di Ford « adesso, amici miei, mi sembra venuto il momento... »

Si alzò, depose la coppa, fece cadere dal pianciotto di viscosa rossa le briciole d'un considerevole spuntino, e si avviò verso la porta.

Bernardo si precipitò innanzi per fermarlo.

« Dovete proprio, signor Arcicantore?... È ancora molto presto. Avevo sperato che voi avreste... »

Sì, che cosa non aveva sperato, quando Lenina in confidenza gli aveva detto che l'Arcicantore avrebbe accettato un invito se gli fosse stato rivolto! "Egli è davvero molto gentile, sapete." E aveva mostrato a Bernardo la piccola chiusura automatica d'oro in forma di T che l'Arcicantore le aveva donato per ricordo del giorno di vacanza ch'essa aveva passato alla Cantoria diocesana.

"Saranno presenti l'Arcicantore di Canterbury e il signor Selvaggio." Bernardo aveva proclamato il proprio trionfo su ciascuno dei biglietti d'invito. Ma il Selvaggio aveva scelta quella sera, fra tutte le sere, per chiudersi nella sua camera, per gridare "*Hàni!*" e anche (fortuna che Bernardo non comprendeva lo Zuñi) "*Sons éso tse-na!*". Quello che doveva essere il momento culminante di tutta la carriera di Bernardo aveva finito per essere il momento della sua maggiore umiliazione.

« Avevo tanto sperato... » ripeteva balbettando e guardando il grande dignitario con occhi imploranti e smarriti.

« Mio giovane amico » disse l'Arcicantore con un tono di grave e solenne severità; ci fu un silenzio generale. « Permettete che vi dia un consiglio » agitò il dito verso Bernardo « prima che sia troppo tardi. Una parola di saggio consiglio » la sua voce divenne sepolcrale. « Correggetevi, mio giovane amico, correggetevi. » Gli fece il segno del T e gli voltò le spalle. « Lenina mia cara » disse con altro tono « venite con me. »

Obbediente, ma senza sorriso e (completamente insensibile all'onore che le era fatto) senza gioia, Lenina uscì dalla stanza dietro lui. Gli altri invitati lo seguirono dopo un rispettoso intervallo. L'ultimo sbatté la porta. Bernardo restò solo.

Trafitto, completamente sgonfiato, si lasciò cadere su una sedia e, coprendosi il volto con le mani, si mise a piangere. Dopo qualche minuto, tuttavia, si riprese e inghiottì quattro compresse di *soma*.

Su in alto, nella sua camera, il Selvaggio leggeva *Romeo e Giulietta.*

Lenina e l'Arcicantore discesero sul tetto della Cantoria.

« Su, presto, mio giovane amico, voglio dire Lenina » gridò impaziente l'Arcicantore presso la porta dell'ascensore. Lenina, che si era attardata un momento per guardare la luna, abbassò gli occhi e si affrettò ad attraversare il tetto per raggiungerlo.

Una nuova teoria della biologia era il titolo della memoria che Mustafà Mond aveva finito allora di leggere. Rimase per qualche tempo seduto, corrugando la fronte con aria meditabonda, poi afferrò la penna e scrisse attraverso la pagina del titolo: "Il modo con cui l'autore tratta matematicamente la concezione di fine è nuovo e altamente ingegnoso, ma eretico, e, per ciò che concerne il presente ordine sociale, dannoso e sovversivo in potenza. *Non è da pubblicare*". Sottolineò queste parole. "L'autore sarà tenuto sotto sorveglianza speciale. Il suo trasferimento alla stazione Biologica Marina di Sant'Elena potrà rendersi necessario".

"Peccato" pensò, mentre firmava. Era un lavoro da maestro. Ma una volta che si comincia ad ammettere delle spiegazioni d'ordine finalista, non si sa quale possa essere il risultato. È questo genere d'idee che può facilmente far discondizionare gli spiriti più deboli tra le caste superiori, che può far loro perdere la fede nella felicità come Bene Sovrano e far loro credere, viceversa, che la meta è comunque altrove, in qualche punto al di fuori della presente sfera umana; che il fine della vita non è il mantenimento del benessere, ma qualche intensificazione e raffinamento della coscienza, qualche accrescimento del sapere. Ciò che, si disse il Governatore, può benissimo essere vero, ma non ammissibile nelle presenti circostanze. Riprese la penna, e sotto le parole "*Non è da pubblicare*" tracciò una seconda riga, più grossa e più nera della prima; poi sospirò.

"Come sarebbe bello" rifletté "se non si dovesse pensare alla felicità!"

Con gli occhi chiusi, il volto luminoso ed estasiato, John declamava dolcemente nel vuoto:

« Oh! essa insegna alle torce a risplendere!
Si direbbe ch'è sospesa alla guancia della notte
Come un meraviglioso gioiello all'orecchio d'un Etiope:
Bellezza troppo ricca per l'uso; per la terra troppo cara...[1] »

Il T d'oro brillava sul petto di Lenina. Energicamente l'Arcicantore lo afferrò, energicamente tirò, tirò.

« Penso » disse Lenina improvvisamente rompendo un lungo silenzio « che farei meglio a prendere due grammi di *soma.* »

Bernardo, frattanto, s'era profondamente addormentato e sorrideva al paradiso particolare dei suoi sogni. Sorrideva, sorrideva. Ma inesorabilmente, ogni trenta secondi, la lancetta dei minuti della pendola elettrica appesa sopra la sua testa balzava avanti con un piccolo clik quasi impercettibile. Clik, clik, clik... E fu il mattino. Bernardo si ritrovò tra le miserie dello spazio e del tempo. In uno stato d'animo di profonda depressione egli si recò in tassì al lavoro, al Centro di Condizionamento. L'ebbrezza del successo era svaporata; egli era, passati i fumi, il suo antico se stesso; e per contrasto con la gonfiatura temporanea di quelle ultime settimane, l'antico se stesso sembrava essere, come non mai prima, più pesante dell'atmosfera circostante.

Al Bernardo sgonfiato, il Selvaggio dimostrò una simpatia inaspettata.

« Ora somigliate di più a colui ch'eravata a Malpais » disse quando Bernardo gli ebbe raccontato la sua dolorosa storia. « Vi ricordate quando abbiamo cominciato a parlare noi due, davanti alla piccola casa? Somigliate a colui ch'eravate allora. »

« Perché sono di nuovo infelice; ecco perché. »

« Ebbene, io preferirei essere infelice piuttosto che avere questa specie di falsa, menzognera felicità che avete qui. »

[1] *Romeo e Giulietta* I, 5.

« Ma bravo! » disse Bernardo amaramente. « E dire che siete proprio voi la causa di tutto, rifiutando di intervenire al mio ricevimento e per tal modo volgendomeli tutti contro! » Egli sapeva che ciò che stava dicendo era assurdamente ingiusto; ammise nel suo intimo, e infine anche a viva voce, la verità di tutto quello che il Selvaggio ora gli diceva intorno allo scarso valore di amici che potevano trasformarsi, dopo un affronto così lieve, in avversari accaniti. Ma ad onta che lo sapesse e che lo ammettesse, ad onta del fatto che il sostegno e la simpatia del suo amico fossero ormai il suo solo conforto, Bernardo continuò perversamente a nutrire, accanto al suo affetto perfettamente sincero, un segreto rancore contro il Selvaggio, e a meditare un piano di piccole vendette da esercitare contro di lui. Nutrire un rancore contro l'Arcicantore era inutile; non c'era nessuna possibilità di essere vendicato del Capo Travasatore o dell'Assistente alla Predestinazione. In quanto vittima, il Selvaggio possedeva, per Bernardo, questa enorme superiorità sugli altri; che era accessibile. Una delle funzioni principali d'un amico consiste nel subire (in una forma più dolce e simbolica) i castighi che desidereremmo infliggere, ma non possiamo, ai nostri nemici.

L'altro amico-vittima di Bernardo era Helmholtz. Quando, sconfitto, venne di nuovo a cercare questa amicizia che nella prosperità non aveva giudicato utile conservare, Helmholtz gliela restituì, e gliela restituì senza un rimprovero, senza un commento, come se avesse dimenticato che c'era stato un contrasto.

Colpito, Bernardo si trovò nello stesso tempo umiliato da quella magnanimità: una magnanimità tanto più straordinaria in quanto non doveva nulla al *soma* e tutto al carattere di Helmholtz.

Era l'Helmholtz della vita quotidiana che dimenticava e perdonava, non l'Helmholtz d'una vacanza di mezzo grammo. Bernardo si dimostrò riconoscente (era un conforto enorme aver ritrovato l'amico), ma anche pieno di risentimento (gli avrebbe fatto piacere vendicarsi di Helmholtz per la sua generosità).

Al loro primo incontro dopo la separazione, Bernardo diede libero corso alla storia delle sue miserie e accettò la consolazione. Fu soltanto qualche giorno più tardi che apprese, con suo stupore e con una punta di vergogna, che non era solo a trovarsi in difficoltà. Anche Helmholtz si era messo in conflitto con le autorità.

« È a proposito di qualche verso » spiegò. « Tenevo il mio corso ordinario di Tecnica Emotiva Superiore per gli studenti del terzo anno. Dodici lezioni, la settima delle quali è sul tema: "Dell'uso dei versi nella propaganda morale e nella pubblicità" per essere preciso. Io illustro sempre la mia lezione con un buon numero di esempi tecnici. Quella volta pensai d'offrirne loro uno che avevo appena scritto. Pura demenza, d'accordo, ma non potei resistere. » Si mise a ridere. « Ero curioso di vedere quali sarebbero state le loro reazioni. D'altra parte, » aggiunse più gravemente « volevo fare un briciolo di propaganda; tentai di condurli a risentire ciò che io avevo provato scrivendo quei versi. Ford! » rise di nuovo. « Successe un putiferio. Il Direttore mi chiamò e mi minacciò di imminente licenziamento. Sono un uomo sorvegliato. »

« Ma com'erano questi versi? » chiese Bernardo.

« Trattavano dell'essere soli. »

Bernardo inarcò le sopracciglia.

« Te li recito, se vuoi. » E Helmholtz cominciò:

« Comitato di ieri
ronza, ma un'eco spezzata,
mezzanotte nella città,
fluttua nel vuoto;
labbra contratte, visi addormentati,
vere macchine in riposo,
i luoghi muti e in disordine
dove la folla è stata,
tutti i silenzi lieti,
tristi, sonori e profondi
parlano, ma con la voce
di chi, io non so.
L'assenza, dico, di Susanna,

l'assenza di Egeria
delle loro braccia e rispettivi seni,
labbra e, ah, deretani,
finisce per formare una presenza;
di chi? e, io domando, di quale,
per quanto assurda essenza,
questa, ove non è che il niente,
che la notte fonda popola assai meglio
di ciò con cui noi copuliamo
che mi sembra essere così triste?

« Bene, io ho dato loro questo come esempio, ed essi mi hanno denunciato al Direttore. »

« Non ne sono sorpreso » disse Bernardo. « È completamente contrario alle loro nozioni durante il sonno. Ricordati che hanno sorbito almeno un quarto di milione di avvertimenti contro la solitudine. »

« Lo so. Ma pensavo che mi sarebbe piaciuto vedere quale effetto ne sarebbe risultato. »

« Bene, adesso l'hai visto. »

Helmholtz si contentò di ridere. « Credo » disse « di cominciare ad avere un soggetto chiaro su cui scrivere, di cominciare ad essere capace di usare di questo potere che sento di avere dentro di me. Mi pare quasi che venga a me. »

"Ad onta di tutte le sue noie, egli pare" pensò Bernardo "profondamente felice."

Helmholtz e il Selvaggio simpatizzarono subito l'uno con l'altro. Così cordialmente anzi, che Bernardo ne provò un acuto morso di gelosia.

In tutte quelle settimane egli non era giunto, col Selvaggio, a una intimità così stretta come quella che Helmholtz aveva d'un subito raggiunta.

Guardandoli, ascoltando i loro discorsi, egli arrivava talvolta a rimpiangere con risentimento di averli condotti a conoscersi rispettivamente. Si vergognava della sua gelosia e alternativamente faceva degli sforzi di volontà e prendeva del *soma* per vietarsi di provarla. Ma i suoi sforzi rimasero inefficaci; e tra le vacanze del *soma* c'erano, necessariamente, degli intervalli. Il sentimento odioso si ostinò a ritornare.

Al suo terzo incontro col Selvaggio, Helmholtz recitò i suoi versi sulla Solitudine.

« Cosa ne pensate? » domandò quand'ebbe terminato. Il Selvaggio crollò la testa. « Ascoltate questi » fu la sua risposta e, dischiuso con la chiave il cassetto nel quale custodiva il suo libro rosicchiato dai topi, lo aperse e lesse:

« Che l'uccello dal canto più forte,
sull'unico albero d'Arabia,
stia, araldo triste, e trombetti... »

Helmholtz ascoltava con crescente emozione. All'"unico albero d'Arabia" sussultò; a "te, messaggero squillante", sorrise d'improvviso piacere; a "ogni uccello d'ala tirannica" il sangue gli affluì al viso; ma alla "musica funebre" impallidì e tremò d'un'emozione senza precedenti. Il Selvaggio lesse ancora:

« La proprietà fu così atterrita
che il mio io non era più lo stesso
natura unica e doppio nome
che né due né uno si chiamava.

La ragione in se stessa confusa
vide la divisione crescere insieme... »

« "Orgy-porgy!" » disse Bernardo interrompendo la lettura con una risata lunga ed antipatica. « È proprio un canto da Servizio di Solidarietà. » Si vendicava così dei due amici ch'erano affezionati l'uno all'altro più di quanto non lo fossero a lui.

Nel corso di due o tre altri incontri egli ripeté frequentemente questo piccolo atto di vendetta. Era semplice, poiché entrambi, Helmholtz e il Selvaggio, erano vivamente addolorati dalla rottura e dalla contaminazione di un caro cristallo poetico, anche straordinariamente efficace. Alla fine Helmholtz minacciò di cacciarlo a calci fuori della stanza se osava interrompere di nuovo. E tuttavia, cosa strana, la nuova interruzione, la più disgustosa di tutte, venne dallo stesso Helmholtz.

Il Selvaggio leggeva ad alta voce *Romeo e Giulietta*; leggeva (poiché per tutto il tempo vedeva se stesso come Romeo e Lenina come Giulietta) con intensa e vibrante passione. Helmholtz aveva ascoltato la scena dell'incontro dei due amanti con un interesse imbarazzato. La scena del giardino l'aveva rapito con la sua poesia, ma i sentimenti espressi l'avevano fatto sorridere. Mettersi in uno stato simile per avere una donna gli sembrava piuttosto ridicolo. Ma a prendere particolare per particolare, che superbo lavoro di genio emotivo!

« Questo vecchione » disse « fa sembrare assolutamente idioti i nostri tecnici della propaganda. »

Il Selvaggio sorrise trionfante e riprese la lettura. Tutto andò passabilmente bene sino a quando, nell'ultima scena del terzo atto, Capuleti e Lady Capuleti cominciano a voler persuadere per forza Giulietta a sposare Paride. Helmholtz si era mostrato agitato durante tutta la scena; ma quando, pateticamente mimata dal Selvaggio, Giulietta gridò:

« Non esiste pietà nelle nubi,
che veda nel profondo del mio dolore?
Oh, mia dolce madre, non respingermi!
Ritarda queste nozze d'un mese, d'una settimana;
o, se non vuoi, fa il letto nuziale
in questa oscura cappella dove Tibaldo riposa... »

Quando Giulietta ebbe detto ciò, Helmholtz sbottò in uno scroscio grossolano di riso incontenibile.

La madre e il padre (oscenità grottesca) che forzano la figlia a prendere qualcuno di cui lei non vuol sapere! E questa stupida figlia che non proclama di prenderne un altro che (per il momento almeno) essa preferisce! Nella sua disgustosa assurdità, la situazione era irresistibilmente comica. Egli era riuscito, con uno sforzo eroico, a contenere la pressione crescente della sua ilarità: ma la "dolce madre" (col tono tremante d'angoscia del Selvaggio) e l'allusione a Tibaldo che giace lì morto, ma evidentemente non cremato e dilapidante il suo fosforo in una oscura cappella, fu troppo forte per lui. Egli rise, senza ritegno, sino a che le lacrime gli scesero sulla faccia, rise d'un riso inestinguibile, mentre, pallido per la coscienza dell'offesa, il Selvaggio lo guardava al di sopra dell'orlo del libro e poi, come il riso continuava, lo chiuse indignato, si alzò e, col gesto di chi leva la perla davanti ai porci, lo rimise nel cassetto che richiuse a chiave.

« E tuttavia » disse Helmholtz, quando, avendo ripreso sufficiente fiato per scusarsi, poté addolcire il Selvaggio e persuaderlo ad ascoltare le sue spiegazioni « so benissimo che c'è bisogno di situazioni ridicole e folli come questa; non si può realmente scrivere bene su nessun altro soggetto. Perché questo vecchio era un tecnico così portentoso della propaganda? Perché aveva tante cose insensate, crudelmente dolorose, sulle quali poteva sovreccitarsi. Bisogna essere colpiti, turbati; senza di che non si trovano le espressioni veramente buone, penetranti, le frasi a Raggi X. Ma i padri e le madri! » Crollò la testa. « Non potete attendervi ch'io conservi la faccia seria davanti ai padri e alle madri. E chi va dunque a eccitarsi per sapere se un uomo avrà una ragazza o non l'avrà? » Il Selvaggio fremette, ma Helmholtz, il quale fissava cogitabondo il pavimento, non vide nulla. « No » concluse con un sospiro « così non va. Ci è necessaria qualche altra specie di follia o di violenza. Ma quale? quale? Dove possiamo trovarla? » Tacque; poi, crollando la testa, concluse: « Non ne so nulla, non ne so nulla ».

XIII

Enrico Foster apparve nella penombra del Deposito degli Embrioni.

« Volete venire al cinematografo odoroso stasera? » Lenina fece un cenno negativo senza parlare.

« Uscite con qualcun altro? » Lo interessava sapere con quale dei suoi amici era insieme. « È Benito? » domandò.

Lenina scosse di nuovo la testa.

Enrico scoprì la stanchezza in quegli occhi rossi, il pallore sotto quello sguardo di *lupus*, la tristezza agli angoli della bocca rossa e senza sorriso.

« Non siete malata, per caso? » domandò un po' inquieto, temendo ch'ella soffrisse di una di quelle malattie contagiose che sussistevano ancora.

Lenina scosse un'altra volta la testa.

« Comunque, dovreste recarvi a vedere il medico » disse Enrico. « Un medico al giorno e il male lontano » aggiunse cordialmente facendo penetrare ben a fondo la sua massima ipnopedica con un colpo sulla spalla. « Forse avete bisogno d'un Succedaneo di Gravidanza » suggerì. « Oppure d'un trattamento di Succedaneo di Violenta Passione fortissimo. Talvolta, sapete, il Succedaneo di Passione Normale non è proprio... »

« Oh! per amor di Ford » disse Lenina rompendo il suo ostinato silenzio « tacete! » E si voltò verso i suoi embrioni negletti.

Un trattamento di surrogato di P.V., davvero! Ne avrebbe riso se non fosse stata sul punto di piangere. Come se non avesse abbastanza P.V. per suo conto! Sospirò profondamente mentre riempiva la siringa. "John" mormorò tra sé "John..." Poi "Ford mio" si chiese "ho dato a costui la sua iniezione di malattia del sonno, o non gliel'ho data?" Non poté assolutamente rammentarsene. Infine, decise di non correre il rischio di dargliene una seconda dose, e si avanzò lungo la fila verso il flacone seguente.

A ventidue anni, otto mesi e quattro giorni da quel momento, un promettente giovane Alfa-Minus, amministratore a Mwanza-Mwanza, sarebbe morto di tripanosomia, il primo caso dopo più di mezzo secolo. Sospirando, Lenina riprese il lavoro.

Un'ora più tardi, nello spogliatoio, Fanny protestava energicamente.

« Ma è assurdo ridursi in uno stato simile. Semplicemente assurdo » ripeté. « E per chi? Per un uomo, un uomo! »

« Ma è colui ch'io voglio. »

« Come se non ci fossero milioni d'altri uomini al mondo! »

« Ma io non li voglio. »

« Come puoi saperlo se non hai provato? »

« Ho provato. »

« Ma quante volte? » chiese Fanny alzando nervosamente le spalle. « Una, due? »

« Dozzine di volte. Ma » aggiunse scuotendo la testa « non mi è servito a nulla. »

« Ebbene, devi perseverare » disse Fanny sentenziosamente. Ma era evidente che la sua fiducia nella prescrizione data era stata scossa. « Non si può portare a termine nulla, senza la perserveranza. »

« Ma, intanto... »

« Non pensare a lui. »

« Non posso farne a meno. »

« Prendi del *soma*, allora. »

« È ciò che faccio. »

« Bene, continua. »

« Ma intanto egli mi piace. Mi piacerà sempre. »

« Allora, se le cose stanno così » disse Fanny decisa « perché non vai senza complimenti a prendertelo? Piaccia o non piaccia a lui? »

« Se tu sapessi com'è terribilmente bizzarro! »

« Ragione di più per una linea di condotta ferma. »

« Si fa presto a dirlo. »

« Non sopportare sciocchezze. Fatti ci vogliono. » La voce di Fanny era una trombetta. Avrebbe potuto sembrare una conferenziera della Y.W.F.A. mentre tiene una conversazione serale ai Beta-Minus adolescenti. « Sì, fatti, e subito. Adesso. »

« Ho paura » disse Lenina.

« Ebbene, hai solo da prendere prima un mezzo grammo di *soma.* E ora vado a fare il bagno. » Partì decisa, trascinandosi dietro la salvietta.

Il campanello squillò e il Selvaggio, il quale sperava con impazienza che Helmholtz si facesse vedere quel pomeriggio (perché essendosi finalmente deciso a parlare a Helmholtz di Lenina, non poteva tollerare di ritardare d'un momento le sue confidenze), balzò in piedi e corse alla porta.

« Ho avuto il presentimento ch'eravate voi, Helmholtz » gridò mentre apriva.

Sulla soglia, in costume alla marinara di raso all'acetato, con un berretto bianco inclinato alla sbarazzina sull'orecchio sinistro, stava Lenina.

« Oh! » esclamò il Selvaggio come se qualcuno gli avesse menato un colpo vigoroso.

Un mezzo grammo era bastato per far scordare a Lenina i suoi timori e le sue incertezze.

« Allò, John » disse sorridendo; e passandogli davanti entrò nella stanza. Automaticamente egli chiuse la porta e la seguì. Lenina sedette. Ci fu un lungo silenzio.

« Non sembrate molto contento di vedermi, John » disse lei finalmente.

« Non contento? » Il Selvaggio la guardò con aria di rimprovero; poi improvvisamente le cadde in ginocchio davanti, e, presa una mano di Lenina, la baciò con rispetto. « Non contento? Oh! Se sapeste! » mormorò e, arrischiandosi ad alzarle gli occhi in faccia, aggiunse « Adorata Lenina, apice medesimo dell'adorazione, degna di ciò che vi ha di più caro al mondo ».

Lei gli sorrise con deliziosa tenerezza.

« Oh! voi siete così perfetta » (ella si chinava verso di lui con le labbra semiaperte) « così perfetta e senza eguali siete stata creata » (sempre più presso) « colla parte migliore di tutte le creature. » Ancora più vicino. Il Selvaggio si rimise d'un colpo in piedi.

« È perché » disse parlando senza guardarla « volevo prima fare qualche cosa... Voglio dire, provare che ero degno di voi. Non che io possa davvero mai riuscirvi. Ma volevo almeno provare che non sono del tutto *indegno*. Volevo fare qualche cosa. »

« Perché credete che sia necessario... » cominciò Lenina, ma non finì la frase. C'era una nota d'irritazione nella sua voce. Quand'una si china in avanti, sempre più presso, con le labbra semiaperte, soltanto per poi trovarsi, tutt'a un tratto, mentre un imbecille si rialza, piegata sopra un bel niente, evvia, c'è una ragione, sia pure un mezzo grammo di *soma* circolante nella corrente sanguigna, una buona ragione d'essere irritati.

« A Malpais » balbettava incoerentemente il Selvaggio « bisognava portare la pelle d'un leone delle montagne... voglio dire, quando si desiderava sposare qualcuna. »

« Non ci sono leoni in Inghilterra » disse Lenina quasi con violenza.

« E anche se ce ne fossero » aggiunse il Selvaggio con risentimento improvviso e sprezzante « li ucciderebbero in elicottero, penso, coi gas tossici o qualche cosa di simile. Io non farò questo, Lenina! » Inarcò indietro le spalle, si arrischiò a sbirciarla e si incontrò con uno sguardo di incomprensione irritata. Riprese confuso e sempre più incoerente: « Farei qualsiasi cosa. Qualsiasi cosa che voi mi ordinaste. Ci sono delle occupazioni penose, lo sapete. Ma la loro difficoltà le rende più deliziose. Ecco ciò che provo. Voglio dire che spazzerei il pavimento se lo desideraste ».

« Ma noi abbiamo degli aspiratori qui » disse Lenina sbalordita « non è necessario. »

« No certo, non è necessario. Ma vi sono certe specie di bassezze che si subiscono nobilmente. Io vorrei subire qualche cosa nobilmente, non vedete? »

« Ma poiché ci sono gli aspiratori... »

« Non è questo il punto. »

« ... e gli Epsilon semiaborti per farli funzionare » continuò lei « allora, proprio, *perché*? »

« Perché? Ma per voi, per voi. Appunto per provarvi che io vi... »

« E questa faccenda degli aspiratori che cosa c'entra coi leoni?... »

« Per provarvi quanto... »

« ... o i leoni col fatto che siete contento di vedermi? » Essa si andava sempre più esasperando.

« ... quanto io vi amo, Lenina » egli riuscì a dire quasi disperatamente.

Come un simbolo d'interna corrente di gioia improvvisa, il sangue affluì alle guance di Lenina. « Che dite, John? »

« Ma io non avevo l'intenzione di dir questo » gridò il Selvaggio giungendo le mani in una crisi di dolore. « Non prima che... Ascoltate, Lenina, a Malpais ci si sposa. »

« Cosa? » L'irritazione aveva ripreso a dominare la sua voce. Di che cosa stava ora parlando?

« Per sempre, ci si scambia la promessa di vivere insieme per sempre. »

« Che orribile idea! » Lenina era sinceramente scandalizzata.

« "Sopravvivendo alla forma esteriore della bellezza, con uno spirito che si rinnova più in fretta di quanto il sangue non perisca."[1] »

« Cosa? »

« È proprio come in Shakespeare. "Se tu rompi il nodo

[1] *Troilo e Cressida* III, 2.

verginale prima che tutte le sante cerimonie possano col loro rito completo e sacro..."[1] »

« Per amor di Ford, John, parlate sensato. Io non riesco a comprendere una parola di ciò che dite. Prima erano gli aspiratori, poi i nodi. Voi mi rendete pazza. »

Saltò in piedi e, quasi temesse ch'egli potesse fuggire davanti a lei fisicamente come faceva in ispirito, lo afferrò per il polso. « Rispondete a questa domanda: vi piaccio veramente o no? »

Ci fu un momento di silenzio, poi con voce bassissima egli rispose: « Io v'amo più d'ogni cosa al mondo ».

« Allora, perché non me lo dicevate? » esclamò lei; e la sua esasperazione era così intensa che gli conficcò le unghie affilate nella pelle del polso. « Invece di continuare a vaneggiare di nodi, di aspiratori e di leoni, e di rendermi infelice per settimane e settimane! »

Lasciò andare la sua mano e la respinse con collera.

« Se non mi piaceste tanto » disse « sarei furibonda con voi. »

E improvvisamente le sue braccia gli circondarono il collo; egli sentì le labbra di lei umide sulle sue. Così deliziosamente umide, così tiepide ed elettriche ch'egli si trovò fatalmente a pensare agli abbracci di *Tre settimane in elicottero.*

Uh! Uh! la bionda stereoscopica, e aah! il negro più che reale. Orrore, orrore, orrore... Tentò di liberarsi, ma Lenina intensificò la sua stretta.

« Perché non lo dicevate? » mormorò allontanando il viso per guardarlo. I suoi occhi erano pieni di tenero rimprovero.

« "L'altro più oscuro, il posto più opportuno" » la voce della coscienza tuonava poeticamente « "la più forte suggestione che il nostro più cattivo genio può offrirvi, non potrà mai precipitare il mio onore in concupiscenza."[2] » « Mai, mai! » decise.

[1] *Tempesta* IV, 1.
[2] *Ibidem.*

« Stupido ragazzo! » lei disse. « Io vi desideravo così ardentemente. E se voi pure mi desideravate, perché non avete... »

« Ma Lenina... » cominciò lui a protestare, e come ella allentò immediatamente le braccia e si ritrasse davanti a lui, credette per un attimo che ella mettesse in pratica il suo tacito consiglio. Ma come Lenina si sbottonò la cintura di cuoio bianco verniciato e l'appese con cura al dorso di una sedia, cominciò a sospettare d'essersi ingannato.

« Lenina! » ripeté allarmato.

Lei si portò la mano al collo e diede un lungo strattone verticale; la sua blusa bianca alla marinara si aprì fino all'orlo; il sospetto si condensò in troppo, troppo solida certezza:

« Lenina che fate? »

Zip, zip! La sua risposta fu senza parole. Si liberò dei pantaloni a campana. La sua combinazione a chiusura automatica, una conchiglia rosa pallido. Il T d'oro dell'Arcicantore le pendeva sul petto.

"Perché queste lattee mammelle che attraverso sbarre di finestra colpiscono gli occhi degli uomini..."[1] Le parole cantanti, sonanti, magiche, la facevano sembrare doppiamente pericolosa, doppiamente tentante. Dolci, dolci, ma come penetranti! Penetranti e affondantisi nella ragione, perforanti la risoluzione.

"I giuramenti più saldi sono paglia per il fuoco che è nel sangue... Essere più continenti, se no..."[2]

Zip! La conchiglia rosa si aperse come una mela nettamente divisa. Un contorcimento delle braccia, il sollevamento, prima del piede destro, poi del sinistro; la combinazione a chiusura automatica giaceva senza vita e come sgonfiata sul pavimento.

Indossando ancora le calze e le scarpette, e col berretto bianco piantato alla sbarazzina sulla testa, lei avanzò verso di lui.

[1] *Timone d'Atene* IV, 3.
[2] *Tempesta* IV, 1.

« Caro! Caro! Se tu l'avessi detto prima! » Tese le braccia.

Ma invece di dire anche lui "Cara!" e di tendere le braccai, il Selvaggio retrocedette pieno di terrore, agitando le mani verso di lei come se tentasse di scacciare qualche animale importuno e pericoloso. Quattro passi indietro, e si trovò addossato al muro.

« Amoıe! » disse Lenina e, posandogli le mani sulle spalle, si strinse a lui. « Circondami con le tue braccia » comandò. « Stringimi fino a farmi male, carezzami. » Anche lei aveva della poesia al suo servizio, conosceva le parole che cantano e affascinano e risuonano come tamburi. « Baciami » chiuse gli occhi e smorzò la sua voce in un mormorio trasognato « baciami sino a che io sia in coma. Stringimi, fammi male, carezzami... »

Il Selvaggio l'afferrò per i polsi, si strappò dalle spalle le sue mani, la respinse brutalmente alla distanza d'un braccio.

« Ahi, mi fai male, mi fai... oh! » Tacque improvvisamente. Il terrore le fece scordare lo spasimo. Aprendo gli occhi aveva visto la faccia di John... no, non la sua faccia, ma quella di un altro, di uno straniero feroce, pallido, convulso, contratto da qualche insano, inesplicabile furore. Sussurrò spaventata: « Ma che cosa c'è, John? ». Egli non rispose, ma soltanto la fissò in volto con quei suoi occhi dementi. Le mani che le stringevano i polsi tremavano. Egli respirava profondamente e irregolarmente. Lieve, quasi un rumore impercettibile, ma tuttavia spaventoso, essa sentì improvviso lo scricchiolio dei suoi denti.

« Che cosa c'è? » urlò, quasi.

E come se fosse stato risvegliato dal suo grido, egli la prese per le spalle e la scosse:

« Prostituta! » imprecò. « Prostituta! Impudente cortigiana! »

« Oh! no, no » protestò lei con una voce grottescamente tremolante per le scosse.

« Prostituta! »

« Te ne supplico... »

« "Maledetta prostituta!"[1] »

« Un gram... mo è me... eglio... » cominciò.

Il Selvaggio la respinse con tale violenza che essa barcollò e cadde.

« Vattene » gridò lui standole sopra minaccioso. « Via dal mio sguardo o t'ammazzo. » E strinse i pugni.

Lenina alzò il braccio per coprirsi la faccia.

« No, te ne supplico, John... »

« Spicciati. Presto! »

Col braccio sempre alzato e seguendo ogni movimento di lui con occhi terrorizzati, lei si rimise in piedi a metà, accovacciandosi e coprendosi sempre la testa, fece un salto verso la stanza da bagno.

Il rumore della percossa prodigiosa dalla quale la sua mossa fu accelerata fu simile a un colpo di pistola.

« Ahi! » Lenina balzò innanzi.

Chiusa al sicuro nella stanza da bagno, ebbe agio di passare in rassegna i suoi lividi. In piedi, con la schiena verso lo specchio, rivolse indietro la testa. Guardando al di sopra della spalla destra poté vedere l'impronta di una mano aperta spiccare distinta e rovente sulla sua carne di madreperla. Delicatamente si stropicciò la parte colpita.

Fuori, nell'altra stanza, il Selvaggio andava avanti e indietro, camminava in su e in giù, al suono dei tamburi e della musica delle parole magiche. "L'uccelletto vi si getta, e la piccola mosca dorata si abbandona alla lussuria sotto il mio sguardo."[2] Esse gli rombavano follemente nelle orecchie. "La puzzola e il cavallo impazzito non vi si gettano con più sfrenato appetito. Dalla cintola in su sono Centauri, benché sotto siano donne. Gli Dei ne prendono possesso solo sino alla cintola. Sotto, tutto è dei dèmoni. C'è l'inferno, ci sono le tenebre, c'è l'abisso di zolfo che brucia, che ribolle; la puzza, la distruzione; puah, puah! Datemi un'oncia di zibetto, buon speziale, per addolcirmi l'immaginazione."[3]

[1] *Otello* IV, 2.
[2] *Re Lear* IV, 6.
[3] *Ibidem.*

« John! » azzardò dalla stanza da bagno una vocetta insinuante. « John! »

"Oh cattiva erba che sei sì deliziosa e il cui profumo è così dolce che il senso ne soffre! Questo libro così bello era dunque fatto per scriverci 'prostituta'? Il cielo si tura il naso al suo avvicinarsi..."[1]

Ma il profumo di Lenina fluttuava ancora attorno a lui, il suo vestito era bianco della polvere che aveva profumato il corpo di lei vellutato. "Impudente cortigiana, impudente cortigiana, impudente cortigiana." Il ritmo inesorabile continuava a martellarlo. "Impudente..."

« John, credete che potrei riprendere i miei vestiti? »

Egli raccolse i calzoni a campana, la blusa, la combinazione a chiusura automatica.

« Aprite! » ordinò sparando un calcio all'uscio.

« No, non posso! » La sua voce era pur spaventata e sfrontata.

« Allora come volete che io ve li dia? »

« Passateli attraverso il finestrino sopra l'uscio. »

Egli fece ciò che lei gli suggeriva e riprese a percorrere inquieto la stanza. "Impudente cortigiana, impudente cortigiana. Il demonio Lussuria, con le sue grosse natiche e il suo dito a forma di patata..."[2]

« John! »

Egli non volle rispondere. "... grosse natiche e dito a forma di patata..."

« Che cosa c'è? » domandò brutalmente.

« Vorrei sapere se non mi dareste la mia cintura malthusiana. »

Lenina rimase seduta ascoltando il rumore dei passi nell'altra stanza, chiedendosi, mentre ascoltava, quanto tempo egli avrebbe continuato a camminare su e giù a quel modo, se avrebbe dovuto aspettare ch'egli abbandonasse l'appartamento; oppure se sarebbe prudente, dopo aver accordato alla sua follia un lasso di tempo ragionevole per calmarsi,

[1] *Otello* IV, 2.
[2] *Troilo e Cressida* V, 2.

aprire l'uscio della stanza da bagno e precipitarsi fuori a salti.

Fu interrotta nel mezzo di queste inquiete speculazioni dalla suoneria del telefono che squillò nell'altra stanza. Il trepestio cessò d'incanto. Intese la voce del Selvaggio che parlamentava col silenzio:

« Pronto. »

« ... »

« Sì. »

« ... »

« Se non mi prendo per un altro, sono io. »

« ... »

« Sì, non avete sentito quando l'ho detto? Parla il Selvaggio. »

« ... »

« Cosa? Chi è malato? Certo che m'interessa. »

« ... »

« È una cosa seria? Sta veramente male? Vengo subito... »

« ... »

« Non è più nel suo appartamento? Dove l'hanno portata? »

« ... »

« O mio Dio! qual è l'indirizzo? »

« ... »

« 3, Park Lane... è così? Tre? Grazie. »

Lenina sentì il rumore metallico del ricevitore riappeso, poi dei passi precipitati. Una porta sbatté. Poi fu silenzio. Se n'era veramente andato?

Con un'infinità di precauzioni socchiuse l'uscio d'un mezzo centimetro, sbirciò attraverso la fessura, fu incoraggiata dalla vista della solitudine, aprì un po' di più, spinse innanzi tutta la testa; finalmente entrò in punta di piedi nella stanza, rimase qualche secondo, col cuore che le batteva forte, ad ascoltare, ad ascoltare; poi corse alla porta d'ingresso, l'aperse, scivolò fuori, la chiuse di colpo, e via. Fu solamente quando si trovò nell'ascensore e vi si abbandonò letteralmente che cominciò a sentirsi davvero al sicuro.

XIV

L'ospedale di Park Lane per moribondi era una torre di sessanta piani, in mattonelle d'un giallo primaverile. Mentre il Selvaggio discendeva dal suo tassicoptero, un convoglio di feretri aerei dai colori allegri si alzò rombando dal tetto e filò al di sopra del parco, verso occidente, a destinazione del Forno Crematorio di Slough.

All'ingresso dell'ascensore, il capo portiere gli diede le informazioni richieste, ed egli discese nella corsia 81 (una corsia per Senilità Galoppante, spiegò il portiere) al diciassettesimo piano.

Era un vasto ambiente chiaro sotto il sole e la pittura gialla, e conteneva venti letti, tutti occupati. Linda moriva in compagnia, in compagnia e con tutte le comodità moderne. L'aria era continuamente vivificata con melodie allegre sintetiche. Ai piedi di ogni letto, in faccia all'ospite moribondo, c'era un televisore.

Si lasciava funzionare la televisione, come un rubinetto aperto, dalla mattina alla sera. Ogni quarto d'ora, il profumo vivificante della corsia veniva cambiato automaticamente. « Cerchiamo » spiegò l'infermiera che aveva preso in consegna il Selvaggio all'entrata « cerchiamo di creare un'atmosfera pienamente gradevole, qualche cosa tra un albergo di prim'ordine e un cinema odoroso, se capite ciò che voglio dire. »

« Dov'è? » domandò il Selvaggio senza prestare attenzione a quelle spiegazioni cortesi.

L'infermiera fu urtata. « Come siete impaziente! » disse.

« C'è qualche speranza? » incalzò lui.

« Intendete dire, che non muoia? » Egli fece cenno di sì. « No, certo, nessuna. Quando qualcuno viene mandato qui, non c'è più... » Spaventata dall'espressione di angoscia del viso smorto di lui, s'interruppe di colpo. « Cosa c'è, che avete? » domandò. Non era abituata a manifestazioni di tal genere nei visitatori. (Non che, beninteso, i visitatori fossero molti; e del resto non c'era ragione che ci fossero molti visitatori.) « Non vi sentite male, no? »

Egli scosse la testa. « È mia madre » disse con voce appena percettibile.

L'infermiera lo guardò con tanto d'occhi, pieni d'orrore, poi si voltò dall'altra parte. Dalla gola alle tempie il suo viso fu tutta una fiamma.

« Conducetemi da lei » disse il Selvaggio sforzandosi di parlare in tono ordinario.

Sempre accesa, lei lo guidò attraverso la corsia. Dei volti ancora freschi e non sciupati (perché la senilità galoppava così in fretta che non aveva il tempo di far invecchiare le guance, ma soltanto il cuore e il cervello) si voltarono mentre essi passarono. Il loro passaggio era seguito dagli occhi vaganti e senza curiosità della seconda infanzia. Il Selvaggio fremeva guardando.

Linda era coricata nell'ultimo della lunga fila di letti, contro il muro. Sostenuta dai cuscini, guardava le semifinali del campionato sudamericano di tennis sul campo di Riemann, che si svolgevano in riproduzione silenziosa e ridotta sullo schermo del televisore ai piedi del letto. Le piccole figurine si precipitavano di qua e di là sul loro rettangolo di vetro illuminato, come dei pesci in un acquario, abitanti silenziosi, ma agitati, d'un altro mondo.

Linda guardava, sorridendo vagamente e senza comprendere. Il suo viso pallido e gonfio aveva un'espressione di felicità idiota. Ad ogni istante le sue palpebre si chiudevano, e per qualche minuto sembrava che essa sonnecchiasse.

Poi con un lieve sobbalzo si risvegliava – si risvegliava ai giochi d'acquario dei campioni di tennis, alla esecuzione per supervoce Wurlitzeriana di "stringimi sino a farmi male, carezzami", all'ondata tiepida di verbena soffiata dai ventilatori sopra la testa – si risvegliava a tutte queste cose, o piuttosto a un sogno di cui tutte queste cose, trasformate ed abbellite dal *soma* nel suo sangue, erano i meravigliosi componenti, e sorrideva di nuovo col suo sorriso debole e smorto di gioia infantile.

« Ecco, io me ne devo andare » disse l'infermiera. « Ho la mia informata di ragazzi che arrivano. E poi c'è il numero 3 » segnò col dito in fondo alla corsia « pronto ormai ad andarsene da un minuto all'altro. Su, mettetevi a vostro agio. » Si allontanò svelta.

Il Selvaggio sedette accanto al letto.

« Linda! » mormorò prendendole una mano.

Al suono del suo nome, lei si voltò. I suoi occhi vaganti ebbero un lampo di conoscenza. Gli strinse la mano, sorrise, mosse le labbra, e poi, di colpo, la sua testa ricadde all'indietro.

Si era addormentata. Egli rimase a guardarla, a cercare, in quella carne stanca, a cercare e a ritrovare il volto giovane e vivo che s'era chinato sulla sua infanzia a Malpais, a rammentarsi (e chiuse gli occhi) della sua voce, dei suoi gesti, di tutti gli avvenimenti della loro vita in comune. "Correte sul mio streptococco a Banbury-T..." Com'erano stati belli i suoi canti. E quei versi infantili com'erano magnificamente strani e misteriosi!

"A.B.C., vitamina D."

"L'olio è nel fegato, il merluzzo è nel mare."

Avvertì le lacrime calde sotto le palpebre mentre richiamava le parole e la voce di Linda che le ripeteva. E poi le lezioni di lettura: "l'arrosto è al suo posto, il gatto è sul piatto"; e le istruzioni elementari per gli operai Beta-Minus del Deposito d'embrioni. E le lunghe serate accanto al fuoco o, nella stagione estiva, sul tetto della piccola casa, quando lei gli raccontava le storie di quell'altro mondo, fuori della Riserva: quell'altro Empireo. Mondo meraviglioso di cui egli si ricordava come d'un paradiso di bontà e di bellezza, sempre rimasto completo e intatto, puro d'ogni contatto con la realtà di questa Londra reale, di questi uomini e di queste donne realmente civilizzati.

Un improvviso clamore di voci acute lo costrinse ad aprire gli occhi e, dopo essersi asciugato in fretta le lacrime, a voltarsi. Pareva che un interminabile flusso di gemelli maschi, identici, d'otto anni, si rovesciasse nel locale. Un gemello dopo l'altro, un gemello dopo l'altro, un gemello dopo l'altro, essi arrivavano: un incubo. I loro volti, il loro volto ripetuto – perché c'era un unico viso per tutta la banda – si appiattiva, camuso, tutto narici e pallidi occhi prominenti. La loro uniforme era kaki. Tutte le bocche erano aperte e le labbra pendenti.

Entrarono squittendo e ciarlando. In un momento sembrò che la corsia ne formicolasse. Sciamavano attraverso i letti, vi si arrampicavano sopra, strisciavano sotto, guardavano nei televisori, facevano le boccacce agli ammalati.

Linda li stupì e un poco li allarmò. Un gruppo restò raccolto ai piedi del suo letto, guardandola con la curiosità paurosa e stupida degli animali che si trovano all'improvviso di fronte all'ignoto.

« Oh! Guardate, guardate! » parlavano a voce bassa e sgomenta. « Che cos'ha mai? Perché è così grossa? »

Non avevano mai visto prima d'allora una faccia come la sua, non avevano mai visto una faccia che non fosse giovane e con la pelle ben tesa, un corpo che avesse cessato d'essere agile e diritto.

Tutte quelle sessagenarie moribonde avevano l'aspetto di ragazzine. A quarantotto anni, Linda sembrava, per contrasto, un mostro di senilità flaccida e deforme.

« Non è spaventosa? » sussurravano. « Guarda i suoi denti! »

Improvvisamente, di sotto il letto, un gemello dalla faccia camusa si sporse tra la sedia di John e il muro, e si mise a osservare il volto addormentato di Linda.

« Ehi, dico... » cominciò; ma la sua frase finì prematuramente in un guaito. Il Selvaggio lo aveva afferrato per il collo, lo aveva sollevato agevolmente sopra la sedia, e poi, con un ceffone in viso, lo aveva spedito lontano fra pianti e lamenti.

Le sue grida richiamarono l'Infermiera in Capo che si precipitò al soccorso.

« Cosa gli avete fatto? » domandò furibonda. « Non voglio che picchiate i ragazzi. »

« Ebbene, allora allontanateli da questo letto. » La voce del Selvaggio era tremante d'indignazione. « D'altra parte, che cosa fanno qui, questi mocciosi luridi? È una vergogna! »

« Una vergogna? Ma che cosa intendete dire? Li condizioniamo alla morte. E vi dichiaro » lo avvertì con truculenza « che se vi trovo ancora a intervenire nel loro condizionamento, mando a chiamare i portatori e vi faccio sbatter fuori. »

Il Selvaggio saltò in piedi e fece due passi verso di lei. I suoi movimenti e l'espressione del suo viso erano così minacciosi che l'infermiera indietreggiò terrorizzata. Con grande sforzo egli si contenne e, senza parlare, si voltò e sedette di nuovo accanto al letto.

Rassicurata, ma con una dignità che era un tantino forzata e incerta, l'infermiera disse: « Io vi ho avvertito, badate ». Tuttavia allontanò i gemelli troppo curiosi e li condusse a prender parte al rimpiattino ch'era stato organizzato da una delle sue colleghe all'altra estremità della corsia.

« Adesso andate a prendere la vostra tazza di soluzione di caffeina, cara » disse all'altra infermiera. L'esercizio dell'autorità ristabilì la sua sicurezza, le fece del bene. « Su bambini! » gridò.

Linda s'era agitata, inquieta, aveva aperto gli occhi un momento, aveva guardato vagamente attorno, e poi era di nuovo caduta nel suo assopimento.

Seduto al suo fianco, il Selvaggio faceva dei violenti sforzi per ritrovare lo stato d'animo di alcuni minuti prima.

"A. B. C., vitamina D." ripeteva tra sé, come se le parole fossero un sortilegio capace di richiamare in vita il passato defunto. Ma il sortilegio restò senza effetto. Ostinatamente i ricordi meravigliosi rifiutarono di risorgere; non ci fu che una resurrezione paurosa di gelosie, di brutture e di miserie. Popé col sangue che gli colava giù dalla spalla ferita; Linda oscenamente addormentata, e le mosche che ronzavano attorno al *mescal* sparso sul pavimento accanto al letto; e i monelli che gridavano tutti quegli insulti passando... Ah, no, no! Chiuse gli occhi, scosse la testa in una negazione recisa di quelle memorie. "A. B. C., vitamina D..." Tentò di pensare ai momenti quando era seduto sulle ginocchia di lei e lei lo circondava con le braccia e cantava e ricantava, cullandolo, cullandolo per addormentarlo. "A. B. C., vitamina D., vitamina D..."

La supervoce Wurlitzeriana s'era levata in un crescendo singultante; e improvvisamente la verbena lasciò il posto, nell'apparecchio circolatorio del profumo, a un intenso pasciulì.

Linda si agitò, si svegliò, guardò sbalordita per qualche momento i semifinalisti, poi, alzando il viso, annusò un paio di volte l'aria nuovamente profumata, e subito sorrise, d'un sorriso d'estasi infantile.

« Popé » mormorò, e chiuse gli occhi. « Oh, come mi piace questo, come mi... » Sospirò e si lasciò ricadere sui cuscini.

« Ma Linda! » implorò il Selvaggio « non mi riconosci? » Egli s'era sforzato con ogni mezzo, aveva fatto del suo meglio; perché lei non gli permetteva di dimenticare? Le strinse la mano molliccia, quasi con violenza come se volesse obbligarla ad abbandonare quel sogno d'ignobili piaceri, quei ricordi detestabili, per rientrare nel presente, nella realtà; il presente tremendo, la realtà spaventosa, ma sublimi, significativi, disperatamente importanti proprio a causa dell'imminenza di ciò che li rendeva tanto terribili. « Non mi riconosci, Linda? »

Sentì rispondergli la leggera pressione della sua mano. Gli si riempirono gli occhi di lacrime. Si chinò su di lei e la baciò.

Le labbra di Linda si mossero. « Popé! » mormorò di

nuovo, e fu come se lei gli avesse gettato in faccia un secchio d'immondizie.

Un'improvvisa collera gli ribollì dentro. Contrariata per la seconda volta, la passione del suo dolore aveva trovato un altro sfogo, s'era trasformata in una passione di collera parossistica.

« Ma io sono John! » gridò. « Sono John. » E nel suo dolore furente l'afferrò senza complimenti per la spalla e la scosse.

Gli occhi di Linda sbatterono aprendosi; lo vide, lo riconobbe.

« John! » ma collocò il volto reale, le mani reali e violente, in un mondo immaginario, tra gli equivalenti interiori e particolari del pasciulì e del super-Wurlitzer, tra i ricordi trasfigurati e le sensazioni stranamente trasportate che costituivano l'universo del suo sogno. Lo riconosceva come John, suo figlio, ma se lo rappresentava come un intruso in quel paradisiaco Malpais dove lei trascorreva la sua vacanza di *soma* con Popé. Egli era in collera perché lei amava Popé, la scuoteva perché Popé era lì, nel suo letto, come se ci fosse qualche cosa di male, come se tutta la gente civilizzata non facesse lo stesso.

« Ciascuno appartiene a... » La voce di Linda improvvisamente si trasformò in un gracidamento affannoso quasi impercettibile, la sua bocca si aperse; lei fece uno sforzo disperato per rifornire d'aria i polmoni. Ma fu come se non sapesse più respirare. Tentò di gridare, ma non uscì nessun suono; soltanto il terrore dei suoi occhi spalancati rivelava quanto doveva soffrire. Le sue mani corsero alla gola, poi batterono l'aria, l'aria ch'essa non poteva più respirare, l'aria che, per lei, aveva cessato di esistere.

Il Selvaggio stava in piedi, chino su di lei.

« Che c'è, Linda? Che c'è? » La sua voce era implorante; si sarebbe detto che egli implorasse di essere rassicurato.

Lo sguardo ch'essa gli gettò era carico d'un terrore indicibile: di terrore e, gli parve, di rimprovero. Ella tentò di sollevarsi sul letto, ma ricadde sui cuscini. La sua faccia era orribilmente deformata, le sue labbra livide.

Il Selvaggio si voltò e si mise a correre per la corsia.

« Presto, presto! » gridava. « Presto! »

Ritta in mezzo a un cerchio di gemelli che giocavano a girotondo, l'Infermiera in Capo si guardò attorno. Il primo istante di stupore lasciò il posto quasi subito alla disapprovazione. « Non gridate! Pensate ai piccoli » disse accigliata. « Rischiate di discondizionarli... Ma cosa fate? » Egli aveva fatto irruzione attraverso il circolo.

« Attento! » Uno dei bambini si mise a urlare.

« Presto, presto! » John afferrò l'infermiera per la manica, se la trascinò dietro. « Presto! È accaduto qualche cosa. Io l'ho uccisa. »

Quando giunsero all'estremità della corsia, Linda era morta.

Il Selvaggio rimase per un momento in piedi, in un cupo silenzio, poi cadde in ginocchio accanto al letto e, coprendosi il viso con le mani, singhiozzò disperatamente.

L'infermiera se ne stava lì indecisa, guardando ora la forma inginocchiata presso il letto (che scandalosa esibizione!) ora (poveri piccoli!) i gemelli che avevano interrotto la loro partita di girotondo e guardavano sbalorditi in fondo alla corsia, con tanto d'occhi e le narici palpitanti, la scena scandalosa che si svolgeva attorno al letto numero 20. Era necessario parlargli? Tentare di ricondurlo al senso della convenienza? Ricordargli dove si trovava? Fargli capire quanto male rischiava di fare a quei poveri innocenti? Distruggere così tutto il loro buon condizionamento alla morte, con quella disgustosa scenata, come se la morte fosse qualche cosa di terribile, come se uno di noi valesse più di tutti gli altri! Ciò avrebbe potuto suggerir loro le idee più disgustose sulla questione, turbarli e avviarli a una forma di reazione totalmente errata, in una direzione completamente antisociale.

Fece un passo innanzi e lo toccò sulla spalla.

« Non potete contenervi? » disse con voce bassa e irritata. Ma, voltando la testa, vide che una mezza dozzina di gemelli erano già in piedi e venivano avanti lungo la corsia. Il circolo si disgregava. Ancora un momento e... No, il rischio era troppo grave; l'intero gruppo stava per essere messo in ritardo di sei o sette mesi sul suo condizionamento. Ritornò correndo verso i suoi minacciati pupilli.

« Su, chi vuole del cioccolato liquido? » domandò con voce forte e allegra.

« Io » urlò in coro l'intero gruppo Bokanovsky.

Il letto numero 20 era completamente dimenticato.

« Oh! Dio, Dio, Dio... » continuava a ripetere tra sé il Selvaggio. Nel caos di dolore e di rimorso che gli riempiva l'anima, questa era la sola parola da lui articolata. « Dio! » invocò apertamente. « Dio... »

« Che cosa dice? » esclamò una voce vicinissima, distinta e acuta in mezzo alla sonorità del super-Wurlitzer.

Il Selvaggio sussultò violentemente e, scoprendosi il viso, si guardò attorno. Cinque gemelli in kaki, ciascuno con l'estremità d'un lungo dolce alla cioccolata nella mano destra, con le facce identiche diversamente pitturate di cioccolata liquida, si tenevano allineati piantandogli addosso i loro occhi prominenti.

Incrociarono il suo sguardo e sogghignarono tutti insieme. Uno di essi puntò l'estremità del suo dolce.

« È morta? » domandò.

Il Selvaggio li fissò un istante in silenzio.

Poi, in silenzio si rimise in piedi, in silenzio si diresse lentamente verso la porta.

« È morta? » ripeté il gemello curioso trottandogli al fianco.

Il Selvaggio abbassò il suo sguardo su di lui e sempre senza parlare lo respinse. Il gemello cadde per terra e si mise immediatamente a urlare. Il Selvaggio non si voltò neppure.

XV

Il personale interno dell'ospedale di Park Lane per moribondi si componeva di centosessantadue Delta divisi in due gruppi di Bokanovsky, rispettivamente di ottantaquattro gemelle rosse e settantotto gemelli dolicocefali bruni. Alle sei, quando la loro giornata di lavoro era terminata, i due gruppi si raccoglievano nel vestibolo dell'ospedale e dal Subeconomo erano riforniti della loro razione di *soma*.

Uscendo dall'ascensore il Selvaggio irruppe in mezzo ad essi. Ma il suo spirito era altrove: con la morte, col suo dolore, col suo rimorso; macchinalmente, senza coscienza di ciò che faceva, si mise ad aprirsi a spallate un passaggio attraverso la calca.

« Chi è che spinge? Dove credete di andare? »

Acute, basse, da una moltitudine di gole distinte, soltanto due voci squittirono o brontolarono. Ripetute all'infinito, come in una successione di specchi, due facce, la prima a forma di luna glabra e lentigginosa alonata d'arancio, e l'altra in maschera d'uccello piccolo e fornito di becco, irsuto d'una barba di due giorni, si voltarono irate verso di lui. Le loro parole, e nei fianchi dei colpi vigorosi di gomiti, ruppero la sua incoscienza. Egli si risvegliò di nuovo alla realtà esterna, si guardò intorno, riconobbe ciò che vide, lo riconobbe con la sensazione d'orrore e di disgusto di chi precipita, per il delirio rinnovantesi dei suoi giorni e delle sue notti, per l'incubo della sciamante indistinguibile identità.

Gemelli, gemelli... come delle larve essi erano accorsi a insudiciare il mistero della morte di Linda. Larve ancora, ma più grosse, completamente adulte, ora si arrampicavano sul suo dolore e sul suo pentimento. Egli si fermò, e con gli occhi stupefatti e inorriditi guardò in giro la folla in kaki in mezzo alla quale, dominandola di tutta la testa, egli stava. "Quante belle creature ci sono qui." Le parole cantate lo derisero, schernitrici. "Come è bella l'umanità! O mirabile nuovo mondo..."

« Distribuzione di *soma* » gridò una voce forte. « In buon ordine, per favore. Spicciatevi laggiù. »

Una porta era stata aperta, una tavola e una sedia erano state portate nel vestibolo. La voce era quella di un giovane Alfa vivace, il quale era entrato portando una cassetta nera, di metallo. Un mormorio di soddisfazione si alzò tra i gemelli che attendevano. Essi dimenticarono completamente il Selvaggio. La loro attenzione era adesso concentrata sulla cassetta nera che il giovane aveva deposta sulla tavola e che stava aprendo. Il coperchio fu alzato.

« U-uh! » gridarono i centosessantadue simultaneamente, come se avessero visto uno spettacolo pirotecnico.

Il giovane ne tolse un pugno di minuscole scatolette di pillole. « E ora » disse con tono perentorio « fate il piacere di venire avanti. Uno alla volta senza spingere. »

Uno alla volta e senza spingere, i gemelli si mossero. Prima due maschi, poi una femmina, poi un altro maschio, poi tre femmine, poi...

Il Selvaggio stava a guardare. "O mirabile nuovo mondo, o mirabile nuovo mondo..." Nel suo spirito le parole musicali parvero cambiare tono. Avevano irriso il suo dolore e il suo rimorso, lo avevano offeso con quella nota odiosa di cinica derisione! Diaboliche e canzonatorie, avevano insistito sul vile squallore, sulla nauseante repulsione di quell'incubo. Ora, improvvisamente esse suonavano come un appello alle armi: "O mirabile nuovo mondo!". Miranda proclamava la possibilità dello splendore, la possibilità di trasformare financo un incubo in qualche cosa di bello e di nobile. "O mirabile nuovo mondo!" Era una sfida, un comandamento.

« Non spingete, ehi! » gridava infuriato il Facente Funzione di Subeconomo. Chiuse di colpo il coperchio della cassetta. « Interrompo la distribuzione finché non ottengo un comportamento conveniente. »

I Delta mormorarono, si sospinsero un poco l'un l'altro e infine tacquero. La minaccia era stata efficace. Le privazioni del *soma*: idea terribile!

« Così va bene » disse il giovane; e riaprì la cassetta.

Linda era stata una schiava, Linda era morta; altri almeno vivevano in libertà e il mondo sarebbe stato bello. Una riparazione, un dovere. Di colpo fu luminosamente chiaro al Selvaggio ciò che doveva fare; fu come se un'imposta fosse stata aperta, una tenda tirata.

« Svelti » disse il Subeconomo.

Un'altra femmina kaki si fece avanti.

« Fermi » gridò il Selvaggio con voce forte e rimbombante. « Fermi! »

Si aprì il passaggio sino alla tavola; i Delta lo guardarono stupiti.

« Ford! » disse il Facente Funzione di Subeconomo più lieve che un soffio. « È il Selvaggio! » E si sentì mancare.

« Ascoltatemi, vi prego » gridò il Selvaggio con trasporto. « Prestatemi attenzione... » Non aveva mai parlato in pubblico e provava una vera difficoltà a esprimere ciò che voleva dire. « Non prendete questa orribile droga. È veleno, è veleno! »

« Dico, signor Selvaggio » intervenne il Facente Funzione di Subeconomo sorridendo per propiziarselo « vorreste lasciare che io... »

« Veleno per l'anima come per il corpo... »

« Sì, ma lasciatemi continuare la mia distribuzione, volete? Non fatemi avere storie. » Con la prudenza di uno che accarezza una bestia notoriamente cattiva, diede un colpetto al braccio del Selvaggio. « Lasciate che io... »

« Mai! » gridò il Selvaggio.

« Ma vediamo, vecchio mio... »

« Buttate via quell'orribile veleno. »

Le parole "buttare via" giunsero a penetrare gli strati

sovrapposti d'incomprensione e a penetrare nella coscienza dei Delta. Un mormorio ostile si alzò dalla folla.

« Io vengo a portarvi la libertà » disse il Selvaggio voltandosi verso i gemelli « io vengo... »

Il Facente Funzione di Subeconomo non ascoltò altro; era sgusciato fuori dal vestibolo e cercava un numero nell'elenco telefonico.

« Non nelle sue stanze » concluse Bernardo « non nelle mie, non nelle vostre. Non all'Afroditaeum; non al Centro né al Collegio. Dove può essere andato? »

Helmholtz alzò le spalle. Erano rientrati dal loro lavoro contando di trovare il Selvaggio che li attendesse nell'uno o nell'altro dei loro posti abituali, e invece non c'era traccia di lui in nessun luogo. Era seccante perché essi avevano pensato di fare una scappata a Biarritz nello sporticoptero a quattro posti di Helmholtz. Sarebbero stati in ritardo per il pranzo se egli non arrivava presto.

« Concedigli ancora cinque minuti » disse Helmholtz. « S'egli non s'è fatto vedere entro cinque minuti, allora... »

Lo interruppe la suoneria del telefono. Egli afferrò il ricevitore. « Pronto. Chi parla. » Poi, dopo un lungo intervallo, passato ad ascoltare, imprecò: « Ford della malora! Vengo subito ».

« Che cosa c'è? »

« Un tale che conosco all'Ospedale di Park Lane » disse Helmholtz. « Il Selvaggio è là. Sembra che sia impazzito. Comunque, è urgente. Vuoi venire con me? »

Si precipitarono entrambi lungo il corridoio verso gli ascensori.

« Ma vi piace essere schiavi? » stava dicendo il Selvaggio quando essi entrarono nell'Ospedale. Era rosso in faccia, i suoi occhi mandavano lampi d'ardore e di indignazione. « Vi piace essere dei bambocci? Sì, dei bambocci che vagiscono, che sbavano » aggiunse, esasperato dalla loro bestiale idiozia al punto di lanciare degli insulti a coloro che era venuto a salvare. Le ingiurie rimbalzarono sulla spessa corazza della loro stupidità; essi lo guardarono con una vuota espressione di risentimento ebete e fosco negli occhi.

« Sì, bavosi! » gridò apertamente. Il dolore e il rimorso, la pietà e il dovere, tutto era dimenticato adesso, e, per così dire, assorbito in un odio intenso verso quei mostri meno che umani. « Non volete dunque esser liberi e uomini? Non comprendete neppure che cosa sia lo stato d'uomo e la libertà? » L'ira lo rendeva eloquente; le parole arrivavano facilmente, fluenti. « Non comprendete? » ripeté, ma non ricevette risposta alla domanda. « Ebbene, allora » riprese torvo « ve lo insegnerò io, vi costringerò a essere liberi, lo vogliate o no. » E, aprendo una finestra che guardava sul cortile interno dell'ospedale, cominciò a scagliar giù, sul selciato, manate di scatolette contenenti le compresse di *soma*.

Per un istante la turba in kaki rimase silenziosa, pietrificata di sbalordimento e d'orrore davanti allo spettacolo del folle sacrilegio.

« È pazzo! » mormorò Bernardo spalancando gli occhi. « Essi lo uccideranno. Essi... » Un gran grido sorse improvvisamente dalla turba; un'ondata di movimento la sospinse minacciosa verso il Selvaggio. « Ford lo aiuti! » disse Bernardo, e distolse lo sguardo.

« Ford aiuta coloro che s'aiutano da sé. » E con un riso, un vero riso di trionfo, Helmholtz Watson si aperse la strada in mezzo alla calca.

« Libertà, libertà! » gridava il Selvaggio; e con una mano continuava a gettare il *soma* nel cortile, mentre, con l'altra percuoteva le facce indistinguibili dei suoi assalitori.

« Libertà! » E improvvisamente ecco che Helmholtz gli fu a fianco. « Bravo, vecchio Helmholtz! » che picchiava anche lui. « Degli uomini, finalmente! » e, nelle pause, gettava a manate il veleno dalla finestra aperta. « Sì, degli uomini! degli uomini! » finché non rimase più veleno. Allora sollevò la cassetta vuota e ne mostrò ad essi l'interno oscuro e vuoto. « L'avete, ora, la libertà! »

Urlando, i Delta caricarono con raddoppiato furore. Bernardo, esitante, in disparte: "Sono perduti" pensò e, mosso da un impulso improvviso, si precipitò avanti per aiutarli; poi si trattenne e si fermò; vergognandosi, avanzò di nuovo e di nuovo si pentì e si arrestò in una tormentosa indecisione che l'umiliava pensando che essi correvano il rischio d'essere massacrati se non li aiutava e che avrebbe corso il rischio d'essere ucciso anche lui se li aiutava, quando (Ford sia lodato!) con gli occhi rotondi e i musi suini delle maschere antigas, la polizia irruppe.

Bernardo le mosse incontro. Agitò le braccia; e ciò era azione; egli faceva qualche cosa. Gridò: « Aiuto! » parecchie volte, sempre più forte, come per crearsi l'illusione di dare una mano anche lui. « Aiuto! Aiuto! Aiuto! »

I poliziotti lo spinsero da parte e continuarono la loro opera. Tre uomini con dei polverizzatori attaccati alle spalle per mezzo di cinghie pomparono nell'aria spesse nuvole di vapore di *soma*. Due altri erano occupati intorno a un apparecchio portatile di musica sintetica. Muniti di pistole ad acqua cariche di un potente anestetico, quattro altri s'erano aperti un passaggio nella calca e mettevano metodicamente fuori combattimento, getto dopo getto, i più accaniti fra i combattenti.

« Presto, presto! » gridava Bernardo. « Saranno uccisi se non vi affrettate. Essi... Oh! »

Seccato dalle sue chiacchiere, un poliziotto lo aveva colpito con un getto della pistola ad acqua. Bernardo restò in piedi per un secondo o due, barcollando incerto sulle gambe che sembrava avessero perduto le ossa, i tendini, i muscoli, fossero diventate semplici bastoncini di gelatina, anzi neppure di gelatina, acqua: e poi si afflosciò sul pavimento.

Improvvisamente dall'apparecchio di musica sintetica una voce prese a parlare. La Voce della Ragione, la Voce del Buon Senso. Il rullo d'impressioni sonore si dipanava per trasmettere il Discorso Sintetico numero Due contro le Sommosse (forza media). Sgorgando dal fondo di un cuore non esistente "Miei cari, miei cari!" disse la voce tanto pateticamente, con una nota di rimprovero così infinitamente tenera, che, dietro le loro maschere antigas, persino gli occhi dei poliziotti furono momentaneamente pieni di lacrime "cosa vuol dire questo? Per qual ragione non siete tutti insieme felici e buoni? Felici e buoni" ripeté la voce "in pace, in pace?" Tremò, si affievolì in un sospiro, disparve un attimo. "Oh, come desidero che siate felici!" riprese con calore di convinzione. "Come desidero che siate buoni! Vi prego, vi prego di essere buoni..."

In due minuti la voce e i vapori di *soma* avevano prodotto il loro effetto. In lacrime, i Delta si baciavano e si accarezzavano l'un l'altro, mezze dozzine di gemelli per volta in un abbraccio collettivo. Persino Helmholtz e il Selvaggio erano sul punto di piangere. Un nuovo approvvigionamento di scatolette fu portato dall'Economato; ne fu fatta in fretta una nuova distribuzione e al suono delle benedizioni d'addio, baritonate con abbondanza d'affetto dalla voce, i gemelli si dispersero singhiozzando in modo da strappare il cuore. "Addio, carissimi, carissimi amici, Ford vi protegga! Addio, miei carissimi, carissimi amici, Ford vi protegga! Arrivederci, miei carissimi, carissimi..."

Quando l'ultimo Delta se ne fu andato, il poliziotto tolse la corrente. La voce angelica tacque.

« Siete disposti a rientrare voi? » chiese il Sergente « o bisogna anestetizzarvi? » E puntò minaccioso la pistola.

« Oh, siamo pronti a cedere » rispose il Selvaggio, asciugandosi alternativamente un labbro ferito, il collo graffiato, la mano sinistra morsicata.

Sempre tenendo il fazzoletto al naso che sanguinava, Helmholtz fece un segno di conferma.

Rianimato, e avendo riacquistato l'uso delle gambe, Bernardo aveva scelto questo momento per muoversi senza farsi scorgere e per dirigersi verso la porta.

« Ehi, voi laggiù » chiamò il Sergente e un poliziotto dalla maschera suina si precipitò attraverso la corsia e mise una mano sulla spalla del giovane.

Bernardo si voltò con un'espressione d'innocenza indignata. Scappare? Non ci aveva pensato neppure per sogno!

« Tuttavia perché mai abbiate bisogno di me » disse al Sergente « non me lo immagino proprio. »

« Siete un amico dei prigionieri, è vero? »

« Ecco... » disse Bernardo, ed esitò. No, egli non poteva in coscienza negarlo. « Perché non dovrei esserlo? » chiese.

« Allora, venite » disse il Sergente e aprì la marcia verso la porta e la vettura della polizia che li attendeva.

XVI

La stanza nella quale furono introdotti tutti e tre era l'ufficio del Governatore.

« Sua Forderia scenderà tra un minuto. » Il maggiordomo Gamma li abbandonò a sé stessi.

Helmholtz scoppiò in una risata.

« Tutto questo somiglia più a una riunione per prendere una tazza di soluzione di caffeina che a un giudizio » disse e si lasciò cadere nella più accogliente delle poltrone pneumatiche. « In alto i cuori, Bernardo! » aggiunse come il suo sguardo si posò sul viso verdastro e triste del suo amico.

Ma Bernardo non voleva essere rassicurato; senza rispondere, senza neppure guardare Helmholtz, si mise a sedere nell'oscura speranza di scongiurare in qualche modo la collera delle potenze superiori.

Intanto il Selvaggio si aggirava per la camera eccitatissimo, guardando con vaga curiosità superficiale i libri degli scaffali, i rulli a iscrizioni sonore e le bobine delle macchine per leggere, nelle loro caselle numerate. Sulla tavola, sotto la finestra, c'era un grosso volume rilegato in surrogato di cuoio nero flessibile e marcato con larghe T dorate. Lo prese e l'aprì.

La mia vita e le mie opere del Nostro Ford. Il libro era stato pubblicato a Detroit a cura della Società per la Propagazione della Conoscenza Fordiana. Negligentemente egli voltò le pagine, lesse qua una frase, là un periodo e stava per giungere alla conclusione che il libro non l'interessava, quando l'uscio si spalancò, e il Governatore Mondiale Residente per l'Europa occidentale entrò vivacemente nella stanza.

Mustafà Mond strinse la mano a tutti e tre; ma fu al Selvaggio che si rivolse: « Dunque, voi non amate troppo la civiltà, signor Selvaggio » disse.

Il Selvaggio lo guardò. Era venuto disposto a mentire, a fare il bravaccio, a chiudersi in un cupo silenzio; ma, rassicurato dall'intelligenza benevola del viso del Governatore, decise di dire la verità, francamente. « No! » e scosse la testa.

Bernardo sobbalzò e lo guardò terrificato.

Che cosa penserebbe il Governatore? Essere catalogato come l'amico di un uomo che afferma di non amare la civiltà, e lo confessa apertamente, e per giunta al Governatore, era terribile.

« Ma John! » azzardò. Uno sguardo di Mustafà Mond lo ridusse umilmente al silenzio.

« Certo, » volle ammettere il Selvaggio « ci sono delle cose veramente gradevoli. Tutta questa musica aerea, per esempio... »

« "Certe volte mille sonanti strumenti cantano alle mie orecchie, e certe volte delle voci."[1] »

La faccia del Selvaggio si illuminò d'improvviso piacere.

« L'ha letto anche lei? » chiese. « Credevo che nessuno conoscesse questo libro in Inghilterra. »

« Quasi nessuno. Io sono uno dei pochissimi. È proibito, sapete. Ma siccome io faccio le leggi, qui, posso anche violarle. Con impunità, signor Marx » aggiunse volgendosi a Bernardo. « Mentre temo che voi non lo possiate. »

Bernardo piombò in una infelicità ancor più disperata.

« Ma perché è proibito? » domandò il Selvaggio. Nella sua emozione di trovarsi con un uomo che aveva letto Shakespeare, aveva momentaneamente dimenticato ogni altra cosa.

[1] *La Tempesta* III, 2.

Il Governatore alzò le spalle.

« Perché è vecchio; questa è la ragione principale. Qui non ci è permesso l'uso delle vecchie cose. »

« Anche quando sono belle? »

« Soprattutto quando sono belle. La bellezza attira, e noi non vogliamo che la gente sia attirata dalle vecchie cose. Noi vogliamo che ami le nuove. »

« Ma le nuove sono tanto stupide e orribili! Questi spettacoli dove non c'è nulla all'infuori di elicotteri che volano dappertutto e dove si *sente* la gente che si bacia. » Fece una smorfia. « "Caproni e scimmie." » Soltanto con le parole d'Otello egli poté dare un corso conveniente al suo disprezzo e al suo odio.

« Dei buoni animali domestici, dopo tutto » mormorò il Governatore a mo' di parentesi.

« Perché non fate leggere loro *Otello*, piuttosto? »

« Ve l'ho detto, è vecchio. D'altra parte non lo capirebbero. »

Sì, era vero. Si ricordò come Helmholtz avesse riso di *Romeo e Giulietta*.

« Ebbene, allora » disse dopo una pausa « qualche cosa che somigli a *Otello* e che essi possano capire. »

« È quello che tutti noi abbiamo desiderato di scrivere » disse Helmholtz rompendo un lungo silenzio.

« Ed è quello che tutti voi non scriverete mai » ribatté il Governatore. « Perché, se somigliasse veramente a *Otello*, nessuno lo capirebbe, per quanto nuovo potesse essere. E se fosse nuovo, non sarebbe possibile che somigliasse a *Otello*. »

« Perché no? »

« Sì, perché no? » ripeté Helmholtz. Anche lui dimenticava la penosa realtà della situazione. Soltanto Bernardo, verde d'inquietudine e d'ansia, se ne ricordava; gli altri non gli badavano. « Perché no? »

« Perché il nostro mondo non è il mondo di *Otello*. Non si possono fare delle macchine senza acciaio, e non si possono fare delle tragedie senza instabilità sociale. Adesso il mondo è stabile. La gente è felice; ottiene ciò che vuole, e non vuole mai ciò che non può ottenere. Sta bene; è al sicuro; non è mai malata; non ha paura della morte; è serenamente ignorante della passione e della vecchiaia; non è ingombrata né da padri né da madri; non ha spose, figli o amanti che procurino loro emozioni violente; è condizionata in tal modo che praticamente non può fare a meno di condursi come si deve. E se per caso qualche cosa non va, c'è il *soma*... che voi gettate via, fuori dalle finestre, in nome della libertà, signor Selvaggio. *Libertà*! » si mise a ridere. « V'aspettate che i Delta sappiano che cos'è la libertà! Ed ora vi aspettate che capiscano *Otello*! Povero ragazzone! »

Il Selvaggio restò un momento in silenzio. « Nonostante tutto » insistette ostinato « *Otello* è una bella cosa, *Otello* vale più dei film odorosi ».

« Certo, » ammise il Governatore « ma questo è il prezzo con cui dobbiamo pagare la stabilità. Bisogna scegliere tra la felicità e ciò che una volta si chiamava la grande arte. Abbiamo sacrificato la grande arte. Ora abbiamo i film odorosi e l'organo profumato. »

« Ma non significano nulla. »

« Hanno un senso loro proprio. Rappresentano una quantità di sensazioni gradevoli per il pubblico. »

« Ma sono... "sono raccontati da un idiota"[1]. »

Il Governatore rise. « Non siete molto gentile verso il vostro amico Watson. Uno dei nostri più distinti Ingegneri Emotivi... »

« Ha ragione lui » disse Helmholtz, triste. « Infatti è idiota. Scrivere quando non si ha nulla da dire... »

« Precisamente. Ma ciò richiede la massima abilità. Si fabbricano le macchine col minimo assoluto di acciaio, e le opere d'arte praticamente con nient'altro che la sensazione pura. »

Il Selvaggio scosse la testa. « Tutto questo mi sembra assolutamente orribile. »

« Si capisce. La felicità effettiva sembra sempre molto

[1] *Macbeth* V, 9.

squallida in confronto ai grandi compensi che la miseria trova. E si capisce anche che la stabilità non è neppure emozionante come l'instabilità. E l'essere contenti non ha nulla d'affascinante al paragone di una buona lotta contro la sfortuna, nulla del pittoresco d'una lotta contro la tentazione, o di una fatale sconfitta a causa della passione o del dubbio. La felicità non è mai grandiosa. »

« Sono d'accordo » disse il Selvaggio dopo una pausa. « Ma è indispensabile che sia repulsiva come quei gemelli? » Si passò una mano sugli occhi come se volesse cancellare il ricordo dell'immagine di quelle lunghe file di nani identici sui banchi di prova, di quei greggi di gemelli facenti la coda all'ingresso della stazione al treno monorotabile a Brendfort, di quelle larve umane che invadevano il letto di morte di Linda, delle facce dei suoi assalitori ripetute all'infinito. Si guardò la mano sinistra bendata e fremette. « Orribile! »

« Ma quanto mai utile! Vedo che voi non amate i nostri gruppi Bokanovsky, ma, vi assicuro, essi sono il fondamento sul quale è costruito tutto il resto. Sono il giroscopio che stabilizza l'aeroplanorazzo dello Stato nella sua corsa inflessibile. » La voce profonda vibrava intensamente; la mano gesticolante indicava tutto lo spazio e lo slancio della irresistibile macchina. L'oratoria di Mustafà Mond era quasi a livello dei modelli sintetici.

« Mi domandavo » disse il Selvaggio « perché voi li tollerate dopo tutto, visto che potete produrre ciò che volete in quei flaconi. Perché non fate di ciascuno un Alfa-Doppio-Plus, già che ci siete? »

Mustafà Mond rise. « Perché non abbiamo nessun desiderio di farci sgozzare » disse. « Noi crediamo nella felicità e nella stabilità. Una società di Alfa non potrebbe non essere instabile e miserabile. Immaginate un'officina gestita da Alfa, vale a dire da individui distinti e non apparentati, di buona eredità e condizionati così da essere capaci, limitatamente, di fare una libera scelta e di assumere delle responsabilità. Immaginate ciò! » ripeté.

Il Selvaggio cercò di immaginarselo, senza grande successo.

« È un'assurdità. Un uomo travasato in Alfa, condizionato in Alfa, diventerebbe pazzo se dovesse fare il lavoro di un Epsilon semiabortito; diventerebbe pazzo o si metterebbe a demolire ogni cosa. Gli Alfa possono essere completamente socializzati, ma soltanto a condizione che si faccia far loro del lavoro da Alfa. Soltanto da un Epsilon ci si può attendere che faccia dei sacrifici da Epsilon, per la buona ragione che per lui non ci sono sacrifici: sono la linea di minor resistenza. Il suo condizionamento ha posato dei binari lungo i quali deve marciare. Non può impedirselo; vi è fatalmente predestinato. Anche dopo il travasamento egli continua a trovarsi nell'interno di una bottiglia, un'invisibile bottiglia di fissazioni infantili ed embrionarie. Ciascuno di noi, beninteso » proseguì il Governatore pensoso « passa attraverso la vita nell'interno d'una bottiglia. Ma se noi ci troviamo a essere Alfa, le nostre bottiglie sono, relativamente parlando, enormi. Soffriremmo enormemente se fossimo in uno spazio più angusto. Non si può versare del surrogato di spumante per caste superiori in bottiglie di caste inferiori. È teoricamente evidente. Ma è anche stato dimostrato nella pratica reale. Il risultato dell'esperimento di Cipro è convincente. »

« Di che cosa si tratta? » chiese il Selvaggio.

Mustafà Mond sorrise. « Ecco, potete chiamarlo, se volete, un esperimento di rimbottigliamento. Cominciò nell'anno 473 del Nostro Ford. I Governatori fecero sgombrare l'isola di Cipro da tutti gli abitanti esistenti e la ricolonizzarono con una spedizione appositamente preparata di ventiduemila Alfa. Tutto l'equipaggiamento agricolo e industriale venne loro affidato ed essi furono lasciati liberi di dirigere i loro affari. Il risultato fu esattamente conforme alle previsioni tecniche. La terra non fu convenientemente lavorata; si ebbero scioperi in tutte le fabbriche; le leggi non erano rispettate, gli ordini venivano trasgrediti; tutti gli individui distaccati per attendere a qualche lavoro d'ordine inferiore, intrigavano di continuo per ottenere incarichi migliori, e tutti quelli di grado superiore controintrigavano per restare a ogni costo dove erano. In meno di sei anni divampò tra loro una guerra civile di prima classe. Quando diciannovemila dei ventiduemila furono tolti di mezzo, i superstiti unanimemente rivolsero una petizione ai Governatori Mondiali perché riassumessero il controllo dell'isola. Ciò che essi fecero. E questa fu la fine della sola società di Alfa che il mondo abbia mai visto. »

Il Selvaggio sospirò profondamente.

« La popolazione ottima » disse ancora Mustafà Mond « è modellata come un *iceberg*; otto noni al di sotto della linea d'acqua, un nono sopra. »

« E sono felici sotto la linea d'acqua? »

« Più felici che sopra. Più felici di questi vostri amici, per esempio. » E li accennò.

« Nonostante il loro lavoro ingrato? »

« Ingrato? Essi non lo trovano tale. Al contrario, lo amano. È leggero, è infantilmente semplice. Niente sforzo della mente o dei muscoli. Sette ore e mezzo di lavoro leggero e non estenuante, e poi la razione di *soma* e le copulazioni senza restrizione e il cinema odoroso. Che cosa potrebbero chiedere di più? Naturalmente » aggiunse « potrebbero chiedere qualche ora di meno. E naturalmente noi potremmo concedere loro qualche ora di meno. Tecnica mente sarebbe la cosa più semplice del mondo ridurre tutte le caste inferiori a lavorare tre o quattro ore al giorno. Ma sarebbero più felici per questo? No, non lo sarebbero. L'esperimento è stato tentato più di centocinquant'anni fa. Tutta l'Irlanda fu messa alla giornata di quattro ore. Quale fu il risultato? Dei torbidi e un largo incremento nel consumo del *soma*: ecco tutto. Quelle tre ore e mezzo di riposo extra furono così lontane dall'esser fonte di felicità, che la gente si vide costretta ad andarsene in vacanza per sfuggirle. L'Ufficio Invenzioni rigurgita di progetti per risparmiare la mano d'opera. Ce n'è migliaia. » Mustafà Mond fece un largo gesto: « E perché non li mettiamo in esecuzione? Per il bene dei lavoratori; sarebbe pura crudeltà infliggere loro un riposo eccessivo. È lo stesso con l'agricoltura. Noi potremmo fabbricare sinteticamente anche la minima particella dei nostri alimenti, se volessimo. Ma non lo facciamo; preferiamo lasciare un terzo della popolazione alla terra. Per il suo stesso bene, perché si richiede maggior tempo per ottenere degli alimenti dalla terra che da un'officina. D'altra parte dobbiamo pensare alla nostra stabilità. Noi non vogliamo cambiare. Ogni cambiamento è una minaccia per la stabilità. Questa è un'altra ragione per cui noi siamo poco disposti a utilizzare le nuove invenzioni. Ogni scoperta nel campo della scienza pura è sovversiva in potenza; anche la scienza deve talvolta esser trattata come un possibile nemico. Sì, anche la scienza ».

La scienza? Il Selvaggio si accigliò. Egli conosceva questa parola. Ma che cosa significasse esattamente, egli non lo avrebbe saputo dire. Shakespeare e i vecchi del *pueblo* non avevano mai menzionato la scienza, e da Linda egli aveva ricevuto soltanto le più vaghe indicazioni: la scienza era qualche cosa con cui si fabbricano gli elicotteri; qualche cosa che fa sì che ci si prenda gioco delle Danze del Grano, qualche cosa che impedisce di avere le rughe e di perdere i denti. Egli fece uno sforzo disperato per capire il pensiero del Governatore.

« Sì », diceva Mustafà Mond « questo è un altro articolo al passivo della stabilità. Non è solo l'arte a essere incompatibile con la stabilità; c'è anche la scienza. La scienza è pericolosa; noi dobbiamo tenerla con la massima cura incatenata e con tanto di museruola. »

« Cosa? » fece Helmholtz al colmo dello stupore. « Ma noi diciamo continuamente che la scienza è di tutti. È una sentenza ipnopedica. »

« Tre volte alla settimana da tredici a diciassette anni » intervenne Bernardo.

« E tutta la propaganda scientifica che svolgiamo al Collegio... »

« Sì, ma quale specie di scienza? » domandò sarcasticamente Mustafà Mond. « Voi non avete ricevuto cultura scientifica, e di conseguenza non potete giudicare. Io ero un ottimo fisico, ai miei tempi. Troppo bravo, bravo quanto basta per rendermi conto che tutta la nostra scienza è una specie di "re dei cuochi", con una teoria ortodossa della culinaria che nessuno ha il diritto di mettere in dubbio, e una lista di ricette alla quale non si deve aggiungere nulla eccetto che dietro permesso speciale del capocuoco. Adesso il capocuoco sono io. Ma una volta io ero un giovane sguattero curioso. Mi misi a fare un po' di cucina a modo mio. Cucina eterodossa, cucina illecita. Un po' di scienza reale, insomma. » Ci fu una pausa.

« Che cosa accadde? » domandò Helmholtz Watson.

Il Governatore sorrise. « Press'a poco ciò che sta per accadere a voialtri giovinotti. Sono stato sul punto di essere spedito in un'isola. »

Queste parole galvanizzarono Bernardo in una forma violenta e indecorosa. « Spedire *me* in un'isola? » Balzò in piedi, attraversò di corsa la stanza e si fermò gesticolando di fronte al Governatore. « Voi non potete spedirmi. Io non ho fatto nulla. Sono stati gli altri. Giuro che sono stati gli altri. » Designò in atto d'accusa Helmholtz e il Selvaggio. « Oh! vi supplico, non mandatemi in Islanda. Prometto che farò ciò che devo fare. Accordatemi un'altra probabilità. » Le lacrime cominciarono a scorrere. « Ve lo ripeto, è colpa loro » singhiozzava. « No in Islanda. Oh, scongiuro Vostra Forderia, scongiuro... » E in un parossismo di umiliazione si gettò in ginocchio davanti al Governatore. Mustafà Mond tentò di rialzarlo, ma Bernardo persistette nel suo atteggiamento: il flusso delle parole continuava a riversarsi inesauribile. Finalmente il Governatore dovette suonare per il quarto segretario.

« Conducetemi tre uomini » ordinò « e portate il signor Marx in una camera da letto. Somministrategli una buona vaporizzazione di *soma*, poi mettetelo a letto e lasciatelo solo. »

Il quarto segretario uscì e tornò con tre inservienti gemelli in uniforme verde. Sempre smaniante e singhiozzante, Bernardo fu portato via.

« Si direbbe che sta per essere sgozzato » disse il Governatore mentre la porta si richiudeva. « Invece, se avesse il minimo buon senso, capirebbe che la sua punizione è in realtà una ricompensa. Lo si manda in un'isola. È come dire che lo si manda in un posto dove incontrerà la più interessante società di uomini e di donne che si possa mai trovare al mondo. Tutta gente che, per una ragione o per l'altra, ha preso troppo coscienza del proprio *io* individuale per adattarsi alla vita in comune. Tutta gente che non è soddisfatta dell'ortodossia, che ha delle idee indipendenti, sue proprie. Tutti coloro, in una parola, che sono qualcuno. Quasi quasi vi invidio, signor Watson. »

Helmholtz si mise a ridere. « Allora perché non siete in un'isola anche voi? »

« Perché, in fin dei conti, io ho preferito questo » rispose il Governatore. « Avevo facoltà di scelta; essere spedito in un'isola ove avrei potuto continuare a farmela con la scienza pura, ovvero essere ammesso al Consiglio dei Governatori con la prospettiva di essere promosso in tempo utile a un posto di Governatore Generale. Ho scelto questo ed ho abbandonato la scienza. » Dopo una breve pausa aggiunse: « Talvolta mi avviene di rimpiangere la scienza. La felicità è un padrone esigente, specialmente la felicità degli altri. Un padrone molto più esigente, se non si è condizionati per accettarla senza discutere, della verità. » Sospirò, tacque ancora, poi riprese con tono più vivace: « Insomma, il dovere è il dovere. Non si può consultare le proprie preferenze. Io m'interesso alla verità, io amo la scienza. Ma la verità è una minaccia, la scienza è un pericolo pubblico. È altrettanto pericolosa quanto è stata benefica. Ci ha dato il più stabile equilibrio della storia. Quello della Cina era disperatamente meno sicuro in confronto; anche i primitivi matriarcati non erano più stabili di quanto lo siamo noi. Grazie, ripeto, alla scienza. Ma noi non possiamo permettere alla scienza di disfare il suo buon lavoro. Ecco perché limitiamo con tanta cura il campo delle sue ricerche, ecco perché quasi mi mandavano in un'isola. Noi non le permettiamo che di occuparsi dei problemi più immediati del momento. Tutte le altre imprese vengono col massimo impegno scoraggiate. È curioso » riprese dopo una breve pausa « leggere ciò che si scriveva all'epoca del Nostro Ford sul progresso della scienza. Sembrava ci si immaginasse che si potesse permetterle lo sviluppo indefinito, senza riguardo per le altre cose. Il sapere era il Dio più alto, la verità il valore supremo; tutto il resto era secondario e subordinato. È vero che le idee cominciavano a modificarsi, in quel tempo. Il Nostro Ford personalmente fece un grande sforzo per trasferire l'importanza della verità e della bellezza ai comodi e alla felicità. La produzione in massa esigeva questo trasferimento. La felicità universale mantiene in ordine gli ingranaggi; la verità e la bellezza non lo possono. E, beninteso, ogni volta che le masse si impadronivano del potere politico, era la felicità piuttosto che la verità e la bellezza che importava. Tuttavia, nonostante tutto, le ricerche scientifiche senza restrizione erano ancora permesse. Si continuava a parlare della verità e della bellezza come se fossero dei beni sovrani. Fino all'epoca della Guerra dei Nove Anni. Questa li obbligò a cambiare il loro tono, ve lo dico io. Qual è il senso della verità o della bellezza o del sapere quando le bombe ad antrace scoppiano intorno a voi? Fu allora che la scienza cominciò ad essere controllata, dopo la Guerra dei Nove Anni. La gente allora era disposta a lasciar controllare anche i suoi appetiti. Tutto, pur di vivere tranquilli. Questo non è stato un bene per la verità, d'accordo, ma è stato eccellente per la felicità. Non si può avere nulla per nulla. La felicità bisogna pagarla. Voi la pagate, signor Watson; pagate perché vi state interessando troppo alla bellezza. Io m'interessavo troppo alla verità, e ho pagato anch'io. »

« Ma non siete andato in un'isola, voi » disse il Selvaggio rompendo un lungo silenzio.

Il Governatore sorrise. « È così ch'io ho pagato. Scegliendo di servire la felicità. Quella degli altri, non la mia. È una fortuna » aggiunse dopo una pausa « che ci siano tante isole al mondo. Non so che cosa potremmo fare senza di esse. Vi ficcheremmo tutti nella camera asfissiante, suppongo. A proposito, signor Watson, vi piacerebbe un clima tropicale? Le Marchesi, per esempio, o Samoa? Oppure qualche cosa di più fresco? »

Helmholtz si alzò dalla sedia pneumatica.

« Mi piacerebbe un clima completamente cattivo » rispose. « Mi pare che si possa scriver meglio se il clima è cattivo. Se ci fosse molto vento e degli uragani, per esempio... »

Il Governatore fece un segno di approvazione.

« Apprezzo il vostro coraggio, signor Watson. Lo apprezzo enormemente. Così come, ufficialmente, lo disapprovo. » Sorrise. « Che ne dite, delle isole Falkland? »

« Sì, credo che vadano bene » rispose Helmholtz. « E adesso, se permettete, vorrei andar a vedere che cosa è avvenuto al povero Bernardo. »

XVII

« Arte, scienza... mi sembra che abbiate pagato un prezzo considerevole per la vostra felicità » disse il Selvaggio quando furono soli. « Non c'è altro? »

« Ma sì, certo, c'è la religione » rispose il Governatore. « C'era una volta anche qualche cosa chiamata Dio, prima della Guerra dei Nove Anni. Ma dimenticavo; voi sapete bene cos'è Dio, suppongo. »

« Diamine... » Il Selvaggio esitò. Avrebbe voluto dire qualche cosa della solitudine, della notte, dell'altipiano che si stende pallido sotto la luna, del precipizio, della caduta nelle tenebre fonde, della morte. Avrebbe voluto parlare, ma non c'erano parole. Neppure in Shakespeare. Il Governatore, intanto, aveva attraversato da un angolo all'altro la stanza e stava aprendo una massiccia cassaforte incastrata nel muro tra gli scaffali dei libri. Il pesante portello si aperse. Frugando nell'oscurità disse: « È un soggetto che ha sempre avuto un grande interesse per me ». Ne trasse un grosso volume nero. « Voi non l'avete mai letto, per esempio. »

Il Selvaggio lo prese. « *La sacra Bibbia contenente l'Antico ed il Nuovo Testamento* » lesse ad alta voce sul frontespizio.

« E neppure questo »; era un piccolo libro senza copertina: *L'Imitazione di Cristo*.

« Né questo. » Tese un altro volume: *Le varietà dell'esperienza religiosa* di William James.

« Ne ho ancora molti » continuò Mustafà Mond rimettendosi a sedere. « Un'intera collezione di vecchi libri pornografici. Dio in cassaforte e Ford negli scaffali! » Designò ridendo la sua biblioteca confessata, i palchetti di libri, le caselle piene di bobine per macchine di lettura e di rulli a impressione sonora.

« Ma se voi sapete bene chi è Dio, perché non ne parlate loro? » domandò il Selvaggio indignato. « Perché non date loro questi libri su Dio? »

« Per la stessa ragione per la quale non diamo loro *Otello*: sono vecchi, rispetto a Dio sono indietro cento anni. Non è il Dio d'adesso. »

« Ma Dio non muta. »

« Gli uomini sì, però. »

« Che differenza c'è? »

« Tutta la differenza possibile al mondo » rispose Mustafà Mond. Si alzò di nuovo e si avvicinò alla cassaforte. « C'era una volta un uomo chiamato il cardinale Newman » disse. « Un cardinale » esclamò « era una specie di Arcicantore. »

« "Io, Pandolfo, cardinale della bella Milano..."[1] Ho letto qualche cosa sul loro conto in Shakespeare. »

« Sicuro. Ebbene, come stavo dicendo, c'era un uomo chiamato il cardinale Newman. Ah, ecco il libro » lo tirò fuori. « E già che ci sono, prendo anche questo. È di un uomo chiamato Maine de Biran. Era un filosofo, se sapete cos'è. »

« "Un uomo che sogna meno cose di quante ne esistano sulla terra e in cielo"[2] » rispose prontamente il Selvaggio.

« Benissimo. Tra un istante vi leggerò una di quelle cose di cui egli sognò veramente. Intanto sentite che cos'ha detto il vecchio Arcicantore. » Aperse il libro a un punto segnato con un pezzetto di carta, e cominciò a leggere. « "Noi non apparteniamo a noi stessi più di quanto ci appartenga ciò che possediamo. Non ci siamo fatti da noi e

[1] *King John* III, 1.
[2] *Amleto* I, 5.

non possiamo avere la supremazia sopra noi stessi. Non siamo padroni di noi. Siamo proprietà di Dio. Non è la nostra felicità di considerare così le cose? È forse una felicità o una consolazione considerare che noi apparteniamo a noi stessi? Può essere così per coloro che sono giovani e felici. Essi possono credere ch'è una grande cosa poter tutto ordinare secondo la loro idea, così almeno suppongono: non dipendere da nessuno, non dover pensare a nulla che sia al di fuori della loro vista, non doversi preoccupare della continua riconoscenza, della continua preghiera, dell'obbligo continuo di riferire alla volontà di un altro ciò che fanno. Ma come il tempo passa, essi, come tutti gli uomini, si accorgeranno che l'indipendenza non è fatta per l'uomo, che è uno stato contro natura, che può bastare per un momento ma che non ci mette al sicuro definitivamente..." »

Mustafà Mond si fermò. Depose il primo libro, e, preso l'altro, ne sfogliò le pagine.

« Prendete questo esempio » disse e con la sua voce forte si rimise a leggere.

« "Un uomo invecchia, egli ha in sé il sentimento radicale della debolezza, dell'atonia, del malessere che accompagna il progredire dell'età e, provandolo, immagina di essere ammalato, calma i propri timori con l'idea che la sua condizione penosa sia dovuta a qualche causa particolare, dalla quale, come da una malattia, spera di guarire. Vane immaginazioni! La malattia è la vecchiaia ed è un'orribile malattia. Dicono che è la paura della morte e di ciò che segue alla morte che fa volgere gli uomini alla religione quando avanzano gli anni. Ma la mia propria esperienza mi ha dato la convinzione che, senza alcun terrore o effetto d'immaginazione, il sentimento religioso tende a svilupparsi a misura che noi invecchiamo; a svilupparsi perché le passioni essendosi calmate, l'immaginazione e la sensibilità essendo diventate meno eccitate o eccitabili, la nostra ragione è meno turbata nel suo esercizio, meno offuscata dalle immagini dei desideri e dalle distrazioni che solevano assorbirla; allora Dio emerge come da una nuvola; la nostra anima lo sente, lo vede, si volge verso di lui, sorgente d'ogni luce; si volge naturalmente e inevitabilmente; e poiché tutto si dissolve nel mondo delle sensazioni, la vita e la gioia hanno cominciato ad abbandonarci, l'esistenza fenomenica non è più sostenuta dalle impressioni esterne ed interne, noi sentiamo il bisogno di appoggiarci a qualche cosa che resta, a qualche cosa che non ci ingannerà, una realtà assoluta ed eterna. Sì, noi ci volgiamo inevitabilmente a Dio; perché il sentimento religioso è così puro, così dolce al cuore questa esperienza, che ci compensa di tutte le altre perdite." »

Mustafà Mond chiuse il libro e si addossò alla poltrona. « Una delle numerose cose del cielo e della terra di cui questi numerosi filosofi non hanno sognato è questa » (agitò la mano) « noi, il mondo moderno. "Potete essere indipendenti da Dio soltanto mentre avete la giovinezza e la prosperità; l'indipendenza non può accompagnarvi sicuramente fino alla morte." Ebbene, ecco che noi abbiamo la giovinezza e la prosperità sino alla fine. Che ne risulta? Evidentemente, che possiamo essere indipendenti da Dio. "Il sentimento religioso ci compenserà di tutte le nostre perdite." Ma non ci sono per noi perdite da compensare; il sentimento religioso è superfluo. Perché dovremmo andare alla ricerca di un surrogato dei desideri giovanili, dal momento che i desideri giovanili non ci fanno mai difetto? di un surrogato delle distrazioni, dal momento che continuiamo a divertirci di tutte le vecchie pazzie sino alla fine? Che bisogno abbiamo di riposo se i nostri spiriti ed i nostri corpi continuano a gioire nell'attività? o di consolazione se abbiamo il *soma*? o di qualche cosa d'immutabile se c'è l'ordine sociale? »

« Allora voi credete che Dio non ci sia? »

« No, io credo che molto probabilmente ce n'è uno. »

« Allora perché... »

Mustafà Mond lo fermò. « Ma egli si manifesta in modi differenti ai diversi uomini. Nei tempi premoderni si manifestava come l'essere che è descritto in questi libri. Adesso... »

« Come si manifesta adesso? » domandò il Selvaggio.

« Ecco, si manifesta come un'assenza; come se non esistesse del tutto. »

« Questa è colpa vostra. »

« Dite che è colpa della civiltà. Dio non è compatibile con le macchine, con la medicina scientifica e con la felicità universale. Bisogna fare la propria scelta. La nostra civiltà deve tener questi libri chiusi nella cassaforte. Sono osceni. La gente sarebbe scandalizzata se... »

Il Selvaggio l'interruppe. « Ma non è *naturale* sentire che c'è Dio? »

« Potreste ugualmente domandare se è naturale chiudere i pantaloni con la cintura automatica » disse il Governatore sarcasticamente. « Voi mi rammentate un altro di quei vecchi compari chiamato Bradley. Costui definiva la filosofia come l'arte di trovare una cattiva ragione a ciò che si crede d'istinto. Come se si credesse qualche cosa d'istinto! Si credono le cose perché si è stati condizionati a crederle. Il trovare delle cattive ragioni a ciò che si crede per effetto d'altre cattive ragioni, questa è la filosofia. La gente crede in Dio perché è stata condizionata a credere in Dio. »

« Nonostante tutto questo, » insistette il Selvaggio « è naturale credere in Dio quando si è soli, completamente soli di notte, e si pensa alla morte... »

« Ma la gente non è mai sola al giorno d'oggi » disse Mustafà Mond. « Noi facciamo sì che gli uomini detestino la solitudine e disponiamo la loro vita in tal modo che sia loro quasi impossibile conoscerla mai. »

Il Selvaggio assentì tristemente. A Malpais aveva sofferto perché lo avevano escluso dalle attività comuni del *pueblo*, nella civile Londra soffriva perché non poteva mai evadere da queste attività comuni né mai essere tranquillamente solo.

« Vi ricordate quel passo del *Re Lear*? » disse finalmente il Selvaggio. « "Gli Dei sono giusti, e dei nostri amabili vizi fanno degli strumenti per torturarci... il posto oscuro e corrotto dove ti concepì gli costò gli occhi" ed Edmondo risponde (ricordate? è ferito, è morente): "Tu hai detto bene, è la verità. La ruota ha fatto il suo giro completo; eccomi". Cosa ne dite voi? Non sembra che ci sia un Dio che dirige le cose, punisce e ricompensa? »

« Sembra? » interrogò a sua volta il Governatore. « Voi potete abbandonarvi a un buon numero di amabili vizi con una neutra senza correre il rischio di farvi strappare gli occhi dall'amante di vostro figlio. "La ruota ha fatto il suo giro completo, eccomi." Ma dove sarebbe Edmondo ai giorni nostri? Seduto in una poltrona pneumatica, colle braccia attorno alla vita di una ragazza, masticando le tavolette di gomma di ormoni sessuali e guardando un film odoroso. Gli Dei sono giusti, non c'è dubbio. Ma il loro codice di leggi è dettato, in ultima analisi, dalla gente che organizza la società; la Provvidenza riceve la sua parola d'ordine dagli uomini. »

« Ne siete sicuro? » domandò il Selvaggio. « Siete proprio sicuro che Edmondo, in questa poltrona pneumatica, non è stato punito così severamente come l'Edmondo ferito e sanguinante a morte? Gli Dei sono giusti. Non hanno usato dei suoi amabili vizi come d'uno strumento per degradarlo? »

« Degradarlo da quale stato? Come cittadino felice, assiduo al lavoro, consumatore di beni, egli è perfetto. Certo, se voi scegliete qualche altro modello diverso dai nostri allora forse potreste dire che è stato degradato. Ma bisogna attenersi a una serie di postulati. Non si può giocare al Golf elettromagnetico seguendo le regole della Moscacieca Centrifuga. »

« Ma il valore risiede nella volontà particolare » disse il Selvaggio. « Esso mantiene la stima e la dignità tanto là dove sono preziose in se stesse quanto in colui che le pregia. »

« Via, via » protestò Mustafà Mond « questo è correre un po' troppo lontano, non vi pare? »

« Se vi lasciate andare a pensare a Dio, non vi lascereste degradare da amabili vizi. Avreste una ragione per sopportare pazientemente le cose, per fare le cose con coraggio. L'ho visto con gli Indiani. »

« Ne sono convinto » disse Mustafà Mond. « Ma noi non siamo Indiani. Un uomo civilizzato non ha nessun bisogno di sopportare alcunché di particolarmente sgradevole. E quanto a fare le cose, Ford lo preservi dall'avere mai simile idea in testa! Tutto l'ordine sociale sarebbe sovvertito se gli uomini si mettessero a fare le cose di loro propria testa. »

« E la rinuncia allora? Se credeste in Dio, avreste una ragione di rinuncia. »

« Ma la civiltà industriale è possibile soltanto quando non ci sia rinuncia. Concedersi tutto sino ai limiti estremi dell'igiene e delle leggi economiche. Altrimenti le ruote cessano di girare. »

« Avreste una ragione di castità! » disse il Selvaggio arrossendo leggermente mentre pronunciava queste parole.

« Ma la castità vuol dire passione, vuol dire nevrastenia. E passione e nevrastenia vogliono dire instabilità. E instabilità vuol dire fine della civiltà. Non si può avere una civiltà durevole senza una buona quantità di amabili vizi. »

« Ma Dio è la ragione d'essere di tutto ciò che è nobile, bello, eroico. Se voi aveste un Dio... »

« Mio caro, giovane amico » disse Mustafà Mond « la civiltà non ha assolutamente bisogno di nobiltà e di eroismo. Queste cose sono sintomi d'insufficienza politica. In una società convenientemente organizzata come la nostra nessuno ha delle occasioni di essere nobile ed eroico. Bisogna che le condizioni diventino profondamente instabili prima che l'occasione possa presentarsi. Dove ci sono guerre, dove ci sono giuramenti di fedeltà condivisi, dove ci sono tentazioni a cui resistere, oggetti d'amore per i quali combattere o da difendere, là certo la nobiltà e l'eroismo hanno un peso. Ma ai nostri giorni non ci sono guerre. La massima cura è posta nell'impedirci di amare troppo qualsiasi cosa. Non c'è nulla che rassomigli a un giuramento di fedeltà collettiva; siete condizionati in modo tale che non potete astenervi dal fare ciò che dovete fare. E ciò che dovete fare è, nell'insieme, così gradevole, un tal numero d'impulsi naturali sono lasciati liberi di sfogarsi, che veramente non ci sono tentazioni alle quali resistere. E se mai, per mala sorte, avvenisse in un modo o nell'altro qualche cosa di sgradevole, ebbene, c'è sempre il *soma* che vi permette una vacanza, lontano dai fatti reali. E c'è sempre il *soma* per calmare la vostra collera, per riconciliarvi coi vostri nemici, per rendervi paziente e tollerante. Nel passato non si potevano compiere queste cose che facendo grandi sforzi e dopo anni di penoso allenamento morale. Adesso si mandano giù due o tre compresse di mezzo grammo, e tutto è a posto. Tutti possono essere virtuosi, adesso. Si può portare indosso almeno la metà della propria moralità in bottiglia. Il Cristianesimo senza lacrime, ecco che cos'è il *soma*.

« Ma le lacrime sono necessarie. Non vi ricordate ciò che dice Otello? "Se dopo ogni tempesta vengono tali bonacce, allora che i venti soffino sino a che abbiano risvegliato la morte!" C'è una storia che usava raccontarci uno dei vecchi Indiani sulla Ragazza di Matsaki. I giovanotti che desideravano sposarla dovevano passare una mattina a zappare nel suo giardino. La cosa sembrava facile, ma c'erano delle mosche e delle zanzare tutte stregate. La maggior parte dei giovani non poteva assolutamente sopportare i morsi e le punture. Ma colui che ci riusciva, otteneva in premio la ragazza. »

« Graziosa! Ma nei paesi civili » disse il Governatore « si possono avere delle ragazze senza zappare per loro; e non ci sono mosche o zanzare che vi pungono. Ce ne siamo sbarazzati già da secoli. »

Il Selvaggio assentì, accigliato. « Ve ne siete sbarazzati, già è il vostro sistema. Sbarazzarsi di tutto ciò che non è gradito, invece di imparare a sopportarlo. Resta a sapere se è spiritualmente più nobile subire i colpi e le frecce dell'avversa fortuna, o prendere le armi contro un oceano di mali e opporsi ad essi sino alla fine... Ma voi non fate né l'una né l'altra cosa. Voi né sopportate né affrontate. Abolite semplicemente i colpi e le frecce. È troppo facile. »

Tacque improvvisamente, pensando a sua madre. Nella

sua camera del trentasettesimo piano, Linda aveva galleggiato in un mare di luci cantanti e di profumate carezze, se n'era andata galleggiando fuori dello spazio, fuori del tempo, fuori della prigione dei suoi ricordi, delle sue abitudini, del suo corpo vecchio e pingue. E Tomakin, l'ex-Direttore delle Incubatrici e del Condizionamento, Tomakin era in vacanza, in vacanza lontano dalla sua umiliazione e dal suo dolore, in un mondo dove non poteva sentire quelle parole, quel riso beffardo, dove non poteva vedere quella faccia repulsiva, sentirsi quelle braccia molli e flaccide intorno al collo, in un mondo splendido...

« Ciò che vi abbisogna » riprese il Selvaggio « è qualche cosa che implichi il pianto, per cambiare. Nulla costa abbastanza qui. »

("Dodici milioni e mezzo di dollari" aveva precisato Enrico Foster, quando il Selvaggio gli aveva detto ciò. Dodici milioni e mezzo di dollari": era il costo del nuovo Centro di Condizionatura. "Non un centesimo di meno.")

« "Esporre ciò che è mortale e indifeso al caso, alla morte e al pericolo, fosse pure un guscio."[1] Non è qualche cosa questo? » domandò guardando Mustafà Mond. « Anche astraendo da Dio; e tuttavia Dio ne costituirebbe pur sempre una ragione. Non è qualche cosa vivere pericolosamente? »

« È molto » rispose il Governatore. « Gli uomini e le donne hanno bisogno che si stimolino di tanto in tanto le loro capsule surrenali. »

« Cosa? » fece il Selvaggio che non capiva.

« È una delle condizioni della perfetta salute. È per questo che abbiamo reso obbligatorie le cure S.P.V. »

« S.P.V.? »

« Surrogato di Passione Violenta. Regolarmente, una volta al mese, irrighiamo tutto l'organismo con adrenalina. È l'equivalente fisiologico completo della paura e della collera. Tutti gli effetti tonici dell'uccisione di Desdemona e

[1] *Amleto* IV, 4.

del fatto che è uccisa da Otello, senza nessuno degli inconvenienti. »

« Ma io amo gli inconvenienti. »

« Noi no » disse il Governatore. « Noi preferiamo fare le cose con ogni comodità. »

« Ma io non ne voglio di comodità. Io voglio Dio, voglio la poesia, voglio il pericolo reale, voglio la libertà, voglio la bontà. Voglio il peccato. »

« Insomma » disse Mustafà Mond « voi reclamate il diritto di essere infelice. »

« Ebbene, sì » disse il Selvaggio in tono di sfida « io reclamo il diritto d'essere infelice. »

« Senza parlare del diritto di diventar vecchio e brutto e impotente; il diritto d'avere la sifilide e il cancro; il diritto d'avere poco da mangiare; il diritto d'essere pidocchioso; il diritto di vivere nell'apprensione costante di ciò che potrà accadere domani; il diritto di prendere il tifo; il diritto di essere torturato da indicibili dolori d'ogni specie. »

Ci fu un lungo silenzio.

« Io li reclamo tutti » disse il Selvaggio finalmente.

Mustafà Mond alzò le spalle. « Voi siete il benvenuto » rispose.

XVIII

La porta era socchiusa; entrarono.

« John! »

Dalla stanza da bagno giunse un rumore sgradevole e caratteristico.

« C'è qualche cosa che non va? » domandò Helmholtz.

Non ricevettero risposta. Il rumore sgradevole si ripeté due volte; poi, silenzio. Infine, con uno scatto, l'uscio della stanza da bagno si aprì e, pallidissimo, il Selvaggio apparve.

« Ehi, dico, » esclamò Helmholtz premuroso « mi sembrate sofferente, John! »

« Avete mangiato qualche cosa che v'ha fatto male? » indagò Bernardo.

Il Selvaggio fece cenno di sì. « Ho mangiato la civiltà. »

« Cosa? »

« Mi ha avvelenato; ero insudiciato. E poi » aggiunse con tono più basso « ho mangiato il mio proprio peccato. »

« Sì, ma, insomma, che cosa esattamente... Voglio dire, adesso voi... »

« Adesso sono purificato » affermò il Selvaggio. « Ho bevuto della senape e dell'acqua calda. »

Gli altri lo guardarono stupiti. « Volete dire che l'avete fatto di proposito? » domandò Bernardo.

« È così che gli Indiani si purificano sempre. » Sedette e, sospirando, si passò la mano sulla fronte. « Voglio riposare qualche minuto » disse « sono un po' stanco. »

« Già, non mi sorprende » fece Helmholtz. E dopo una pausa riprese in un altro tono: « Veniamo a dirvi addio. Partiamo domattina ».

« Sì, partiamo domattina » disse Bernardo, nel volto del quale il Selvaggio notò un'espressione nuova di ferma rassegnazione. « E a proposito, John » continuò sporgendosi innanzi sulla sedia e posando una mano sul ginocchio del Selvaggio « vorrei dirvi quanto sono spiacente di ciò che è accaduto ieri. » Arrossì. « E come mi vergogno » riprese nonostante l'incertezza della sua voce « come in verità... »

Il Selvaggio lo interruppe e, prendendogli la mano, la strinse affettuosamente.

« Helmholtz è stato molto buono con me » riprese Bernardo dopo una breve pausa. « Se non fosse stato per lui, io avrei... »

« Via, via » protestò Helmholtz.

Ci fu un silenzio. Nonostante la loro tristezza – a causa d'essa, anzi, perché la loro tristezza era il sintomo del loro affetto scambievole – i tre giovani erano contenti.

« Sono andato a vedere il Governatore stamattina » disse il Selvaggio finalmente.

« Perché? »

« Per domandargli se non potrei venire alle isole con voi. »

« E cosa ha detto? » domandò Helmholtz avidamente.

Il Selvaggio scosse la testa. « Non ha voluto permetterlo. »

« Perché no? »

« Ha detto che vuole continuare l'esperienza. Ma ch'io mi danni » aggiunse il Selvaggio con improvviso furore « ch'io mi danni se continuo a prestarmi alle loro esperienze. No, per tutti i Governatori del Mondo. Anch'io me ne andrò domani. »

« Ma dove? » chiesero gli altri insieme.

Il Selvaggio alzò le spalle. « In un posto qualunque. Non ha importanza. Purché possa essere solo. »

Da Guildford la linea discendente seguiva la vallata della Wey fino a Godalming, poi su Milford e Witley, proseguiva verso Haslemere e per Petersfield verso Portsmouth. Parallela all'ingrosso a questa, la linea ascendente passava su Worplesdon, Tongham, Puttenham, Elstead e Grayshott. Tra Hog's Back e Hindhead c'erano dei punti ove le due linee non erano distanti più di sei o sette chilometri. Questa distanza era troppo piccola per gli aviatori negligenti, specialmente la notte e quando avevano ingerito un mezzo grammo di troppo. C'erano stati degli incidenti, alcuni seri. Era stato deciso di deviare la linea ascendente di qualche chilometro verso ovest. Tra Grayshott e Tongham quattro fari aerei abbandonati segnavano il tracciato della vecchia strada da Portsmouth a Londra. I cieli al di sopra di essi erano silenziosi e deserti. Era sopra Selborne, Borden e Farnham che gli elicotteri ora incessantemente rombavano e ruggivano.

Il Selvaggio s'era scelto come ritiro il vecchio faro che s'innalzava sulla cresta della collina tra Puttenham e Elstead. L'edificio era di cemento armato e in ottime condizioni: quasi troppo confortevole, aveva pensato il Selvaggio quando per la prima volta aveva esplorato il posto, quasi troppo lussuosamente civilizzato. Acquietò la sua coscienza promettendosi in compenso una disciplina personale più rigorosa, delle purificazioni tanto più complete e perfette. La sua prima notte nell'eremitaggio fu, deliberatamente, insonne. Egli passò le ore in ginocchio pregando ora il Cielo dal quale il colpevole Claudio aveva implorato il perdono, ora, in lingua Zuñi, Awonawilona, ora Gesù e Poukong, ora il proprio animale custode, l'aquila. Di tanto in tanto stendeva le braccia come se fosse in croce e le teneva così per lunghi minuti in una sofferenza che cresceva gradatamente sino a diventare tortura parossistica fremente; le teneva così, in crocifissione volontaria, mentre ripeteva tra i denti chiusi (e intanto il sudore gli scorreva lungo la faccia): « Oh, perdonatemi! Oh, purificatemi! aiutatemi a essere virtuoso! » più e più volte, finché fu sul punto di svenire dal dolore.

Quando giunse il mattino, egli sentì d'aver guadagnato il diritto d'abitare il faro; sì, benché ci fossero ancora i vetri alla maggior parte delle finestre, benché la vista dalla piattaforma fosse così bella. Perché la ragione stessa per la quale egli aveva scelto il faro era diventata quasi immediatamente una ragione per andare altrove. Aveva deciso di vivere lì perché la vista era così bella, perché da quel punto dominante gli pareva di contemplare da lungi l'incarnazione di una realtà divina. Ma chi era egli per essere colmato con lo spettacolo quotidiano della bellezza? Chi era per vivere nella presenza visibile di Dio? Tutt'al più egli meritava di vivere in qualche sordida capanna, in qualche oscura caverna sotterranea.

Ancora curvo e dolorante dopo la sua lunga notte di tortura, ma appunto per questa ragione internamente rassicurato, s'arrampicò sulla piattaforma della sua torre, contemplò dall'alto il luminoso mondo mattutino ch'egli aveva di nuovo il diritto di abitare. A nord la vista era limitata dalla lunga cresta calcarea di Hog's Back, dietro la cui estremità orientale si innalzavano le torri di sette grattacieli che costituivano Guildford. Vedendole, il Selvaggio fece una smorfia, ma doveva giungere a riconciliarsi con esse coll'andar del tempo; perché di notte scintillavano gaiamente in costellazioni geometriche, oppure, violentemente rischiarate, puntavano le loro dita luminose (con un gesto il cui significato nessuno in Inghilterra eccetto il Selvaggio ora comprendeva) solennemente verso i misteri insondabili del cielo.

Nella valle che separava Hog's Back dalla collina sabbiosa sulla quale s'innalzava il faro, Puttenham era un modesto, piccolo villaggio, alto nove piani, con dei silos, un allevamento di galline e una piccola fabbrica di vitamina D. Dall'altra parte del faro, verso sud, il terreno discendeva in lunghi pendii di brughiera fino a una successione di stagni.

Al di là, sopra i boschi intermedi, si alzava la torre a quattordici piani di Elstead. Annebbiati sul fondo brumoso dell'atmosfera inglese, Hindhead e Selborne allettavano l'occhio verso una romantica lontananza azzurra. Ma non era soltanto la lontananza che aveva attirato il Selvaggio al faro; i dintorni erano seducenti come la lontananza. I boschi, le aperte distese dell'erica e della ginestra gialla, i gruppi di pini di Scozia, gli stagni lucenti, con le loro betulle che vi si chinavano, le loro ninfee, i loro letti di canne, ciò era stupendo e, per occhio abituato alle aridità del deserto americano, meraviglioso. E poi, la solitudine! Intere giornate trascorsero, durante le quali egli non vide essere umano. Il faro era soltanto a un quarto d'ora di volo dalla Torre di Charing-T, ma le montagne di Malpais erano poco più deserte di questa landa del Surrey. Le folle che abbandonavano ogni giorno Londra l'abbandonavano soltanto per giocare al Golf elettromagnetico o a tennis. Puttenham non possedeva terreni da golf; le superfici-Riemann più vicine erano a Guildford. I fiori e il paesaggio restavano qui le sole attrattive. Così, non essendovi nessuna buona ragione di venirvi, nessuno ci veniva. Durante i primi giorni il Selvaggio visse solo e indisturbato.

Del denaro che, appena arrivato, John aveva ricevuto per le sue spese personali, la maggior parte se n'era andata per l'equipaggiamento. Prima di lasciare Londra egli aveva acquistato quattro coperte di lana viscosa, corda e spago, chiodi, colla, qualche utensile, fiammiferi (benché egli avesse intenzione di fabbricarsi in seguito un accenditore automatico), qualche pentola e tegame, due dozzine di pacchetti di semi e dieci chilogrammi di farina di frumento. "No, non surrogato di farina d'amido sintetico e di cascami di cotone" aveva insistito. "Anche se fosse più nutriente." Ma quando si trattò dei biscotti panglandulari e di surrogato di bue vitaminizzato non aveva potuto resistere alla loquela persuasiva del bottegaio. Adesso, contemplando le scatole di latta, si rimproverava amaramente la sua debolezza. Odiosa robaccia civile! Aveva deciso di non mangiarne mai anche se dovesse morire di fame. "Così impareranno" pensò, desideroso di vendetta. Ma avrebbe imparato anche lui.

Contò il suo denaro. Il poco che gliene rimaneva sarebbe

bastato, sperava, a permettergli di passar l'inverno. Con la prossima primavera il suo giardino avrebbe prodotto il necessario per renderlo indipendente dal mondo esterno. Nel frattempo ci sarebbe pur sempre la selvaggina. Aveva visto una quantità di lepri, e c'erano degli uccelli acquatici negli stagni. Si mise all'opera immediatamente per fare un arco e delle frecce.

C'erano dei frassini presso il faro, e, per il legno delle frecce, tutto un bosco ceduo di avellani meravigliosamente diritti.

Cominciò con l'abbattere un giovane frassino. Tagliò due metri di tronco senza rami, lo scorticò, e, fibra per fibra, levò tutto il legno bianco come gli aveva insegnato il vecchio Mitsima, fin che ebbe una doga quasi della sua statura, rigida nel suo centro più spesso, nervosa e vibrante alle estremità esili. Il lavoro gli diede un intenso piacere. Dopo qualche settimana d'ozio a Londra, con niente altro da fare, ogni volta che desiderava qualche cosa, se non spingere un commutatore o girare una manopola, era una pura delizia trovarsi a fare qualcosa che esigeva abilità e pazienza.

Aveva quasi finito di tagliare la doga nella sua forma, quando s'avvide con un sussulto che cantava: cantava! Fu come se, cadendo per caso dall'esterno su se stesso, si fosse d'improvviso tradito, si fosse colto in errore flagrante. Arrossì come un colpevole. In fin dei conti non era per cantare e per divertirsi che era venuto lì. Era per sfuggire la contaminazione invadente del sudiciume della vita civile; era per essere purificato e fatto virtuoso; era per diventare migliore con l'attività. Si rese conto con costernazione che, assorto nel tagliarsi l'arco, aveva dimenticato ciò di cui aveva giurato a se stesso di ricordarsi costantemente: la povera Linda e la sua durezza assassina verso di lei, e quegli odiosi gemelli formicolanti come pidocchi sul mistero della sua morte, insultanti, con la loro presenza, non solo il suo dolore e il suo pentimento, ma anche gli stessi Dei.

Aveva giurato di ricordare, aveva giurato incessantemente di fare ammenda. Ed eccolo qui, seduto a lavorare alla doga dell'arco, cantando, proprio cantando...

Tornò dentro, aprì la scatola della senape e mise dell'acqua a bollire sul fuoco.

Mezz'ora dopo tre lavoratori agricoli Delta-Minus d'uno dei gruppi Bokanovsky di Puttenham, che si recavano in autocarro ad Elstead, quando furono sulla sommità della collina rimasero di stucco nel vedere, ritto davanti al faro abbandonato, un giovanotto, ch'era nudo sino alla cintola e che si flagellava con una frusta di corde a nodi. Il suo dorso era rigato orizzontalmente di rosso, e da ciascuna delle striature alla susseguente colavano dei sottili fili di sangue. Il conducente dell'autocarro si fermò sul bordo della strada, e coi suoi due compagni contemplò con tanto d'occhi quello spettacolo straordinario. Uno, due, tre... contarono i colpi. Dopo l'ottavo il giovane interruppe l'autocastigo per correre al limitare del bosco e vomitarvi violentemente. Quand'ebbe finito, riprese la frusta e ricominciò a colpirsi. Nove, dieci, undici, dodici...

« Ford! » mormorò il conducente. E i suoi gemelli erano della sua opinione.

« Fordey! » dissero essi.

Tre giorni dopo, come degli avvoltoi che si gettano sopra un cadavere, arrivarono i cronisti.

Asciutto e indurito sopra un fuoco di legna verde, l'arco era pronto. Il Selvaggio era intento a preparare le frecce. Trenta asticciole d'avellano erano state tagliate e seccate, munite di chiodi aguzzi e incoccate con cura. Egli aveva fatto una spedizione notturna nell'allevamento di pollame di Puttenham ed ora disponeva di piume in quantità sufficiente per equipaggiare tutta un'armeria. Fu al lavoro, mentre ornava di piume i suoi strali, che lo trovò il primo cronista. Senza far rumore, con le sue scarpe pneumatiche, l'individuo gli giunse alle spalle.

« Buongiorno, signor Selvaggio » disse. « Io sono l'inviato del "Radio-Orario". »

Sobbalzando come per il morso d'un serpente, il Selvaggio saltò in piedi, sparpagliando frecce, piume, vasetto della colla e pennello in tutte le direzioni.

« Vi chiedo scusa » disse il cronista con sincera compunzione. « Non avevo l'intenzione... » Si toccò il cappello: il tubo da stufa di alluminio nel quale portava il suo ricevitore trasmettitore radio. « Scusate se non me lo tolgo » disse. « È un po' pesante. Dunque, come dicevo, io sono l'inviato del "Radio...". »

« Che cosa volete? » domandò il Selvaggio guardandolo male. Il giornalista gli rispose col migliore dei suoi sorrisi.

« Già, naturalmente, i nostri lettori si interesserebbero moltissimo... » Piegò la testa da una parte, il suo sorriso divenne quasi civettuolo. « Semplicemente qualche vostra parola, signor Selvaggio. » E rapidamente, con una serie di gesti rituali, svolse due fili metallici collegati alla batteria portatile affibbiata alla sua cintura; li infisse simultaneamente nelle pareti del suo cappello d'alluminio; toccò una molla sul fondo, e delle antenne si rizzarono nell'aria; toccò un'altra molla al margine della falda e, come un diavolo da una scatola-sorpresa, ne balzò un microfono e rimase lì sospeso, volteggiando a quindici centimetri dal suo naso; si tirò due ricevitori sulle orecchie; premette un commutatore sul lato sinistro del cappello, e dall'interno giunse un lieve ronzio di vespa; girò un bottone a destra, e il ronzio fu interrotto da un fischio e da un crepitio stetoscopico, con singhiozzi e improvvisi grugniti.

« Allò » disse quegli al microfono « allò, allò... ». Tosto un campanello squillò nell'interno della tuba. « Siete voi, Edzel? Parla Primo Mellon. Sì, l'ho trovato. Il signor Selvaggio adesso prenderà il microfono e dirà qualche parola. Non è vero, signor Selvaggio? » Rivolse al Selvaggio un altro di quei suoi melliflui sorrisi. « Vogliate dire ai nostri lettori perché siete venuto qui. Che cosa vi ha fatto lasciare Londra (non interrompete, Edzel!) così bruscamente. E, si capisce, parlate della frusta. » Il Selvaggio sussultò. Come mai sapevano della frusta? « Siamo tutti ansiosi di sapere della frusta. E poi dite qualche cosa della Civiltà. Sapete bene, roba di questo genere: "Ciò che io penso della razza civilizzata". Proprio poche parole, pochissime... »

Il Selvaggio obbedì alla lettera in maniera sconcertante.

Pronunciò cinque parole, non di più. Cinque parole, le stesse che aveva detto a Bernardo sull'Arcicantore di Canterbury. "*Hàni! Sons éso tse-na!*" E, afferrato il giornalista per le spalle, lo fece girare (il giovanotto si rivelò calibrato alla perfezione), mirò, e con tutta la precisione e la forza del piede d'un campione di calcio gli lasciò andare una pedata veramente prodigiosa.

Otto minuti dopo, una nuova edizione del "Radio-Orario" era in vendita nelle vie di Londra.

"Un cronista del 'Radio-Orario' riceve un calcio nel coccige dal misterioso Selvaggio" diceva un richiamo in testa di pagina. "Sensazione nel Surrey."

"Sensazione anche a Londra" pensò il cronista, quando, al suo ritorno, lesse quelle parole. "E una sensazione veramente dolorosa, quel che conta di più." Si sedette con cautela per far colazione.

Senza arrestarsi per questa preventiva contusione al coccige del loro collega, quattro altri cronisti, inviati dal "Times" di New York, dal "Continuum a quattro dimensioni" di Francoforte, dal "Monitore della Scienza Fordiana" e dal "Delta Mirror", si recarono nel pomeriggio al faro e vi furono ricevuti con una violenza progressivamente crescente.

Da una distanza sufficiente e stropicciandosi ancora le natiche, l'inviato del "Monitore della Scienza Fordiana" gridò:

« Imbecille, ignorante, perché non prendete del *soma?...* »

« Andatevene! » Il Selvaggio gli mostrò il pugno.

L'altro indietreggiò di qualche passo, poi si voltò di nuovo. « Il male è una cosa irreale se ne prendete due grammi. »

« *Kohakwa iyathokyai*! » Il tono era ironico e minaccioso.

« Il dolore è una delusione. »

« Oh, è così? » disse il Selvaggio e, raccogliendo una grossa verga di avellano si fece avanti.

L'inviato del "Monitore della Scienza Fordiana" balzò senz'altro nel suo elicottero.

Dopo di che il Selvaggio fu lasciato per qualche tempo in pace. Qualche elicottero venne a volteggiare curioso attorno alla torre. Egli scoccò una freccia contro l'importuno che si avvicinò di più. La freccia trapassò il pavimento di alluminio della cabina; ci fu un urlo acuto, e l'apparecchio fece in aria un balzo, con tutta l'accelerazione che gli permise il suo supercarico. Gli altri, in seguito, si tennero a rispettosa distanza. Disprezzando il loro fastidioso ronzio (egli si paragonò nella sua immaginazione a uno degli spasimanti della Vergine di Matsaki, impassibile e ostinato in mezzo alla verminaia alata), il Selvaggio zappava quel che doveva essere il suo giardino. Dopo un certo tempo la verminaia, evidentemente stanca, se ne volava via; per ore di seguito il cielo sopra la sua testa rimaneva vuoto e, se non ci fossero state le allodole, silenzioso.

L'atmosfera era calda e pesante, il tuono brontolava nell'aria. Egli aveva zappato durante tutta la mattina e ora si riposava, disteso sul pavimento. E d'improvviso il pensiero di Lenina fu una presenza reale, nuda e tangibile che diceva "Amore" e "Circondami con le tue braccia!", solo vestita delle calze e delle scarpette, profumata. Impudente cortigiana! Ma oh! oh! le sue braccia attorno al collo, l'ansito dei suoi seni, la sua bocca! "L'eternità era nelle nostre labbra e nei nostri occhi, Lenina..." No, no, no, no! Fu d'un balzo in piedi e, mezzo nudo com'era, uscì di corsa dalla casa. Al limite della landa c'era una macchia di cespugli di ginepri bianchi. Egli vi si gettò, abbracciò, non il corpo levigato dei suoi desideri, ma un ammasso di spini verdi. Acuti, essi lo trafissero con le loro mille punte. Egli cercò di pensare alla povera Linda, ansimante e muta, con quelle sue mani che facevano il gesto d'aggrapparsi a qualche cosa e gli occhi pieni di terrore inesprimibile. Povera Linda, della quale aveva giurato di ricordarsi. Ma era pur sempre la presenza di Lenina che l'ossessionava. Lenina, della quale egli aveva promesso di dimenticarsi. Anche sotto i colpi e le punture degli spini di ginepro, la sua carne fremente aveva coscienza di lei, inevitabilmente reale. "Amore, amore... E se anche tu mi volevi, perché non..."

Il frustino era appeso a un chiodo presso la porta, a portata di mano, nel caso che arrivassero dei giornalisti. Fu una frenesia. Il Selvaggio ritornò correndo in casa, lo prese, lo fece roteare. Le corde a nodi gli sferzarono le carni.

« Cortigiana! Cortigiana! » gridava a ogni colpo come se fosse Lenina (e con quale delirio, senza saperlo, desiderava che fosse!), quella bianca, tiepida, profumata, infame Lenina, ch'egli flagellava così. « Cortigiana! » E poi con voce di disperazione: « O Linda, perdonami. Perdonami, Dio. Io non sono vile. Sono miserabile. Sono... No, tu Cortigiana, tu Cortigiana! »

Dal suo nascondiglio apprestato con cura nel bosco a trecento metri di distanza, Darwin Bonaparte, il più esperto fotografo di belve della Compagnia dei film odorosi, aveva seguito tutti gli avvenimenti. La pazienza e l'abilità erano state ricompensate. Egli aveva passato tre giorni raggomitolato nel tronco cavo di una quercia artificiale, tre notti strisciando sul ventre attraverso la brughiera a nascondere dei microfoni nei cespugli di ginestre, a seppellire dei fili nella sabbia grigia e molle. Settantadue ore di profondo sconforto. Ma adesso il grande momento era giunto – il più grande, Darwin Bonaparte ebbe il tempo di riflettere, mentre si muoveva tra i suoi strumenti – il più grande dopo la presa del famoso Sonoro integrale-stereoscopico-odoroso delle nozze dei gorilla.

"Straordinario" disse tra sé mentre il Selvaggio iniziava la sua mirabolante rappresentazione. "Straordinario!" Tenne i suoi apparecchi stereoscopici diretti con cura, e, per così dire, incollati sul loro mobile oggetto, mise un obiettivo più potente per ottenere un finale del viso disperato e sconvolto (stupendo!), girò per mezzo minuto col rallentatore (un effetto irresistibilmente comico, si ripromise), e ascoltò nel frattempo, coi ricevitori, i colpi, i gemiti, le parole feroci e pazzesche che venivano registrate sulla fascia sonora a fianco del film; tentò l'effetto d'una leggera amplificazione (sì, era davvero meglio); fu felice di sentire, in un momento simile, il trillo di un'allodola; avrebbe voluto che il Selvaggio si rivoltasse in modo da poter ottenere un buon finale del sangue che gli rigava la schiena, e quasi immediatamente (che fortuna stupefacente!) quel bravo ragazzo s'era proprio voltato sì che egli aveva potuto prendere un finale perfetto.

"Davvero grande!" si disse quando tutto fu terminato. "Grandissimo!" Si asciugò il viso. Dopo che allo studio avessero introdotto gli effetti dell'odoroso, sarebbe stato un film formidabile. "Quasi perfetto" pensò Darwin Bonaparte "come la 'Vita amorosa della balena maschio'"; e questo – per Ford! – era come dire un avvenimento memorabile.

Dodici giorni più tardi "Il Selvaggio del Surrey" era proiettato e si poteva vedere, ascoltare e odorare in tutti i cinema odorosi di prim'ordine dell'Europa occidentale.

L'effetto del film di Darwin Bonaparte fu immediato ed enorme. Nel pomeriggio che seguì la serata della prima rappresentazione, la solitudine rustica di John fu improvvisamente rotta dall'arrivo aereo di un grande stormo di elicotteri.

Egli stava vangando nel giardino, e vangava insieme nel suo spirito, riportando laboriosamente alla superficie la sostanza dei suoi pensieri. La morte... e affondava la sua vanga una volta e poi un'altra, e ancora e ancora. E tutti i nostri giorni passati han rischiarato agli stolti il cammino polveroso della morte. Un tuono d'approvazione rombava attraverso queste parole. Sollevò ancora una palata di terra. Perché Linda era morta? Perché avevano permesso che essa diventasse gradatamente meno che umana e finalmente... Fremette. "Una carogna buona da baciare."[1] Puntò il piede sulla vanga e la conficcò fieramente nel terreno duro. "Ciò che sono le mosche per i bambini crudeli siamo noi per gli Dei; essi ci uccidono per il loro divertimento."[2] Un nuovo tono; parole che si proclamavano vere, più vere in un certo senso della loro stessa verità. Eppure quello stesso Gloucester aveva chiamato gli Dei sempre amabili. "D'altra parte il meglio del suo riposo è il sonno, e tu te lo procuri spesso da

[1] *Amleto* II, 2.
[2] *Re Lear* IV, 1.

te; tuttavia temi, hai una paura folle della morte, che non è niente di più."[1] Niente di più del sonno. Dormire. Sognare forse. La vanga urtò contro un sasso; egli si chinò per raccoglierlo.

E poi in questo sonno della morte, quali sogni?...

Un ronzio sopra la sua testa era diventato un rombo; e improvvisamente ci fu nell'ombra qualche cosa tra il sole e lui. Egli guardò in alto, sobbalzò fuori dal suo vangare, fuori dai suoi pensieri; alzò gli occhi in uno sbalordimento abbacinato, mentre il suo spirito errava ancora nell'altro mondo più vero della verità, ancora concentrato sulle immensità della morte e della divinità: alzò la testa e vide, in alto e vicino, lo sciame dei velivoli volteggianti. Arrivavano come delle cavallette, restavano sospesi, discendevano tutt'attorno a lui nella brughiera. E dai ventri di quelle cavallette giganti uscivano degli uomini vestiti di flanella-viscosa bianca, delle donne (perché la temperatura era calda) in pigiama di seta all'acetato o in combinazioni di velluto di cotone corte e senza maniche, con la chiusura automatica mezza aperta; una coppia da ognuno.

In pochi minuti ce ne furono delle dozzine, disposte in un vasto cerchio attorno al faro, con gli occhi spalancati, ridendo, puntando le macchine fotografiche, lanciando (come a una scimmia) pistacchi, pacchetti di gomma da masticare all'ormone sessuale, biscotti panglandulari. E ad ogni istante – poiché attraverso Hog's Back la corrente del traffico ora discendeva senza posa – il loro numero aumentava. Come in un incubo le dozzine diventavano ventine, le ventine centinaia.

Il Selvaggio s'era ritirato verso uno scampo, e ora, nell'atteggiamento di un animale sulla difensiva, stava col dorso contro il muro del faro, girando lo sguardo da un viso all'altro in un orrore muto, come un uomo fuori di senno.

Da questo stupore egli era passato a una più immediata coscienza della realtà per l'urto contro la sua guancia di un

[1] *Amleto* III, 1.

pacchetto di gomma da masticare lanciato con precisione. Un sussulto di sorpresa e di dolore, ed egli si trovò risvegliato del tutto, risvegliato e ferocemente irritato.

« Andatevene! » urlò.

La scimmia aveva parlato; ci fu un'esplosione di risa e di applausi: « Bravo il Selvaggio! Evviva! Evviva! ». E in mezzo alla babele delle voci, grida di: « Frustino, frustino, frustino! ».

In obbedienza a ciò che le parole suggerivano, egli strappò il groviglio di corde annodate dal chiodo dietro alla porta, e lo agitò davanti ai suoi tormentatori.

Ci fu un'ondata di acclamazioni ironiche.

Minaccioso egli avanzò verso di loro. Una donna si mise a gridare di terrore. La linea si piegò nel suo punto più immediatamente esposto, poi si riprese, si mantenne ferma. La coscienza d'essere in forze soverchianti dava a quei curiosi un coraggio che il Selvaggio non si sarebbe mai aspettato. Sorpreso, egli si arrestò e si guardò attorno.

« Perché non volete lasciarmi in pace? » C'era una nota quasi lagrimosa nella sua collera.

« Prendete qualche mandorla salata al magnesio! » disse l'uomo che, se il Selvaggio si fosse ancora avanzato, sarebbe stato il primo a essere attaccato. Tese un pacchetto. « Sono veramente molto buone, sapete » soggiunse con sorriso propiziatorio un poco nervoso. « E i sali di magnesio contribuiranno a mantenervi giovane. »

Il Selvaggio disdegnò la sua offerta. « Cosa volete da me? » domandò voltandosi dall'uno all'altro dei volti sogghignanti. « Che cosa volete da me? »

« Il frustino » risposero confusamente un centinaio di voci. « Vogliamo il frustino. Fateci vedere il colpo di frusta! »

Poi, all'unisono e su un ritmo lento e pesante:

« Noi... vogliamo... il frustino » gridò un gruppo all'estremità della linea. « Noi... vogliamo... il frustino... »

Altri ripresero tosto il grido, e la frase fu ripetuta pappagallescamente molte volte, con un volume di suono senza posa crescente, così che, dalla settima o ottava ripetizione, nessun'altra parola fu più pronunciata. « Noi... vogliamo... il frustino. »

Gridavano tutti insieme e, eccitati dal chiasso, dalla unanimità, dal senso di ritmico accordo, avrebbero potuto, sembrava, continuare per delle ore, quasi indefinitamente. Ma, verso la venticinquesima volta, la manovra venne improvvisamente interrotta. Un altro elicottero era arrivato da Hog's Back. Restò sospeso sopra la folla e poi atterrò a qualche metro dal luogo dove stava il Selvaggio, nello spazio libero tra la linea dei curiosi e il faro. Il fragore delle eliche coprì momentaneamente i clamori; poi, mentre l'apparecchio toccava il suolo e i motori si fermavano, tutti ripresero con lo stesso tono insistente e monotono: « Noi... vogliamo... il frustino; noi... vogliamo... il frustino ».

Lo sportello dell'elicottero si aprì e ne uscirono prima un giovane biondo dalla faccia rossa, e poi, in calzoncini corti di velluto di cotone verde e camicetta bianca e berretto da fantino, una ragazza.

Alla vista di costei, il Selvaggio trasalì, indietreggiò, si fece pallido.

La ragazza rimase ferma sorridendogli: un sorriso incerto, implorante, quasi umile. I secondi passavano. Le sue labbra si mossero, lei diceva qualche cosa, ma il suono della voce era coperto dal pesante ritornello reiterato dei curiosi.

« Noi... vogliamo... il frustino! Noi... vogliamo... il frustino! »

La giovane donna con le mani si premette il fianco destro e sul suo viso lucente di pesca, bello come quello d'una bambola, apparve un'espressione strana e assurda d'angoscia e di desiderio. I suoi occhi azzurri sembravano diventare più grandi e splendenti e d'improvviso due lacrime le scesero lungo le gote. Senza riuscire a farsi sentire, parlò di nuovo; poi con un gesto vivo e appassionato tese le braccia verso il Selvaggio e gli andò incontro:

« Noi... vogliamo... il frustino! Noi... vogliamo... »

E di colpo essi ebbero ciò che volevano.

« Cortigiana! » Il Selvaggio s'era precipitato su di lei

come un pazzo. « Puzzola! » Come un pazzo s'era messo a batterla col suo frustino di corde sottili.

Terrorizzata, lei s'era voltata per fuggire, aveva inciampato ed era caduta nella brughiera.

« Enrico, Enrico! » gridò. Ma il suo compagno dalla faccia rossa s'era messo al riparo d'ogni pericolo dietro l'elicottero.

Con un urlo di sovreccitazione grandiosa, la linea si ruppe; si produsse una corsa convergente verso quel punto d'attrazione magnetica. Il dolore era un orrore affascinante.

« "Fregola, lussuria, fregola![1]" » Frenetico, il Selvaggio la colpì di nuovo.

Avidamente essi si raccolsero attorno, fremendo e spingendosi come maiali attorno al truogolo.

« Oh! la carne! » Il Selvaggio digrignò i denti. Questa volta fu sulle sue spalle che il frustino discese. « A morte, a morte! »

Attirati dal fascino del dolore e dell'orrore e, interiormente, spinti dall'abitudine della cooperazione, dal desiderio dell'unanimità e della comunione che il condizionamento aveva così indelebilmente impresso in loro, si misero a mimare la frenesia dei suoi gesti, battendosi gli uni gli altri, mentre il Selvaggio flagellava ora la propria carne ribelle, ora quella morbida incarnazione della turpitudine che si contorceva nella polvere ai suoi piedi.

« A morte, a morte, a morte... » continuava a gridare il Selvaggio.

Poi improvvisamente qualcuno cominciò a cantare: "Orgy-porgy" e in un momento tutti ripresero il ritornello e, cantando, si misero a danzare. "Orgy-porgy" girando, girando, girando, percuotendosi l'un l'altro in sei e otto tempi. "Orgy-porgy..."

[1] *Troilo e Cressida.*

Era passata la mezzanotte quando l'ultimo elicottero prese il volo. Istupidito dal *soma* ed esausto da una frenesia prolungata di sensualità, il Selvaggio dormiva, disteso sulla brughiera. Il sole era già alto quand'egli si svegliò. Restò disteso un momento, socchiudendo gli occhi infastidito dalla luce; poi, improvvisamente, si ricordò di tutto.

« Oh! mio Dio, mio Dio! » Si coperse gli occhi con le mani.

Quella sera lo sciame degli elicotteri che arrivavano ronzando da Hog's Back formava una nuvola oscura lunga dieci chilometri. La descrizione dell'orgia collettiva della notte precedente era apparsa in tutti i giornali.

« Selvaggio! » chiamarono i primi arrivati, mentre discendevano dagli apparecchi. « Signor Selvaggio! »

Non ricevettero risposta.

La porta del faro era socchiusa. Essi l'aprirono ed entrarono, in un crepuscolo di imposte accostate. Attraverso un arco, all'altra estremità della stanza, videro il principio della scala che saliva ai piani superiori. Proprio sotto la chiave della volta penzolavano un paio di piedi.

« Signor Selvaggio! »

Lentamente, molto lentamente, come due aghi di bussola che non abbiano premura, i piedi si voltarono verso destra, nord, nord-est, est, sud-est, sud, sud-est; poi si fermarono, e dopo qualche secondo, ritornarono, sempre senza fretta, verso sinistra. Sud, sud-ovest, sud, sud-est, est...

Ritorno al mondo nuovo

Traduzione di Luciano Bianciardi

Prefazione

Spirito arguto può diventare falsa sostanza. La concisione, seppure brillante e utile alla memoria, non può evidentemente rendere giustizia a tutti i fatti di una situazione complessa. In questo caso per essere breve devi o semplificare o omettere. Due atti che giovano a farti capire meglio, ma che spesso ti fan capire quel che è sbagliato; infatti tu riuscirai a intendere solo le nozioni che pulitamente ti annuncia il riassuntore, e non la realtà, vasta e ramificata, da cui arbitrariamente si sono astratte quelle nozioni.

Ma la vita è breve e la conoscenza infinita, e nessuno ha tempo per tutto. In pratica noi siamo di solito costretti a scegliere fra un'esposizione indebitamente scorciata e... il nulla. Riassumere dunque è un male necessario, e compito del riassuntore è fare bene, per quanto è possibile, un lavoro che, seppur intrinsecamente è cattivo, è pur sempre meglio che niente. Egli deve saper semplificare, ma senza giungere alla falsificazione. Deve saper cogliere i punti essenziali d'una situazione, ma senza ignorare troppo gli altri aspetti significativi della realtà. In questo modo egli può riuscire a esporre, non certo tutta la verità (perché la verità intera, su tutti o quasi gli argomenti d'importanza, non è compatibile con la concisione), ma almeno assai più delle mezze verità o dei quarti di verità che sono sempre stati moneta spicciola corrente del pensiero.

Il tema della libertà e delle forze ad essa ostili è immenso, e quel che io ho scritto è sicuramente troppo breve per rendere a quel tema piena giustizia; ma se non altro ho toccato molti aspetti del problema. Può darsi che ciascun aspetto risulti un po' troppo semplificato nella mia esposizione, ma i singoli punti, sommandosi, formano un quadro che, spero, suggerisca la vastità e la complessità del tema intero.

Non compaiono nel quadro (non perché non abbiano importanza, ma per ragioni di convenienza, e perché ne ho già parlato in altra sede) le forze meccaniche e militari che vanno contro la libertà: le armi e le "ferraglie" che tanto hanno rafforzato la mano dei dominatori del mondo contro i soggetti; e i preparativi, sempre più costosi e rovinosi, di altre guerre, sempre più insensate e suicide. I capitoli che seguono andrebbero letti tenendo a mente la rivolta d'Ungheria, e la successiva repressione, la bomba all'idrogeno, il costo di quel che ciascuna nazione chiama la sua "difesa" e le interminabili colonne di ragazzi in divisa, bianchi, neri, bruni, gialli, che marciano obbedienti verso la fossa comune.

Sovrappopolazione

Nel 1931, quando scrivevo *Il mondo nuovo*, ero convinto che ci fosse ancora tempo, e parecchio. La società totalmente organizzata, il sistema scientifico delle caste, l'abolizione del libero arbitrio mediante il condizionamento metodico, la soggezione resa accettabile grazie alla felicità indotta chimicamente, a dosi regolari, l'ortodossia martellata in capo alla gente coi corsi notturni di insegnamento ipnopedico: tutte cose a venire, certo, ma non nei tempi miei, e nemmeno nei tempi dei miei nipotini. Non ricordo con esattezza in che anno erano collocati i fatti del *Mondo nuovo*; nel sesto o settimo secolo d. F. (dopo Ford) all'incirca. Noi, vivi nel secondo quarto del ventesimo secolo d.C. abitavamo, certo, in un mondo piuttosto raccapricciante; ma l'incubo di quegli anni di depressione era radicalmente diverso dall'incubo del futuro descritto nel *Mondo nuovo*. Il nostro era l'incubo del disordine; il loro, l'incubo dell'ordine eccessivo. Nella transizione dall'uno all'altro estremo doveva esserci – immaginavo io – un lungo intervallo, durante il quale un terzo, il più fortunato, del genere umano, avrebbe preso il meglio dal primo e dal secondo mondo, quello disordinato del liberalismo e quello ordinatissimo della mia favola, nel quale l'efficienza perfetta non lasciava spazio alla libertà e all'iniziativa personale.

Ventisette anni più tardi, nel nostro terzo quarto del ventesimo secolo, molto prima della fine del primo secolo d. F., io son molto meno ottimista di quel che non fossi quando scrivevo *Il mondo nuovo*. Le mie profezie del 1931 si avverano assai più presto di quel che pensassi. Quel felice intervallo fra il disordine e l'incubo dell'ordine eccessivo non è cominciato, e nulla mostra che stia per cominciare. Certo, in Occidente gli uomini e le donne, singolarmente, godono d'una vasta dose di libertà. Ma anche nei paesi a tradizione di governo democratica, la libertà, e persino il desiderio di essa, paiono in declino. Nel resto del mondo la libertà individuale è già scomparsa, o sta per scomparire, palesemente. L'incubo dell'organizzazione totale, che io ponevo nel settimo secolo dopo Ford, è sortito dal futuro, lontano e tranquillante, e ora ci attende, lì all'angolo.

1984, di George Orwell era un'ottima proiezione nel futuro di un presente che conteneva lo stalinismo, e di un passato prossimo che aveva visto il fiorire del nazismo. *Il nuovo mondo* fu scritto prima che Hitler salisse al potere in Germania, e quando il tiranno russo non si era ancora avviato sulla sua strada. Nel 1931 il terrorismo sistematico non era ancora un fatto attuale e ossessivo, come fu poi nel 1948, e la dittatura del mio mondo immaginario era meno brutale di quella che con tanta maestria rappresentava Orwell. Letto nel 1948, *1984* sonava tremendamente plausibile. Ma, dopo tutto, i tiranni sono mortali, e le circostanze mutano. Certi avvenimenti attuali, in Russia, gli ultimi progressi della scienza e della tecnologia, hanno tolto di peso dal libro di Orwell qualche tetra verosimiglianza. La guerra nucleare, ovviamente, annullerebbe le profezie di chiunque. Ma, ammesso che per il momento le Grandi Potenze evitino di distruggerci, dobbiamo ritenere più probabile qualcosa che somigli al *Mondo nuovo* e non qualcosa che somigli a *1984*.

Alla luce delle ultime scoperte sulla condotta animale in genere, e umana in particolare, è chiaro che, a lunga scadenza, il controllo è meno efficace se ricorre al castigo della condotta indesiderata, anziché indurre la condotta desiderata mediante premi; è chiaro che un governo del terrore funziona nel complesso meno bene del governo che, con mezzi non-violenti, manipola l'ambiente e i pensieri e i sentimenti dei singoli, uomini donne e bambini. Il castigo pone un temporaneo arresto alla condotta indesiderata, ma non contiene permanentemente la tendenza della vittima a tale condotta. Non solo: i sottoprodotti psicofisici del castigo possono rivelarsi indesiderabili quanto il comportamento indesiderato per cui l'individuo ha avuto il castigo. Infatti la psicoterapia affronta proprio le conseguenze debilitanti o antisociali dei castighi, nel passato dell'individuo.

La società descritta in *1984* è una società controllata quasi esclusivamente dal castigo e dal timore di esso. Nel mondo immaginario della mia favola il castigo è raro e di solito mite. Il governo realizza il suo controllo, quasi perfetto, inducendo sistematicamente la condotta desiderata, e per far questo ricorre a varie forme di manipolazione pressoché non-violenta, fisica e psicologica, e alla standardizzazione genetica. Forse non è impossibile la gestazione *in vitro*, come non è impossibile il controllo centralizzato della riproduzione; ma è chiaro che per molti anni a venire la nostra rimarrà una specie vivipara che si riproduce a casaccio. Può darsi che per motivi pratici si escluda la standardizzazione genetica. Il controllo sulle società continuerà a esercitarsi dopo che l'uomo è venuto al mondo; mediante il castigo, come accadeva in passato, e in misura sempre maggiore mediante metodi più efficienti di premio e di manipolazione scientifica.

In Russia la dittatura di Stalin, modello *1984*, e quindi superata, ha ceduto il posto a una forma di tirannia più aggiornata. Almeno ai livelli più alti della società gerarchica sovietica, l'induzione della condotta desiderata comincia a sostituirsi ai vecchi metodi di controllo mediante castigo della condotta indesiderata. Tecnici, scienziati, insegnanti, funzionari di Stato sono ben retribuiti, se lavorano bene, e sono tassati moderatamente: questo è un continuo incentivo a far meglio, per cavarne premi sempre maggiori. In certi settori son liberi di pensare, e di fare più o meno quello che vogliono. Il castigo li attende solo quando oltrepassano i limiti prescritti, per invadere il campo dell'ideologia e della politica. Proprio perché hanno avuto una certa misura di libertà professionale, scienziati e tecnici hanno conseguito successi così ragguardevoli. A quelli che stanno alla base della piramide sovietica non toccano i privilegi concessi alla minoranza di chi ha avuto o fortuna o particolari doti di natura. Hanno magri salari e, sotto forma di prezzi alti, pagano una porzione di tasse sproporzionatamente alta. Estremamente ristretto è il settore in cui possono fare quel che vogliono, e i governanti li controllano ricorrendo più al castigo e alla minaccia di esso, che non alla manipolazione non-violenta o all'induzione del comportamento desiderato mediante premi. Nel sistema sovietico, a elementi modello *1984* si affiancano elementi che presagiscono quanto succederà, per le caste più alte, nel *Mondo nuovo*.

Frattanto forze impersonali, da noi incontrollabili, paiono spingerci tutti quanti nella direzione dell'incubo del *Mondo nuovo*: una spinta impersonale che i rappresentanti delle organizzazioni politiche e commerciali consapevolmente accelerano. Esse hanno perfezionato nuove tecniche per manipolare, nell'interesse d'una minoranza, i pensieri e i sentimenti delle masse. Nei capitoli che seguono discuteremo di queste tecniche. Per adesso esaminiamo più da vicino queste forze impersonali, le quali trasformano il mondo in un luogo assai malsicuro per la democrazia, disadatto alla libertà individuale. Cosa sono queste forze? E perché l'incubo, che io presagivo per il settimo secolo d. F., ci viene oggi incontro così veloce? Per rispondere a queste domande bisogna cominciare da dove comincia la vita d'ogni società, anche la più civile: al livello della biologia.

Quando nacque Cristo la popolazione del nostro pianeta era di duecentocinquanta milioni – meno della metà della popolazione della Cina odierna. Sedici secoli dopo, quando i Padri Pellegrini sbarcarono a Plymouth, le creature umane superavano di poco i cinquecento milioni. Il giorno della firma della Dichiarazione d'Indipendenza, la popolazione mondiale superava il livello dei settecento milioni. Nel 1931, quando io scrissi *Il mondo nuovo*, sfiorava i due miliardi. Oggi – sono trascorsi appena ventisette anni – siamo due miliardi e ottocento milioni. E domani? Penicillina, DDT, acqua pulita, sono merci a buon mercato, e hanno sulla salute del prossimo effetti incommensurabili col loro costo. Anche il governo più povero è ricco quanto basta per fornire ai suoi soggetti il controllo delle morti. Altro discorso per il controllo delle nascite. Pochi tecnici al soldo di un governo paternalista bastano a fornire a tutto il popolo il controllo delle morti. Ma per il controllo delle nascite occorre la cooperazione di un popolo intero. Deve essere praticato da innumerevoli individui, e richiede un'intelligenza e una volontà che quasi mai ritroviamo nel formicaio di analfabeti che popolano il mondo; richiede (là dove si usano metodi antifecondativi di tipo chimico e meccanico) una spesa che pochi di quei milioni e milioni di individui possono permettersi. Non solo: mentre non esistono tradizioni religiose contrarie al controllo delle morti, assai diffuse sono le tradizioni religiose e sociali che si oppongono al controllo della riproduzione. Per tutti questi motivi si realizza facilmente il controllo delle morti; con molta difficoltà quello delle nascite. Perciò il tasso di mortalità in questi ultimi anni è caduto improvvisamente, mentre il tasso di natalità, se non è rimasto al vecchio livello – assai alto – è sceso di pochissimo e assai lentamente. Di conseguenza la storia delle specie non ha mai visto un così rapido accrescimento del numero degli umani.

E cresce inoltre lo stesso incremento annuo; cresce regolarmente, secondo la legge dell'interesse composto: cresce irregolarmente ogni volta che una nostra società tecnicamente arretrata applica i principi della Sanità Pubblica. Oggi l'incremento annuo della popolazione umana si aggira sui quarantatré milioni. Ciò significa che ogni quattro anni al genere umano si aggiunge una popolazione pari a quella odierna degli Stati Uniti; ogni otto anni e mezzo una popolazione pari a quella dell'India. Col tasso di incremento vigente fra la nascita di Cristo e la morte della regina Elisabetta I, occorsero milleseicento anni perché la popolazione del globo raddoppiasse. Col ritmo attuale raddoppierà in meno di mezzo secolo. E questo continuo, rapido, incredibile raddoppio avverrà in un pianeta le cui zone più felici e produttive sono già densamente popolate; in cui la sconsiderata fatica di pessimi coltivatori, in cerca di altro cibo, ha stremato la terra; in cui le ricchezze minerali, lì a portata di mano, si sprecano con la smaniosa stravaganza del marinaio ubriaco, quando butta via la paga accumulata in navigazione.

Nel mondo nuovo della mia favola, era ben risolto il problema del rapporto fra popolazione umana e risorse naturali. S'era calcolato il numero ideale per la popolazione del mondo (poco meno di due miliardi, se ben ricordo) e si provvedeva a contenerla entro quel limite, una generazione dopo l'altra. Ma nel mondo vero contemporaneo non si è risolto il problema della popolazione; al contrario, d'anno in anno il problema si fa più grave. Su questa cupa scena biologica si svolgono tutti i drammi politici, economici e psicologici del nostro tempo. Va avanti il ventesimo secolo, nuovi miliardi di uomini si aggiungono a quelli che già ci sono (al cinquantesimo compleanno della mia nipotina, sulla terra ci saranno cinque miliardi e mezzo di individui), e intanto si fa avanti, sempre più pressante, sempre più minaccioso, questo fondale biologico, a occupare il palcoscenico della storia. Il problema del rapporto fra rapido accrescimento della popolazione e risorse naturali, stabilità sociale e benessere dei singoli, è oggi il maggior problema per l'umanità; resterà tale per un altro secolo, forse per alcuni secoli a venire. Si dice che il 4 ottobre 1957 è cominciata un'era nuova. Ma in realtà, se pensiamo a quanto si è ora detto, tutti i nostri discorsi di esultanza, dopo lo Sputnik, suonano fatui, forse assurdi. Per ciò che riguarda le masse della umanità, quella a venire non sarà l'Era Spaziale; sarà l'Era della Sovrappopolazione. Potremmo dire, parodiando una vecchia canzone:

Lo spazio di cui tanto sei ricco
Basterà ad accendere il fuoco
O penserà lo gnomo dello spazio
A girare lo spiedo?

Evidentemente la risposta è no. Una colonia lunare può essere di qualche vantaggio militare alla nazione che la installa, ma in nessun modo contribuirà a rendere meno insopportabile l'esistenza, nel mezzo secolo che occorrerà a raddoppiare la nostra popolazione d'oggi, ai miliardi di creature che sulla terra proliferano e patiscono la fame. E anche se nel futuro sarà possibile l'emigrazione su Marte, anche se la disperazione inducesse un numero ragguardevole di uomini e di donne a scegliere un'esistenza in condizioni paragonabili solo a quelle che esisterebbero su un'ipotetica montagna alta il doppio dell'Everest, anche in questo caso, cosa cambierebbe? Nel corso degli ultimi quattro secoli un numero ragguardevole di individui lasciarono il Vecchio per il Nuovo Mondo. Ma a risolvere i problemi del Vecchio Mondo non bastò né quella dipartita, né il conseguente riflusso di materie prime e di alimentari. Allo stesso modo, non si risolverebbe il problema della crescente pressione demografica sul nostro pianeta imbarcando per Marte una limitata eccedenza di uomini (al costo, per trasporto e impianto, di diversi milioni di dollari a testa). Non risolto, quel problema impedirà la soluzione di tutti gli altri. Peggio ancora, determinerà condizioni tali per cui la libertà individuale e il rispetto fra gli uomini, e la vita in democrazia saranno impossibili, quasi impensabili. Non tutte le democrazie nascono allo stesso modo. Molte son le strade che portano al mondo nuovo; ma forse la più diretta, la più larga, è quella che noi stiamo percorrendo adesso, la strada della popolazione che cresce a ritmo accelerato. Vediamo in breve i motivi di questo stretto rapporto fra i vari elementi: troppi individui, che si moltiplicano troppo rapidamente, formulazione di filosofie autoritarie, nascita di sistemi di governo totalitari.

Quanto più cresce la popolazione e preme sulle risorse disponibili, tanto più si fa precaria la situazione economica d'una società che subisca tale prova. Ciò vale soprattutto per quelle zone sottosviluppate dove a un improvviso crollo del tasso di mortalità (grazie al DDT, alla penicillina, e all'acqua pulita) non si è accompagnato un crollo corrispondente del tasso di natalità. In certe zone dell'Asia, in quasi tutta l'America centrale e meridionale, l'incremento della popolazione è così rapido che in poco più di vent'anni si sarà raddoppiata. Se la produzione di alimenti e di manufatti, di case scuole e maestri, crescesse a un ritmo superiore a quello della popolazione, noi potremmo migliorar la sorte di chi vive in tali zone sottosviluppate e sovrappopolate. Purtroppo quei paesi non hanno né le macchine agricole, né gli impianti industriali per produrle, né i capitali occorrenti per far sorgere questi impianti. Per capitale si intende ciò che resta dopo che siano soddisfatti i bisogni primari d'una popolazione. Ma quasi mai si riesce a soddisfare in pieno i bisogni primari della popolazione in un paese sottosviluppato. Così a fine d'anno non avanza quasi nulla, e non ci sono capitali disponibili per creare gli impianti agricoli e industriali che consentirebbero di soddisfare i bisogni della popolazione. Non solo: in queste zone sottosviluppate manca la mano d'opera specializzata, senza la quale non funzionano impianti agricoli e industriali moderni. I mezzi disponibili per l'istruzione non bastano; le risorse finanziarie e culturali per portarli all'altezza della situazione sono inadeguate. Intanto la popolazione di alcuni fra questi paesi sottosviluppati cresce al ritmo del 3 per cento ogni anno.

Su questa tragica situazione è uscito nel 1957 un libro notevole, *The Next Hundred Years*, dei professori Harrison Brown, James Bonner e John Weir, dell'Istituto di Tecnologia della California. Come può l'umanità far fronte al problema del rapido incremento demografico? Non molto bene. "I fatti dimostrano che in quasi tutti i paesi sottosviluppati la sorte dell'individuo medio è considerevolmente peggiorata nell'ultimo mezzo secolo. La gente si nutre peggio. È diminuita la quantità dei beni disponibili *pro capite*. E in pratica ogni tentativo di migliorare la situazione è andato a vuoto, per la pressione continua dell'incremento demografico."

Ogni qual volta si fa precaria la vita economica d'una nazione, il governo centrale è costretto ad assumersi nuove responsabilità, per il benessere generale. Deve elaborare nuovi programmi per far fronte alla situazione critica; deve imporre nuove restrizioni alle attività dei soggetti; e se, come è probabile, dal peggioramento delle condizioni economiche consegue agitazione politica, o ribellione aperta, il governo centrale deve intervenire, a tutela dell'ordine pubblico e della propria autorità. In tal modo una quantità sempre maggiore di potere si concentra nelle mani dei dirigenti e dell'apparato statale. Ma tale è la natura del potere che anche coloro i quali, pur non cercandolo, vi sono stati costretti, tendono ad acquisirne il gusto, a desiderarne di più. "Non c'indurre in tentazione" dice la nostra preghiera, e a buon motivo, perché quando la tentazione stuzzica troppo e troppo a lungo, le creature umane in genere cedono. La costituzione democratica è un mezzo per impedire che singoli governanti cedano alle tentazioni, oltremodo pericolose, che nascono quando troppo potere si concentra in troppe poche mani. Una costituzione siffatta funziona abbastanza bene là dove, come in Gran Bretagna o negli Stati Uniti, c'è tradizionale rispetto per la procedura costituzionale. Ma dove la repubblica o la monarchia costituzionale sono deboli non servirebbe nemmeno l'ottima fra le costituzioni a impedire che politici ambiziosi cedano, e con gusto, alle tentazioni del potere. E nei paesi dove l'accrescersi della popolazione più preme sulle risorse disponibili, immancabilmente sorgeranno di queste tentazioni. L'eccesso di popolazione porta al disagio economico e sociale. Il disagio a sua volta chiede maggior controllo da parte dei governi centrali, maggior potere nelle loro mani. Mancando una tradizione costituzionale, è assai probabile che questo maggior potere si eserciti in forme dittatoriali. Questo succederebbe anche se il comunismo non l'avessero mai inventato. E invece il comunismo è stato inventato. Stando così le cose, in pratica diventa certezza la probabilità che l'eccesso della popolazione conduca al disagio e quindi alla dittatura. Possiamo senz'altro scommettere che, di qui a vent'anni, tutti i paesi sovrappopolati e sottosviluppati cadranno sotto un dominio di tipo totalitario, probabilmente comunista.

In che modo questa tendenza agirà sui paesi europei, sovrappopolati ma industrializzati e ancora democratici? Se le dittature di recente formazione prendessero nei loro riguardi un atteggiamento ostile, se s'interrompesse il normale afflusso di materie prime dai paesi sottosviluppati, le nazioni dell'Occidente si ritroverebbero in cattive acque. Crollerebbe il loro sistema industriale, e la loro evolutissima tecnologia – che ha consentito di mantenere una popolazione assai maggiore di quanto sarebbe stato possibile con le sole risorse disponibili sul posto – la loro tecnologia non sarebbe più un riparo alle conseguenze d'una concentrazione così elevata in così breve territorio. Se questo accadesse, se le condizioni sfavorevoli costringessero i governi centrali ad assumersi un potere enorme, questo potere si eserciterebbe, alla fine, secondo lo spirito totalitario della dittatura.

Per adesso gli Stati Uniti non sono un paese sovrappopolato. Ma se la popolazione continua a crescere col ritmo attuale (maggiore rispetto all'India, ma per fortuna alquanto inferiore rispetto al Messico o al Guatemala), agli inizi del ventiduesimo secolo è assai probabile che cominci ad avvertirsi il problema del rapporto fra popolazione e risorse disponibili. Per adesso la sovrappopolazione non è una minaccia diretta alla libertà personale degli americani. Ma è pur sempre una minaccia indiretta. Se l'eccessiva popolazione spingesse i paesi sottosviluppati verso il totalitarismo, e se le nuove dittature si alleassero con la Russia, allora assai meno stabile diverrebbe la posizione militare degli Stati Uniti, e bisognerebbe intensificare i preparativi alla difesa e alla rappresaglia. Ma la libertà, come tutti sappiamo, non fiorisce in un paese che sta sempre sul piede di guerra, o che si prepara a combattere. Una crisi permanente giustifica il controllo su tutto e su tutti, da parte del governo centrale. E proprio una crisi permanente noi dobbiamo attenderci in questo mondo, dove l'eccesso di popolazione provoca uno stato di cose tali per cui quasi diventa indispensabile la dittatura sotto auspici comunisti.

Quantità, qualità, moralità

Nel mondo nuovo della mia favola si praticavano normalmente l'eugenetica e il suo contrario, la disgenetica. In una serie di bottiglie, ovuli biologicamente superiori, fertilizzati da spermatozoi biologicamente superiori, ricevevano le migliori cure prenatali, e finalmente si decantavano nelle categorie Alfa, Beta, e persino Alfa Più. In un'altra serie di bottiglie, assai più numerosa, ovuli biologicamente inferiori, fertilizzati da spermatozoi biologicamente inferiori, subivano il Processo Bokanovsky (novantasei gemelli identici da un ovulo solo) e il trattamento prenatale con l'alcool e con altri veleni proteinici. Se ne decantavano creature quasi subumane, ma pur sempre capaci di lavoro non specializzato; anzi, opportunamente condizionate, e detensionate dal libero e frequente accesso al sesso opposto, sistematicamente distratte dai divertimenti gratuiti, reindotte ai moduli della buona condotta mediante dosi quotidiane di *soma*, davano la garanzia di non infastidire mai i loro superiori.

Nella seconda metà del ventesimo secolo noi non organizziamo sistematicamente la riproduzione; e il nostro sregolato capriccio non solo tende a sovrappopolare il pianeta, ma anche, sicuramente, a darci una maggioranza di umani di qualità biologicamente inferiore. Ai brutti tempi andati di rado sopravviveva un bambino che avesse qualche spiccato, o anche lieve, difetto ereditario. Oggi invece, grazie all'igiene, alla farmacologia moderna e alla coscienza sociale, quasi tutti i bambini venuti al mondo con difetti ereditari giungono a maturità, e si moltiplicano. Date le condizioni oggi dominanti, ogni progresso della medicina sarà frustrato da un corrispondente aumento del tasso di sopravvivenza degli individui che dalla nascita portano con sé una qualche insufficienza genetica. Nonostante i nuovi farmaci meravigliosi, nonostante le cure migliori (anzi, in certi casi, proprio per via di queste cose), la salute fisica della popolazione media non migliorerà, anzi andrà peggiorando. Alcuni autorevoli studiosi affermano che il declino è già cominciato, e continua. « In condizioni a un tempo facili e sregolate » scrive il dottor W. H. Sheldon, « al nostro ceppo migliore tende a soppiantarsi un altro ceppo, inferiore sotto ogni aspetto... C'è la moda, in certi ambienti accademici, di assicurare gli studenti che sono infondati gli allarmi relativi al differenziarsi del tasso di natalità; che tali problemi sono soltanto economici, o soltanto educativi, o soltanto religiosi, o soltanto culturali, e così via. È un ottimismo da struzzi. La delinquenza riproduttiva è un fatto biologico, basilare. » E prosegue: « Nessuno sa in che misura è diminuito il quoziente d'intelligenza medio nel nostro paese [gli Stati Uniti] dal 1916, da quando cioè Terman cercò di standardizzarne il significato ».

In un paese sovrappopolato e sottosviluppato, dove quattro quinti della popolazione hanno meno di duemila calorie al giorno, e solo l'altro quinto si nutre a sufficienza, possono nascere spontaneamente istituti democratici? E possono sopravvivere, una volta imposti dall'esterno o dall'alto?

E consideriamo adesso il caso della società ricca, industrializzata, democratica, nella quale, praticandosi – a caso, ma non meno efficacemente – la disgenetica, decrescono vigore fisico e quoziente d'intelligenza. Una società siffatta, fino a quando potrà conservare le sue tradizioni di libertà individuale e di governo democratico? Fra cinquanta o cent'anni i nostri bambini daranno la risposta a questa domanda.

Intanto noi ci troviamo di fronte un fastidiosissimo problema morale. Noi sappiamo che la bontà dei fini non giustifica l'uso di mezzi cattivi. Ma che dire delle situazioni – così frequenti oggi – in cui mezzi buoni danno risultati finali che si rivelano cattivi?

Per esempio: andiamo in un'isola tropicale, con l'aiuto del DDT sterminiamo la malaria e, nello spazio di due o tre anni, salviamo centinaia di migliaia di vite. È ovviamente un bene. Ma le centinaia di migliaia di esseri umani così salvati, e i milioni che da loro vengono al mondo, noi non possiamo vestirli, alloggiarli, istruirli, nemmeno nutrirli a sufficienza, con le risorse disponibili nell'isola. Non c'è più la morte rapida della malaria; ma la fame rende la vita insopportabile, il sovraffollamento diviene regola, la morte lenta per inedia minaccia tante vite di più.

E che dire degli organismi insufficienti per condizione congenite, che la medicina e i servizi sociali oggi salvano e lasciano proliferare? Aiutare gli infelici è bene, indubbiamente. Ma non meno indubbiamente è male trasmettere interi ai nostri posteri i risultati di mutazioni negative; come è un male la progressiva contaminazione del fondo genetico a cui dovranno attingere i membri della nostra specie. Siamo presi fra le corna di un dilemma morale: per trovare la soluzione occorrerà tutta la nostra intelligenza, tutta la nostra buona volontà.

Superorganizzazione

La via più breve e più larga che conduce al mondo nuovo passa, come già accennato, per una tappa fondamentale: l'eccesso di popolazione, l'accresciuto ritmo di incremento demografico: due miliardi e ottocento milioni oggi, cinque miliardi e cinquecento milioni al volgere del secolo, sì che all'umanità si pone la scelta fra l'anarchia e il controllo totalitario. Ma la crescente pressione del numero sulle risorse disponibili non è la sola forza che ci spinge verso il totalitarismo. Questo cieco nemico biologico della libertà si allea ad altre forze potentissime, generate dai progressi tecnologici di cui più andiamo orgogliosi. Orgogliosi a buon diritto, potremmo aggiungere; infatti tali progressi sono frutto di intelligenza, di lavoro continuo e difficile, di logica, di fantasia, di sacrificio: in una parola derivano dalle virtù, morali e intellettuali, che noi non possiamo non ammirare. Ma la Natura delle Cose è tale che a questo mondo nessuno ottiene mai nulla per nulla. Questi progressi ammirevoli, stupendi, si scontano. Anzi, già li stiamo scontando, come la lavatrice elettrica comprata l'anno scorso, e le rate sono sempre più gravose. Storici, sociologi, psicologi hanno scritto molto, e con molto impegno, sul prezzo che l'uomo d'Occidente ha pagato e sta pagando per il progresso tecnologico. Affermano, per esempio, che difficilmente può sperarsi che fiorisca la democrazia nelle società in cui il potere economico si concentra e si centralizza sempre di più. Ma il progresso della tecnologia ha portato, e sta portando, proprio a questa centralizzazione del potere. L'apparato della produzione di massa, migliorando la sua efficienza, tende a farsi sempre più complesso e costoso, meno accessibile quindi all'imprenditore che abbia mezzi limitati. Non solo: la produzione di massa non sta in piedi senza distribuzione di massa, e la distribuzione di massa crea problemi che soltanto i grossi produttori possono risolvere adeguatamente. Dove la produzione e la distribuzione divengono fenomeni di massa, grave è lo svantaggio dell'Uomo Piccolo, che non possiede una sufficiente riserva di capitale operante. Se entra in concorrenza con l'Uomo Grosso, perde prima i quattrini, e poi anche la qualità sua medesima di produttore indipendente; l'Uomo Grosso lo ha ingoiato. E scomparendo l'Uomo Piccolo, una quantità sempre maggiore di potere economico si riduce nelle mani di un numero sempre minore di individui. Sotto la dittatura la Grande Impresa, resa possibile dal progresso tecnologico e dalla conseguente rovina della Piccola Impresa, cade sotto il controllo dello Stato; cioè, di un piccolo gruppo di dirigenti politici e militari, di poliziotti, di funzionari che eseguono certi ordini. In una democrazia capitalista, come gli Stati Uniti, la Grande Impresa cade sotto il controllo di quella che il professor C. Wright Mills definisce "*élite* al potere". Questa *élite* impiega direttamente la forza lavorativa di milioni di cittadini nelle sue fabbriche, nei suoi uffici, nei suoi negozi, altri milioni controlla, e anche meglio, prestando loro i soldi perché comprino i suoi prodotti; ed essendo proprietaria dei mezzi della comunicazione di massa, influenza pensieri, sentimenti e azioni di tutti, in pratica. Parodiando una frase di Churchill potremmo dire che mai è accaduto che tanti uomini si lasciassero manipolare da un così ristretto gruppo. Siamo assai lontani dall'ideale jeffersoniano di una società veramente libera, composta da una gerarchia di unità capaci di autogovernarsi, « l'embrionale repubblica del quartiere, la repubblica della contea, la repubblica dello Stato e la repubblica dell'Unione, che formano una gradazione di autorità ».

Noi vediamo dunque che la tecnologia moderna ha portato alla concentrazione del potere economico e politico, e alla formazione di una società controllata (spietatamente negli stati totalitari, pulitamente, nascostamente nelle democrazie) dalla Grande Impresa e dal Gran Governo. Ma le società sono composte di individui e sono buone solo nella misura in cui aiutano gli individui a realizzare le proprie possibilità, e a condurre vita felice e creativa. Ebbene, i progressi tecnologici di questi ultimi anni in che senso hanno agito sull'individuo? Ecco la risposta del filosofo e psichiatra dottor Erich Fromm:

La nostra società occidentale contemporanea, nonostante il progresso materiale, intellettuale e politico, è sempre meno capace di condurre alla sanità mentale, e tende a minare invece la sicurezza interiore, la felicità, la ragione, la capacità d'amore nell'individuo; tende a trasformarlo in un automa che paga il suo insuccesso di uomo con una sempre più grave infermità mentale, con la disperazione che si cela sotto la frenetica corsa al lavoro e al cosiddetto piacere.

La nostra « sempre più grave infermità mentale » può esprimersi in sintomi nevrotici, palesi, quanto mai desolanti. Ma « attenti » continua il dottor Fromm « a non ridurre l'igiene mentale alla semplice prevenzione dei sintomi. I sintomi, in quanto tali, sono per noi non nemici, ma amici; dov'è un sintomo, là è conflitto, e conflitto significa sempre che forze vitali lottano ancora per l'integrazione e per la felicità. » Le vittime veramente disperate dell'infermità mentale si trovano proprio fra gli individui che paiono normalissimi. « Molti di essi sono normali solo perché si sono adattati al nostro modo d'esistenza, perché la loro voce di uomini è stata messa al silenzio in età così giovane che essi nemmeno lottano, né soffrono, né hanno i sintomi del nevrotico. » Non sono normali, diciamo così, nel senso assoluto della parola; sono normali solamente in rapporto a una società profondamente anormale. Il loro perfetto adattamento a quella società anormale è la misura della loro infermità mentale. Questi milioni di individui abnormemente normali, che vivono senza gioia in una società a cui, se fossero pienamente uomini, non dovrebbero adattarsi, ancora carezzano « l'illusione della individualità » ma di fatto sono stati in larga misura disindividualizzati. Il loro conformismo dà luogo a qualcosa che somiglia all'uniformità. Ma « uniformità e libertà sono incompatibili. Uniformità e salute mentale sono anch'esse incompatibili... L'uomo non è fatto per essere automa, e se lo diventa, va distrutta la base della sanità mentale ».

Nel corso dell'evoluzione la natura si è adoperata in ogni modo perché ciascun individuo fosse diverso da tutti gli altri. Noi riproduciamo la nostra specie mettendo i geni del padre a contatto con quelli della madre. Questi fattori ereditari possono combinarsi in modi pressoché infiniti. Da un punto di vista fisico e mentale, ciascuno di noi è unico. Qualsiasi cultura che, nell'interesse dell'efficienza o in nome di un dogma religioso o politico, cerca di standardizzare l'individuo umano, commette un'offesa contro la natura biologica dell'uomo.

La scienza può definirsi riduzione della molteplicità all'unità. Essa cerca di spiegare l'infinita diversità dei fenomeni naturali ignorando l'unicità dei singoli fatti, mettendo a fuoco quel che essi hanno in comune, e infine astraendo una "legge" per la quale i fatti prendano senso e sia quindi possibile affrontarli. Per esempio, le mele mature cadono dall'albero e la luna si muove in cielo. Da tempo immemorabile gli uomini hanno osservato l'uno e l'altro fatto. Come Gertrude Stein, erano convinti che una mela è una mela è una mela, mentre la luna è la luna è la luna. Toccava a Isaac Newton scoprire che cosa questi due diversissimi fenomeni avevano in comune, e formulare una teoria della gravitazione, grazie alla quale taluni aspetti del comportamento delle mele, dei corpi celesti, e anzi d'ogni altro oggetto dell'universo fisico, si potessero spiegare e affrontare nel contesto di un unico sistema di idee. Con lo stesso spirito l'artista prende le innumerevoli diversità e unicità del mondo esterno e la propria fantasia, e dà a tutto un significato entro un sistema ordinato di moduli plastici, letterari o musicali. Il desiderio di imporre ordine al caos, di trarre armonia dalla dissonanza, unità dalla molteplicità, è una sorta di istinto intellettuale, di slancio primario e fondamentale della nostra mente. L'opera di questa che io definirei "volontà d'ordine" è quasi sempre benefica, nel campo della scienza, dell'arte, della filosofia. Certo, la "volontà d'ordine" ha condotto a molte sintesi premature, fondate su prove insufficienti, a molti sistemi metafisici e teologici assurdi, a molti errori pedanteschi, che fanno scambiare una idea per una realtà, un simbolo e un'astrazione per dati d'esperienza immediata. Ma questi errori, seppur incresciosi, non fanno mai gran male, almeno direttamente, anche se indirettamente può succedere che un cattivo sistema filosofico faccia del male, quando giova a giustificare azioni insensate e disumane. Ma nella sfera sociale, nel dominio della politica e dell'economia, la "volontà d'ordine" diventa veramente pericolosa.

Qui la riduzione teoretica della molteplicità a unità comprensibile si muta in pratica in riduzione della diversità umana a uniformità subumana, della libertà a servitù. L'equivalente politico di una teoria scientifica o di un sistema filosofico compiuto è la dittatura totalitaria. L'equivalente economico di una ben composta opera d'arte è la fabbrica che va avanti sempre liscia, con gli operai perfettamente adattati alle macchine. La "volontà d'ordine" può trasformare in tiranno chi voleva solamente spazzar via la confusione. La bellezza dell'ordine serve di giustificazione al dispotismo.

L'organizzazione è indispensabile, perché la libertà sorge e acquista senso solo entro una comunità che sappia regolarsi da sé, composta di individui liberi e cooperanti. Ma l'organizzazione, seppur indispensabile, può anche essere letale. L'eccessiva organizzazione trasforma gli uomini in automi, soffoca lo spirito creativo, toglie ogni possibilità di liberazione. Come sempre, la via di mezzo è quella sicura: fra l'estremo del *laissez-faire* da una parte e il controllo totale dall'altra.

Nel secolo scorso ai successivi progressi tecnologici si sono accompagnati analoghi progressi organizzativi. Alla complessità delle macchine doveva accompagnarsi la complessità degli accorgimenti sociali, intesi a funzionare in modo liscio e perfetto, come i nuovi strumenti di produzione. Per adattarsi a queste nuove organizzazioni, gli individui dovevano disindividualizzarsi, negare la propria originaria diversità, conformarsi a un modulo medio, insomma fare il possibile per mutarsi in automi.

Gli effetti disumanizzanti della superorganizzazione si aggravano, sommandosi agli effetti disumanizzanti della sovrappopolazione. L'industria, ampliandosi, attrae nelle grandi metropoli una porzione sempre più grande dell'umanità, che cresce. Ma la vita nelle grandi città non dà luogo alla salute mentale (ecco infatti che la più alta incidenza della schizofrenia si ha proprio nei formicai dei quartieri urbani poveri); né sollecita quel tipo di libertà responsabile entro un gruppo capace di autogovernarsi, che è la condizione prima della democrazia effettiva. La vita di città è anonima e, per così dire, astratta. Gli individui entrano in rapporto l'uno con l'altro, non come personalità totali, ma come incarnazioni di altrettante funzioni economiche; o, quando son fuori del lavoro, come cacciatori irresponsabili di divertimento. Soggetto a una vita simile, l'individuo si sente sempre più solo e insignificante. La sua esistenza cessa d'avere un qualche scopo, un qualche senso.

Biologicamente parlando l'uomo è un animale di gruppo solo in misura ridotta, e mai completamente è animale sociale; somiglia, diciamo, più al lupo o all'elefante che all'ape o alla formica. Nella loro forma originaria le società umane non somigliavano affatto all'alveare o al formicaio, erano puri e semplici branchi. Per civiltà s'intende, fra le altre cose, il processo grazie al quale i branchi primitivi si trasformarono in un equivalente rozzo e meccanico delle comunità organiche degli insetti sociali. Oggi la pressione del mutamento tecnologico e dell'incremento demografico accelera tale processo. Il termitaio ormai sembra un ideale realizzabile e, ad alcuni auspicabile. C'è un abisso fra l'insetto sociale e il mammifero di cervello grosso, poco disposto ad associarsi; e anche se il mammifero facesse del suo meglio per imitare l'insetto, l'abisso resterebbe. Per quanto si sforzino, gli uomini non possono creare un organismo sociale. Possono creare solamente un'organizzazione. Se tentano di creare un organismo, finiranno per mettere in piedi un dispotismo totalitario e basta.

Il mondo nuovo voleva essere un quadro fantasioso, a tratti irrispettoso, di una società nella quale il tentativo di ricreare gli esseri umani a simiglianza delle termiti si è spinto fino ai limiti del possibile. Mi pare ovvio che noi ci stiamo spingendo nella direzione del mondo nuovo. E mi pare altrettanto ovvio che, volendo, noi possiamo rifiutare di cooperare con le forze cieche che ci danno la spinta. Per adesso tuttavia la volontà di resistere non mi pare né molto forte né molto diffusa. Ha giustamente osservato William Whyte, nel suo notevolissimo libro, *The Organization Man*, che al nostro sistema etico tradizionale (in esso l'individuo ha importanza primaria) si va sostituendo un'Etica Sociale. Le parole chiave di questa etica sono: "adattamento", "condotta socialmente orientata", "appartenenza", "acquisizione di capacità sociali", "lavoro di squadra", "vita di gruppo", "lealtà di gruppo", "dinamica di gruppo", "pensiero di gruppo", "creatività di gruppo". Presupposto fondamentale è questo: il complesso sociale ha maggiore importanza e significato delle parti individuali; le differenze biologiche innate debbono sacrificarsi all'uniformità culturale, i diritti della collettività vengono prima di quelli che nel diciottesimo secolo si chiamarono Diritti dell'Uomo. Secondo l'Etica Sociale aveva assolutamente torto Gesù, quando affermava che il Sabato è fatto per l'uomo. Al contrario, l'uomo è fatto per il Sabato; egli deve sacrificare le proprie idiosincrasie ereditarie, e finger d'essere quel buon ingrediente standardizzato che gli organizzatori dell'attività di gruppo stimano perfetto pei loro fini. Quest'uomo ideale è colui che mostra "conformismo dinamico" (espressione stupenda!), intensa lealtà verso il gruppo, e desiderio indomabile di subordinarsi, di appartenere. L'uomo ideale avrà una moglie ideale, ansiosa d'entrare nel gruppo, adattabile all'infinito, e non soltanto rassegnata al fatto che il marito è, prima d'ogni altra cosa, devoto alla Ditta, ma devota essa stessa, e in senso attivo. « Egli per Dio soltanto » diceva Milton di Adamo ed Eva, « ella per Dio in lui. » E sotto un certo importante aspetto, la moglie dell'ideale uomo organizzato è alquanto peggiore della nostra progenitrice. Eva e Adamo ebbero dal Signore il permesso di non soggiacere a inibizione alcuna, in fatto di "giovanili vezzi".

> E non si distolse, io credo
> Adamo dalla bella sposa, né Eva i riti
> misteriosi del connubio amoroso rifiutò.

Oggi lo leggo sullo « Harvard Business Review », la moglie dell'uomo che cerchi di adeguarsi agli ideali dell'Etica Sociale, « non deve esigere troppo tempo e troppo interesse dal marito. Giacché egli univocamente si concentra sul suo lavoro, anche l'attività sessuale deve relegarsi in secondo piano ». Il monaco fa voto di povertà, castità, obbedienza. L'uomo organizzato ha il permesso d'arricchirsi, ma promette obbedienza (« egli accetta l'autorità senza risentimenti, prende a modello i suoi superiori » – *Mussolini ha sempre ragione*) e deve essere pronto, per la maggior gloria dell'organizzazione che lo impegna, ad abiurare anche l'amor coniugale.

Si ricordi che in *1984* i membri del partito son tenuti ad osservare un'etica sessuale d'una severità più che puritana. Nel mio *Mondo nuovo*, d'altro canto, tutti possono abbandonarsi ai propri impulsi sessuali, senza remore. La società descritta nella favola di Orwell è in guerra permanente, e i governanti hanno due scopi: primo, naturalmente, esercitare il potere per amore del potere; secondo, tenere i soggetti in tensione costante, come lo stato di guerra costante esige da quelli che la devono combattere. La crociata contro la sessualità permette ai capi di mantenere la tensione occorrente nei loro seguaci, e al tempo stesso di soddisfare nel migliore dei modi la propria brama di potere. La società descritta nel *Mondo nuovo* è uno stato mondiale, da cui è scomparsa la guerra: primo scopo dei governanti è impedire a ogni costo che i soggetti diano fastidio. Per far questo essi, fra le altre cose, legalizzano una certa misura di libertà sessuale (possibile dopo l'abolizione della famiglia) che in pratica salvaguardi tutti i cittadini del mondo nuovo da ogni forma di tensione emotiva distruttiva (o creativa). In *1984* la brama di potere si soddisfa infliggendo dolore agli altri; nel *Mondo nuovo* infliggendo una forma di piacere, forse non meno umiliante.

Evidentemente l'odierna Etica Sociale altro non è se non una giustificazione *a posteriori* di alcuni effetti indesiderabili della superorganizzazione. È un pietoso tentativo di fare di necessità virtù, di trarre un valore positivo da un dato di fatto quanto mai negativo. È un sistema etico assai poco realistico, e quindi assai pericoloso. Il complesso sociale, a cui si attribuisce un valore più grande che alle parti componenti, non è un organismo, nel senso che ha il termine se riferito a un alveare o a un termitaio. È soltanto una organizzazione, un pezzo dell'apparato sociale. Non può esserci valore se non riferito alla vita e alla consapevolezza. L'organizzazione non è né conscia né viva. Essa ha valore strumentale, derivato. Non è un bene in sé; è un bene solamente nella misura in cui promuove il bene degli individui che fan parte del collettivo. Mettere l'organizzazione davanti alla persona significa subordinare il fine al mezzo. E cosa succede quando il fine si subordina al mezzo, lo dimostrarono chiaramente Hitler e Stalin. Sotto il loro spietato dominio personale i fini furono subordinati ai mezzi organizzativi, mediante un miscuglio di violenza e di propaganda, di terrore sistematico e di sistematica manipolazione dei cervelli. Sotto le ben più efficienti dittature di domani ci sarà probabilmente meno violenza che sotto Hitler e Stalin. I soggetti di quelle dittature saranno irreggimentati, senza dolore, da squadre di addestratissimi ingegneri sociali. « L'impegno dell'ingegneria sociale del tempo nostro », scrive un entusiastico sostenitore della scienza nuova, « è simile all'impegno dell'ingegneria tecnica di cinquant'anni or sono. Se la prima metà del ventesimo secolo fu l'era degli ingegneri tecnici, la seconda può ben essere l'era degli ingegneri sociali »; e il ventunesimo secolo, immagino, sarà l'era dei Controllori Mondiali, del sistema scientifico delle caste e del mondo nuovo. Alla domanda *Quis custodiet custodes?*, cioè chi farà la guardia ai guardiani, chi regolerà l'ingegno agli ingegneri?, si risponde, con un blando sorriso, che non occorrono supervisori. Commovente la convinzione che pare diffusa fra i professori di sociologia: cioè che i professori di sociologia non si lasceranno mai corrompere dal potere. Come accadeva a Sir Galahad, la loro forza è la forza di dieci, perché è puro il loro cuore; e il loro cuore è puro perché sono scienziati, e ben seimila ore han dedicato agli studi di sociologia.

Ahimè, l'istruzione superiore non è necessariamente garanzia di superiore virtù, di superiore saggezza politica. E a questi errori nel campo etico e psicologico bisogna aggiungerne altri, di carattere puramente scientifico. Possiamo accettare noi le teorie sulle quali gli ingegneri sociali basano la loro pratica, e con le quali essi giustificano la manipolazione degli esseri umani? Per esempio il professor Elton Mayo afferma categoricamente che il « desiderio dell'uomo, d'accompagnarsi sempre nel lavoro ai suoi simili, è una forte, se non la più forte, caratteristica umana ». Questo a me pare chiaramente falso. Alcuni avranno desideri del tipo di quello che ci racconta Mayo; altri no. È questione di temperamento e di costituzione ereditaria. Una organizzazione sociale basata sul presupposto che "l'uomo" (qualunque uomo egli sia) desidera accompagnarsi sempre nel lavoro ai suoi simili, per molti individui, uomini e donne, diventerebbe un letto di Procuste. A quella organizzazione gli individui potrebbero adattarsi solo dopo che li avremo amputati, o stirati alla ruota.

E ancora: quanto è romantico e ingannevole il quadro lirico del Medio Evo di cui molti teorici moderni dei rapporti sociali adornano il proprio lavoro! « L'appartenenza alla corporazione, lo stato feudale, il villaggio proteggevano l'uomo medievale per tutta la vita e gli davano pace e serenità. » Ma da cosa lo proteggevano? chiederemmo noi. Di certo non dal padrone, che senza rammarico lo tormentava. E insieme a quella "pace e serenità" ci fu, per tutto il Medio

Evo, una dose enorme di delusione cronica, di acuta infelicità, di animoso risentimento contro il sistema rigido e gerarchico che non permetteva alcun movimento verticale su per la scala sociale, e ben scarso movimento orizzontale, a quanti fossero legati alla terra. Le forze impersonali della sovrappopolazione e della superorganizzazione, gli ingegneri sociali che quelle forze cercano di dirigere, ci stanno spingendo verso un rinnovato sistema medievale. Faranno in modo che gli uomini accettino il ritorno al Medio Evo meglio di quanto non accettassero l'età loro gli uomini che vissero nel Medio Evo; per questo ricorreranno a talune lepidezze come quelle che si descrivono nel *Mondo nuovo*: condizionamento dell'infanzia, ipnopedia, euforia chimica; ma la maggioranza degli uomini e delle donne stimeranno tutto questo una condizione di servitù.

La propaganda in una società democratica

« Secondo le dottrine d'Europa », scriveva Jefferson « gli uomini in associazioni numerose possono contenersi entro i limiti dell'ordine e della giustizia solo mediante la forza fisica e morale imposta da un'autorità indipendente dal loro volere... Noi [i fondatori della nuova democrazia americana] crediamo che l'uomo sia animale razionale, dotato per natura di diritti, e con innato il senso della giustizia, e che si possa distoglierlo dal torto, e proteggerlo nel diritto, mediante poteri moderati, affidati a persone di sua scelta e tenute al proprio dovere dalla dipendenza alla sua volontà. » A orecchie post-freudiane un linguaggio simile suona bizzarro, ingenuo, in modo commovente. Gli esseri umani sono molto meno razionali e naturalmente giusti di quanto supponevano gli ottimisti del Settecento. Ma non sono neppure moralmente ciechi o disperatamente irragionevoli come vorrebbero farci credere i pessimisti del secolo nostro. Nonostante l'Id e l'Inconscio, nonostante le nevrosi endemiche e il prevalere di un basso quoziente d'intelligenza, gli uomini e le donne sono, a maggioranza, persone assennate e ammodo, almeno quanto basta per affidare a ciascuno la direzione del proprio destino.

Le istituzioni democratiche sono mezzi per conciliare l'ordine sociale con la libertà e con l'iniziativa individuale, e per mettere il potere immediato dei governanti sotto il potere finale dei governati. Il fatto che in Europa occidentale e in America questi mezzi hanno funzionato, a conti fatti, non troppo male, dimostra che gli ottimisti del Settecento non sbagliavano del tutto. In condizioni favorevoli gli esseri umani sanno governarsi da sé, e si governano meglio, anche se magari con minore efficienza meccanica, che se fossero sottoposti a una « autorità indipendente dal loro volere ». In condizioni favorevoli, ripeto: questo è un presupposto indispensabile. Un popolo che dalla servitù sotto il dominio d'un tiranno passi all'improvviso a uno stato, per lui assolutamente ignoto, di indipendenza politica, quel popolo non ha, diciamolo, le condizioni per le quali possano funzionare gli istituti democratici. Ancora: un popolo che viva in precarie condizioni economiche poco probabilmente riuscirà a governarsi secondo democrazia. Il liberalismo fiorisce in atmosfera di prosperità, declina col venire meno della prosperità, quando è necessario che il governo intervenga in modo sempre più frequente e drastico negli affari dei soggetti. Sovrappopolazione e superorganizzazione, come già ho accennato, sono due elementi che privano il corpo sociale della possibilità di far funzionare efficacemente gli istituti democratici. Vediamo dunque che talune condizioni storiche, economiche, demografiche e tecnologiche rendono difficile all'animale razionale jeffersoniano, che natura ha dotato di inalienabili diritti e d'un innato senso della giustizia, l'esercizio della ragione, la difesa dei diritti, l'azione giusta entro i limiti di una società organizzata democraticamente. A noi dell'Occidente è toccata la somma fortuna d'una buona possibilità di compiere un grandioso esperimento d'autogoverno. Purtroppo oggi, mutate le circostanze, pare che questa preziosissima possibilità ci sia stata a poco a poco tolta. E non è tutto. Quelle cieche forze impersonali non sono l'unico nemico della libertà individuale e delle istituzioni democratiche. Vi sono anche altre forze, di carattere meno astratto, forze a cui possono ricorrere individui a caccia deliberata del potere, intesi a stabilire sui loro simili un controllo, parziale o assoluto. Cinquant'anni or sono, quando io ero ragazzo, sembrava ovvio che i vecchi brutti tempi fossero finiti, che tortura, massacri, schiavitù, persecuzione degli eretici, fossero cose del passato. A questi orrori nemmeno ci pensava più l'uomo che portava il cilindro, viaggiava in treno, faceva il bagno tutte le mattine. Dopo tutto, vivevamo nel ventesimo secolo. Eppure, pochi anni dopo, questi uomini che facevano il bagno ogni mattina e andavano in chiesa col cilindro in testa, dovevano commettere crudeltà mai sognate dai selvaggi d'Asia e d'Africa. Se pensiamo alla storia recente, sarebbe sciocco supporre che cose simili non possano mai più succedere. Possono succedere, succederanno senz'altro. Ma, nel futuro immediato, c'è motivo di credere che i metodi punitivi di *1984* cederanno alle induzioni, alle manipolazioni del *Mondo nuovo*.

Vi sono due tipi di propaganda: la propaganda razionale, stimolo all'azione consona all'interesse illuminato di chi la esercita e di chi la riceve; e la propaganda irrazionale, che non è consona all'interesse illuminato di nessuno, e viene dettata dalla passione, e alla passione fa appello. Quando è in gioco l'azione dell'individuo, ci sono motivi più elevati del semplice interesse; ma quando si tratta di intraprendere una azione collettiva nel campo della politica e dell'economia, l'interesse illuminato è probabilmente il massimo motivo. Se politici ed elettori agissero sempre in vista dell'interesse proprio, o di quello, in prospettiva, del loro paese, il mondo sarebbe un paradiso terrestre. E invece essi spesso agiscono contro il proprio interesse, solo per soddisfare la più incredibile delle passioni; di conseguenza il mondo è luogo di sciagura. La propaganda per l'azione consona all'interesse illuminato fa appello alla ragione, servendosi di un'argomentazione logica basata sulle prove migliori possibili, esposte in piena sincerità. Invece la propaganda per l'azione dettata da impulsi inferiori all'interesse, ricorre a prove false, mutile, incomplete, evita il rigore della logica, cerca di influenzare le sue vittime ripetendo frasi vuote, attaccando furiosamente un capro espiatorio, indigeno o straniero, accomunando scaltramente le peggiori passioni con gli ideali più alti, sì che la crudeltà possa commettersi nel nome di Dio, e la più cinica *Realpolitik* possa trattarsi come questione di principio religioso e di dovere patriottico.

Afferma John Dewey: « Una rinascita della fede nella comune natura umana, nelle sue possibilità in generale, e in particolare nella sua virtù di rispondere alla ragione e alla verità, è più sicuro baluardo contro il totalitarismo che non la dimostrazione del successo materiale o la venerazione delle singole forme legali e politiche ». La virtù di rispondere alla ragione e alla verità esiste in tutti noi. Ma purtroppo c'è anche, in noi, la tendenza a rispondere alla falsità e alla sragionevolezza, soprattutto nei casi in cui la falsità evochi una qualche gradevole sensazione, o quando l'appello alla sragionevolezza tocchi una corda sensibile nelle profondità primitive e subumane del nostro essere. In alcuni campi di attività gli uomini hanno imparato a rispondere con sufficiente coerenza alla ragione e alla verità. Chi scrive un articolo dotto non fa appello alla passione dei suoi colleghi scienziati o tecnologi. Egli espone ciò che, a suo sapere, è verità circa un particolare aspetto del reale; usa la ragione per spiegare i fatti osservati e sostiene il proprio punto di vista con argomenti che si rivolgono alla ragione altrui. È abbastanza facile, nel campo della scienza fisica e della tecnologia. Molto più difficile nel campo della politica, della religione, della morale. Perché qui i fatti che contano spesso ci sfuggono. In quanto al significato dei fatti, è chiaro che tutto dipende dal particolare sistema di idee, in base alle quali si decide di interpretarli. E non ci sono queste difficoltà soltanto, per chi cerchi verità secondo ragione. Nella vita pubblica e nella privata spesso manca il tempo di raccogliere i fatti che contano o di pesarne il significato. Siamo costretti ad agire in base a prove insufficienti, servendoci di lumi assai meno sicuri che non quelli della logica. Con tutta la buona volontà, non sempre noi possiamo essere completamente nel vero, coerentemente nella ragione. Possiamo essere veritieri e razionali nella misura che le circostanze ci permettono, e rispondere meglio che sappiamo alla parziale verità, al ragionamento imperfetto che gli altri ci offrono in considerazione.

« Se una nazione pretende d'essere ignorante e libera » diceva Jefferson « essa pretende ciò che mai è stato e mai sarà... Un popolo non può essere al sicuro senza il sapere. Là dove la stampa è libera, e ciascuno sa leggere, tutto è al sicuro. » Sull'altra riva dell'Atlantico, un altro appassionato fedele della ragione, la pensava, in quegli stessi anni, pressoché allo stesso modo. Ecco cosa scriveva John Stuart Mill del padre, il filosofo utilitarista James Mill: « Così assoluta era la sua fiducia nell'influenza della ragione sulla mente dell'uomo, quando le sia consentito di giungervi, che egli pensava sarebbe di sommo vantaggio se tutti gli uomini imparassero a leggere, se si consentisse a opinioni d'ogni genere di giungere agli uomini, mediante la parola o lo scritto, e se mediante il suffragio gli uomini potessero nominare una legislatura per tradurre in pratica le opinioni prescelte ». *Tutto è al sicuro, sarebbe di sommo vantaggio!* Riascoltiamo il timbro dell'ottimismo settecentesco. Jefferson, per la verità, era un ottimista assai realistico. Sapeva, per sua amara esperienza, che la libertà di stampa si può vergognosamente reprimere. « Non si può credere nulla » scriveva « di quel che si legge in un giornale. » Eppure, insisteva (e non possiamo che dargli ragione), « nei limiti della verità la stampa è nobile istituzione, amica della scienza e della libertà civile ». La comunicazione di massa, insomma, non è né un bene né un male; è solo una forza, e come ogni forza può servire al bene e al male. Usate in certo modo, stampa, radio e cinema sono indispensabili alla sopravvivenza della democrazia. Usate in modo opposto, divengono le armi più possenti dell'arsenale dittatoriale. Nel campo della comunicazione di massa, come quasi in ogni altro campo, il progresso tecnologico ha danneggiato l'Uomo Piccolo e favorito l'Uomo Grosso. Appena cinquanta anni or sono, ogni paese democratico poteva vantare gran numero di giornaletti, anche in provincia. Migliaia di direttori, dalla provincia, esprimevano altrettante opinioni indipendenti. C'era per tutti in un modo o nell'altro, la possibilità di stampare tutto quel che si desiderasse. Ancor oggi la stampa è libera, legalmente; ma quasi tutti i piccoli giornali sono spariti. Costano troppo, per l'Uomo Piccolo, polpa di legno, macchine moderne, agenzie di stampa. Nei paesi totalitari d'Oriente c'è la censura politica, e i mezzi della comunicazione di massa son controllati dallo Stato. Nelle democrazie d'Occidente c'è la censura economica e i mezzi di comunicazione di massa sono controllati dalla *élite* al potere. Certo, la censura che si esercita alzando i costi e concentrando i mezzi di comunicazione nelle mani di poche grosse imprese, è meno ripugnante della proprietà statale e della propaganda governativa; ma è sempre cosa che un democratico jeffersoniano non approverebbe.

In quanto alla propaganda, gli antichi sostenitori dell'alfabetismo universale e della stampa libera prospettavano solo due possibilità: la propaganda è vera o è falsa. Non previdero quel che di fatto è accaduto, soprattutto nelle nostre democrazie capitaliste occidentali: il sorgere di una grossa industria della comunicazione di massa che non dà al pubblico né il vero né il falso, ma semmai l'irreale, ciò che, più o meno, non significa nulla. Insomma, essi non tennero conto d'un'altra caratteristica dell'uomo: il suo appetito pressoché insaziabile di distrazioni.

In passato quasi a nessuno toccava la possibilità di soddisfare pienamente questo appetito. Gli uomini cercavano le distrazioni, ma poche ne trovavano disponibili. Natale veniva una volta l'anno, le feste erano "rare e solenni", c'erano pochi lettori e poco da leggere: in quanto al cinema, c'era quello della parrocchia, con spettacoli frequenti sì, ma noiosi. Per ritrovare una situazione paragonabile, ma alla lontana, con quella d'oggi, dobbiamo risalire alla Roma imperiale, quando, per tener buono e allegro il popolino, gli si concedevano, a dosi frequenti e gratuite, divertimenti d'ogni genere: dai drammi in poesia ai combattimenti dei gladiatori, dalla recita di Virgilio alla lotta libera, dai concerti alle parate militari e alle esecuzioni capitali in pubblico. Ma nemmeno a Roma c'era qualcosa che somigliasse alla inarrestabile distrazione che oggi offrono giornali e riviste, radio, televisione e cinema. Questo flusso inarrestabile di distrazioni, nel mio *Mondo nuovo* veniva usato deliberatamente quale strumento di politica, per impedire alla gente di badare troppo alla realtà della situazione sociale e politica. L'altro mondo della religione è diverso dall'altro mondo del divertimento; ma si somigliano molto in quanto ambedue sono un "altro" mondo, e non questo. Ambedue sono distrazioni e, per chi ci vive dentro con troppa continuità, possono trasformarsi, come diceva Marx in "oppio del popolo" e quindi in una minaccia alla libertà. Solo chi è vigile può serbare le proprie libertà, solo quelli che stanno sempre all'erta, col cervello ben desto, possono sperare di governarsi con strumenti democratici. Ma quando i membri di una società passano gran parte del loro tempo non all'erta, col cervello ben desto, qui e ora, o nel futuro immediato, ma altrove, nell'altro mondo dello sport e della canzone, della mitologia e della fantasia metafisica, allora sarà ben difficile resistere all'assedio di chi vuole manipolare e controllare la società.

Oggi, per la loro propaganda, i dittatori si avvalgono soprattutto di tre mezzi: iterazione, soppressione e razionalizzazione: ripetizione di frasi fatte, che essi vogliono fare accettare per vere; soppressione di fatti, che essi vogliono ignorati; suscitamento e razionalizzazione di passioni che possono poi usarsi nell'interesse del Partito o dello Stato. Poiché si approfondiscono l'arte e la scienza della manipolazione, i dittatori di domani sapranno certamente unire a quelle tecniche il flusso continuo delle distrazioni, un elemento che già oggi, in Occidente, minaccia di far affogare in un oceano di fatuità la propaganda razionale, indispensabile per la conservazione della libertà individuale e la sopravvivenza delle istituzioni democratiche.

La propaganda sotto la dittatura

Processato dopo la fine della seconda guerra mondiale, Albert Speer, ministro hitleriano degli armamenti, fece un discorso in cui descriveva, con notevole acutezza, la tirannia di Hitler, e ne analizzava i metodi. « La dittatura di Hitler » disse « differiva per un aspetto sostanziale da ogni altra dittatura. Fu la prima nel nostro periodo di moderna evoluzione tecnica, e quindi si servì di tutti i mezzi tecnici disponibili, per la dominazione del paese. Strumenti tecnici quali la radio e l'altoparlante, servirono a togliere il pensiero indipendente a ottanta milioni di individui. Fu così possibile assoggettarli alla volontà di un uomo solo... I dittatori del passato avevano bisogno di collaboratori qualificatissimi anche a livello minimo: uomini capaci di pensare e di agire in modo indipendente. Ma nel nostro periodo di evoluzione tecnica moderna si può anche fare a meno di questi uomini; grazie ai metodi di comunicazione moderni, è possibile meccanizzare la direzione a basso livello. In questo modo si è potuto formare un dirigente di tipo nuovo; quello che riceve acriticamente gli ordini. »

Nel mondo nuovo della mia favola la tecnologia era andata ben oltre il livello raggiunto sotto Hitler; di conseguenza i ricevitori di ordini erano assai più acritici dei loro colleghi nazisti, assai più obbedienti alla *élite* che impartiva gli ordini. Non solo: mediante la standardizzazione genetica e il condizionamento postnatale, essi adempivano alle loro funzioni e si comportavano con la prevedibilità delle macchine. Come vedremo in un capitolo successivo, questo condizionamento della "direzione a basso livello" già avviene nelle dittature comuniste. Cinesi e russi non si avvalgono solamente dei vantaggi indiretti del progresso tecnologico; essi operano direttamente sugli organismi psicofisici dei loro dirigenti minori, sottoponendo cervelli e corpi a un sistema di condizionamento spietato e, a quanto ci risulta, efficientissimo. Dice Speer: « Molti hanno avuto l'incubo che un giorno le nazioni possono essere dominate con mezzi meccanici. Un incubo quasi realizzato sotto il sistema totalitario di Hitler ». Quasi, ma non del tutto. I nazisti non ebbero il tempo, e forse nemmeno l'intelligenza e le nozioni necessarie, per realizzare il lavaggio dei cervelli e il condizionamento dei loro dirigenti inferiori. Forse è questo uno dei motivi per cui andarono a finir male.

Dai tempi di Hitler l'arsenale degli strumenti tecnici a disposizione di un ipotetico dittatore si è notevolmente ampliato. Oltre che la radio, l'altoparlante, la cinepresa e la rotativa, i propagandisti d'oggi possono usare la televisione per trasmettere immagini e voce del loro cliente, registrare immagine e voce su rocchetti di nastro magnetico. Grazie al progresso tecnologico, il Grande Fratello, oggi, può diventare pressoché onnipresente, come Dio. E il pugno d'un ipotetico dittatore si è rafforzato non soltanto sul fronte tecnico. Dai tempi di Hitler gran mole di lavoro si è svolto in quei campi della psicologia e della neurologia applicata, che sono settore specifico del propagandista. In passato gli specialisti nell'arte di cambiare il cervello del prossimo erano degli empirici. Provando e riprovando essi elaborarono una serie di nuove tecniche, di nuove procedure, e le impiegarono, con ottimi risultati, senza peraltro sapere il perché della loro efficacia. Oggi l'arte del controllo dei cervelli sta diventando una scienza. E chi pratica tale scienza sa quel che sta facendo e perché; ha per guida teorie e ipotesi ben fondate su massicce prove sperimentali. Grazie alle nuove teorie e alle nuove tecniche che le teorie rendon possibili, quell'incubo non realizzato sotto Hitler può diventare realizzabilissimo.

Ma prima di parlare di queste nuove teorie e tecniche, diamo un'occhiata all'incubo che stava per avverarsi nella Germania nazista. Che metodi usarono Hitler e Goebbels per « togliere il pensiero indipendente a ottanta milioni di individui e assoggettarli alla volontà di un uomo solo? » E su quale teoria della natura umana si basarono quei metodi paurosi ed efficienti? A queste domande possiamo rispondere, in larga misura, con le parole di Hitler medesimo. E che astuzia, che chiarezza nelle sue parole! Quando Hitler scrive di generiche astrattezze – Razza, Storia, Provvidenza – è veramente illeggibile. Ma quando scrive delle masse tedesche e dei metodi che egli usò per dominarle e dirigerle, lo stile muta. All'assurdo subentra la logica, alla millanteria una lucidità cinica e dura. Nelle sue elucubrazioni filosofiche Hitler fu un obnubilato sognatore, quando non ripeté idee altrui maldigerite. Ma quando parla di folla, di propaganda, allora racconta cose che gli eran note di prima mano. Come afferma Alan Bullock, il più abile dei suoi biografi, « Hitler fu il più grande demagogo di tutta la storia ». E chi aggiunge "un demagogo soltanto" mostra di non intendere la natura del potere politico in un'era di politica di massa. Come dice Hitler medesimo « essere un capo significa saper muovere le masse ». Fine di Hitler era anzitutto muovere le masse e quindi, dopo aver tolto loro ogni legame con l'etica tradizionale, imporre su di esse (con il consenso ipnotizzato della maggioranza) un nuovo ordine autoritario di sua invenzione. « Hitler » scriveva Herman Rauschning nel 1939 « ha profondo rispetto per la Chiesa cattolica e per l'ordine dei Gesuiti; non per la dottrina cattolica, ma per l'apparato che essi sono riusciti a creare e a controllare, per il loro sistema gerarchico, per la loro tattica abilissima, per la loro conoscenza della natura umana, per l'uso accorto che fanno delle debolezze umane al fine di dominare i credenti ». Sistema chiesastico senza cristianesimo, disciplina di una regola monastica, non per amor di Dio o per la salvezza dell'uomo, ma per amor dello Stato e per maggior gloria e potenza del demagogo mutato in Capo: questa la meta a cui mirava la sua sistematica commozione delle masse.

Vediamo che cosa pensava Hitler delle masse che riuscì a muovere e come seppe muoverle. Il principio primo da cui Hitler partì era un giudizio di valore: le masse sono estremamente spregevoli, incapaci di pensiero astratto, disinteressate a ogni evento che stia oltre l'esperienza immediata. Il loro comportamento è determinato non dalla conoscenza e dalla ragione, ma da sentimenti e da impulsi inconsci. Proprio in questi sentimenti, in questi impulsi, « si devono piantare le radici dei loro atteggiamenti, positivi e negativi ». Per giungere al successo il propagandista deve saper manipolare istinti e sentimenti. « La forza motrice che ha mosso le più colossali rivoluzioni della terra non è mai stata un corpo di nozioni scientifiche che abbia acquisito potere sulle masse, ma sempre una devozione che le masse ha ispirato, e spesso una sorta di isteria che le ha stimolate all'azione. Chi vuol conquistare le masse deve conoscere la chiave che aprirà la porta dei loro cuori. »... Per dirla in gergo post-freudiano, del loro inconscio.

Hitler trovò particolare udienza fra i piccolo-borghesi rovinati dall'inflazione del 1923, e poi ancora dalla depressione del 1929 e degli anni seguenti. "Le masse" di cui egli parla erano questi milioni di poveri uomini avviliti, delusi, in stato cronico di ansietà. Per trasformarli in massa, per dar loro omogeneità a livello subumano, egli li adunò, a migliaia, a decine di migliaia, in enormi saloni, o all'aperto, dove l'individuo perdesse l'identità personale, anche l'umanità più elementare, e affogasse nella folla. Un uomo, o una donna, entra in contatto con la società in due modi: o come membro di un gruppo, familiare, professionale, religioso, o come membro di una folla. Un gruppo può avere la moralità e l'intelligenza dei singoli che lo formano; ma la folla è caotica, non ha un suo proposito, ed è capace di tutto, tranne che di azione intelligente e di pensiero realistico. Adunata in folla, la gente perde la capacità di ragionare, di compiere una scelta morale. Diventa suggestionabile al punto di non avere più giudizio o volontà propria. Facilmente si eccita, perde il senso della responsabilità, collettiva e individuale, si lascia prendere da improvvisi accessi d'ira, d'entusiasmo, di panico. Insomma l'uomo nella folla si conduce come se avesse ingerito una forte dose d'un potente veleno. È vittima di quel che io chiamo "avvelenamento da gregge". Come l'alcool, anche questo è una droga attiva, estroversa. L'individuo avvelenato dalla folla sfugge alla responsabilità, all'intelligenza, alla moralità, per entrare in uno stato di amenzia frenetica, animalesca.

Nella sua lunga carriera di agitatore politico, Hitler aveva studiato gli effetti di quel veleno e aveva imparato a sfruttarlo ai suoi fini. Aveva scoperto che un oratore può fare appello a quelle "forze nascoste" che motivano l'azione umana, in modo assai più efficace di quanto sia concesso allo scrittore. Infatti il leggere è attività privata, non collettiva. Lo scrittore parla solo a singoli individui, seduti in casa loro e perfettamente lucidi. L'oratore parla alle masse, già ben trattate col veleno del gregge. Sono alla mercè di chi parla; se l'oratore sa il fatto suo, può far di loro quello che vuole. E come oratore Hitler sapeva benissimo il fatto suo. Riusciva, ce lo racconta proprio lui, « a seguire la guida della grande massa, in modo tale che dal sentimento vivo degli ascoltatori veniva il suggerimento della parola giusta, necessaria, che a sua volta tornava diritta al cuore degli ascoltatori ». Otto Strasser lo definì « un altoparlante, che proclama a gran voce i desideri più segreti, gli istinti che meno volentieri si ammettono, le sofferenze e le ribellioni personali di tutta una nazione ». Venti anni prima che Madison Avenue si avventurasse nella "ricerca motivazionale", già Hitler, sistematicamente, studiava e sfruttava i timori e le speranze segrete, i desideri, le ansie, le delusioni delle masse tedesche. Proprio manipolando le "forze nascoste", gli esperti di pubblicità ci inducono a comprare le loro merci: un dentifricio, una marca di sigarette, un candidato politico. E appellandosi a quelle medesime forze nascoste, e ad altre, ma troppo pericolose perché se ne occupi Madison Avenue, Hitler indusse le masse tedesche a comprarsi un Führer, una filosofia pazza e una seconda guerra mondiale.

A differenza delle masse, gli intellettuali hanno il gusto

del razionale, e si interessano dei fatti. Grazie al loro abito mentale critico, resistono a quel tipo di propaganda che funziona tanto bene con la maggioranza degli uomini. Fra le masse « l'istinto è supremo, e dall'istinto viene la fede... Mentre il sano popolo ordinario d'istinto serra le file a formare una comunità di popolo » (sotto un Capo, inutile dirlo) « gli intellettuali si sbandano a destra e a manca, come galline su un'aia. Con loro non si può far storia; non possono servire come componenti d'una comunità ». Gli intellettuali sono proprio gli uomini che vogliono prove, e reagiscono negativamente a un errore, a una incongruenza logica. Per loro il semplicismo è peccato originale della mente umana; con loro non giovano le parole d'ordine, le affermazioni generiche, le facili generalizzazioni di cui si servono i propagandisti. « La propaganda efficace » scriveva Hitler « deve limitarsi a poche semplici necessità, e quindi esprimerle in poche formule stereotipate. » Queste formule stereotipate vanno ripetute continuamente, perché « solo la ripetizione costante riuscirà alla fine a imprimere un concetto nella memoria di una folla ». La filosofia ci insegna a non essere mai sicuri delle cose che paiono di per sé evidenti. La propaganda, all'opposto, ci insegna ad accettare come assiomatiche certe cose su cui ragione vorrebbe che si sospendesse il giudizio, e intervenisse il dubbio. Scopo del demagogo è creare una coerenza sociale sotto la sua direzione. Ma, come ha accennato Bertrand Russell, « i sistemi dogmatici senza fondamento empirico, come la scolastica, il marxismo, il fascismo, offrono il vantaggio di produrre maggior coerenza sociale fra i discepoli ». Il propagandista demagogico deve quindi essere sempre un dogmatico. Ogni sua affermazione sarà priva di sfumature. Nel suo quadro del mondo non ci sarà posto per il grigio. Secondo Hitler il propagandista deve fare suo « un atteggiamento sistematicamente unilaterale, rispetto ad ogni problema che affronti ». Non deve ammettere di potersi sbagliare, o che possa avere in parte ragione chi non la pensa come lui. Con gli avversari non si discute; si grida, si aggredisce, e se danno troppo fastidio, si liquidano. L'intellettuale, che moralmente è schizzinoso, si turberà a sentire queste cose. Ma le masse son perfettamente convinte che « il diritto sta dalla parte dell'aggressore ».

Questa opinione dunque aveva Hitler delle masse. Opinione molto bassa. Ma era poi un'opinione giusta? L'albero si conosce dai frutti; e una teoria della natura umana capace di dar luogo a tecniche di così orribile efficienza, deve contenere almeno qualche elemento di verità. Virtù e intelligenza compaiono negli esseri umani che, in quanto individui, si associano liberamente con altri individui, a formare piccoli gruppi. Lo stesso può dirsi del peccato e della stupidità. Ma l'amenzia subumana a cui si appella il demagogo, l'imbecillità morale su cui conta quando spinge le sue vittime all'azione, sono caratteristiche non degli uomini e delle donne in quanto individui, ma degli uomini e delle donne in quanto massa. L'amenzia, l'idiozia morale, non sono attributi tipicamente umani; sono sintomi d'avvelenamento da gregge. In tutte le religioni superiori di questo mondo, salvezza e illuminazione toccano all'individuo. Il regno dei cieli sta nella mente della persona, non nell'amenzia collettiva della folla. Cristo promise d'essere presente là dove si adunassero due o tre persone. Non parlò mai d'una sua presenza là dove le migliaia si intossicano reciprocamente col veleno del gregge. Sotto il nazismo si costringevano folle enormi a sprecare quantità enormi di tempo marciando inquadrate dal punto A al punto B, e poi di nuovo al punto A. « Questo tenere la popolazione in marcia pareva un insensato spreco di tempo e d'energia. Solo più tardi » aggiunge Herman Rauschning « si scoprì in tutto questo una sottile intenzione, fondata su di un ben calcolato adattamento dei mezzi ai fini. La marcia distrae i pensieri dell'uomo. La marcia uccide il pensiero. La marcia pone fine all'individualità. La marcia è un colpo magico, che serve ad avvezzare il popolo a una attività meccanica, quasi rituale, che a un certo punto diviene la sua seconda natura. »

Dal suo punto di vista, e sul piano da lui prescelto per compiere quest'opera tremenda, Hitler era assolutamente nel giusto, valutando la natura dell'uomo. Ma quelli fra noi che considerano l'uomo e la donna come individui, e non come membri della folla, o di una collettività irreggimentata, diranno che Hitler aveva torto, orrendamente torto. Ebbene, in un'epoca in cui si accelera la sovrappopolazione, si accelera la superorganizzazione, si perfezionano i mezzi di comunicazione di massa, come possiamo noi salvare l'interezza e riaffermare il valore dell'individualità umana? È una domanda che ancora si può porre e a cui forse si può ancora rispondere validamente. Può darsi che fra una generazione sarà già troppo tardi per trovare la risposta. Può darsi addirittura che sarà impossibile porsela, nel soffocante clima collettivo di quel futuro.

L'arte di vendere

La democrazia potrà salvarsi solo se molti individui sapranno scegliere realisticamente, alla luce di bastevoli cognizioni. La dittatura, all'opposto, si tiene in piedi con la censura o con la distorsione dei fatti, con l'appello non alla ragione, non all'interesse illuminato, ma alla passione e al pregiudizio, alle possenti "forze nascoste", come diceva Hitler, che sono nelle profondità inconsce di ogni mente umana.

In Occidente si proclamano i principi della democrazia, e molti pubblicisti capaci e coscienziosi si sforzano di dare all'elettore le nozioni che occorrono, di convincerlo razionalmente a fare una scelta realistica, alla luce di quelle cognizioni. Ottima cosa. Purtroppo la propaganda, nelle democrazie occidentali, e in America soprattutto, ha due facce, una doppia personalità. A dirigere la stampa spesso c'è un dottor Jekyll democratico, un propagandista che sarebbe felicissimo di poter dimostrare la giustezza di quanto affermava John Dewey, circa la capacità della natura umana di rispondere a verità e a ragione. Ma questa degna persona controlla solo una parte dell'apparato della comunicazione di massa. A dirigere la pubblicità troviamo un antidemocratico, in quanto antirazionale, signor Hyde, anzi dottor Hyde, perché oggi Hyde è professore di psicologia, e ha anche la sua brava laurea in scienze sociali. Questo dottor Hyde sarebbe infelice se gli uomini dimostrassero ben fondata la fede di John Dewey nella natura umana. Verità e ragione riguardano il dottor Jekyll, non lui.

Hyde si occupa di analisi motivazionali; suo compito è studiare debolezze e difetti dell'uomo, investigare i desideri e le paure inconsce che in così larga misura determinano il pensiero e l'azione consapevole dell'uomo. Ed egli fa questo non con lo spirito del moralista che amerebbe migliorare i suoi simili, o del medico che vorrebbe guarirli; lo fa solo per scoprire come meglio si possa profittare della sua ignoranza, sfruttare la sua irrazionalità, a beneficio finanziario di chi gli dà lavoro. Ma dopo tutto, dirà qualcuno, la filosofia del capitalismo è morta, oggi impera la filosofia del consumo, e occorrono perciò i servigi di venditori versati in tutte le arti (anche le più insidiose) della persuasione. In un sistema di libera iniziativa la propaganda commerciale, con ogni e qualsiasi mezzo, è assolutamente indispensabile. Ma indispensabile non significa necessariamente auspicabile. Quel che appare buono nella sfera dell'economia, può essere ben lungi dal bene, applicato agli uomini e alle donne in quanto elettori, e anche solo in quanto esseri umani. L'altra generazione, più di questa impegnata in senso morale, avrebbe accolto con raccapriccio il blando cinismo del nostro dottor Hyde. Oggi noi leggiamo un libro come *I persuasori occulti*, di Vance Packard, e la nostra reazione è più di sollazzo che di orrore, più di rassegnazione che di sdegno. Dopo Freud, dopo il behaviorismo, considerato che il produttore di massa ha bisogno cronico e disperato di un consumo di massa, che altro dovremmo attenderci? Ma in futuro, mi chiedo io, cos'altro dobbiamo attenderci? A lunga scadenza, le attività di Hyde si accordano con quelle di Jekyll? Può aver successo una campagna a favore della razionalità, quando si scontri con un'altra, e più vigorosa, campagna a favore dell'irrazionalità? Sono domande a cui per adesso non tenterò di rispondere; le lascio in sospeso, come appigli, diciamo così, per discutere i metodi di persuasione di massa in una società democratica tecnologicamente progredita.

Il compito di un propagandista commerciale, in un paese democratico, è per certi aspetti più facile, per altri più difficile del compito del propagandista politico al servizio di un dittatore già pervenuto al potere, o sulla strada di giungervi. È più facile nella misura in cui tutti noi, o quasi, partiamo da un pregiudizio di favore verso la birra, le sigarette, i frigoriferi, mentre nessuno, o quasi, parte da un pregiudizio in favore dei tiranni. È più difficile nella misura in cui il propagandista non può, per le regole del suo gioco, fare appello agli istinti più selvaggi del suo pubblico. Chi fa la pubblicità dei latticini amerebbe, magari, raccontare ai suoi lettori, e ai suoi ascoltatori, che ogni guaio dipende dalle macchinazioni di una banda di fabbricanti internazionali di margarina, gente senza Dio, e che quindi è dovere d'ogni buon patriota levarsi, correre, dar fuoco alle fabbriche degli oppressori. Ma è un sistema vietato dalle leggi, e quindi il nostro pubblicitario deve contentarsi di un sistema più blando. Più blando, ma anche meno eccitante dell'altro, del ricorso alla violenza verbale o fisica. Alle lunghe ira e odio sono sentimenti controproducenti; ma intanto rendono bene, in quanto a soddisfazione psicologica e anche fisiologica (infatti giovano all'emissione di adrenalina e di noradrenalina abbondante). Gli uomini hanno un pregiudizio iniziale contro i tiranni; ma quando i tiranni o gli aspiranti tali propinano loro propaganda adrenalinica circa la malvagità del nemico, specialmente quando il nemico è debole e quindi facile è dargli addosso, allora sono pronti a seguire, e con entusiasmo. Nei suoi discorsi Hitler ripeteva di continuo parole come "odio", "forza", "spietato", "schiacciare", "colpire"; e accompagnava queste parole violente con gesti anche più violenti. Urlava, strillava, si faceva gonfiare le vene, imporporare il viso. Un'emozione forte (lo sanno benissimo attori e drammaturghi) è contagiosissima. Infettato dalla frenesia purulenta dell'oratore, il pubblico geme, singhiozza e strilla, in un'orgia di passione scatenata. E queste orge sono così gradite che molti dopo averle provate ritornano ansiosi a chiederne ancora. Quasi tutti noi desideriamo la pace e la libertà, ma pochissimi mostriamo entusiasmo pei pensieri e per le azioni che portano alla pace e alla libertà. E così all'inverso: quasi nessuno vuole la guerra e la tirannia, ma moltissimi provano immenso piacere nei pensieri, nei sentimenti e nelle azioni che portano alla guerra. Pensieri, sentimenti, azioni troppo pericolose per sfruttarle a fini commerciali. Così l'uomo della pubblicità, riconosciuto questo suo svantaggio, deve fare del suo meglio con emozioni meno inebrianti, con forme più tranquille di irrazionalità.

La propaganda razionale diventa possibile ed efficiente quando tutti hanno chiaramente inteso la natura dei simboli e i loro rapporti con le cose e con gli eventi che simboleggiano. La propaganda irrazionale è tanto più efficace quanto più non si intende la natura dei simboli. L'uomo semplice tende a stabilire l'eguaglianza fra simbolo e cosa, ad attribuire agli oggetti e agli eventi alcune delle qualità espresse con le parole in base alle quali il propagandista ha deciso di parlare, ai suoi fini. Vediamo un esempio assai semplice. Quasi tutti i cosmetici sono fatti di lanolina, che è un miscuglio emulsionato di grasso di lana e d'acqua. Tale emulsione ha molte qualità positive: penetra nella pelle, non irrancidisce, è lievemente antisettica e così via. Ma i propagandisti commerciali non parlano delle virtù reali della lanolina. Le danno un nome pittoresco, voluttuoso, parlano in termini estatici e ingannevoli di bellezza femminile e ostentano fotografie di formosissime bionde che nutrono i loro tessuti con questo alimento della pelle. « I fabbricanti di cosmetici » ha scritto uno di costoro « non vendono lanolina, vendono speranza. » Per questa speranza, per questa truffaldina implicita promessa di un volto nuovo, le donne sono pronte a pagare dieci o venti volte il valore dell'emulsione. E questo perché i propagandisti l'hanno abilmente messa in rapporto, mediante simboli ingannevoli, con un profondo e quasi universale desiderio femminile, il desiderio di apparire più attraenti ai membri del sesso opposto. Questo tipo di propaganda si basa su principi assai semplici. Si trova un qualche desiderio diffuso, una qualche paura o ansia inconscia e comune; si escogita il modo di mettere in rapporto il desiderio o il timore con il prodotto da vendere; quindi si costruisce un ponte di simboli verbali o visivi su cui il cliente passi dal fatto al sogno appagatore, e dal sogno all'illusione che il prodotto, una volta acquistato, faccia avverare il sogno. « Noi non compriamo arance, compriamo vitalità. Non compriamo un'automobile, compriamo prestigio. » E così via per tutto il resto. Nel dentifricio, per esempio, noi non compriamo un detersivo, un disinfettante, ma anche la liberazione dal timore d'apparire ripugnanti da un punto di vista sessuale. Nella vodka o nel whisky noi non compriamo un veleno protoplasmatico che, a piccole dosi, può deprimere il sistema nervoso in misura psicologicamente positiva; compriamo anche bonomia, cameratismo, il calore di Dingley Dell e lo splendore della Mermaid Tavern. Assieme al lassativo noi compriamo la salute di un dio greco, il fascino d'una ninfa di Diana. Assieme al successo librario del mese noi comperiamo la cultura, l'invidia dei vicini che leggono meno di noi, il rispetto dei raffinati. In ogni caso chi studia le motivazioni ha scoperto un timore o un desiderio radicato, l'energia del quale può servire a spingere il consumatore a sborsare soldi e così, indirettamente, a far girare le ruote dell'industria. Latente nel corpo e nello spirito di innumerevoli individui, questa energia potenziale si libera e si trasmette grazie a una catena di simboli accuratamente disposti, in modo da superare la razionalità e da mettere in ombra i problemi veri.

A volte i simboli acquistano efficacia per la loro sproporzionata incombenza, perché affascinano e perseguitano di per se stessi. A questa categoria appartengono i riti e la pompa della religione. Le "bellezze della pietà" rafforzano la fede che già esiste e, dove non c'è fede, contribuiscono alla conversione. Giacché fanno appello solo al senso estetico, esse non garantiscono né la verità né il valore etico delle dottrine a cui si sono arbitrariamente associate. La storia ci dimostra che spesso queste bellezze della pietà sono state eguagliate e sorpassate dal loro opposto, dalle bellezze dell'empietà. Sotto Hitler, per esempio, l'adunata annuale di Norimberga era un capolavoro di arte rituale e teatrale. « Io ho trascorso sei anni a Pietroburgo, prima della guerra, ai bei tempi del vecchio balletto russo » scrive Sir Neville

Henderson, ambasciatore britannico a Berlino « ma non ho mai visto balletto che per grandiosità e bellezza potesse reggere il confronto con l'adunata di Norimberga. » Viene in mente Keats: « Verità è bellezza, bellezza verità ». Ahimè, questa eguaglianza è possibile solo a livello supremo, sopramondano. Al livello della politica e dell'ideologia la bellezza è perfettamente compatibile con l'assurdo e con la tirannia. Ed è una fortuna: perché se la bellezza fosse incompatibile con l'assurdo e con la tirannia, ci sarebbe ben poca arte al mondo. I capolavori della pittura, della scultura e dell'architettura furono creati quali forme di propaganda religiosa o politica, a maggior gloria di un dio, di un governo, di un clero. Ma re e preti sono sempre stati, a maggioranza, dei despoti e tutte le religioni sono intrise di superstizione. Il genio si è asservito alla tirannia e l'arte ha fatto la pubblicità di un culto religioso. Il tempo, scorrendo, separa l'arte buona dalla metafisica cattiva. Riusciremo noi a compiere la separazione, non dopo il fatto, ma mentre esso avviene? Questo il problema.

Nella propaganda commerciale si intende chiaramente il principio del simbolo dal fascino sproporzionato. Ogni azienda pubblicitaria ha il suo ufficio artistico, e cerca continuamente di abbellire i cartelloni degli affissi con manifesti vistosi, le pagine pubblicitarie dei giornali con vivaci disegni e fotografie. Qui non ci sono capolavori, perché il capolavoro lo intende solo un pubblico limitato, e il pubblicitario invece deve conquistare le maggioranze. Il suo ideale è una mediocre eccellenza. A chi piace quest'arte non mai troppo buona, ma bastevolmente vistosa, piacerà quasi di certo il prodotto che ad essa si associa e di cui è simbolo.

Altro aspetto di questo simbolismo è la pubblicità cantata. Si tratta di una invenzione recente, ma la teologia cantata e la preghiera cantata – l'inno e il salmo – sono antiche quanto la religione stessa. I canti marziali hanno la stessa età della guerra, e i canti patriottici, da cui derivano i nostri inni nazionali, senza dubbio servirono a promuovere la solidarietà di gruppo, a sottolineare la distinzione fra "noi" e "loro", presso i branchi vaganti dei cacciatori paleolitici e dei raccoglitori di frutti selvatici. Su moltissime persone la musica esercita un'attrazione intrinseca. Non solo: un motivo tende a inserirsi nella mente dell'ascoltatore, a restare nel ricordo per tutta una vita. Queste ultime parole, per esempio, costituiscono un'affermazione di scarso interesse, un semplice giudizio di valore. Così come sono, non destano l'attenzione di nessuno. Ma provate ad adattare queste parole a un motivo facile, che si ricordi. Diventeranno subito parole possenti. Non solo: quelle parole tenderanno a ripetersi automaticamente ogni volta che si oda o si ricordi il motivo. Orfeo ha fatto alleanza con Pavlov: la potenza del suono si lega al riflesso condizionato. Al propagandista commerciale, e così pure ai suoi colleghi del campo politico e religioso, la musica offre un ulteriore vantaggio. Un'assurdità che una creatura ragionevole si vergognerebbe di scrivere, di dire, persino d'ascoltare, si può invece ascoltare cantata, o cantare con piacere, addirittura con una certa convinzione intellettuale. Possiamo noi separare questo piacere del canto dalla umanissima tendenza a credere nella propaganda che quel canto esprime? Ancora una volta, è questo il problema.

Grazie all'istruzione obbligatoria e alla stampa a rotativa, il propagandista ha potuto, e per molti anni, far giungere i suoi messaggi a ogni cittadino adulto d'ogni paese civile. Oggi, grazie alla radio e alla televisione, gli tocca la fortuna di poter comunicare anche con gli adulti che non son mai stati a scuola e coi bambini che ci devono ancora andare.

I bambini, ovviamente, sono molto suscettibili alla propaganda. Essi ignorano il mondo e le sue vie, e quindi non sospettano mai di nulla. Non hanno facoltà critiche sviluppate. I più giovani non sono ancora giunti all'età della ragione, ai più adulti manca l'esperienza per far funzionare la loro razionalità di recentissimo acquisto. In Europa, con metafora giocosa, si chiamano "carne da cannone" i giovani che vanno a fare il soldato. Ormai però i loro fratellini e le loro sorelline sono diventati carne da televisione. Quand'ero ragazzo ci insegnavano a cantare le filastrocche e, nelle famiglie osservanti, gli inni religiosi. Oggi i piccoli ripetono la pubblicità cantata. Ma cosa è meglio: « Omo più ti dà di più », oppure « giro-girotondo, casca il mondo »?; « Maria Giulia di dove sei venuta » oppure « Signora, faccia la prova oggi stesso »? Chi può dirlo?

« Non dico che i bambini debbano essere costretti a tormentare i genitori perché comprino i prodotti reclamizzati alla televisione, ma al tempo stesso non posso ignorare il fatto che proprio questo succede, ogni giorno. » Così scrive un divo d'uno dei numerosi programmi indirizzati al pubblico dei giovani. « I bambini » aggiunge costui « sono altrettante registrazioni, vive e parlanti, di quel che diciamo loro ogni giorno. » E a tempo debito queste registrazioni vive e parlanti cresceranno, guadagneranno quattrini, e compreranno i prodotti dell'industria. « Pensate » scrive in tono estatico Clyde Miller « pensate che guadagno può significare per la vostra azienda la possibilità di condizionare un milione, dieci milioni di bambini, i quali diventeranno adulti addestrati a comprare i vostri prodotti, come i soldati, che sono addestrati a muoversi al comando avanti-marsc! » Ma sì, pensiamoci! Ma ricordiamoci anche che i dittatori e gli aspiranti tali hanno pensato per anni a queste stesse cose e che milioni, decine di milioni, centinaia di milioni di bambini stanno crescendo e da grandi compreranno il prodotto ideologico del despota del loro paese e, come soldati ben addestrati, risponderanno debitamente alla parola d'ordine che i propagandisti del despota hanno inserito nel loro cervello.

L'autogoverno è inversamente proporzionale al numero. Quanto più vasto l'elettorato, tanto minore il valore del voto. L'elettore si sente impotente, quantità trascurabile, quando sta in mezzo a milioni di suoi simili. I candidati che egli ha eletto stanno lontani, in cima alla piramide del potere. In teoria essi sono i servitori del popolo; ma in pratica sono servitori che danno ordini e il popolo, giù dalla base della piramide, deve obbedire. L'aumento della popolazione e il progresso tecnologico hanno provocato un aumento nel numero e nella complessità delle organizzazioni, concentrato una maggiore quantità di potere nelle mani dei funzionari, hanno sminuito corrispondentemente il controllo degli elettori, e intanto è venuto meno il rispetto del pubblico per i metodi democratici. Già indeboliti dalle immense forze impersonali che operano nel mondo moderno, gli istituti democratici subiscono ora l'assalto dei politici e dei loro propagandisti.

Gli esseri umani agiscono in molteplici guise irrazionali, ma tutti quanti, messi in condizioni favorevoli, paiono capaci di compiere una scelta ragionevole, alla luce delle prove a loro disposizione. Gli istituti democratici funzionano solamente se tutti fanno del loro meglio per diffondere il sapere e incoraggiare l'uso della ragione. Ma oggi, nella più potente democrazia del mondo, i politici e i loro propagandisti preferiscono buttare nell'assurdo i metodi democratici facendo appello quasi esclusivamente all'ignoranza e all'irrazionalità degli elettori. « L'uno e l'altro partito » scriveva nel 1956 il direttore di un importante giornale economico « metteranno sul mercato candidati e programmi con gli stessi metodi che il mondo degli affari ha inventato per vendere una merce. Fra l'altro la selezione scientifica dei motivi e l'iterazione pianificata... La radio ripeterà, con tensione programmata, i suoi inserti pubblicitari. I manifesti sosterranno parole d'ordine di cui si è studiata l'efficacia... Davanti alla macchina della televisione, ai candidati non basterà voce calda e buona dizione: dovranno avere anche un aspetto "sincero"! »

I mercanti della politica fanno appello solo alla debolezza dei votanti, mai alla loro forza potenziale. Essi non cercano di portare le masse, attraverso l'educazione, alla capacità d'autogoverno; a loro basta manipolarle e sfruttarle. A questo scopo mobilitano e mettono all'opera tutte le risorse della psicologia e delle scienze sociali. Si fanno "interviste in profondità" a campioni accuratamente scelti dall'elettorato. Queste interviste in profondità rivelano i timori e i desideri inconsci che dominano in una determinata società al momento delle elezioni. Poi gli esperti scelgono frasi e immagini intese a placare o, se necessario, ad acuire quei timori, a soddisfare quei desideri, almeno simbolicamente; le sperimentano sul lettore o sull'ascoltatore, le cambiano e le migliorano alla luce delle nozioni così acquisite. Poi la campagna politica è pronta per la comunicazione di massa. Ora occorrono soltanto quattrini e un candidato che impari a fare la faccia "sincera". Con la nuova liturgia, principi politici e programmi concreti hanno ormai perso gran parte della loro importanza. Contano davvero solo due cose: la personalità del candidato e la maniera in cui la sanno proiettare gli esperti della pubblicità.

Il candidato deve essere bello, in qualche modo, o virile o paterno. Deve saper intrattenere il pubblico senza annoiarlo. Il pubblico, avvezzo alla televisione e alla radio, vuole lasciarsi distrarre, e non ama che gli si chieda di concentrarsi, di compiere una lunga fatica intellettuale. Perciò i discorsi del candidato-attore devono essere brevi e scattanti. I grandi problemi del momento debbono esser liquidati in cinque minuti al massimo; magari (perché il pubblico non vede l'ora di passare ad argomento più vivace dell'inflazione o della bomba H) in sessanta secondi netti. La natura dell'oratoria è tale che fra i politici e i chierici c'è sempre stata la tendenza a semplificare le questioni complicate. Dalla tribuna o dal pulpito anche al più coscienzioso degli oratori è difficile dire tutta la verità. I metodi che si usano oggi per vendere il candidato politico, come se fosse un deodorante, danno all'elettorato questa garanzia: egli non sentirà mai dire la verità, su niente.

Il lavaggio dei cervelli

Nei due capitoli che precedono ho descritto le tecniche della (chiamiamola così) manipolazione mentale integrale, come le misero in pratica il più grande demagogo e i più abili venditori che la storia ricordi. Ma un problema umano non si può risolvere soltanto con metodi integrali. C'è posto per il cannone, ma anche per la siringa ipodermica. Nei capitoli che seguono parleremo quindi di alcune fra le tecniche più efficaci per la manipolazione non di una folla, non di un folto pubblico, ma di singoli individui.

Durante i suoi storici esperimenti sul riflesso condizionato, Ivan Pavlov scoprì che gli animali da laboratorio, soggetti a una prolungata tensione fisica o psichica, mostrano tutti i sintomi del collasso nervoso. Poiché non intende più far fronte a una situazione intollerabile, il cervello di questi animali, per così dire, sciopera: o smette senz'altro di lavorare (il cane perde coscienza), o ricorre al sabotaggio (il cane assume una condotta non realistica, o mostra sintomi fisici che in un essere umano noi definiremmo isterici). Alcuni animali resistono più di altri alla tensione. I cani che abbiano una costituzione (Pavlov diceva così) "forte eccitatoria" entrano in collasso molto prima dei cani di temperamento appena "vivace" (vivace qui sta per contrapposto a collerico o agitato). Allo stesso modo i cani di temperamento "debole inibitorio", giungono allo stremo molto prima dei loro simili di tipo "calmo imperturbabile". Ma neanche il più stoico dei cani può resistere all'infinito.

Se la tensione a cui viene esposto è bastevolmente intensa o bastevolmente prolungata, egli entrerà in collasso, a un certo punto, in modo abietto e totale come il più debole della sua specie.

Le due guerre mondiali hanno dato conferma ampia e desolante alle scoperte di Pavlov. In seguito a una sola esperienza catastrofica, o a una serie di spaventi meno gravi ma ripetuti in breve tempo, il soldato mostra numerosi sintomi psicofisici negativi. Perdita temporanea della coscienza, agitazione estrema, letargia, cecità o paralisi funzionale, reazioni assolutamente non realistiche agli eventi esterni, rovesciamento di modi di condotta abituali; tutti insomma i sintomi che Pavlov aveva osservato nei cani ricomparvero fra le vittime di ciò che nella prima guerra mondiale si chiamò "choc da granata", e nella seconda "esaurimento da battaglia". Ogni uomo, come ogni cane, ha il suo limite personale di sopportazione. Quasi tutti raggiungono quel limite dopo circa trenta giorni di tensione più o meno continua nelle condizioni della guerra moderna. Gli individui più suscettibili della media soccombono dopo soli quindici giorni. Quelli che hanno resistenza superiore alla media possono resistere quarantacinque giorni, e anche cinquanta. Forti o deboli, a un certo punto han tutti il collasso. O meglio, tutti quelli che inizialmente erano sani. Perché, ironia della sorte, gli unici che resistano all'infinito alla tensione della guerra moderna sono proprio gli psicotici. L'insania individuale va immune dalle conseguenze dell'insania collettiva.

Che ciascun individuo abbia il suo punto di collasso, è un fatto noto e sfruttato, seppur in maniera rudimentale e non scientifica, da tempo immemorabile. In alcuni casi la spaventosa disumanità dell'uomo verso il suo simile trasse ispirazione dal desiderio, puro e semplice, orrendo e fascinoso insieme, di crudeltà. Ma più spesso a temperare il sadismo puro intervenivano utilitarismo, teologia, ragion di stato. I giudici infliggevano la tortura fisica o d'altra forma per sciogliere la lingua di un testimone riluttante; i chierici per castigare l'eretico e indurlo a mutar opinione; la polizia segreta per strappare la confessione al sospetto di ostilità contro il governo. Sotto il dominio di Hitler la tortura, e poi lo sterminio di massa, furono usati contro gli ebrei, eretici in senso biologico. Per un giovane nazista il periodo di servizio ai campi di sterminio era (sono parole di Himmler) « la migliore lezione sugli esseri inferiori e sulle razze subumane ». Visto il carattere ossessivo dell'antisemitismo appreso da Hitler giovane nei quartieri popolari di Vienna, era inevitabile questa rinascita dei metodi usati dal Santo Uffizio contro gli eretici e contro le streghe. Ma alla luce delle scoperte di Pavlov e delle nozioni acquisite dagli psichiatri per la cura delle nevrosi belliche, tutto questo sembra anacronistico, grottesco nella sua crudeltà. Oggi si può indurre una tensione bastevole a provocare un completo collasso cerebrale mediante metodi che, seppure odiosi e disumani, escludono la tortura fisica.

Comunque siano andate le cose in passato, oggi pare certo che la polizia comunista non fa uso estensivo della tortura. Essa si ispira non all'inquisitore, non all'uomo delle SS, ma allo psicologo, ai suoi animali di laboratorio metodicamente condizionati. Importanti sono le conseguenze pratiche che il dittatore e i suoi poliziotti possono trarre dalle scoperte di Pavlov. Se si può provocare il collasso nel sistema nervoso dei cani, lo stesso può accadere per il sistema nervoso centrale dei prigionieri politici. Basta applicare la tensione nella dose opportuna e per l'opportuna durata di tempo. Alla fine della cura il prigioniero sarà in uno stato di nevrosi o di isteria, pronto a confessare tutto quello che vogliono fargli confessare i suoi aguzzini.

Ma la confessione non basta. L'uomo ridotto a uno stato inguaribile di nevrosi non serve a nessuno. Al dittatore accorto e pratico non serve un paziente da ospedalizzare, né una vittima da fucilare, ma un convertito che lavori per la Causa. E, ispirandosi ancora una volta a Pavlov, apprende che i cani, prima del punto di collasso definitivo, diventano suggestionabili in misura superiore al normale. Quando il cane è al limite della sopportazione cerebrale, è facile installare in lui nuovi moduli di comportamento, moduli che paiono radicati per sempre. Dopo, non è più possibile decondizionare l'animale; ciò che egli ha appreso in stato di tensione resta quale parte integrale della sua struttura.

Molti sono i metodi per produrre una tensione psicologica. I cani si turbano quando lo stimolo è insolitamente forte; oppure quando l'intervallo fra lo stimolo e la reazione abituale si prolunga infinitamente e l'animale resta in uno stato di sospensione; oppure quando il cervello è confuso da uno stimolo che contraddice ciò che l'animale ha imparato a prevedere; oppure quando lo stimolo non si combina nel quadro delle associazioni abituali della vittima. Non solo; si è scoperto che una temperata induzione di paura, d'ira, di ansia, acuisce notevolmente la suggestionabilità dei cani. Se tali emozioni perdurano ad alto livello di intensità per un lasso di tempo bastevole, il cervello "sciopera". E quando questo avviene è facilissimo inserirvi nuovi moduli di comportamento.

Fra le tensioni fisiche che aumentano la suggestionabilità del cane troviamo la stanchezza, le ferite, e tutte le forme di malattia.

Queste scoperte hanno grande importanza pratica per un potenziale dittatore. Dimostrano, per esempio, che aveva ragione Hitler quando sosteneva che le adunate di massa notturna son più efficaci di quelle diurne. « Di giorno » scrive Hitler « la volontà dell'uomo si ribella con somma energia contro ogni tentativo di costrizione alla volontà o all'opinione altrui. Di sera invece egli cede più facilmente alla forza dominatrice di una volontà più possente. »

Pavlov gli avrebbe dato ragione; la stanchezza aumenta la suggestionabilità. (Per questo, fra gli altri motivi, le ore della sera sono le preferite per i programmi pubblicitari alla televisione, e tale preferenza si paga in contanti.)

Ma, più della stanchezza, la malattia intensifica la suggestionabilità. Infatti nei secoli passati le corsie degli ospedali furono teatro di innumerevoli conversioni religiose. Il dittatore scientifico di domani riempirà gli ospedali di altoparlanti e i cuscini di microfoni. Ventiquattro ore al giorno trasmetteranno persuasione in scatola; i pazienti più importanti saranno visitati da tecnici specializzati nella salvezza politica delle anime e nella mutazione dei cervelli, allo stesso modo che in passato i loro predecessori ricevevano le visite dei preti, delle monache e dei laici devoti.

Già molto tempo prima di Pavlov si era osservato (e sfruttato) il fatto che una forte emozione negativa tende ad accrescere la suggestionabilità, e a facilitare perciò la conversione. Come osserva il dottor William Sargant nel suo interessantissimo libro, *Battle for the Mind*, lo straordinario successo del predicatore John Wesley si basava sulla conoscenza intuitiva del sistema nervoso centrale. Wesley iniziava il suo sermone con la descrizione lunga e particolareggiata dei tormenti a cui senza dubbio il suo uditorio sarebbe stato condannato per l'eternità se non si fosse convertito. Quindi, portato l'uditorio al limite, in qualche caso oltre il limite, del collasso cerebrale, mediante il terrore, mediante un angoscioso senso di colpa, egli cambiava tono e prometteva la salvezza ai presenti pentiti. Con questo metodo di predicazione Wesley convertì migliaia di uomini, donne e bambini. La paura intensa e prolungata provocava il collasso e uno stato di suggestionabilità assai intensificato. In quella condizione l'uditorio era disposto ad accettare senza discuterle le asserzioni teologiche del predicatore. Quindi veniva reintegrato da parole consolanti e usciva da simile prova con moduli di comportamento nuovi, e in genere migliori, ben radicati nel cervello e nel sistema nervoso.

L'efficacia della propaganda politica e religiosa non dipende dalle dottrine che si insegnano, ma dai metodi che si usano. Le dottrine possono essere vere o false, sane o perniciose; fa poca differenza, anzi nessuna. Se la dottrina è impartita nel modo giusto e al momento giusto dell'esaurimento nervoso, essa penetra. In condizioni opportune si può convertire in pratica chiunque, a qualunque dottrina si voglia.

Noi conosciamo piuttosto bene i metodi che usa la polizia comunista per trattare i prigionieri politici. Dal momento dell'arresto la vittima viene sistematicamente sottoposta a tensioni fisiche e psicologiche di vario genere. Mal nutrito, disagiato, non gli si concede più di qualche ora di sonno per notte. Resta di continuo in uno stato di sospensione, di incertezza, di apprensione acuta. Giorno dopo giorno – anzi, notte dopo notte, perché questi poliziotti pavloviani sanno che la stanchezza intensifica la suggestionabilità – viene interrogato, spesso per ore e ore filate, da inquisitori che cercano in ogni modo di impaurirlo, confonderlo, sbigottirlo. Dopo qualche settimana o qualche mese di questa cura, il suo cervello sciopera, ed egli confessa tutto quel che i suoi aguzzini vogliono fargli confessare. Poi, se si vuole convertirlo e non fucilarlo, gli si offrono i conforti della fede. Se egli accetta la vera fede si può ancora salvare: certo, non nell'altra vita; in questa, perché ufficialmente l'altra vita non c'è.

Metodi simili, ma meno drastici, furono sperimentati sui prigionieri di guerra durante la guerra di Corea. Nei campi di concentramento cinesi i giovani prigionieri occidentali furono sottoposti a tensione sistematica. Ad esempio, per la più lieve infrazione al regolamento, il prigioniero veniva convocato nell'ufficio del comandante, e lì lo interrogavano, lo minacciavano, lo umiliavano davanti agli altri. E tutto questo ripetutamente, di continuo, a qualsiasi ora del giorno e della notte. Tale continua persecuzione provocava nella vittima un senso di sbigottimento e di ansietà cronica. Per accrescere il senso della colpa, si imponeva ai prigionieri di scrivere e riscrivere, con tutti i particolari più intimi, lunghe relazioni biografiche dei propri errori. E dopo aver confessato i peccati propri, si esigeva la confessione dei peccati dei compagni. In questo modo si intendeva creare nel campo una società da incubo, nella quale ciascuno spiava gli altri, e riferiva le colpe altrui. Alla tensione mentale si aggiungeva quella fisica, dello scarso nutrimento, del disagio, delle malattie. La suggestionabilità, accresciuta con questi metodi, veniva poi abilmente sfruttata dai cinesi, i quali versavano in quei cervelli ormai ricettivi in modo anormale, grosse dosi di propaganda filocomunista e anticapitalista. Tali tecniche pavloviane ebbero ottimo successo. Da fonte ufficiale sappiamo che un prigioniero americano su sette si rese colpevole di collaborazione completa, grave, con le autorità comuniste; uno su tre di collaborazione formale.

Non si creda che i comunisti riserbino questo trattamento solo ai loro nemici. I contadini giovani, che nei primi anni del nuovo regime dovevano farsi missionari e organizzatori comunisti nelle numerosissime città e villaggi della Cina, ebbero un trattamento assai più intenso di quello toccato ai prigionieri di guerra. R. L. Walker, nel suo libro *China under Communism* ci racconta con quali metodi i dirigenti del partito riescono a trasformare uomini e donne qualunque nelle migliaia di fanatici occorrenti per diffondere il vangelo comunista e per imporre la politica del comunismo. Secondo questo sistema di addestramento il materiale umano viene trasportato in campi speciali, dove ciascuno resta completamente isolato dagli amici, dalla famiglia, dal mondo esterno in generale. In questi campi gli allievi sono sottoposti a un lavoro fisico e mentale debilitante; non vanno mai soli, sempre in gruppo; si incoraggia lo spionaggio interno, si impone a ciascuno di scrivere autobiografie di condanna; tutti vivono con la paura cronica del destino tremendo che può capitare per via di quanto ciascuno ha confessato, o di quanto ha raccontato il compagno fattosi spia. In tale condizione di acuita suggestionabilità, si impartisce un corso intensivo di marxismo teorico e applicato; e alla fine del corso c'è un esame: la bocciatura può significare qualunque cosa, dall'espulsione ignominiosa, alla condanna ai lavori forzati, alla liquidazione. Dopo sei mesi di questa roba, la prolungata tensione mentale e fisica produce quel che gli esperimenti di Pavlov prevedevano. Uno dopo l'altro, o anche a gruppi, gli allievi hanno il collasso. Cominciano a comparire sintomi di nevrosi e di isteria. Qualche vittima si uccide; altre (fino, pare, al venti per cento del totale) cadono vittime di gravi malattie mentali. Quelli che sopravvivono al rigoroso processo di conversione hanno in sé moduli di comportamento nuovi e radicatissimi. Troncati tutti i legami col passato: amici, famiglia, costumi e fede. Sono uomini nuovi, ricreati a immagine del loro nuovo dio e assolutamente consacrati al suo servizio.

Nel mondo comunista ogni anno, da centinaia di centri di condizionamento, escono decine di migliaia di questi giovani disciplinati e fedeli. Quel che fecero i Gesuiti per la Chiesa Cattolica della Controriforma, oggi fanno, e senza dubbio continueranno a fare per i partiti comunisti di Europa, Asia e Africa, questi prodotti di un addestramento più scientifico e anche più brutale.

Politicamente Pavlov pare che sia stato un liberale di vecchio stampo. Ma, per una strana ironia della sorte, le sue ricerche e le teorie su di esse basate hanno messo al mondo un grande esercito di fanatici dedicati, anima e corpo, sistema nervoso e riflesso, alla distruzione del liberalismo di vecchio stampo, dovunque esso si trovi.

Il lavaggio dei cervelli, come si pratica oggi, è una tecnica ibrida, che trae la sua efficacia in parte dall'uso sistematico della violenza, in parte dall'accorta manipolazione psicologica. Rappresenta la tradizione di *1984* che sta per mutarsi nella tradizione del *Mondo nuovo*. Sotto una dittatura ben salda e ben organizzata, i nostri attuali metodi di manipolazione semiviolenta parranno certamente assurdi e grossolani. Condizionato fin dalla primissima infanzia (e magari anche biologicamente predestinato), l'individuo comune della classe media o di quella inferiore non avrà mai bisogno d'una conversione, e nemmeno di un corso di aggiornamento sulla vera fede. I membri della casta suprema dovranno essere in grado di produrre pensieri nuovi in risposta a situazioni nuove; perciò il loro addestramento sarà molto meno rigido di quello imposto a chi avrà il compito non di ragionare, ma solamente di fare, e poi di morire, dando il minimo fastidio. Gli individui della casta superiore saranno sempre esemplari di una specie selvaggia: maestri e guardiani, solo appena condizionati, di una razza di animali assolutamente addomesticati. Proprio perché selvaggi, potranno farsi eretici e ribelli. Ove questo accada occorrerà liquidarli, oppure riportarli all'ortodossia col lavaggio dei cervelli, oppure infine (come succedeva nel

Mondo nuovo) esiliarli in un'isola, dove non possano dar fastidio, se non, naturalmente, a se stessi. Ma il condizionamento universale dell'infanzia e le altre tecniche di manipolazione e di controllo, sono cose dell'avvenire e dovranno attendere le prossime generazioni. Prima che siamo giunti al mondo nuovo, i nostri governanti dovranno contentarsi delle tecniche, transitorie e provvisorie, del lavaggio dei cervelli.

La persuasione chimica

Nel mondo nuovo della mia favola non c'era whisky, non tabacco, non traffico illecito di eroina e di cocaina. La gente non fumava, non beveva, non fiutava, non si faceva iniezioni. Se uno si sentiva depresso o giù di corda, ingoiava un paio di pastiglie di un composto chimico chiamato *soma*. Il *soma* originario, di cui presi il nome per la mia droga ipotetica, era una pianta sconosciuta (forse l'*Ascletias acida*) e usata dagli antichi invasori ariani dell'India in uno dei più solenni fra i loro riti religiosi. Preti e nobili, durante una complicata cerimonia, bevevano il succo inebriante spremuto dagli steli di questa pianta. Dicono gli inni vedici che ai bevitori di *soma* tocca una beatitudine multiforme: il corpo si fortifica, il cuore si colma di coraggio, di gioia e di entusiasmo, la mente si illumina e, in una esperienza immediata di vita eterna, il fortunato riceve la garanzia della propria immortalità. Ma quel sacro succo aveva i suoi svantaggi. Il *soma* era una droga pericolosa, così pericolosa che persino il grande Dio-Cielo, Indra, a volte si ammalava dopo averlo bevuto. Una dose eccessiva poteva anche uccidere l'uomo qualunque, ma era un'esperienza così trascendentale, beatificante e illuminante, che bere il *soma* era considerato sommo privilegio. Un privilegio che non aveva prezzo.

Il *soma* del *Mondo nuovo* non aveva alcuno degli svantaggi del suo predecessore indiano. In piccole dosi dava un senso di beatitudine, in dosi maggiori provocava visioni; tre pastiglie bastavano a far sprofondare, entro pochi minuti, in un sonno rigenerante. E senza nessun danno fisiologico o mentale. Il cittadino del mondo nuovo poteva congedarsi dall'umor nero o dalle seccature familiari della vita quotidiana senza sacrificare la propria salute, senza ridurre permanentemente la propria efficienza.

Nel mondo nuovo l'uso del *soma* non era un vizio personale; era un'istituzione politica; era l'essenza stessa della Vita, della Libertà e del Perseguimento della Felicità, garantiti dalla Carta dei Diritti. Ma questo preziosissimo fra i privilegi inalienabili dei soggetti era al tempo stesso una delle armi più potenti dell'arsenale del dittatore. Il drogaggio sistematico degli individui per il bene dello Stato (e anche, naturalmente, per il piacere dei singoli) era una piattaforma fondamentale della politica dei Controllori del Mondo. La razione quotidiana di *soma* era una garanzia contro il disadattamento personale, contro le agitazioni sociali, contro il diffondersi di idee sovversive. Diceva Karl Marx che la religione è l'oppio del popolo. Nel mondo nuovo valeva il contrario. Cioè l'oppio, anzi il *soma*, era la religione del popolo. Come la religione, la droga aveva il potere di consolare, di ripagare, evocava visioni di un mondo diverso, migliore, offriva la speranza, rafforzava la fede e promuoveva la carità. Ha scritto un poeta che la birra

> meglio di Milton può
> giustificare all'uomo le vie del Signore.

E ricordiamoci che, paragonata al *soma*, la birra è una droga di tipo quanto mai grossolano e malsicuro. Nel giustificare all'uomo le vie del Signore, il *soma* sta all'alcool come l'alcool sta agli argomenti teologici di Milton.

Nel 1931, quando io immaginavo questo prodotto sintetico, capace di dare alle future generazioni quiete e felicità, un famoso biochimico americano, il dottor Irvine Page, stava per lasciare la Germania, dove per tre anni aveva studiato, all'Istituto Kaiser Wilhelm, la chimica del cervello. « Non si riesce a capire » ha scritto il dottor Page in un suo recente articolo « perché gli scienziati abbiano atteso tanto tempo, prima di mettersi a studiare le reazioni chimiche del proprio cervello. Parlo in base a una scottante esperienza personale. Nel 1931, quando tornai nel nostro paese... non riuscivo a trovar lavoro in questo campo (la chimica del cervello) o suscitare un rivolo d'interesse sull'argomento. » Oggi, a ventisette anni di distanza, quel rivolo inesistente del 1931, si è mutato in una marea di ricerche biochimiche e farmacologiche. Si sono studiati gli enzimi che regolano il funzionamento del cervello. Si sono isolate nel corpo umano sostanze chimiche sinora sconosciute, come l'adrenocromo e la serotonina (il dottor Page ne è uno degli scopritori) e se ne sono studiati gli effetti sulle nostre funzioni mentali e fisiche. Inoltre si sono ottenute per sintesi nuove droghe: droghe che accrescono, modificano, interferiscono con l'azione delle varie sostanze chimiche mediante le quali il sistema nervoso, controllore del corpo, strumento e mediatore della conoscenza, compie i suoi miracoli, giorno per giorno, ora per ora. Dal nostro attuale punto di vista ecco qual è l'aspetto più interessante di queste nuove droghe; esse alterano temporaneamente la chimica del cervello e lo stato mentale che ad essa si associa, senza danneggiare permanentemente l'organismo nel suo complesso. Sotto tale aspetto sono simili al *soma* e profondamente diverse dalle droghe che nel passato servivano a mutare la mente dell'uomo. Per esempio l'oppio è il tranquillante tradizionale. Ma l'oppio è pericoloso perché, dall'età neolitica fino ai nostri giorni, creando il vizio ha rovinato la salute dell'uomo. Lo stesso può dirsi dell'euforico tradizionale, l'alcool, la droga che, dice il Salmista, "rallegra il cuore dell'uomo". Purtroppo l'alcool non si limita a rallegrare il cuore dell'uomo; in dosi eccessive provoca malattia e vizio, e in questi ultimi otto o diecimila anni ha causato delitti, infelicità domestica, abiezione morale e accidenti altrimenti evitabili.

Tra gli stimolanti tradizionali il tè, il caffè e il mate, grazie a Dio sono assolutamente innocui. Ma sono anche assai blandi stimolanti. A differenza di queste "coppe che rinfrancano ma non inebriano", la cocaina è una droga assai potente e pericolosa. Chi ne fa uso paga care le estasi, il senso di illimitata potenza fisica e mentale: attacchi di depressione angosciosa, sintomi fisici orrendi (ad esempio la sensazione di miriadi di insetti che ti strisciano sul corpo), delusioni di tipo paranoide che possono indurre alla violenza, al delitto. Altro stimolante, di nuova invenzione, è l'amfetamina, meglio nota con il suo nome commerciale, benzedrina. È assai efficace, ma, abusandone, danneggia la salute, mentale e fisica. Dicono che in Giappone vi siano oggi circa un milione di drogati da benzedrina.

Fra le droghe tradizionali che provocano visioni le più note sono il peyote, nel Messico e negli Stati Uniti sudoccidentali, e la *Cannabis sativa*, che si consuma in tutto il mondo, sotto vario nome: hascisc, bhang, kif e marijuana. Medici e antropologi affermano che il peyote è molto meno dannoso del gin o del whisky che ingoia l'uomo bianco. Agli indiani che lo consumano nei riti religiosi permette di entrare in paradiso, di sentirsi integrati nella loro comunità; un privilegio che non costa caro, a parte la masticazione di certa roba che ha un sapore schifoso e dà la nausea per un paio d'ore. La *Cannabis sativa* è droga meno innocua, anche se nemmeno lontanamente dannosa come vorrebbero farci credere i cacciatori di sensazioni. La commissione medica che nel 1944 ebbe dal sindaco di New York l'incarico di studiare il problema della marijuana, dopo attenta indagine concluse che la *Cannabis sativa* non rappresenta alcuna grave minaccia alla società e nemmeno a quelli che la consumano. È una seccatura, non di più.

Da queste droghe tradizionali passiamo ora agli ultimi prodotti della ricerca farmacologica. Grandissima pubblicità hanno avuto tre nuovi tranquillanti: la reserpina, la clorpromazina e il meprobamato. Somministrate ad alcune categorie di nevrotici, le prime due hanno dimostrato notevole efficacia; non perché guariscano dalla malattia mentale ma perché sopprimono, almeno temporaneamente, i sintomi più penosi. Il meprobamato (detto anche Miltown) ha effetti analoghi sui sofferenti di alcune forme nevrotiche. Nessuna di queste droghe è del tutto innocua; ma il danno alla salute fisica e all'efficienza mentale è straordinariamente lieve. In questo mondo, dove nessuno ottiene niente per niente, i tranquillanti offrono molto per poco. Miltown e clorpromazina non sono ancora il *soma*; ma almeno per un aspetto si avvicinano moltissimo a quella mitica droga. Alleviano temporaneamente la tensione nervosa senza danno organico permanente, nella maggioranza dei casi: solo, mentre la droga agisce, una lieve riduzione dell'efficienza intellettuale e fisica. Tranne che come narcotici, sono probabilmente da preferire ai barbiturici, che ottundono il filo della mente e, in dosi eccessive, provocano numerosi sintomi psicofisici negativi, e possono dare anche assuefazione.

Con il dietilamide dell'acido lisergico (LSD-25) i farmacologi hanno di recente ricreato un altro aspetto del *soma*: cioè una droga che aumenta la percezione e provoca visioni, senza nessuno scotto fisiologico. Questa droga straordinaria, efficace in dosi minime – cinquanta, o anche solo venticinque milionesimi di grammo – ha il potere (come il peyote) di trasportare l'uomo in un altro mondo. Nella maggior parte dei casi, l'altro mondo a cui l'LSD-25 dà accesso è un mondo celestiale; ma a volte può anche essere purgatoriale o addirittura infernale. In ogni modo, per chi la compie, l'esperienza dell'acido lisergico, positiva o negativa che sia, risulta profonda e illuminante. E in ogni modo è già sbalorditivo il fatto che si possa mutare così radicalmente il cervello dell'uomo, con uno scotto così lieve.

Ma il *soma* non solamente provocava visioni e tranquillava il paziente; al tempo stesso (e questo è senz'altro impossibile) stimolava la mente e il corpo, creava una euforia attiva, accanto a quella negativa che segue al venir meno dell'ansia e della tensione.

Lo stimolante ideale, possente e insieme innocuo, non è ancora stato scoperto. L'amfetamina, come già si è visto, era ben lontana dalla perfezione: esigeva troppo per quel che dava. Più degno candidato al ruolo di *soma*, sotto questo terzo aspetto, è l'iproniazide, che oggi si somministra ai pazienti depressi, per sollevarli dalla prostrazione, agli apatici per ravvivarli, in genere per accrescere la quantità di energia fisica disponibile. Ancor più promettente – me lo garantisce un illustre farmacologo di mia conoscenza – è un nuovo composto, oggi in fase sperimentale, che si chiamerà Deaner. Il Deaner è un aminoalcole, che pare aumenti nel corpo umano la produzione di acetilcolina e quindi accresca attività ed efficienza del sistema nervoso. Chi prende questa nuova pillola avrà minor bisogno di sonno, si sentirà più desto e più franco, penserà meglio e più in fretta; e quasi senza nessun danno organico, almeno a breve scadenza. Sembra troppo bello per essere vero.

È chiaro dunque che, seppure il *soma* non esiste ancora (e probabilmente non esisterà mai) già abbiamo scoperto buoni sostituti dei suoi singoli aspetti. Noi disponiamo di droghe che tranquillano, che producono visioni, che stimolano, senza alcuna grave penalizzazione fisiologica.

È ovvio che il dittatore, volendo, potrebbe far uso di queste droghe a scopo politico. Così si cautelerebbe contro l'agitazione politica, mutando la chimica del cervello dei soggetti, resi contenti dalla loro condizione servile. Ai tranquillanti ricorrerebbe per calmare gli agitati, agli stimolanti per destare entusiasmo fra gli indifferenti, agli allucinogeni per distrarre l'attenzione dei poveri dalle miserie. Ma come potrebbe, chiederà qualcuno, il dittatore costringere i soggetti a prendere la pillola che li farà pensare, sentire e agire nel modo che egli desidera? È assai probabile che basterebbe mettere le pillole a disposizione di tutti. Oggi a disposizione di tutti troviamo il tabacco e l'alcool, e la gente spende molto più per questi euforici, assai poco efficaci, per questi pseudostimolanti e sedativi, che non per l'educazione dei figli. Consideriamo i barbiturici e i tranquillanti. Negli Stati Uniti queste droghe si vendono solo dietro ricetta medica. Ma il pubblico americano chiede con tale intensità qualcosa che renda più sopportabile l'esistenza in un ambiente urbano-industriale, che i medici firmano ricette per tranquillanti al ritmo di quarantotto milioni l'anno. E una sola ricetta serve di solito per più d'un acquisto. Cento dosi di felicità non bastano: chiedine un altro flacone al farmacista, poi quand'è finito, ancora un altro... Non c'è dubbio che se i tranquillanti si vendessero al prezzo dell'aspirina, e con la stessa facilità, non a miliardi di dosi sarebbero consumati, ma a decine, a centinaia di miliardi. La stessa fortuna toccherebbe a uno stimolante efficace e a buon mercato.

Sotto la dittatura i farmacisti avrebbero ordine di cambiar musica col mutare della situazione. Nei momenti di crisi, provvederebbero a spingere la vendita degli stimolanti. Passata la crisi, un'eccessiva vigilanza ed energia potrebbe dar fastidio al tiranno: allora si solleciterebbero le masse a comprare droghe che tranquillino e provochino visioni. E sotto l'influenza di questa ambrosia molcente, di sicuro non darebbero alcun fastidio al padrone.

Allo stato attuale delle cose, i tranquillanti possono impedire a qualcuno di dar fastidio, non solo ai governanti, ma anche a se medesimo. L'eccessiva tensione è una malattia; ma è malattia anche la tensione troppo scarsa. In talune occasioni *bisogna* esser tesi; in talune occasioni un eccesso di tranquillità (specialmente di tranquillità imposta dall'esterno, dalla chimica) è assolutamente fuori di luogo.

Io ho partecipato di recente a un convegno di studi sul meprobamato; un insigne biochimico avanzò una proposta scherzosa: che il governo degli Stati Uniti regalasse al popolo sovietico cinquanta miliardi di dosi del più noto tranquillante. Come in tutti gli scherzi, c'era anche lì qualcosa di serio. Quando si scontrino due popolazioni, di cui una stimolata continuamente da minacce e promesse, diretta continuamente da una propaganda univoca, mentre l'altra viene, con pari costanza, distratta dalla televisione e tranquillata dal Miltown, quale delle due l'avrebbe vinta?

Oltre a tranquillare, allucinare e stimolare, il *soma* della mia favola aveva anche il potere di accrescere la suggestionabilità, e quindi poteva usarsi per ribadire gli effetti della propaganda governativa. Con minore efficacia, e con maggior danno fisiologico, la farmacopea ha già alcune droghe che possono usarsi a quello scopo. Per esempio la scopolamina: è il principio attivo del giusquiamo, in forti dosi veleno potentissimo; ci sono il pentotal e l'amital sodico. Soprannominato, per qualche strano motivo "siero della verità", al pentotal ha fatto ricorso la polizia di vari paesi per estorcere (forse suggerire) la confessione ai criminali reticenti. Il pentotal e l'amital sodico abbassano la barriera fra conscio e subconscio, e giovano benissimo a curare lo "stress da battaglia", grazie a un procedimento che in Inghilterra si chiama "terapia abreattiva" e in America "narcosintesi". Pare che a queste droghe abbiano fatto ricorso i comunisti, per preparare alla comparsa in tribunale i prigionieri di maggior riguardo.

Intanto prosegue la marcia della farmacologia, della biochimica e della neurologia: possiamo essere certi che nei prossimi anni si scopriranno nuovi e migliori metodi chimici per aumentare la suggestionabilità e sminuire la resistenza psicologica. Come tutte le scoperte, le potremo usare per il bene e per il male. In mano allo psichiatra possono diventare un'arma contro le malattie mentali; in mano al dittatore vincere la battaglia contro la libertà. Più probabilmente, giacché la scienza è imparziale e olimpica, quelle droghe serviranno a fare schiavi e liberi, a sanare e a distruggere.

La persuasione subconscia

In una ulteriore edizione (1919) della sua opera sull'*Interpretazione dei sogni* Sigmund Freud dedicava una nota a pie' di pagina al lavoro di un neurologo austriaco, Poetzl, che in quegli anni aveva pubblicato un articolo per descrivere gli esperimenti da lui condotti col tachistoscopio. (Il tachistoscopio è uno strumento che può assumere due forme: una scatola entro la quale il paziente guarda un'immagine esposta per una brevissima frazione di secondo; una lanterna magica con otturatore rapidissimo, capace di proiettare un'immagine su uno schermo per tempo assai breve.) Ed ecco gli esperimenti: « Poetzl chiedeva al soggetto di disegnare quel che coscientemente aveva notato dell'immagine esposta ai suoi occhi nel tachistoscopio... Poi esaminava i sogni che la notte dopo comparivano al soggetto, e gli chiedeva di disegnare alcune delle immagini apparse durante il sogno. Senza tema di errore fu chiaro che i particolari dell'immagine esposta che il soggetto *non* aveva notati fornivano materia alla costruzione del sogno. »

Con varie modifiche e perfezionamenti, le esperienze del Poetzl son state varie volte ripetute, ultimamente dal dottor Charles Fisher, il quale ha pubblicato tre eccellenti articoli sul sogno e sulla "percezione preconscia" nel « Journal of the American Psychoanalytic Association ». Ma intanto gli psicologi accademici non se ne sono rimasti con le mani in mano. A conferma delle scoperte di Poetzl, i loro studi hanno dimostrato che in effetti l'uomo vede e sente molto più di quanto consapevolmente egli creda di aver visto e sentito; e che quanto egli vede e sente senza saperlo, rimane nella mente subconscia e può anche agire sui suoi pensieri, sentimenti, azioni consapevoli.

La scienza pura non resta mai pura all'infinito. Prima o poi si muta in scienza applicata, e quindi in tecnologia. La teoria dà luogo alla pratica industriale, il sapere si muta in potere, formule ed esperimenti di laboratorio subiscono una metamorfosi e ne esce fuori la bomba H. Nel nostro caso, quel bel frammento di scienza pura, assieme a tutti gli altri bei frammenti di scienza pura nel campo della percezione preconscia, serbò la sua originaria purezza per un periodo di tempo straordinariamente lungo. Poi, al principio dell'autunno 1957, quarant'anni esatti dopo la pubblicazione dell'articolo del Poetzl, il mondo seppe che tale purezza era ormai cosa passata; la scoperta aveva trovato la sua applicazione, era entrata nel regno della tecnologia. La notizia provocò notevole agitazione, se ne parlò e se ne scrisse in tutto il mondo civile. Non c'è da meravigliarsene; perché la nuova tecnica della "proiezione subliminale" – la chiamarono così – si legava intimamente al divertimento di massa, e nella vita dell'uomo civile il divertimento di massa ha un ruolo paragonabile a quello che nel Medio Evo ebbe la religione. La nostra epoca ha avuto vari soprannomi: Era dell'Ansia, Era Atomica, Era Spaziale. Ma potremmo anche chiamarla, legittimamente, Era del Vizio Televisivo, Era della Canzonetta, e così via. In un'epoca come la nostra, la notizia che la scienza pura di Poetzl aveva trovato la sua applicazione, sotto forma di tecnica della proiezione subliminale, non poteva non destare acuto interesse fra i milioni che a questo mondo si vogliono divertire. Infatti la nuova tecnica era puntata direttamente su di loro, e intendeva mutar loro il cervello, senza che essi se ne accorgessero. Mediante tachistocopi di speciale modello, immagini o parole dovevano essere proiettate, per un millesimo di secondo e anche meno, sugli schermi dei televisori e dei cinema, *durante* (non prima né dopo) il programma. Così "Bevete Coca-Cola" o "Fumate una Camel" si sarebbe sovraimpresso all'abbraccio degli amanti, alle lacrime della madre dal cuore spezzato, e i nervi ottici degli spettatori avrebbero registrato questi segreti messaggi, il loro subconscio avrebbe reagito, e a tempo debito ciascuno di essi avrebbe sentito il desiderio della bibita frizzante e del tabacco. E al tempo stesso una voce bassissima, o acutissima, avrebbe lanciato ulteriori messaggi, inaccessibili alla mente conscia. La coscienza dello spettatore avrebbe ascoltato, per esempio, "Tesoro, ti amo", ma subliminalmente, sotto la soglia della consapevolezza, le sue orecchie straordinariamente sensibili e la sua mente subconscia avrebbero assorbito le ultime buone novità in fatto di deodoranti e di lassativi.

Una propaganda commerciale di questo tipo funziona davvero? Le prove addotte da un'azienda commerciale, che per prima dispiegò questa tecnica della proiezione subliminale, furono assai vaghe e, da un punto di vista scientifico, quanto mai insoddisfacenti. Ripetuto a intervalli regolari durante la proiezione di un film in un cinema, l'ordine di comprare altro popcorn pare che abbia provocato un aumento delle vendite, negli intervalli, del 50 per cento. Ma un esperimento solo dimostra assai poco. Anche perché quell'esperimento, in particolare, fu organizzato molto male. Non c'era controllo e non si tenne alcun conto delle variabili, che senza dubbio influiscono sul consumo di popcorn da parte di un pubblico del cinema. E in ogni modo, era quella la migliore applicazione delle cognizioni acquisite in anni e anni di ricerca dagli studiosi della percezione subconscia? È possibile, in sé, che solo proiettando il nome di un prodotto e l'ordine di acquistarlo, si possa vincere la resistenza alla vendita e reclutare altri clienti? La risposta alle due domande è quasi ovvia: no. Ma ciò non significa che a tempo debito le scoperte dei neurologi e degli psicologi non avranno qualche importanza pratica. Accortamente applicato, il bel frammento della scienza pura di Poetzl può ben diventare strumento efficace per la manipolazione dei cervelli ignari.

E ora lasciamo perdere i venditori di popcorn e torniamo

a quelli che, con meno chiasso, ma più immaginazione e metodi migliori, han fatto esperimenti nello stesso settore. Ne daremo qualche accenno suggestivo. In Gran Bretagna, dove questo processo di manipolazione mentale sotto il livello della coscienza si chiama "proiezione strobonica", gli studiosi hanno insistito sull'importanza pratica delle condizioni psicologiche, per la persuasione subconscia. Un suggerimento che arriva al di sopra della soglia della coscienza avrà probabilmente più effetto se chi lo riceve è in lieve stato ipnotico, sotto l'influenza di certe droghe, o della fame, o di una qualsiasi tensione fisica od emotiva. Ma quel che vale per i suggerimenti al disopra della soglia della coscienza vale anche per gli altri, per quelli al disotto. In altre parole, quanto più basso è il livello di resistenza psicologica di una persona, tanto maggiore sarà l'efficacia dei suggerimenti indotti strobonicamente. Il dittatore scientifico del futuro piazzerà le sue macchine mormoratrici e i suoi proiettori subliminali nelle scuole e negli ospedali, perché bambini e malati sono suggestionabilissimi, e in tutti i luoghi pubblici dove sia possibile assoggettare la folla a un processo preliminare di rammollimento, mediante oratoria o mediante qualche rituale.

E ora, viste le condizioni nelle quali è prevedibile l'efficacia della suggestione subliminale, passiamo ai suggerimenti in sé. In quali termini il propagandista si deve rivolgere al subconscio delle sue vittime? Un ordine diretto ("Comprate popcorn", "Votate per Caio") o un'affermazione immotivata ("Il socialismo fa schifo", "Il dentifricio X guarisce l'alitosi") avranno probabilmente effetto sulle menti che già parteggiano per Caio o per il popcorn, o sono già deste ai pericoli dei cattivi odori e della proprietà pubblica dei mezzi di produzione. Ma non basta rafforzare una fede che già esiste: il propagandista degno di questo nome deve creare una fede nuova, deve saper spostare dalla parte sua l'indifferente e l'incerto, deve saper ammorbidire, magari convertire, l'avversario. All'affermazione e al comando subliminale va aggiunta la persuasione subliminale.

Sopra la soglia della consapevolezza, uno dei metodi più

efficaci di persuasione non razionale consiste in ciò che potremmo chiamare persuasione per associazione. Il propagandista associa arbitrariamente il prodotto, il candidato, la causa prescelta con una certa idea, con un'immagine di persona o di cosa che la maggioranza, in una determinata cultura, consideri indiscutibilmente come un bene. Così, in una campagna di vendite, la bellezza femminile può associarsi arbitrariamente con qualunque cosa, da un bulldozer a un diuretico; in una campagna politica il patriottismo può associarsi con qualsiasi causa, dall'*apartheid* all'integrazione, e con qualunque tipo di persona, dal Mahatma Gandhi al senatore McCarthy. Anni or sono, nell'America centrale, io osservai un esempio di persuasione di questo tipo, un esempio che mi colmò di stupita ammirazione per quelli che l'avevano inventato. Sulle montagne del Guatemala le uniche opere d'arte importate sono i calendari a colori che le aziende straniere i cui prodotti sono venduti agli indiani distribuiscono gratuitamente. Sui calendari americani si vedevano cani, paesaggi, giovani donne in stato di parziale nudità. Ma per un indiano il cane è soltanto un oggetto utilitario, paesaggi ne vede fin troppi ogni giorno, e una bionda seminuda non gli interessa, anzi per lui è un poco repellente. Perciò i calendari americani avevano assai minor successo dei calendari tedeschi; perché i pubblicitari tedeschi s'erano dati la pena di capire cosa veramente abbia interesse e valore per un indiano. In particolare ricordo un capolavoro di propaganda commerciale: un calendario lanciato da un produttore di aspirina. In calce all'immagine si scorgeva la notissima marca di fabbrica sulla bottiglietta di pastiglie bianche. Sopra non si vedevano né boschi d'autunno né montagne sotto la neve, e nemmeno un cocker spaniel, né una ballerinetta popputa. No, questi astuti tedeschi avevano associato il loro analgesico a un quadro coloratissimo e vivacissimo della Santissima Trinità, seduta su un banco di nubi, con attorno San Giuseppe, la Vergine Maria, santi assortiti e gran numero di angeli. Così, nella mente semplice e religiosissima degli indiani, le virtù dell'acido acetilsalicilico erano garantite da Dio Padre in persona e da tutta la sua schiera celeste.

A questo tipo di persuasione per associazione si prestano benissimo le tecniche della proiezione subliminale. Durante una serie di esperimenti, condotti all'Università di New York sotto gli auspici dell'Istituto Nazionale della Sanità, si scoprì questo: i sentimenti di un individuo circa un'immagine veduta consapevolmente si possono modificare associandola, a livello subconscio, con un'altra immagine o, meglio ancora, con parole che esprimano un valore. Così, associata a livello subconscio con la parola "felice", un viso neutro e inespressivo sembra, a chi lo guardi, sorridente, amichevole, bonaccione, estroverso. Lo stesso viso, associato sempre a livello subconscio con la parola "arrabbiato", prende un'espressione ostile e sgradevole agli occhi dell'osservatore. (A un gruppo di donne parve addirittura virile; mentre, associato con la parola "felice", il volto sembrò appartenere a una creatura del loro sesso. Padri e mariti ne prendano nota.) Queste scoperte evidentemente hanno grande importanza per il propagandista commerciale e politico. Se egli riesce a spingere le sue vittime in uno stato di suggestionabilità abnormalmente elevate, e se, mentre le vittime rimangono in questo stato, egli riesce a mostrar loro la cosa, la persona o, mediante simbolo, la causa che deve vendere, e se, a livello subconscio, egli riesce ad associare cosa, persona e simbolo con un'immagine o con una parola che esprima un valore, può darsi che gli riesca di modificare i loro sentimenti e le loro opinioni senza che essi abbiano la minima idea di quel che sta succedendo. Secondo il parere di un intraprendente gruppo commerciale di New Orleans, dovrebbe esser possibile con questa tecnica accrescere il valore ricreativo di un film o di uno spettacolo televisivo. Agli uomini piace provare emozioni forti, e quindi amano le tragedie, i film del brivido, i gialli e le storie passionali. La rappresentazione drammatica di una rissa o di un amplesso produce forti emozioni nello spettatore. Più forti sarebbero associandosi, a livello subconscio, con parole o simboli appropriati. Per esempio nella versione cinematografica di *Addio alle armi*, la morte di parto dell'eroina diventerebbe anche più straziante di quel che già è, se sullo schermo si proiettassero subliminalmente, di continuo, parole sinistre, come "dolore", "sangue" e "morte". Nessuno vedrebbe consciamente quelle parole; ma grande ne sarebbe l'effetto sulla mente subconscia, e in questo modo si potrebbero ribadire fortemente le emozioni suscitate, a livello conscio, dall'azione e dal dialogo. Se, come pare quasi certo, la proiezione subliminale può intensificare considerevolmente le emozioni che provano i frequentatori di cinema, l'industria cinematografica si salverà dal fallimento; a meno che, naturalmente, non ci pensi prima l'industria televisiva.

Alla luce di quel che s'è detto sulla persuasione di questo tipo e sulla possibilità di acuire i sentimenti per mezzo della suggestione subliminale, cerchiamo di immaginare come sarà un comizio politico del futuro. Il candidato (se ancora ci saranno candidati) o comunque l'uomo che l'oligarchia al potere ha scelto a suo rappresentante, farà il discorso, che tutti ascolteranno. Intanto i tachistoscopi, le macchine mormoratrici e urlatrici, i proiettori di immagini così sottili che solo la mente subconscia può reagire ad esse, ribadiranno quel che il candidato afferma, associando sistematicamente l'uomo e la causa a parole di carica positiva e a immagini santificate; e iniettando strobonicamente parole di carica negativa e simboli nefasti ogni volta che il candidato menziona i nemici dello Stato o del Partito. Negli Stati Uniti si proietteranno sulla tribuna rapide immagini di Abramo Lincoln e le parole "governo del popolo". In Russia, naturalmente, l'oratore sarà associato con l'immagine di Lenin, con le parole "democrazia popolare", e con la barba profetica di Marx. Siccome son tutte cose del futuro, possiamo anche sorriderne. Fra dieci o venti anni però ci parranno assai meno divertenti. Infatti, ciò che oggi è solo fantascienza diventerà vita politica d'ogni giorno.

Poetzl è uno di quei fenomeni che io, scrivendo *Il mondo nuovo*, ho trascurato. Nella mia favola non c'è accenno alcuno alla proiezione subliminale. È un'omissione che, se oggi dovessi riscrivere il mio libro, certamente correggerei.

Ipnopedia

Alla fine dell'autunno 1957 il Woodland Road Camp, stabilimento penale della Contea di Tulare, in California, fu teatro di un esperimento strano e interessante. Sotto i cuscini di un gruppo di carcerati – si erano volontariamente offerti di far da cavie – misero certi altoparlanti in miniatura, tutti collegati a un fonografo, nell'ufficio del direttore. Ogni ora, per tutta la notte, un sussurro ispirato ripeteva una breve omelia sui "principi del vivere morale". Destandosi a mezzanotte, il prigioniero sentiva la vocetta esaltare le virtù cardinali, o mormorare, a beneficio del suo Io Migliore: « Sono pieno d'amore e di pietà per tutti, e che Dio m'aiuti ».

Dopo aver letto questa storia di Woodland Road Camp, aprii il *Mondo nuovo*, al secondo capitolo. In quelle pagine il Direttore dell'Incubazione e Condizionamento per l'Europa Occidentale spiega a un gruppo di incubatori e condizionatori novellini come funziona, sotto il controllo dello Stato, il sistema dell'educazione etica: un sistema che, nel settimo secolo dopo Ford, si chiama Ipnopedia. I primissimi tentativi di insegnamento durante il sonno, spiega il direttore, erano mal diretti, e quindi fallirono. Gli educatori infatti cercavano di dare ai loro alunni dormienti un'istruzione intellettuale. Ma l'attività intellettuale è incompatibile col sonno. L'ipnopedia ha avuto successo solo quando la si è usata per l'addestramento *morale*; in altre parole, per condizionare la condotta mediante suggestione verbale in un momento di diminuita resistenza psicologica. « Il condizionamento senza parole è cosa rozza e grossolana, non può inculcare i più complessi moduli di comportamento richiesti dallo Stato. Per questo occorrono parole, ma parole senza ragione »... parole d'un tipo che non richieda analisi per essere inteso, che il cervello addormentato ingoi così come sono. Questa è la vera ipnopedia, « la maggiore forza moralizzante e socializzante di ogni tempo ». Nel mondo nuovo mai un cittadino di casta inferiore dava fastidio. Perché? Perché, dal momento in cui era in grado di parlare e di capire quel che gli si diceva, ogni bambino di casta inferiore era sottoposto a suggerimenti ripetuti all'infinito, notte dopo notte, nelle ore del sonno o della sonnolenza. Questi suggerimenti erano « come gocce di ceralacca liquida, gocce che aderiscono, s'incrostano, s'incorporano con la cosa su cui cadono, fino a ridurla a un unico bolo scarlatto. Alla fine la mente del fanciullo *è* questi suggerimenti e la somma di essi *è* la mente del fanciullo. E non del fanciullo soltanto, ma anche dell'adulto, per tutta la vita. La mente che giudica e desidera e decide, fatta di questi suggerimenti. Che sono i *nostri*, i suggerimenti dello Stato... »

Oggi, per quanto ne so io, con la suggestione ipnopedica non siamo andati oltre l'esperimento della Contea di Tulare: questa applicazione ai fuorilegge ci appare ineccepibile. Magari fosse possibile riempire chiunque, e non soltanto gli ospiti di Woodland Road Camp, di amore e di pietà del prossimo! No, non ci opponiamo al messaggio recato da quel sussurro ispirativo; ci opponiamo al principio dell'ipnopedia in mano allo Stato. È lecito lasciare che usino l'ipnopedia, a loro discrezione, i funzionari che in una società democratica per delega esercitano l'autorità? Nel caso citato, essi l'hanno usata su volontari, e con intenzioni nobilissime. Ma nulla garantisce che in altri casi le intenzioni saranno altrettanto buone, e che l'esperimento sarà condotto su dei volontari. È cosa cattiva ogni legge o ordinamento sociale che permette ai funzionari di farsi indurre in tentazione. Cosa buona invece è ogni legge o ordinamento sociale che impedisce la tentazione di abusare del proprio potere a beneficio personale, o a beneficio dello Stato, o di qualche organizzazione politica, economica, ecclesiastica. L'ipnopedia, se efficace, diverrebbe strumento di straordinaria potenza nelle mani di chi fosse in grado di esercitare la suggestione sopra un pubblico coatto. Una società democratica è tale se riconosce che del potere spesso si abusa, e che quindi lo si può affidare ai funzionari solo in quantità limitata e per tempo limitato. In una società democratica la legge dovrebbe governare l'uso dell'ipnopedia da parte dei funzionari; naturalmente se l'ipnopedia si rivela davvero strumento di forza. Ma è poi tale? Funzionerà proprio come io l'immaginavo nel settimo secolo d. F.? Vediamo le prove.

Nello « Psychological Bulletin » del luglio 1955, Charles W. Simon e William H. Emmons analizzano e valutano i dieci più importanti studi sull'argomento; studi sulla memoria. L'insegnamento durante il sonno aiuta l'allievo a mandare a mente la lezione. In che misura le nozioni sussurrate all'orecchio del dormiente saranno ricordate al risveglio? Ecco la risposta di Simon e di Emmons: « Abbiamo passato in rassegna dieci studi sulla ipnopedia. Aziende commerciali, riviste divulgative, giornali, ne hanno parlato acriticamente, per dimostrare la possibilità dell'apprendimento durante il sonno. Noi abbiamo analizzato criticamente, di quegli studi, impianto sperimentale, statistiche, metodi e criteri. Per qualche verso ogni studio presentava insufficienze. In ogni caso essi non dimostrano inequivocabilmente che durante il *sonno* ci sia davvero apprendimento. Pare che apprendimento in qualche misura avvenga in uno speciale stato di veglia, per cui i soggetti in seguito non ricordano d'essere stati desti. Ciò può avere grande importanza pratica, dal punto di vista dell'economia nel tempo di studio, ma non può configurarsi quale *apprendimento durante il sonno*... A confondere il problema interviene una insufficiente definizione del sonno ».

Resta però il fatto che nell'esercito americano, durante la seconda guerra mondiale (e persino, sperimentalmente, durante la prima) alle lezioni diurne di lingue straniere e di alfabeto Morse si accompagnavano corsi di istruzione durante il sonno; e pare con buoni risultati. Dopo la fine della seconda guerra mondiale alcune aziende commerciali degli Stati Uniti e d'altri paesi, hanno comprato altoparlanti da cuscino, fonografi a orologio e registratori, ad uso di attori di teatro che abbiano fretta di imparare la parte, di politici e di predicatori che vogliano sembrare estemporanei, di studenti che preparino gli esami, e – questa la maggior fonte di profitto – di innumerevoli individui scontenti di sé, e quindi desiderosi di cambiar natura mediante la suggestione e l'autosuggestione. È facile registrare su nastro magnetico un autosuggerimento e poi ascoltarlo ripetutamente, sia di giorno che di notte in sonno. Si può anche comprare la suggestione dall'esterno, sotto forma di dischi che ripetono variatissimi messaggi di speranza. Sul mercato si trovano dischi che servono a ridurre la tensione, a indurre il rilassamento totale, ad accrescere la fiducia in sé (assai usati dai venditori); dischi che aumentano il fascino personale, che danno una personalità più magnetica. Assai venduti i dischi per il conseguimento dell'armonia sessuale, e anche quelli fatti apposta per dimagrire. (« Non mi piace la cioccolata, sono insensibile alla voglia di patate, non m'importa niente delle tartine. ») Ci sono dischi che fanno bene alla salute, e anche dischi che aiutano a far soldi. E si noti bene: gli attestati volontari degli acquirenti soddisfatti dimostrano che parecchie persone hanno veramente guadagnato più soldi dopo aver ascoltato i suggerimenti ipnopedici diretti a tal fine; parecchie signore grasse sono calate di peso; parecchie coppie già sull'orlo del divorzio hanno riacquistato l'armonia sessuale e vivono a lungo felici.

Interessante sotto tale aspetto un articolo di Theodore X. Barber, *Sonno e ipnosi*, comparso nel « Journal of Clinical and Experimental Hypnosis » (ottobre 1956). Barber precisa che c'è notevole differenza fra sonno lieve e sonno profondo. Nel sonno profondo l'elettroencefalografo non registra le onde alfa, che compaiono invece nel sonno lieve. Sotto tale aspetto il sonno leggero è più vicino alla veglia e agli stati ipnotici (le onde alfa sono presenti nell'una e negli altri) che non il sonno profondo. Un rumore violento desta la persona che dorma profondamente. Uno stimolo meno violento non la scuote, ma provoca la comparsa delle onde alfa: segno che per il momento il sonno profondo ha dato luogo al sonno leggero.

La persona immersa in un sonno profondo non è suggestionabile. Ma quando si dà un suggerimento a un individuo in sonno leggero, egli reagisce, allo stesso modo in cui reagisce quando si trova in stato di *trance*.

Esperimenti analoghi hanno condotto i primi studiosi dell'ipnotismo. Nella sua classica *History, Practice and Theory of Hypnotism* (la prima edizione è del 1903), Milne Bramwell dice: « Molti autorevoli studiosi affermano di aver mutato il sonno naturale in sonno ipnotico. Secondo Wetterstrand, è spesso assai facile mettere qualcuno in rapporto con persone dormienti, soprattutto bambini... Wetterstrand ritiene che questo metodo d'induzione ipnotica abbia grande importanza pratica, e sostiene di averlo usato sovente con buon successo ». Bramwell cita molti altri ipnotisti sperimentali (fra gli altri gli autorevolissimi Bernheim, Moll e Forel): affermano tutti la stessa cosa. Oggi naturalmente lo sperimentatore non parlerebbe di « mutare il sonno naturale in sonno ipnotico ». Dirà al massimo che il sonno leggero (contrapposto a sonno profondo senza onde alfa) è uno stato in cui molti soggetti accettano suggerimenti con la stessa facilità che se fossero sotto ipnosi. Un esempio: il soggetto è in stato di sonno leggero e noi gli diciamo che tra poco si desterà assetato; ebbene, in parecchi casi lo vedremo destarsi con la gola secca e cercare acqua. La corteccia cerebrale non è attiva quanto occorre per il pensiero vero e proprio; ma è sveglia quanto basta per rispondere ai suggerimenti e per trasmetterli al sistema nervoso autonomo.

Come già abbiamo visto, il famoso medico e ricercatore svedese Wetterstrand condusse, con ottimi risultati, esperimenti sui bambini dormienti. Ai nostri tempi numerosi altri pediatri seguono i suoi metodi, e insegnano alle mamme l'arte di fornire utili suggerimenti ai figli durante le ore del sonno. Grazie a questo tipo di ipnopedia, i bambini guariscono dalla cattiva abitudine di bagnare il letto, di succhiarsi il pollice, si dispongono ad affrontare senza apprensione un intervento chirurgico, riacquistano fiducia e sicurezza ogni qual volta la vita ha dato loro una delusione. Di persona ho constatato i buoni risultati dell'ipnopedia terapeutica sui bambini. Lo stesso probabilmente sarebbe possibile con gli adulti.

Mi pare chiara la morale che ne trarrebbe un aspirante dittatore. In condizioni opportune, l'ipnopedia funziona veramente, funziona, direi, bene quanto l'ipnosi. Quel che si può fare al soggetto in stato di *trance* ipnotica, lo si può fare anche al soggetto immerso in sonno leggero. I suggerimenti verbali passano per la corteccia insonnolita, raggiungono il mesencefalo, il ceppo cerebrale e quindi il sistema nervoso autonomo. Se i suggerimenti sono ben congegnati, e si ripetono di continuo, è possibile interferire, modificare le funzioni corporee del dormiente, introdurre nuovi moduli emotivi, modificare quelli vecchi, impartire ordini postipnotici, radicare nella memoria formule, comandi, slogan.

Dal punto di vista dell'ipnopedia i fanciulli son migliori soggetti che non gli adulti, e di questo fatto profitterà certo l'aspirante dittatore. Durante il pisolino pomeridiano i fanciulli in età da asilo infantile verranno sottoposti al trattamento ipnopedico. Per i bambini più grandi, e particolarmente per quelli che già sono nelle organizzazioni di partito – ragazzi e ragazze che da grandi diventeranno dirigenti, funzionari, insegnanti – ci saranno scuole-convitto dove a eccellenti corsi diurni si accompagnerà l'insegnamento notturno, durante il sonno. Per ciò che riguarda gli adulti, particolare attenzione andrà agli ammalati. Come ha dimostrato Pavlov molti anni or sono, un cane robusto e resistente acquista assoluta suggestionabilità dopo che ha sofferto d'una malattia debilitante. Il nostro dittatore farà in modo che gli ospedali abbiano tutti un perfetto impianto diffusore. Un'operazione di appendicite, un parto, un attacco di polmonite o di epatite diverranno altrettante occasioni per un corso intensivo di vera fede e di lealtà, per ribadire i principi dell'ideologia dominante. Prigioni, campi di lavoro, caserme, navi, treni e aerei notturni, squallide sale d'attesa al capolinea dell'autobus o alla stazione ferroviaria: tutti offrono un potenziale pubblico coatto. E anche se i suggerimenti ipnopedici forniti a questo pubblico coatto avessero un'efficacia non superiore al 10 per cento, i risultati sarebbero tuttavia ragguardevoli e, dal punto di vista del dittatore, graditissimi.

Dall'acuita suggestionabilità che si accompagna al sonno leggero e all'ipnosi, passiamo ora alla suggestionabilità normale degli individui che sono desti – o almeno che credono d'esserlo. (In realtà come affermano i buddisti, la maggioranza degli uomini son sempre semidesti e passano nella vita come sonnambuli, obbedienti alle suggestioni altrui. La veglia totale è illuminazione. "Buddha" infatti significa "ridestato".)

Dal punto di vista genetico l'essere umano è unico, e sotto molti aspetti diverso da ogni altro essere umano. Amplissima è la gamma delle variazioni individuali rispetto alla norma statistica. E la norma statistica, non lo scordiamo, serve per il calcolo attuariale, ma non per la vita vera. Nella vita vera non esiste l'uomo medio. Ci sono solamente singoli uomini, donne e bambini, ciascuno con le sue idiosincrasie innate, nel corpo e nella mente; e tutti cercano (o sono costretti) di comprimere le loro diversità biologiche nell'uniformità di una qualche forma culturale.

La suggestionabilità è appunto una delle caratteristiche che variano più considerevolmente da individuo a individuo. Certamente i fattori ambientali contribuiscono a rendere una persona più reattiva d'un'altra alle suggestioni; ma è altrettanto certo che nella suggestionabilità degli individui esistono differenze costituzionali. Piuttosto rara la resistenza estrema alla suggestione. Ed è una fortuna: infatti se tutti gli uomini fossero così ostici alla suggestione come alcuni sono, la vita sociale diventerebbe impossibile. Le società funzionano con bastevole efficienza proprio perché, in varia misura, la maggioranza degli uomini non resistono alla suggestione. Altrettanto rara è la suggestionabilità estrema. E anche questa è una fortuna. Perché se la maggioranza di noi reagisse alle suggestioni esterne allo stesso modo degli uomini e delle donne che soffrono di estrema suggestionabilità, la scelta libera e razionale diventerebbe virtualmente impossibile per la maggioranza dell'elettorato, e le istituzioni democratiche non potrebbero sopravvivere; anzi forse nemmeno nascere.

Pochi anni or sono, al General Hospital del Massachusetts, un gruppo di ricercatori compì un interessantissimo esperimento sugli effetti analgesici del "placebo". (In questo caso per placebo si intende tutto ciò che il paziente crede essere farmaco attivo, mentre in realtà non fa proprio nulla.) Nel nostro caso si trattava di centosessantadue pazienti appena usciti dalla sala chirurgica e tutti sofferenti. Ogni qual volta il paziente chiedeva un farmaco che gli calmasse il dolore, subito gli praticavano un'iniezione che era o di morfina o d'acqua distillata. Tutti i pazienti ebbero sia iniezioni di morfina che iniezioni di placebo. Il trenta per cento circa dei pazienti non ebbero alcun sollievo dal placebo. Un quattordici per cento invece si sentirono meglio dopo ogni iniezione di acqua distillata. Per il residuo cinquantacinque per cento: in qualche caso ci fu sollievo, grazie al placebo, in altri casi no.

Sotto quali aspetti differiscono gli individui disponibili alla suggestione dagli altri, dai non suggestionabili? Gli studi e le sperimentazioni han dimostrato che sesso ed età non sono fattori importanti. Gli uomini reagiscono al placebo nella stessa misura delle donne, gli adulti dei giovani. Né pare importante l'intelligenza, misurata coi metodi opportuni. L'uno e l'altro gruppo avevano lo stesso quoziente d'intelligenza medio. La differenza sostanziale si mostrò semmai nel temperamento, nel modo in cui ciascuno sentiva sé e gli altri. I soggetti reattivi erano più degli altri disposti alla cooperazione, meno critici, meno sospettosi. Non davano fastidio alle infermiere e ritenevano "ottime" le cure ricevute in ospedale. Ma seppur meno ostili verso il prossimo, i soggetti reattivi erano in genere assai più disposti interiormente agli stati d'ansia. Un'ansia che, sopraggiungendo motivo di tensione, tendeva a mutarsi in vari sintomi psicosomatici: disturbi di stomaco, diarrea, mal di testa. Nonostante l'ansia, o forse a causa di essa, quasi tutti i soggetti reattivi erano meno inibiti degli altri, nel far mostra dei propri sentimenti, e più volubili. Erano anche assai più religiosi, più attivi nella frequenza in chiesa, più preoccupati, a livello subconscio, dei loro organi addominali e pelvici.

Interessante confrontare questi dati sulla reazione al placebo con le indicazioni che, nel loro campo specifico, ci danno gli studiosi dell'ipnosi. Circa un quinto della popolazione, così affermano, è facilmente ipnotizzabile. Un altro quinto non si lascia ipnotizzare, oppure cade in ipnosi solo dopo che una droga o la stanchezza abbiano ridotto la resistenza psicologica. Gli altri tre quinti si lasciano ipnotizzare più difficilmente del primo gruppo, ma assai più facilmente del secondo. Un fabbricante di dischi ipnopedici mi ha detto che quasi il venti per cento dei suoi clienti sono soddisfattissimi e annunciano risultati sorprendenti dopo brevissimo tempo. All'altro capo dello spettro della suggestionabilità c'è una minoranza, otto per cento, che regolarmente vuole i suoi quattrini indietro. Fra i due estremi troviamo clienti che non hanno risultati immediati, ma che a lungo andare subiscono la suggestione. Se persevereranno nell'ascoltare le istruzioni ipnopediche opportune, alla fine otterranno quel che vogliono: fiducia in sé o armonia sessuale, calo di peso o quattrini.

Dinanzi all'ideale della democrazia e della libertà si leva la sostanza bruta della suggestionabilità umana. Un quinto dell'elettorato si lascia ipnotizzare quasi in un batter d'occhio; un settimo non avverte più dolore dopo un'iniezione d'acqua pura; un quarto reagisce in modo rapido ed entusiastico all'ipnopedia. E a tutte queste minoranze fin troppo disposte alla cooperazione dobbiamo aggiungere le maggioranze più lente a muoversi, con una suggestionabilità meno spiccata, ma pur sempre sfruttabile da chi sappia il suo mestiere, e sia pronto a spendere il tempo e il lavoro necessario.

La libertà individuale è compatibile con un alto grado di suggestionabilità? Gli istituti democratici possono resistere alla sovversione interna di abili manipolatori, che sappiano la scienza e l'arte di sfruttare la suggestionabilità degli individui e delle folle? In che misura l'educazione può neutralizzare l'innata tendenza all'eccessiva suggestionabilità, per il bene dell'individuo e della società democratica? Fino a che punto la legge può controllare uomini di affari ed ecclesiastici e politici (al potere e non) quando essi intendano sfruttare la suggestionabilità del prossimo? Alle prime due domande, in forma esplicita o implicita, abbiamo già risposto nei capitoli precedenti. In quelli che seguono affronteremo il problema della prevenzione e della cura.

Educazione alla libertà

L'educazione alla libertà deve cominciare dalla constatazione dei fatti e dalla enunciazione dei valori: deve quindi elaborare le tecniche che giovano alla realizzazione dei valori, e alla lotta contro chi, per qualsiasi motivo, voglia ignorare i fatti o negare i valori.

In un precedente capitolo abbiamo parlato dell'Etica Sociale, la quale giustifica e fa parere cosa buona i mali derivanti dalla superorganizzazione e dalla sovrappopolazione. Questo sistema di valori è consono con quel che noi sappiamo essere il fisico e il temperamento umano? L'Etica Sociale parte da questi presupposti: l'educazione determina in modo assoluto il comportamento umano, mentre la natura, cioè la struttura psicofisica con cui l'uomo viene al mondo, è fattore trascurabile. Ma è vero? È vero che gli uomini altro non sono se non il prodotto del loro ambiente sociale? E se non è vero, come si giustifica allora l'affermazione che l'individuo è meno importante del gruppo a cui appartiene?

Tutte le prove a nostra disposizione invitano a concludere che, nella vita degli individui e delle società, i valori ereditari hanno la stessa importanza di quelli culturali. Ogni individuo è biologicamente unico e diverso da tutti gli altri. Perciò la libertà è un grande bene, la tolleranza una grande virtù, l'irreggimentazione una vera calamità. Per motivi pratici o teorici i dittatori, gli organizzatori e alcuni scienziati muoiono dalla voglia di ridurre questa forsennata diversità della natura umana a una qualche maneggiabile uniformità. Nel primo impulso del fervore behavioristico J. B. Watson affermava esplicitamente di non trovare alcuna prova « a favore dei moduli ereditari di comportamento, o delle attitudini speciali (musicale, artistica ecc.) che alcuni ritengono ereditabili ». E persino oggi un illustre psicologo, il professor B. F. Skinner, di Harvard, continua a dire: « Completandosi il quadro della spiegazione scientifica, il contributo che può attribuirsi all'individuo pare che tenda allo zero. Il cosiddetto potere creativo dell'uomo, i suoi conseguimenti nell'arte, nella scienza, nella morale, la sua capacità di scegliere e il nostro diritto di tenerlo responsabile delle conseguenze della sua scelta, nessuna di queste cose compare più nell'autoritratto che ci dà la scienza ». Insomma le opere di Shakespeare non furono scritte da Shakespeare, e nemmeno da Bacone, né dal Conte di Oxford; furono scritte dall'Inghilterra elisabettiana.

Sono passati sessant'anni da quando William James scrisse un saggio sui "Grandi uomini e il loro ambiente": in quello scritto egli difendeva gli individui più eminenti dagli assalti di Herbert Spencer. Spencer aveva affermato che la "Scienza" (personificazione quanto mai utile delle idee, che in un momento determinato, hanno i professori Tizio, Caio e Sempronio) aveva del tutto abolito il Grand'Uomo. « Il grand'uomo » diceva Spencer « deve classificarsi in mezzo a tutti gli altri fenomeni della società che gli ha dato i natali, quale prodotto dei suoi antecedenti. » Il grand'uomo può essere (o parere) « colui che avvia il mutamento... Ma se vogliamo spiegare davvero questo mutamento, dobbiamo cercare in quel coacervo di condizioni da cui sono emersi e il grand'uomo e il mutamento ». Ecco una di quelle vuote profondità alle quali è impossibile dare un senso funzionale. Il nostro filosofo dice: dobbiamo sapere tutto, per poter comprendere appieno qualcosa. Indubbiamente. Ma in realtà non potremo mai conoscere tutto. Perciò dobbiamo contentarci di una conoscenza parziale, di cause prossime, tra le quali sta appunto l'influenza dei grandi uomini. « Se c'è una cosa umanamente certa » risponde William James

« è che la società del grand'uomo, propriamente detta, non fa il grand'uomo prima che egli rifaccia la società. A farlo sono le forze psicologiche, sulle quali le condizioni sociali, politiche, geografiche, e in larga misura anche antropologiche, influiscono né più né meno, quanto il cratere del Vesuvio influisce sulla luce del gas che illumina la mia scrittura. Sostiene forse il signor Spencer che la convergenza delle pressioni sociologiche si sia concentrata su Stratford-upon-Avon, verso il ventisei aprile 1564, sì da farci nascere un tale W. Shakespeare, con tutte le sue caratteristiche intellettuali?... E sosterrà inoltre che se il suddetto W. Shakespeare fosse morto bambino, di colera, un'altra mamma, a Stratford-upon-Avon, avrebbe necessariamente messo al mondo la copia conforme di lui, per ristabilire l'equilibrio sociologico? »

Il professor Skinner è uno psicologo sperimentale, e il suo trattato su *Scienza e comportamento umano* si basa saldamente sui fatti. Purtroppo i fatti si riducono a una classe così ristretta che quando alla fine egli tenta di generalizzare, le sue conclusioni sono vaghe e lontane dalla realtà quanto quelle del teorico vittoriano. È inevitabile; perché il professor Skinner è indifferente quasi quanto Herbert Spencer alle "forze fisiologiche", come le chiama William James. Dei fattori genetici che determinano il comportamento umano, egli si sbriga in meno d'una pagina. Nel suo libro non c'è accenno alle scoperte della medicina costituzionale, né della psicologia costituzionale, in base alle quali (e ad esse soltanto, per quanto ne so io) sarebbe possibile scrivere una biografia completa e realistica di un individuo in rapporto agli eventi maggiori della sua esistenza: corpo, temperamento, doti intellettuali, ambiente immediato momento per momento, tempo, luogo, cultura. Una scienza del comportamento umano è come una scienza del moto in astratto: necessaria, ma per sua natura del tutto inadeguata ai fatti. Prendete un aquilone, un razzo, un frangente. Tutti e tre illustrano le medesime leggi fondamentali del movimento, ma le illustrano in modi diversi, e le differenze contano almeno quanto le identità. Lo studio del movimento, in sé, non può dirci quasi nulla sull'oggetto che, in qualsiasi determinato caso, si muove. Allo stesso modo lo studio del comportamento, in sé, non può dirci quasi nulla sul corpo e sulla mente di un individuo che, in un qualsiasi momento particolare, stia mostrando il suo comportamento. Però la conoscenza del corpo e della mente, per noi che di mente e di corpo siamo fatti, ha importanza somma. Non solo: osservazione ed esperienza ci insegnano che le differenze fra i singoli individui sono enormi e che alcuni di essi possono influenzare profondamente, e di fatto lo influenzano, il loro ambiente sociale. Su quest'ultimo punto Bertrand Russel è d'accordo con William James, e con tutti, aggiungerei, tranne che coi rappresentanti dello scientismo alla maniera di Spencer o dei behavioristi. Secondo Russell le cause del mutamento storico son di tre tipi: mutamenti economici, teorie politiche, individui importanti. « Io non credo » dice il Russell « che alcuna di queste cause possa ignorarsi, o ridursi ad effetto d'una causa d'altro tipo. » Così, se Bismarck e Lenin fossero morti bambini, il nostro mondo sarebbe assai diverso da quel che è, grazie anche a Bismarck e a Lenin. « La storia non è ancora scienza; si può farla sembrare scientifica ricorrendo al falso e all'omissione. » Nella vita reale, nella vita vissuta di tutti i giorni, non si può escludere l'individuo. Solo in teoria il suo contributo pare ridursi a zero; in pratica l'individuo è importantissimo. In questo mondo, quando un lavoro è compiuto, chi in realtà l'ha compiuto? Di chi sono gli occhi e le orecchie che percepiscono, di chi la corteccia cerebrale che pensa, chi ha i sentimenti che motivano, la volontà che supera gli ostacoli? Di certo non l'ambiente sociale, perché un gruppo non è un organismo, ma solo una cieca organizzazione inconscia. Tutto quel che si fa entro la società è opera degli individui. Naturalmente, su questi individui si esercita l'influenza profonda della cultura, dei tabù, della morale vigente, delle nozioni, buone e cattive, tramandate dal passato e conservate in un *corpus* di tradizioni orali o di letteratura scritta; ma tutto quel che l'individuo prende dalla società (o meglio, se vogliamo essere più precisi, tutto quello che prende da altri individui associati in gruppi, o dall'assieme dei simboli registrati da altri individui, vivi o morti) sarà da lui usato in un suo modo unico: suoi i sensi, sua la struttura biochimica, suo il fisico e il temperamento, suo e di nessun altro. La scienza, per quanto cerchi di spiegare tutto, non potrà mai escludere questi fatti assiomatici. E ricordiamoci che il ritratto scientifico tracciato dal professor Skinner, dell'uomo come prodotto dell'ambiente sociale, non è l'unico possibile ritratto scientifico. Altri ve ne sono, di più realistica verosimiglianza. Consideriamo, per esempio, il ritratto che ce ne dà il professor Roger Williams. Egli non ci ritrae il comportamento in astratto, ma un corpo-mente nell'atto di comportarsi, corpo-mente che in parte è prodotto di un ambiente condiviso con altri individui, in parte della sua singola eredità. In *The Human Frontier* e in *Free but Unequal*, il professor Williams ha preso in esame, con ricchezza di prove particolareggiate, le differenze innate fra gli individui, per le quali il dottor Watson non trovava alcuna pezza d'appoggio, l'importanza delle quali, secondo il professor Skinner, si ridurrebbe a zero. La variabilità biologica animale entro una determinata specie diventa sempre più palese man mano che si avanza sulla scala dell'evoluzione. Questa variabilità biologica è altissima nell'uomo, e gli esseri umani mostrano più dei membri d'ogni altra specie diversità biologica, strutturale, e di temperamento. Questo è un fatto facilmente constatabile. Ma quella che io ho definito Volontà d'Ordine, il desiderio di imporre uniformità comprensibile alla stupefacente molteplicità delle cose e degli eventi, ha indotto molte persone a ignorare questo semplice fatto. Così si è minimizzata l'unicità biologica, dedicando invece tutta l'attenzione ai fattori ambientali implicati nel comportamento umano, fattori più semplici e, allo stato attuale delle conoscenze, meglio comprensibili. « In seguito a questo modo di pensiero e di ricerca centrato sull'ambiente » scrive il professor Williams « si è largamente diffusa la dottrina della sostanziale uniformità umana, e la sostengono numerosi studiosi di psicologia sociale, di sociologia, di antropologia sociale e altri ancora, storici, economisti, pedagogisti, giuristi e uomini con cariche pubbliche. Tale dottrina è entrata ormai nell'abito mentale di molti che hanno partecipato alla elaborazione della politica governativa, anche nel campo della istruzione, sì che l'accettano senza discuterla quelli che non hanno sufficiente capacità di pensiero critico. »

Un sistema etico basato su una valutazione abbastanza realistica dei dati della esperienza farà probabilmente più bene che male. Ma molti sistemi etici si basano su di una valutazione dell'esperienza, su un'idea della natura delle cose disperatamente irrealistica. E un'etica siffatta farà probabilmente più male che bene. Per esempio, fino ad anni non lontani da noi tutti credevano che il maltempo, le malattie del bestiame e l'impotenza sessuale potevano essere, e in molti casi anzi erano, causati dall'opera malevola degli stregoni. Perciò era un dovere prendere e uccidere gli stregoni; un dovere, oltretutto, ordinato da Dio nel secondo libro di Mosè: « Non lascerai che viva una strega ». I sistemi eretici e giuridici che si basarono su questa erronea idea della natura delle cose provocarono (nei secoli in cui uomini autorevoli li accettarono molto seriamente) iniquità tremende. Quell'idea erronea sulla magia diede motivazione razionale ed esecutiva a una vera e propria orgia di spionaggio, linciaggio, omicidio giudiziario, di cui l'eguale si è poi rivisto solo ai nostri giorni, quando l'etica comunista, basata su un'idea erronea dell'economia, e l'etica nazista, basata su un'idea erronea della razza, hanno ispirato e giustificato crudeltà anche peggiori. Risultati poco meno sgraditi seguiranno all'adozione di un'Etica Sociale, fondata sull'idea erronea che la nostra è una specie interamente sociale, che i piccoli dell'uomo nascono uniformi, e che gli individui sono il prodotto d'un condizionamento dell'ambiente collettivo, ed entro di esso. Se tali idee fossero corrette, se gli esseri umani fossero in realtà membri di una specie davvero sociale, se le loro differenze individuali fossero trascurabili, riducibili del tutto mediante opportuno condizionamento, allora è chiaro che non ci sarebbe più bisogno di libertà, e lo Stato avrebbe ragione di perseguitare gli eretici, all'occorrenza. La soggezione al termitaio è libertà perfetta per la singola termite. Ma gli esseri umani non sono completamente sociali; sono soltanto, e in misura moderata, animali di branco. Le loro società non sono organismi, come l'alveare e il formicaio; sono organizzazioni, cioè macchine strumentali del vivere collettivo. Non solo: così grandi sono le differenze fra gli individui, a dispetto del più intenso livellamento culturale, che un endomorfo estremo (adopero qui la terminologia di W. H. Sheldon) serberà le sue caratteristiche sociali viscerotoniche, un mesomorfo estremo resterà in ogni caso spiccatamente somatotonico, e un ectomorfo estremo sarà sempre cerebrotonico, introvertito e ipersensitivo. Nel *Mondo nuovo* ci si garantiva l'ottimo comportamento sociale ricorrendo a un duplice processo, di manipolazione genetica e di condizionamento postnatale. I feti venivano coltivati in bottiglia e ci si garantiva massima uniformità umana usando ovuli estratti da un numero limitato di madri, e trattando ciascuno di essi in modo da farlo scindere più volte, riproducendo gemelli identici a gruppi di cento e più. E la standardizzazione degli uomini addetti alle macchine si perfezionava, dopo la nascita, grazie al condizionamento infantile, all'ipnopedia e all'euforia indotta chimicamente, surrogato della soddisfazione che dà il sentirsi liberi e creativi. Nel mondo in cui viviamo, come si è detto nei capitoli precedenti, grandi forze impersonali inducono alla centralizzazione del potere e all'irreggimentazione della società. La standardizzazione genetica degli individui è ancora impossibile; ma il Gran Governo e la Grande Impresa già possiedono o possiederanno assai presto, tutte le tecniche manipolatorie descritte nel *Mondo nuovo* e altre ancora che io non ebbi la fantasia di sognare. Siccome non sanno imporre agli embrioni uniformità genetica, i governanti di domani, in un mondo sovrappopolato e superorganizzato, cercheranno di imporre agli adulti e ai bambini l'uniformità sociale e culturale. A tal fine essi (se nessuno glielo impedirà) ricorreranno a tutte le tecniche manipolatorie di cui dispongono, e non esiteranno a ribadire questi metodi di persuasione irrazionale con la coercizione economica e le minacce di violenza fisica. Se vogliamo evitare una tirannia di questo tipo, dobbiamo senza indugio cominciare a educare noi stessi e i nostri figli alla libertà e all'autogoverno.

Tale educazione alla libertà dev'essere, come già ho accennato, educazione anzitutto sui fatti e sui valori: sui fatti della diversità individuale e dell'unicità genetica, della tolleranza e della reciproca carità che da quelli derivano quali corollari etici. Purtroppo non bastano giusta conoscenza e sani principi. Una falsità eccitante può eclissare una verità piatta. Uno scaltro appello alle passioni spesso ha più forza della migliore risoluzione. Gli effetti della propaganda falsa e perniciosa si neutralizzano solo con un completo addestramento all'arte di analizzarne le tecniche e smascherarne i sofismi. Il linguaggio ha consentito il passaggio dell'uomo dalla animalità alla civiltà. Ma il linguaggio ha ispirato anche quella pervicace follia, quella sistematica, davvero diabolica malvagità che sono anch'esse caratteristiche del comportamento umano, allo stesso modo delle virtù, che pure il linguaggio ispira, della previdenza sistematica e della ostinata benevolenza angelica. Il linguaggio consente a chi lo usa di badare alle cose, alle persone, agli eventi, anche quando cose e persone non ci sono, anche quando gli eventi non avvengono. Il linguaggio definisce i nostri ricordi e, traducendo le esperienze in simboli, trasforma l'immediatezza del desiderio e dell'orrore, dell'odio e dell'amore, in saldi principi di sentimento e di condotta. In una guisa di cui noi siamo completamente inconsapevoli, il sistema reticolare del cervello sceglie fra un'interminabile serie di stimoli quelle poche esperienze che per noi hanno importanza pratica. Fra queste esperienze scelte inconsciamente, l'uomo astrae, in maniera più o meno consapevole, un numero più ristretto di esperienze, e a ciascuna dà l'etichetta d'una parola tratta dal nostro lessico; e quindi le classifica in un sistema che è insieme metafisico, scientifico ed etico, composto di altre parole a più alto livello d'astrazione. Quando scelta e astrazione sono regolate da un sistema non troppo lungi dal vero, in quanto idea della natura delle cose, e quando le etichette verbali sono state scelte con intelligenza, e se ne intende con chiarezza la natura simbolica, il nostro comportamento potrà essere realistico e sufficientemente onesto. Ma se invece ci lasciamo andare all'influenza di parole mal scelte e applicate, senza comprenderne il carattere meramente simbolico, a esperienze scelte e astratte alla luce di un sistema di idee erronee, allora noi ci condurremo con una malvagità, con un'organizzata stupidità di cui per loro fortuna gli animali muti (proprio perché *sono* muti e non parlano) non sarebbero mai capaci.

Nella loro propaganda antirazionale i nemici della libertà inquinano sistematicamente le fonti del linguaggio per forzare le loro vittime a pensare, a sentire, ad agire nel modo in cui vogliono farli pensare, sentire, agire essi, i manipolatori dei cervelli. L'educazione alla libertà (e all'amore e all'intelligenza che sono al tempo stesso condizioni e conseguenze della libertà) deve essere, fra l'altro, educazione al retto uso del linguaggio. Nelle due o tre generazioni scorse i filosofi hanno dedicato tempo e riflessione all'analisi dei simboli e al significato dei significati. Com'è che parole e frasi da noi pronunciate si legano a cose, persone, eventi con cui abbiamo a che fare nella nostra vita quotidiana? Un discorso troppo lungo che ci porterebbe troppo lontano. Basti dire che noi oggi disponiamo del materiale intellettuale per una sana educazione al retto uso del linguaggio, e a tutti i livelli, dall'asilo infantile all'università. Questa educazione nell'arte di distinguere fra uso corretto e scorretto dei simboli potrebbe avviarsi subito. Anzi, avrebbe dovuto cominciare da trenta, forse quarant'anni. E invece ai bambini di nessuna parte del mondo si insegna in modo sistematico a distinguere fra affermazioni vere e false, significanti e insignificanti. Perché? Perché gli anziani, anche nei paesi democratici, non vogliono dar loro questo tipo di educazione. Istruttiva, al proposito, la breve triste storia dell'Istituto per l'Analisi della Propaganda. Fu fondato nel 1937, quando la propaganda nazista era quanto mai efficiente e rumorosa, da Filene, il filantropo del New England.

Sotto gli auspici dell'Istituto si condussero analisi della propaganda irrazionale e si approntarono numerosi programmi d'istruzione per le scuole medie e universitarie. Poi venne la guerra, guerra totale su tutti i fronti, su quello morale come su quello fisico. Siccome gli Alleati avevano intrapreso la "guerriglia psicologica", parve privo di tatto l'insistere ancora sull'analisi della propaganda. Nel 1941 l'Istituto chiuse i battenti. Ma anche prima dello scoppio delle ostilità, molti ebbero da ridire sull'opera di quell'Istituto. Alcuni per esempio disapprovarono l'insegnamento dell'analisi e sostennero che in questo modo i giovani sarebbero diventati dei cinici. Né l'accolsero di buon grado le autorità militari, timorose che le reclute si mettessero ad analizzare le parole del loro sergente maggiore. Il clero fu contro l'analisi della propaganda che minacciava la fede e poteva diminuire il numero dei praticanti; contrari furono quelli della pubblicità, e sostennero che l'analisi poteva minare la fiducia nella "marca" e far crollare le vendite.

Timori e antipatie non infondate. Se troppa gente comune si mette a vagliare quel che racconta il pastore o il padrone, può derivarne una profonda sovversione. Nella sua forma attuale, l'ordine sociale può tenersi in piedi solo se gli individui accettano, senza far troppe domande imbarazzanti, la propaganda espressa dagli uomini autorevoli e la propaganda poggiata sulla tradizione. Anche in questo caso si tratta di trovare il giusto mezzo. Gli individui devono essere suggestionabili quanto occorre perché abbiano volontà e capacità di far funzionare la loro società; ma non suggestionabili al punto di cadere disperatamente sotto l'incantesimo di coloro che per professione manipolano il cervello del prossimo. Allo stesso modo, noi dobbiamo insegnar loro l'analisi della propaganda quanto occorre perché non credano acriticamente nelle sciocchezze, ma non dobbiamo nemmeno esagerare, non dobbiamo indurli a respingere senz'altro tutte le affermazioni, non sempre razionali, di coloro che in buona fede stanno a guardia della tradizione. Probabilmente non riusciremo mai a scoprire il giusto mezzo fra la credulità totale e lo scetticismo totale;

forse quel giusto mezzo non riusciremo a ottenerlo con l'analisi soltanto. È un modo piuttosto negativo di affrontare il problema e perciò bisognerà intervenire con qualcosa di più positivo; con l'enunciazione di una serie di valori generalmente accettabili, basati saldamente sui fatti. Il valore, anzitutto, della libertà individuale, basato sul fatto della diversità umana e della unicità genetica; il valore della carità e della compassione, basato su di un fatto notissimo, che la psichiatria moderna ha riscoperto di recente: il fatto che, per quanto diversi in senso mentale e fisico, agli uomini occorre l'amore, come il cibo e un alloggio; e infine il valore dell'intelligenza, senza la quale l'amore è impotente e la libertà irraggiungibile. Questa serie di valori ci fornisce un criterio con cui giudicare la propaganda. La propaganda che risulti assurda e immorale andrà senz'altro respinta. Quella che sia solo irrazionale, ma compatibile con l'amore e con la libertà, e non opposta in linea di principio all'esercizio dell'intelligenza, quella noi l'accetteremo provvisoriamente, per quel che vale.

Che fare?

Noi possiamo educarci alla libertà, educarci molto meglio di quel che non accada oggi. Ma la libertà, come s'è cercato di dimostrare, è esposta a numerose minacce, di vario genere: demografica, sociale, politica, psicologica. La nostra malattia ha molte cause cooperanti, e può curarsi solo con molti rimedi cooperanti. Per far fronte a una situazione umana complessa, noi dobbiamo tener conto di tutti i fattori importanti, e non di uno soltanto. La libertà è minacciata, e perciò c'è bisogno urgente di educazione alla libertà. Ma c'è bisogno anche di altre cose: organizzazione sociale per la libertà, controllo delle nascite per la libertà, legislazione per la libertà. Cominciamo da quest'ultimo punto.

Dai tempi della Magna Carta, e anche da prima, gli autori del diritto inglese hanno inteso proteggere la libertà fisica dell'individuo. La persona trattenuta in carcere per motivi di cui sia dubbia la legalità, ha il diritto, in base alla Common Law, chiarita poi dallo Statuto del 1679, di appellarsi a un tribunale superiore per un mandato di *habeas corpus*. Il giudice del tribunale superiore invia il mandato allo sceriffo o al carceriere e gli ordina, entro un prescritto periodo di tempo, di portare la persona trattenuta in custodia al tribunale, perché si esamini il suo caso. Si badi bene: portare non il reclamo scritto della persona, non i suoi rappresentanti legali, ma il suo *corpus*, il suo corpo, la carne vera e propria costretta a dormire su un tavolaccio, a respirare l'aria fetida del carcere, a mangiare il cibo repellente della prigione. Questo impegno verso la condizione basilare della libertà – l'assenza di costrizione fisica – è indubbiamente necessario, ma non è tutto. Può darsi benissimo che un uomo sia fuori del carcere, eppure non libero; che non subisca alcuna costrizione fisica, eppure sia psicologicamente prigioniero, costretto a pensare, sentire, agire come vogliono farlo pensare, sentire, agire i rappresentanti dello Stato nazionale, o di un qualche interesse privato entro la nazione. Non esisterà mai qualcosa che possa definirsi *habeas mentem*; infatti non c'è sceriffo o carceriere che possa portare in tribunale una mente carcerata illegalmente; e la persona il cui cervello sia stato fatto prigioniero coi metodi indicati nei precedenti capitoli, non può essere in condizione di reclamare contro la propria prigionia. Tale è la natura della costrizione psicologica che chi la subisce serba l'impressione di agire di propria iniziativa. La vittima della manipolazione mentale non sa d'essere vittima. Invisibili sono le mura della sua prigione, ed egli si crede libero. Solo gli altri vedono che egli non è libero. La sua è una servitù rigidamente obbiettiva.

No, ripeto, non può esserci qualcosa che somigli a un mandato di *habeas mentem*. Ma *può* esservi una legislazione preventiva: una legge che vieti la tratta psicologica degli schiavi, uno statuto che protegga la mente umana contro quelli che senza scrupoli conducono la propaganda tossica, modellato sugli statuti che proteggono il corpo umano da coloro che senza scrupoli spacciano cibi adulterati e droghe pericolose. Per esempio può e a mio avviso dovrebbe esistere una legislazione che limiti il diritto dei funzionari pubblici, militari e civili, di sottoporre il pubblico coatto da loro comandato o custodito all'insegnamento durante il sonno. Può e a mio avviso dovrebbe esserci una legislazione che proibisca l'uso della proiezione subliminale in luoghi pubblici o sugli schermi televisivi. Può e a mio avviso dovrebbe esserci una legislazione che impedisca ai candidati politici di spendere oltre una determinata somma per le campagne elettorali e proibisca il ricorso alla propaganda di tipo antirazionale, vanificando l'intero processo democratico.

Una siffatta legislazione preventiva può far del bene; ma se crescono di vigore le grandi forze impersonali che oggi minacciano la libertà, quella legislazione non può giovare a lungo. La migliore fra le costituzioni, le migliori leggi preventive non gioveranno contro il sempre maggior incremento della sovrappopolazione e della superorganizzazione imposta dal crescere del numero e dal progresso della tecnologia. Le costituzioni non si abrogheranno e le buone leggi resteranno nel codice; ma tali forme liberali serviranno solo a mascherare e ad abbellire una sostanza profondamente illiberale. Crescendo senza controllo popolazione e organizzazione, è probabile che nei paesi democratici noi assisteremo al rovescio del processo che fece dell'Inghilterra una democrazia, serbando intatte le forme esteriori della monarchia. Sotto la spinta continua della sovrappopolazione e della superorganizzazione, crescendo l'efficacia dei mezzi per la manipolazione dei cervelli, le democrazie muteranno natura; le antiche, ormai strane, forme rimarranno: elezioni, parlamenti, Corti Supreme eccetera. Ma la sostanza, dietro di esse, sarà un nuovo tipo di totalitarismo non violento. Tutti i nomi tradizionali, tutti i vecchi slogan resteranno, esattamente com'erano ai bei tempi andati. Radio e giornali continueranno a parlare di democrazia e di libertà, ma quelle due parole non avranno più senso. Intanto l'oligarchia al potere, con la sua addestratissima *élite* di soldati, poliziotti, fabbricanti del pensiero e manipolatori del cervello, manderà avanti lo spettacolo a suo piacere.

Come è possibile controllare le grandi forze impersonali che oggi minacciano le nostre libertà, conquistate a caro prezzo? Facilissimo rispondere alla domanda a livello verbale, in termini generali. Vediamo il problema della sovrappopolazione. Il numero degli esseri umani, in rapido aumento, preme sempre di più sulle risorse naturali. Che fare? È ovvio che noi dobbiamo, con la massima prontezza, ridurre il tasso di natalità a un punto tale che non superi il tasso di mortalità. E insieme noi dobbiamo, con la massima prontezza, accrescere la produzione di generi alimentari, avviare e portare avanti una politica mondiale per la conservazione del suolo e delle foreste; creare surrogati opportuni ai nostri carburanti, se possibile meno pericolosi e meno esauribili dell'uranio· amministrare oculatamente i minerali disponibili, e intanto escogitare metodi nuovi e non troppo costosi per l'estrazione di questi minerali da fonti sempre meno pregiate, fino all'acqua di mare, che è la meno pregiata di tutte. Infinitamente più facile dirlo che farlo. Occorre ridurre l'incremento annuo della popolazione. Ma in che modo? Abbiamo da scegliere fra la carestia, la pestilenza e la guerra da una parte, il controllo delle nascite dall'altra. Quasi tutti noi sceglieremmo il controllo delle nascite, ma subito ci troviamo di fronte a un problema difficilissimo, insieme fisiologico, farmacologico, sociologico, psicologico e persino teologico. "La pillola" non è stata ancora inventata. Quando e se la inventeremo, come si potrà distribuirla alle centinaia di milioni di madri in potenza (o di padri in potenza, se la pillola funzionerà sui maschi) le quali dovranno ingerirla se vogliamo ridurre il tasso di natalità della nostra specie? E considerati i costumi sociali esistenti, considerate le forze d'inerzia culturale e psicologica, come potremo convincere a mutar parere gli individui che dovrebbero, ma non vogliono, ingerire la pillola? E che dire delle obbiezioni da parte della Chiesa cattolica a qualsiasi forma di controllo delle nascite che non sia il metodo basato sui giorni sterili (un metodo, tra parentesi, che si è rivelato quasi del tutto inefficace nel ridurre il tasso di natalità proprio nei paesi industrialmente arretrati, dove più urgente sarebbe tale riduzione)? Gli stessi problemi della futura, ipotetica "pillola", si presentano con altrettanto scarsa prospettiva di soluzione soddisfacente, nel caso dei metodi chimici e meccanici di cui già disponiamo per il controllo.

Se passiamo dal problema del controllo delle nascite agli altri (aumentare le riserve disponibili di alimenti e conservare le nostre risorse naturali) ci troviamo di fronte difficoltà non così grandi, ma pur sempre enormi. Innanzi tutto, c'è il problema dell'educazione. Quanto tempo occorrerà per insegnare a contadini e coltivatori (sono loro che producono la massima parte delle riserve naturali disponibili) metodi migliori? E una volta che essi l'abbiano imparati, dove troveranno i capitali per comprarsi le macchine, il carburante, il lubrificante, l'energia elettrica, i fertilizzanti, le piante alimentari e gli animali domestici selezionati, senza i quali non serve a nulla la migliore istruzione agricola? Allo stesso modo, chi insegnerà al genere umano i principi e la pratica della conservazione? In che modo impediremo di "stremare la terra" ai contadini affamati dei paesi in cui cresce rapidamente la popolazione e la necessità di alimenti? E, seppur questo è possibile chi li manterrà per il tempo necessario a ridare salute e fertilità (ma anche questo, è possibile?) alla terra ferita e stremata? Consideriamo adesso le società arretrate che oggi cercano di industrializzarsi. Se ci riescono, chi impedirà loro, nel disperato sforzo di mettersi alla pari e di restarci, di sprecare le risorse insostituibili del nostro pianeta, con la stessa stupida vanità che hanno mostrato, e tuttora mostrano, quelli che li hanno preceduti nella corsa? E quando verrà il giorno della resa dei conti, dove, nei paesi poveri, troveremo gli scienziati e i grossi capitali che occorreranno per estrarre i minerali indispensabili dalle fonti di troppo bassa concentrazione, troppo bassa, nelle circostanze esistenti, perché l'estrazione sia tecnicamente possibile ed economicamente giustificabile? Può darsi che col tempo si trovi la soluzione pratica di questi problemi. Ma quanto tempo? Nella corsa fra risorse naturali e numero della popolazione il tempo è contro di noi. Alla fine del nostro secolo, se lavoriamo sodo, può darsi che sui mercati del mondo ci sia il doppio degli alimenti d'oggi. Ma sarà raddoppiato anche il numero delle creature umane, qualche miliardo delle quali vivranno in paesi parzialmente industrializzati e consumeranno, rispetto ad oggi, una quantità dieci volte superiore di energia, di acqua, di legname, di minerali insostituibili. Insomma la situazione alimentare sarà grave quanto oggi e considerevolmente peggiore sarà la situazione delle materie prime.

Risolvere il problema della superorganizzazione è difficile

quasi quanto risolvere il problema delle risorse naturali e dell'incremento demografico. A livello verbale e generale la risposta è semplicissima. Come è semplicissimo l'assioma politico, che il potere segue alla proprietà. Ma oggi la realtà storica dimostra che i mezzi di produzione stanno rapidamente diventando proprietà monopolistica della Grande Impresa e del Gran Governo. Perciò chi crede nella democrazia faccia in modo di distribuire la proprietà il più ampiamente possibile.

E vediamo il diritto al voto. In linea di principio è un grande privilegio. Ma in pratica, la storia dei nostri giorni ce lo ha dimostrato più volte, il diritto al voto in sé non garantisce la libertà. Perciò chi vuole evitare la dittatura per referendum, spezzi i collettivi della società moderna, di carattere solo funzionale, in tanti gruppi che si autogovernino e cooperino volontariamente, e riescano a funzionare al di fuori del sistema burocratico della Grande Impresa e del Gran Governo.

Sovrappopolazione e superorganizzazione hanno prodotto la metropoli moderna, nella quale è diventata pressoché impossibile una vita umana piena, fatta di rapporti personali molteplici. Perciò, chi non vuole l'immiserimento spirituale degli individui e delle società, lasci la metropoli e dia nuova vita alla piccola comunità provinciale; ovvero umanizzi la metropoli creando l'equivalente urbano delle piccole comunità provinciali, dove gli individui si incontrino e cooperino in quanto uomini completi e non in quanto mere incarnazioni di una funzione specializzata.

Oggi tutto questo appare chiaro: anzi appariva chiaro già cinquant'anni or sono. Da Hilaire Belloc a Mortimer Adler, dai primi apostoli delle società cooperative di credito ai riformatori agrari dell'Italia moderna e del Giappone, gli uomini di buona volontà hanno sempre sostenuto il decentramento del potere centrale e la vasta distribuzione della proprietà. E numerosi e saggi sono i progetti avanzati perché si disperda la produzione e si ritorni alla "industria di villaggio" su scala limitata. E poi ecco i complessi progetti del Dubreuil per dare una certa misura di autonomia ai vari settori di un'unica grande organizzazione industriale. E i sindacalisti, col loro piano di società senza Stato, organizzata in federazione di gruppi produttivi, sotto auspici sindacali. In America Arthur Morgan e Baker Brownwell hanno tracciato la teoria e analizzato la pratica di una comunità di tipo nuovo, che viva a livello del villaggio e della cittadina.

In *Walden Two*, romanzo utopistico ambientato in una comunità autonoma e autosufficiente, il professor Skinner, di Harvard, ha affrontato il problema dal punto di vista psicologico: la comunità è organizzata scientificamente, sì che nessuno viene mai indotto in tentazione antisociale, e, senza ricorso alla coercizione e alla propaganda negativa, ciascuno fa il suo dovere, e tutti son felici e attivi. In Francia, durante e dopo la seconda guerra mondiale, Marcel Barbu e i suoi seguaci hanno fondato una serie di comunità produttive che si autogovernano senza gerarchia, e sono insieme comunità di mutuo soccorso e di vita piena. Intanto, a Londra, l'esperimento Peckham ha dimostrato che, coordinando i servizi sanitari con i più ampi interessi del gruppo, si può creare una comunità vera anche in una metropoli.

Chiaro dunque che si è individuato con precisione questa malattia della superorganizzazione, che si sono proposti vari rimedi totali, che qualche volta si è tentata la cura sperimentale dei sintomi, e con notevole successo. E invece, nonostante le dottrine, nonostante le dimostrazioni pratiche, la malattia continua a peggiorare. Noi sappiamo che è pericoloso lasciare che il potere si concentri nelle mani di un'oligarchia dominante; e tuttavia il potere, di fatto, si concentra sempre più in poche mani. Noi sappiamo che, per la maggioranza degli uomini, la vita in una grossa città moderna è anonima, atomica, tutt'altro che pienamente umana; e tuttavia le grosse città diventano sempre più grosse e il modulo di vita urbano-industriale resta immutato. Noi sappiamo che in una società molto grande e complessa la democrazia non significa nulla se non la si mette in rapporto a gruppi autonomi di grandezza funzionale; e tuttavia le questioni di ogni nazione vengono dirette in misura sempre maggiore dai burocrati del Gran Governo e della Grande Impresa. È fin troppo evidente che, in pratica, il problema della superorganizzazione è difficile da risolvere quanto il problema della sovrappopolazione. Nell'uno e nell'altro caso noi sappiamo quel che si dovrebbe fare; ma in nessuno dei due casi noi siamo stati capaci, sinora, di agire in base alle nostre conoscenze.

A questo punto ci troviamo dinanzi a una domanda inquietante: vogliamo noi agire veramente in base alle nostre conoscenze? La maggioranza della popolazione ritiene davvero che valga la pena di prendersi qualche fastidio allo scopo di arrestare e se possibile rovesciare la corsa al controllo totalitario di tutto? Negli Stati Uniti, e l'America è l'immagine profetica di quel che sarà fra pochi anni il resto del mondo urbano-industriale, recenti indagini sull'opinione pubblica hanno dimostrato che la maggioranza dei giovani sotto i venti anni, cioè gli elettori di domani, non hanno alcuna fiducia negli istituti democratici, non hanno nulla da obiettare alla censura delle opinioni eterodosse, non credono che sia possibile il governo del popolo, e accetterebbero tranquillamente, purché la loro vita continui secondo il modello a cui sono abituati, un governo dall'alto, d'una oligarchia di esperti di vario genere. Ci rattrista, ma non ci sorprende, il fatto che tanti giovani e ben nutriti spettatori della televisione, nella più potente democrazia del mondo, siano in modo così totale indifferenti all'idea dell'autogoverno e così piattamente disinteressati alla libertà di pensiero e al diritto di opposizione. « Libero come un uccello » diciamo noi e invidiamo quelle creature alate che si possono muovere a piacimento nelle tre dimensioni. Ahimè, ci siamo scordata la sorte del tacchino. Quando un uccello impara a ingozzarsi a sufficienza senz'essere costretto a usare le ali, rinuncia al privilegio del volo e se ne resta a terra, in eterno. Qualcosa di simile vale anche per gli uomini. Date all'uomo pane abbondante e regolare tre volte al giorno, e in parecchi casi egli sarà contentissimo di vivere di pane solo, o almeno di solo pane e circensi. « Alla fine », dice il Grande Inquisitore nella parabola di Dostoevskij, « alla fine essi deporranno la libertà ai nostri piedi e ci diranno: "Fateci vostri schiavi, ma dateci da mangiare". » E quando Aljoscia Karamazov chiede a suo fratello, che racconta la storia, se c'era ironia nelle parole del Grande Inquisitore, Ivan risponde: « Per nulla! Egli segna a merito suo e della sua Chiesa l'aver vinto la libertà, e così l'aver fatti felici gli uomini ». Sì, felici gli uomini, « perché nulla » continua l'Inquisitore « è mai stato più insopportabile agli uomini o alla società umana della libertà ». Nulla, tranne l'assenza di libertà; perché quando le cose vanno male e si dimezzano le razioni, il tacchino terragno rivuole le ali; per poi rinunciarvi ancora, quando i tempi si faranno migliori e il padrone diventerà più blando e più generoso. I giovani che oggi hanno così scarsa opinione della democrazia, domani, fatti grandi, possono anche combattere per la libertà. Al grido "Datemi televisione e bistecca e non mi seccate con la responsabilità della libertà" può sostituirsi, in circostanze mutate, l'altro grido: "Libertà, o morte". Se ci sarà questa rivoluzione, essa dipenderà in parte dall'opera di forze sulle quali i più possenti fra i governanti hanno scarsissimo controllo, in parte dall'incompetenza di quei governanti, dalla loro incapacità d'usare efficacemente i mezzi che hanno per manipolare i cervelli, mezzi che la scienza e la tecnologia hanno fornito e continueranno a fornire all'aspirante tiranno. Se consideriamo quanto scarsi fossero i loro strumenti e le loro cognizioni, i Grandi Inquisitori del passato seppero fare assai bene. Ma i loro successori, gli informatissimi dittatori scientifici di domani, sapranno certamente fare assai meglio. Il Grande Inquisitore rimprovera a Cristo d'aver chiamato gli uomini alla libertà e gli dice: « Noi abbiamo corretto l'opera Tua, l'abbiamo fondata sul miracolo, sul mistero e sull'autorità ». Ma miracolo, mistero e autorità non bastano a garantire in eterno la sopravvivenza della dittatura. Nella mia favola del mondo nuovo, i dittatori hanno aggiunto alla terna anche la scienza, e così riescono a imporre la loro autorità manipolando i corpi degli embrioni, i riflessi degli infanti, la mente dei bambini e degli adulti. E invece di parlare solamente di miracoli, di accennare simbolicamente ai misteri, essi riescono, con le droghe, a dare ai loro soggetti l'esperienza diretta dei misteri e dei miracoli, a trasformare la semplice fede in conoscenza estatica. Gli antichi dittatori caddero perché non sapevano dare ai loro soggetti sufficiente pane e circensi, miracoli e misteri. E non possedevano un sistema veramente efficace per la manipolazione dei cervelli. In passato liberi pensatori e rivoluzionari furono spesso i prodotti della educazione più ortodossa e più osservante. Un fatto che non ci deve sorprendere perché i metodi usati da quell'educazione erano e sono quanto mai inefficaci. Ma sotto un dittatore scientifico l'educazione funzionerà davvero e di conseguenza la maggior parte degli uomini e delle donne cresceranno nell'amore della servitù e mai sogneranno la rivoluzione. Non si vede per quale motivo dovrebbe mai crollare una dittatura integralmente scientifica.

Per adesso qualche libertà resta ancora nel mondo. Molti giovani, è vero, sembrano non darle valore. Ma alcuni di noi credono che senza libertà le creature umane non saranno mai pienamente umane e che pertanto la libertà *è* un valore supremo. Può darsi che le forze opposte alla libertà siano troppo possenti e che non si potrà resistere a lungo. Ma è pur sempre nostro dovere fare il possibile per resistere.

Indice